Y LAS MONTAÑAS HABLARON

Khaled Hosseini

Y LAS MONTAÑAS HABLARON

Traducción del inglés de
Patricia Antón de Vez y Rita da Costa

Título original: *And the Mountains Echoed*

Ilustraciones de la cubierta: iStockphoto / Shutterstock
Cubierta basada en el diseño original de David Mann

Publicaciones y Ediciones Salamandra, S.A.
Almogàvers, 56, 7º 2ª - 08018 Barcelona - Tel. 93 215 11 99
www.salamandra.info

ISBN: 978-84-9838-544-1
Depósito legal: B-16.506-2013

1ª edición, septiembre de 2013
Printed in Spain

Impresión: Romanyà-Valls, Pl. Verdaguer, 1
Capellades, Barcelona

*Este libro está dedicado a Haris y Farah,
ambos la* nur *de mis ojos, y a mi padre,
que se habría sentido orgulloso*

Para Elaine

Más allá de cualquier idea
de buenas o malas obras
se extiende un campo.
Nos encontraremos allí.

JALALUDDIN RUMI,
siglo XIII

1

Otoño de 1952

Muy bien, si queréis una historia, os contaré una historia. Pero sólo una. Que ninguno de los dos me pida más. Ya es tarde, y tú y yo tenemos un largo día de viaje por delante, Pari. Esta noche tendrás que dormir. Y tú también, Abdulá. Cuento contigo, hijo, mientras tu hermana y yo estemos lejos. Y tu madre también. Vamos a ver. Una historia. Escuchadme los dos, escuchadme bien y no me interrumpáis.

Había una vez, en los tiempos en que *divs, yinns* y gigantes vagaban por estas tierras, un granjero cuyo nombre era Baba Ayub. Vivía con su familia en una aldea llamada Maidan Sabz. Como tenía una numerosa familia que alimentar, Baba Ayub se dejaba la piel trabajando. Cada día, desde el alba hasta la puesta de sol, araba sin descanso, revolvía la tierra y cavaba y se ocupaba de sus escasos pistacheros. A todas horas podía vérsele en su campo, doblado por la cintura, con la espalda tan curvada como la hoz que blandía el día entero. Sus manos estaban siempre llenas de callos y a menudo le sangraban, y cada noche el sueño se lo llevaba en cuanto su mejilla tocaba la almohada.

Debo decir que, en ese aspecto, no era el único, ni mucho menos. La vida en Maidan Sabz era dura para todos sus habitantes. Hacia el norte había aldeas más afortunadas, situadas en valles con árboles frutales y flores, donde el aire era agradable y los arroyos traían aguas frescas y cristalinas. Pero Maidan Sabz era un lugar desolado que nada tenía que ver con la imagen que evocaba su nombre, Prado Verde. Estaba emplazada en una llanura polvorienta y rodeada por una cadena de escarpadas montañas. El viento era caliente y te arrojaba polvo a los ojos. Encontrar agua era una lucha cotidiana, porque los pozos de la aldea, incluso los más profundos, solían estar casi secos. Sí, había un río, pero los aldeanos tenían que caminar medio día para llegar hasta él y sus aguas discurrían lodosas todo el año. En aquel momento, tras diez años de sequía, también el río estaba prácticamente seco. Digamos pues que la gente de Maidan Sabz trabajaba el doble para arañar la mitad.

Sin embargo, Baba Ayub se consideraba afortunado, porque tenía una familia a la que adoraba. Amaba a su mujer y nunca le levantaba la voz, y mucho menos la mano. Valoraba sus consejos y su compañía le producía verdadero placer. En cuanto a hijos, Dios le había dado tantos como dedos tiene una mano, tres varones y dos niñas, y los quería muchísimo a todos. Las hijas eran obedientes y bondadosas, tenían buen carácter y eran muy decentes. A los varones, Baba Ayub les había enseñado ya valores como la honestidad, la valentía y el trabajo duro sin rechistar. Lo obedecían como hacen los buenos hijos, y ayudaban a su padre con la cosecha.

Aunque los quería a todos, en su fuero interno Baba Ayub sentía una debilidad especial por el más pequeño, Qais, de tres años. Qais tenía los ojos de un azul oscuro. Cautivaba a quienes lo conocían con su pícara risa. Era uno de esos niños que rebosan tanta energía que consumen la de los demás. Cuando aprendió a caminar, le gustó tanto que se dedicó a hacerlo el día entero, pero entonces, por inquietante que parezca, empezó a caminar también por las noches, mientras dormía. Se levantaba sonámbulo y salía de la casa de adobe para vagar por la penumbra iluminada por la luna. Eso preocupaba a sus padres, como es natural. ¿Y si se caía a un pozo, o se perdía o, peor incluso, lo atacaba una de las criaturas que acechaban en la llanura por las noches? Probaron muchos remedios, pero ninguno funcionó. Por fin, Baba Ayub encontró una solución muy simple, como suelen serlo las mejores soluciones: cogió un pequeño cascabel que llevaba una de sus cabras y se lo colgó del cuello a Qais. De ese modo, el cascabel despertaría a alguien si el niño se levantaba en plena noche. Al cabo de un tiempo dejó de caminar sonámbulo, pero le había cogido apego al cascabel y no quiso que se lo quitaran. Y así, aunque ya no cumpliera con su cometido original, el cascabel siguió sujeto al cordel que rodeaba el cuello del niño. Cuando Baba Ayub llegaba a casa tras una larga jornada de trabajo, Qais corría hasta hundir la cara contra el vientre de su padre, con el cascabel tintineando al compás de sus pequeños pasos. Baba Ayub lo cogía en brazos y lo llevaba al interior. Qais miraba con mucha atención cómo se lavaba su padre, y luego se sentaba a su lado en la cena. Cuando acababan de comer, Baba Ayub tomaba el té sorbo a sorbo, observando a su familia e imaginando que un día sus hijos se casarían y le darían nietos, y él se convertiría en orgulloso patriarca de una extensa prole.

Pero, ¡ay!, Abdulá y Pari, entonces los días de felicidad de Baba Ayub tocaron a su fin.

Resultó que un día llegó un *div* a Maidan Sabz. Se acercaba a la aldea desde las montañas y la tierra se estremecía con cada una de sus pisadas. Los aldeanos soltaron sus palas, azadas y hachas y huyeron corriendo. Se encerraron en sus casas y se acurrucaron con los suyos. Cuando los ensordecedores pasos del *div* se detuvieron, su sombra oscureció el cielo sobre Maidan Sabz. Según se dijo, de su cabeza brotaban unos cuernos curvos y tenía los hombros y la robusta cola cubiertos por un áspero pelo negro. Se dijo también que sus ojos eran rojos y brillantes. Comprenderéis que nadie supo si era así en realidad, al menos nadie que viviera para contarlo: el *div* se comía en el acto a quienes osaran mirarlo, aunque sólo fuera una rápida ojeada. Como lo sabían, los aldeanos tuvieron el buen tino de mantener la vista clavada en el suelo.

En la aldea todos sabían a qué había ido el *div*. Habían oído historias sobre sus visitas a otras aldeas, y sólo podían agradecer que Maidan Sabz hubiera pasado tanto tiempo sin atraer su atención. Quizá, supusieron, las vidas pobres y rigurosas que llevaban habían sido un punto a su favor, pues sus hijos no estaban bien alimentados y no tenían mucha carne en los huesos. Aun así, se les había acabado la suerte.

Todo Maidan Sabz temblaba y contenía el aliento. Las familias rezaban, suplicando que el *div* no se detuviera en su puerta, porque sabían que, si lo hacía, daría unos golpecitos en el techo y tendrían que entregarle un niño. El *div* metería entonces al niño en un saco, se lo echaría al hombro y se marcharía por donde había venido. Nadie volvería a ver nunca a aquel pobre crío. Y si una familia se negaba, el *div* se llevaba entonces a todos sus hijos.

¿Y adónde se los llevaba? Pues a su fortaleza, emplazada en la cima de una escarpada montaña. La fortaleza del *div* estaba muy lejos de Maidan Sabz. Para llegar hasta ella había que atravesar valles, varios desiertos y dos cadenas montañosas, ¿y qué persona en su sano juicio haría una cosa así, sólo para encontrar la muerte? Decían que allí había mazmorras con cuchillos de carnicero en las paredes y que grandes ganchos pendían de los techos. También que había hogueras y gigantescos pinchos para asar. Y era sabido que, si el *div* pillaba a un intruso, olvidaba su aversión a la carne de los adultos.

Supongo que ya adivináis en qué techo resonaron los temidos golpecitos del *div*. Al oírlos, un grito de angustia brotó de los labios de Baba Ayub y su esposa se desmayó. Los niños se echaron a llorar, de miedo y de pena, conscientes de que la pérdida de uno de ellos era inevitable. La familia tenía hasta el amanecer del día siguiente para hacer su ofrenda.

¿Qué puedo deciros sobre la angustia que Baba Ayub y su mujer padecieron esa noche? Ningún padre debería afrontar una elección como ésa. Sin que los niños los oyeran, ambos debatieron qué hacer. Hablaron y lloraron, hablaron y lloraron. Durante toda la noche se pasearon de aquí para allá, y cuando el alba se acercaba no habían tomado aún una decisión; quizá era eso lo que quería el *div*, pues su vacilación le permitiría llevarse a los cinco hijos en lugar de uno. Por fin, Baba Ayub salió de la casa y cogió cinco piedras de forma y tamaño idénticos. Sobre cada una de ellas garabateó el nombre de uno de sus hijos, y luego las metió en un saco de arpillera. Cuando le tendió el saco a su mujer, ella retrocedió como si contuviera una víbora.

—No puedo hacerlo —le dijo a su marido negando con la cabeza—. No puedo ser yo quien elija. No lo soportaría.

—Yo tampoco —repuso Baba Ayub, pero vio a través de la ventana que sólo faltaban unos instantes para que el sol asomara por las montañas del este.

Se les acababa el tiempo. Miró a sus cinco hijos, sintiéndose muy desdichado. Había que cortar un dedo para salvar la mano. Cerró los ojos y sacó una piedra del saco.

Supongo que también adivináis qué piedra sacó Baba Ayub. Cuando vio el nombre escrito en ella, levantó el rostro hacia el cielo y soltó un alarido. Con el corazón destrozado, cogió en brazos a su hijo más pequeño, y Qais, que tenía una confianza ciega en su padre, le echó los brazos al cuello, feliz. Entonces, cuando su padre lo dejó en el suelo fuera de la casa y cerró la puerta, el niño por fin comprendió que algo no iba bien. Baba Ayub, con los ojos cerrados y las lágrimas derramándose, permaneció de espaldas contra la puerta mientras su querido Qais la aporreaba con sus pequeños puños, llorando y pidiéndole que lo dejara entrar.

—Perdóname, perdóname —musitó Baba Ayub cuando la tierra retumbó con las pisadas del *div*.

Su hijo gritaba desesperado y el suelo siguió estremeciéndose mientras el *div* se marchaba de Maidan Sabz. Después, todo quedó inmóvil y reinó el silencio, un silencio sólo roto por Baba Ayub, que continuaba llorando y pidiéndole a Qais que lo perdonara.

Abdulá, tu hermana se ha quedado dormida. Tápale los pies con la manta. Así, muy bien. Quizá debería dejarlo aquí, ¿no crees? ¿Quieres que siga? ¿Estás seguro, hijo? De acuerdo.

¿Por dónde iba? Ah, sí. Tras esos hechos terribles hubo un período de cuarenta días de luto. Todos los días, los vecinos preparaban comida para la familia y velaban con ellos. La gente les llevaba todo lo que podía: té, dulces, pan, almendras, y les ofrecía sus condolencias y su compasión. Baba Ayub apenas era capaz de pronunciar una palabra de agradecimiento. Sentado en un rincón, lloraba a mares, como si con sus lágrimas pretendiera mitigar la sequía que sufría la aldea. Nadie le habría deseado un tormento y un sufrimiento como los suyos ni al más vil de los hombres.

Transcurrieron varios años. Seguía sin llover y Maidan Sabz se volvió aún más pobre. Muchos niños murieron de sed en sus cunas. El nivel del agua en los pozos bajó todavía más y el río se secó, pero no el río de la angustia creciente de Baba Ayub, cada vez más dolorosa. Ya no era útil para su familia. No trabajaba, no rezaba, apenas comía. Su esposa y sus hijos le suplicaban, pero no servía de nada. Los varones que le quedaban tuvieron que ocuparse de su trabajo, pues día tras día Baba Ayub no hacía otra cosa que sentarse en el linde de su campo, una figura solitaria y desdichada con la mirada fija en las montañas. Dejó de hablar con los aldeanos porque tenía la sensación de que murmuraban a sus espaldas. Decían que era un cobarde por haber entregado voluntariamente a su hijo, que no tenía aptitudes para ser padre. Un padre capaz se habría enfrentado al *div*, habría muerto defendiendo a su familia.

Una noche le comentó esas cosas a su mujer.

—No dicen nada de eso —respondió ella—. Nadie piensa que seas un cobarde.

—Pero yo los oigo —insistió él.

—Lo que oyes es tu propia voz, esposo mío —repuso su mujer.

No obstante, no le contó que los aldeanos sí andaban susurrando a sus espaldas, pero lo que decían era que quizá se había vuelto loco.

Y entonces, un día, Baba Ayub les demostró que así era. Sin despertar a su esposa ni a sus hijos, metió unos mendrugos de pan en una bolsa de arpillera, se puso los zapatos, se ató la hoz al cinto y partió.

Anduvo durante días y días. Caminaba hasta que el sol no era más que un leve resplandor rojizo en el horizonte. Pernoctaba en cuevas con el viento silbando fuera. Otras veces dormía en las riberas de los ríos, bajo los árboles y al abrigo de peñascos. Se acabó el pan y entonces comía lo que encontraba: bayas, hongos, peces que atrapaba con las manos en los ríos, y algunos días ni siquiera comía, pero continuó caminando. Si pasaba gente y le preguntaba adónde iba, él se lo contaba; algunos se reían, otros apretaban el paso temiendo que fuera un loco, y otros rezaban por él porque el *div* también les había arrebatado un hijo. Baba Ayub seguía caminando, cabizbajo. Cuando los zapatos se le deshicieron, se los ató con cordel a los pies, y cuando los cordeles se rompieron, siguió adelante descalzo. Y así cruzó desiertos, valles y montañas.

Por fin llegó a la montaña en cuya cima se emplazaba la fortaleza del *div*. Tan ansioso estaba por concluir su misión que no se detuvo a descansar, sino que emprendió de inmediato el ascenso, con la ropa hecha jirones, los pies ensangrentados y el cabello lleno de polvo, pero sin que su resolución se hubiera quebrantado un ápice. Las ásperas rocas le lastimaban los pies, unos halcones le picotearon la cara cuando pasó junto a su nido, y violentas ráfagas de viento amenazaban con arrancarlo de la ladera de la montaña. Mas él siguió trepando, de una roca a la siguiente, hasta que por fin se encontró ante las enormes puertas de la fortaleza del *div*.

Baba Ayub arrojó una piedra contra las puertas y entonces oyó el bramido del *div*:

—¿Quién osa molestarme?

Baba Ayub pronunció su nombre y añadió:

—Vengo de la aldea de Maidan Sabz.

—¿Tienes ganas de morir? ¡Sin duda las tienes, si has venido hasta mi morada a importunarme! ¿Qué se te ofrece?

—He venido a matarte.

Hubo un breve silencio al otro lado de las puertas. Y entonces, con un chirriar de goznes, los batientes se abrieron y apareció el *div*, alzándose imponente sobre Baba Ayub en toda su espeluznante envergadura.

—No me digas —repuso con su voz de trueno.

—Así es —confirmó Baba Ayub—. De un modo u otro, uno de los dos va a morir hoy.

Por un instante pareció que el *div* iba a derribarlo y acabar con él de un solo mordisco con aquellos dientes afilados como dagas. Pero algo hizo titubear a la criatura, que entornó los ojos. Quizá fue la locura que traslucían las palabras de aquel anciano. Quizá fue su aspecto, con su atuendo hecho jirones, el rostro ensangrentado, el polvo que lo cubría de la cabeza a los pies, las heridas que le laceraban la piel. O quizá fue que el *div* no captó el menor miedo en los ojos de aquel hombre.

—¿De dónde dices que vienes?

—De Maidan Sabz —declaró Baba Ayub.

—Pues debe de estar muy lejos esa Maidan Sabz, por la pinta que tienes.

—No he venido hasta aquí para charlar. He venido a...

El *div* levantó una garra.

—Sí, sí. Has venido a matarme. Ya lo sé. Pero sin duda me concederás unas últimas palabras antes de acabar conmigo.

—De acuerdo —repuso Baba Ayub—. Pero que sean pocas.

—Te lo agradezco. —El *div* sonrió de oreja a oreja—. ¿Puedo preguntarte qué mal te he infligido para merecer la muerte?

—Me arrebataste mi hijo pequeño. Era lo que más quería en el mundo.

El *div* soltó un gruñido y se dio unos golpecitos en la barbilla.

—He quitado muchos niños a muchos padres —repuso.

Furioso, Baba Ayub empuñó la hoz.

—Entonces los vengaré a ellos también.

—Debo decir que tu valor me produce cierta admiración.

—Tú no sabes nada sobre el valor —replicó Baba Ayub—. Para que exista el valor tiene que haber algo en juego. Yo he venido aquí sin nada que perder.

—Aún puedes perder tu vida —le recordó el *div*.

—Eso ya me lo quitaste.

El *div* volvió a soltar un gruñido y estudió a Baba Ayub con expresión pensativa. Al cabo, dijo:

—De acuerdo. Te concederé batirte en duelo conmigo. Pero, primero, te pido que me sigas.

—Date prisa —repuso Baba Ayub—, se me ha acabado la paciencia.

El *div* se dirigía ya hacia un gigantesco corredor, así que no le quedó otra opción que seguirlo. Fue detrás del *div* a través de un laberinto de pasillos, de techos tan altos que casi rozaban las nubes y sostenidos por enormes columnas. Pasaron por muchos huecos de escaleras y cámaras suficientemente grandes para contener toda Maidan Sabz. Siguieron caminando hasta que por fin el *div* se detuvo en una espaciosa habitación, al fondo de la cual había una cortina.

—Acércate —pidió.

Baba Ayub así lo hizo, hasta que estuvo a su lado.

El *div* descorrió la cortina. Tras ella había un ventanal de cristal que daba a un gran jardín bordeado de cipreses y lleno de flores multicolores. Había estanques de azulejos azules, terrazas de mármol y exuberantes explanadas verdes. Baba Ayub vio setos bellamente recortados y fuentes que borboteaban a la sombra de granados. Ni en tres vidas enteras podría haber imaginado un lugar tan hermoso.

Pero lo que de verdad desarmó a Baba Ayub fue el espectáculo de los niños que corrían y jugaban felices en aquel jardín. Se perseguían unos a otros por los senderos y en torno a los árboles. Jugaban al escondite entre los setos. Baba Ayub buscó con mirada ansiosa y por fin encontró lo que buscaba. ¡Allí estaba! Su hijo Qais, vivo y con un aspecto inmejorable. Había crecido y tenía el cabello más largo de lo que su padre recordaba. Vestía una preciosa camisa blanca y unos bonitos pantalones. Y reía encantado mientras perseguía a un par de compañeros de juego.

—Qais —susurró Baba Ayub empañando el cristal con su aliento, y luego repitió el nombre de su hijo a pleno pulmón.

—No puede oírte —dijo el *div*—. Ni verte.

Baba Ayub empezó a dar saltos haciendo aspavientos con los brazos y golpeó con los puños el cristal, hasta que el *div* volvió a correr la cortina.

—No lo entiendo —dijo Baba Ayub—, creía que...

—Ésta es tu recompensa —interrumpió el *div*.

—Explícate —exigió Baba Ayub.

—Te sometí a una prueba.

—¿A una prueba?

—Una prueba de tu amor. Fue un reto muy severo, lo reconozco, y no creas que no sé lo mucho que te ha hecho sufrir. Pero has superado la prueba. Ésta es tu recompensa, y la suya.

—¿Y si no hubiera elegido? —exclamó Baba Ayub—. ¿Y si no hubiera querido saber nada de esa prueba tuya?

—Entonces todos tus hijos habrían muerto, pues habría caído sobre ellos la maldición de tener un padre débil; un cobarde que preferiría verlos morir a todos antes que llevar una carga en la conciencia. Has dicho que no tienes valor, pero yo lo veo en ti. Es necesario valor para hacer lo que has hecho, para que decidieras llevar esa carga sobre las espaldas. Y te honro por ello.

Baba Ayub blandió débilmente la hoz, pero se le escurrió de la mano y cayó al suelo de mármol con estrépito. Las rodillas le flaquearon y tuvo que sentarse.

—Tu hijo no se acuerda de ti —prosiguió el *div*—. Ésta es ahora su vida, y ya has visto qué feliz es. Aquí se le proporcionan la mejor comida y las mejores ropas, amistad y cariño. Se lo instruye en las artes y las lenguas, en las ciencias y en el ejercicio de la sabiduría y la caridad. No le falta nada. Algún día, cuando sea un hombre, es posible que decida marcharse, entonces será libre de hacerlo. Intuyo que cambiará muchas vidas con su generosidad y dará felicidad a quienes estén sumidos en la desdicha.

—Quiero verle —dijo Baba Ayub—. Quiero llevármelo a casa.

—¿De veras?

Baba Ayub alzó la vista hacia el *div*.

La criatura se acercó a un armario que había cerca de la cortina y de un cajón sacó un reloj de arena. ¿Sabes qué es un reloj de arena, Abdulá? Sí, lo sabes. Bueno, pues el *div* cogió el reloj de arena, le dio la vuelta y lo dejó a los pies de Baba Ayub.

—Permitiré que te lo lleves a casa —dijo el *div*—. Si ésa es tu decisión, nunca podrá regresar aquí. Si decides no llevártelo, serás tú quien no podrá volver nunca. Cuando toda la arena se haya vertido, vendré a preguntarte qué has decidido.

Dicho esto, el *div* salió de la habitación dejándolo ante otra dolorosa elección.

«Me lo llevaré a casa», pensó Baba Ayub al instante. Era lo que más deseaba, con cada fibra de su ser. ¿No lo había imaginado mil veces en sus sueños? ¿Que volvía a abrazar al pequeño Qais, que lo besaba en la mejilla y volvía a sentir la suavidad de sus manitas entre las suyas? Sin embargo... Si se lo llevaba a casa, ¿qué clase de vida tendría en Maidan Sabz? Como mucho, la dura vida de un granjero, como la suya, y poco más. Eso si no moría por culpa de la sequía, como les pasaba a tantos niños en la aldea. «¿Podrías perdonarte entonces? —se dijo Baba Ayub—. ¿Sabiendo que lo arrancaste, por tus propias y egoístas razones, de una vida de lujo y oportunidades?» Por otra parte, si se marchaba sin Qais, ¿cómo soportaría saber que su hijo estaba vivo, saber dónde estaba y sin embargo tener prohibido verlo? ¿Cómo iba a soportar algo así? Baba Ayub se echó a llorar. Se sintió tan descorazonado que levantó el reloj de arena y lo arrojó contra la pared, donde se hizo añicos y derramó su fina arena por el suelo.

El *div* volvió a la habitación y encontró a Baba Ayub ante los cristales rotos, con los hombros hundidos.

—Eres una bestia cruel —declaró Baba Ayub.

—Cuando uno ha vivido tanto tiempo como yo, descubre que la crueldad y la benevolencia no son más que tonos distintos del mismo color. ¿Has tomado ya tu decisión?

Baba Ayub se enjugó las lágrimas, recogió la hoz y se la ató al cinto. Se dirigió lentamente hacia la puerta, cabizbajo.

—Eres un buen padre —dijo el *div* al verlo marcharse.

—Ojalá ardas en los fuegos del infierno por lo que me has hecho —repuso Baba Ayub con desaliento.

Había salido de la habitación y enfilaba ya el pasillo cuando el *div* lo alcanzó.

—Toma esto —dijo, tendiéndole un frasquito de cristal que contenía un líquido oscuro—. Bébetelo durante el viaje a casa. Adiós.

Baba Ayub cogió el frasquito y se marchó sin decir una palabra más.

Muchos días después, su esposa estaba sentada en el linde del campo de la familia buscándolo con la mirada, como había hecho Baba Ayub tantas veces esperando ver a Qais. Cada día que pasaba sus esperanzas de que su marido volviese menguaban. Los aldeanos ya hablaban de Baba Ayub en pasado. Ese día, estaba sentada allí en la tierra, con una plegaria en los labios, cuando vio una figura delgada que se dirigía a Maidan Sabz desde las montañas. Al principio lo confundió con un derviche perdido, un hombre flaco y harapiento, de ojos hundidos y semblante descarnado, y sólo cuando estuvo más cerca reconoció a su marido. El corazón le dio un vuelco de alegría y rompió a llorar de puro alivio.

Cuando se hubo lavado, y después de beber y comer lo suficiente, Baba Ayub guardó cama mientras los aldeanos lo rodeaban y le hacían preguntas.

—¿Dónde has estado, Baba Ayub?

—¿Qué has visto?

—¿Qué te ha ocurrido?

Él no podía contestarles, ya que no recordaba nada de su viaje, ni haber subido a la montaña del *div* o hablado con él, ni el magnífico palacio ni la gran habitación de las cortinas. Parecía haber despertado de un sueño ya olvidado. No recordaba el jardín secreto, ni a los niños, y sobre todo no recordaba haber visto a su Qais jugando en aquel jardín con sus amigos. De hecho, cuando alguien mencionó el nombre de Qais, Baba Ayub parpadeó desconcertado.

—¿Quién? —preguntó.

No recordaba haber tenido nunca un hijo llamado Qais.

¿Comprendes, Abdulá, que darle la poción que había borrado esos recuerdos fue un acto de piedad? Ésa fue la recompensa de Baba Ayub por haber superado la segunda prueba del *div*.

Aquella primavera, los cielos se abrieron por fin sobre Maidan Sabz. Lo que derramaron no fue la fina llovizna de los años anteriores, sino un aguacero en toda regla. Una tupida cortina de lluvia cayó del cielo, y la sedienta aldea se apresuró a recibirla con los brazos abiertos. Durante todo el día el agua tamborileó sobre los tejados y ahogó los demás sonidos del mundo. Gruesos goterones resbalaban de las puntas de las hojas. Los pozos se llenaron y el río creció. Las montañas del este reverdecieron. Brotaron flores silvestres y, por primera vez en muchos años, los niños jugaron sobre la hierba y las vacas pastaron ávidamente. Todos se sintieron jubilosos.

Cuando la lluvia cesó, hubo bastante trabajo que hacer en la aldea. Se habían desmoronado varias paredes de adobe, había tejados medio hundidos y tierras de cultivo convertidas en ciénagas. Pero, después de la devastadora sequía, la gente de Maidan

Sabz no estaba dispuesta a quejarse. Volvieron a levantar las paredes, repararon los tejados y drenaron los canales de riego. Aquel otoño, Baba Ayub produjo la cosecha de pistachos más abundante de su vida, y al año siguiente y al otro sus cosechas no hicieron sino aumentar de tamaño y calidad. En las grandes ciudades donde vendía sus mercancías, Baba Ayub se sentaba orgulloso tras las pirámides de pistachos, sonriendo de oreja a oreja como el hombre más feliz del mundo. Nunca volvió a haber sequía en Maidan Sabz.

No queda mucho que contar, Abdulá. Aunque quizá te preguntarás si alguna vez pasó por la aldea un apuesto joven jinete, en su búsqueda de grandes aventuras. ¿Se detuvo quizá a tomar un poco de agua, que ahora abundaba en la aldea, y se sentó a partir el pan con los aldeanos, quizá con el mismísimo Baba Ayub? No sé decirte, muchacho. Lo que sí puedo asegurar es que Baba Ayub vivió hasta convertirse en un hombre muy, muy viejo. Y que vio casarse a todos sus hijos, como había deseado siempre, y que éstos le dieron a su vez muchos nietos, cada uno de los cuales lo llenó de felicidad.

Y también puedo decirte que algunas noches, sin motivo aparente, Baba Ayub no podía dormir. Aunque ya era muy mayor, aún podía andar ayudándose de un bastón. Y así, esas noches insomnes, se levantaba de la cama con sigilo para no despertar a su mujer, cogía el bastón y salía de la casa. Caminaba en la oscuridad, con el bastón repiqueteando ante sí y la brisa nocturna acariciándole la cara. Había una piedra plana en el linde de su campo, y allí se sentaba. A menudo se quedaba una hora o más contemplando las estrellas y las nubes que pasaban flotando ante la luna. Pensaba en su larga vida y daba gracias por toda la generosidad y todo el gozo que le habían concedido. Sabía que querer más, ansiar todavía más, sería mezquino. Exhalaba un suspiro de felicidad y escuchaba el viento que soplaba de las montañas, el gorjear de las aves nocturnas.

Pero de vez en cuando le parecía distinguir algo más entre esos sonidos. Era siempre lo mismo: el agudo tintineo de un cascabel. No comprendía por qué debería oír un sonido así, allí solo en la oscuridad y con todas las ovejas y cabras durmiendo. Unas veces se decía que eran imaginaciones suyas, y otras estaba tan convencido de lo contrario que le gritaba a la oscuridad: «¿Hay alguien ahí? ¿Quién es? ¡Sal y deja que te vea!» Pero nunca obtenía respuesta. Baba Ayub no lo comprendía. Como tampoco entendía que, siempre que oía aquel tintineo, sintiera una oleada de algo parecido al coletazo de un sueño triste, y que lo sorprendiera cada vez como una inesperada ráfaga de viento. Pero luego pasaba, como todo acaba siempre por pasar.

Bueno, ya está, hijo. Éste es el final. No tengo nada que añadir. Y ya se ha hecho muy tarde; estoy cansado, y tu hermana y yo tenemos que levantarnos al amanecer. Así que apaga la vela, apoya la cabeza y cierra los ojos. Que duermas bien, hijo. Nos diremos adiós por la mañana.

2

Otoño de 1952

Padre nunca le había pegado. Por eso cuando lo hizo, cuando le dio un cachete justo encima de la oreja, fuerte, sin previo aviso y con la palma abierta, en los ojos de Abdulá brotaron lágrimas de sorpresa. Parpadeó rápidamente para contenerlas.

—Vete a casa —le ordenó Padre entre dientes.

De más allá, a Abdulá le llegaron los sollozos de Pari.

Entonces, Padre volvió a pegarle, más fuerte esta vez, cruzándole la cara de un bofetón. Le ardió la mejilla izquierda y se le escaparon las lágrimas. Sintió un pitido en el oído. Padre se agachó y se acercó tanto que su rostro moreno y surcado de arrugas eclipsó por completo el desierto y el cielo.

—Hijo, te he dicho que te vayas a casa —insistió con expresión disgustada.

Abdulá no profirió sonido alguno. Tragó saliva y miró a su padre con los ojos entornados, parpadeando hacia la cara que lo protegía del sol. Desde el pequeño carro rojo que esperaba más allá, Pari gritó su nombre con voz temblorosa de aprensión:

—¡Abolá!

Padre le dirigió una mirada de advertencia y volvió al carretón. Desde su lecho, Pari tendió las manitas hacia su hermano. Éste dejó que se adelantaran un poco; entonces se enjugó las lágrimas con ambas palmas y echó a andar tras ellos.

Poco después, Padre le arrojó una piedra, como hacían los niños de Shadbagh con el perro de Pari, *Shuja*, sólo que ellos tenían la intención de darle, de hacerle daño. La piedra cayó a varios palmos de Abdulá, inofensiva. El niño esperó un poco, y cuando su padre y su hermanita emprendieron la marcha de nuevo, volvió a seguirlos.

Finalmente, cuando el sol acababa de pasar el cenit, Padre se detuvo otra vez. Se volvió hacia Abdulá, pareció reflexionar y le indicó que se acercara.

—No piensas rendirte, ¿eh? —dijo.

Desde el lecho del carretón, Pari se apresuró a deslizar una manita en la de Abdulá. Alzaba su mirada de ojos límpidos hacia él y le sonreía con su boca desdentada como si nunca fuera a ocurrirle nada malo mientras él estuviese a su lado. Abdulá cerró los dedos en torno a su mano, como hacía cada noche cuando ambos dormían en el catre, con las cabezas juntas y las piernas entrelazadas.

—Se suponía que ibas a quedarte en casa —dijo Padre—, con tu madre e Iqbal, como te dije que hicieras.

«Es tu esposa —pensó Abdulá—. A mi madre la enterramos.» Pero se cuidó de que esas palabras no salieran de sus labios.

—Bueno, está bien. Ven, pero nada de lloros, ¿me oyes?

—Sí.

—Te lo advierto, no pienso tolerarlo.

Pari le sonrió a Abdulá, que la miró a los ojos claros y le devolvió la sonrisa.

A partir de entonces anduvo junto al carretón, que traqueteaba por el árido desierto, sujetando la mano de Pari. Intercambiaban furtivas miradas de regocijo, pero no se decían gran cosa, temiendo empeorar el humor de su padre y estropear su buena fortuna. Pasaban largos trechos los tres solos, sin otra cosa a la vista que gargantas cobrizas y despeñaderos de arenisca. El desierto se desplegaba en toda su amplitud, como si se hubiese creado sólo para ellos con su aire quieto y abrasador y su cielo alto y azul. Del terreno agrietado sobresalían relucientes rocas. Los únicos sonidos que oía Abdulá eran su propia respiración y el monótono chirriar de las ruedas del carretón rojo del que su Padre tiraba, siempre hacia el norte.

Al cabo de un tiempo se detuvieron a descansar a la sombra de un peñasco. Con un gemido, Padre dejó las varas del carretón en el suelo. Arqueó la espalda y esbozó una mueca con el rostro hacia el sol.

—¿Cuánto falta para Kabul? —quiso saber Abdulá.

Padre bajó la vista hacia ellos. Se llamaba Sabur. Era un hombre de tez morena y rostro duro, anguloso y huesudo, con una nariz aguileña como el pico de un halcón del desierto y ojos muy hundidos. Estaba flaco como un junco, pero una vida entera de trabajo le había fortalecido los músculos, que se le ceñían tan prietos como tiras de ratán en torno al brazo de una silla de mimbre.

—Llegaremos mañana por la tarde, si vamos a buen ritmo —respondió.

Se llevó el odre de piel de vaca a los labios y bebió un largo trago, con la nuez subiéndole y bajándole en la garganta.

—¿Por qué no nos ha llevado el tío Nabi? —preguntó Abdulá—. Tiene un coche. —Padre puso los ojos en blanco—. Así no habríamos tenido que caminar tanto.

Padre no contestó. Se quitó el casquete manchado de hollín y se secó el sudor de la frente con la manga de la camisa.

Pari señaló algo desde el carretón.

—¡Mira, Abolá! —exclamó con emoción—. ¡Otra!

El niño miró hacia donde indicaba su dedito y vio, a la sombra del peñasco, una pluma larga y gris como el carbón después de haber ardido. Fue hasta ella y la recogió por el astil. Sopló para quitarle las motas de polvo. De halcón, se dijo, dándole vueltas. O de paloma, o de alondra del desierto. Ese día había visto varias. No, ésa era de halcón. Volvió a soplar y se la tendió a Pari, quien se la arrebató encantada.

En casa, en Shadbagh, Pari guardaba bajo la almohada una vieja lata de té que le había dado Abdulá. Tenía el pasador oxidado, y en la tapa había un hindú con barba, turbante y larga túnica roja que sujetaba con ambas manos una humeante taza de té. La lata contenía la colección de plumas de Pari. Eran sus pertenencias más preciadas. Había plumas de gallo de un verde oscuro y un intenso burdeos; una pluma blanca de la cola de una paloma; otra de un gorrión, de un marrón terroso salpicado de manchas oscuras; y la que hacía sentir más orgullosa a Pari: una pluma de pavo real de un verde iridiscente y con un ojo grande y precioso en el extremo.

Esta última se la había regalado Abdulá dos meses antes. Había oído hablar de un chico de otra aldea cuya familia tenía un pavo real. Un día, cuando Padre estaba cavando zanjas en un pueblo al sur de Shadbagh, Abdulá fue hasta esa aldea, buscó al chico y le pidió una pluma del ave. La subsiguiente negociación se resolvió con el trueque de los zapatos de Abdulá por la pluma. Para cuando llegó de nuevo a Shadbagh, con la pluma de pavo real remetida en la cinturilla de los pantalones por debajo de la camisa, se le habían agrietado los talones y dejaba manchas de sangre en el suelo. Tenía pinchos y astillas clavados en las plantas. Cada paso le provocaba agudas punzadas en los pies.

Al llegar a casa, encontró a su madrastra, Parwana, en el exterior de la choza, agachada ante el *tandur*, preparando el pan del día. Abdulá se agazapó rápidamente tras el enorme roble que había junto a la casa y esperó a que acabara. Asomándose por detrás del tronco, la observó trabajar; era una mujer de hombros anchos y brazos largos, manos ásperas y dedos regordetes, una mujer de cara redonda y mofletuda, sin una pizca de la elegancia de la mariposa cuyo nombre llevaba.

Abdulá deseaba ser capaz de quererla como había querido a su madre. Madre, que había muerto desangrada dando a luz a Pari, tres años y medio antes, cuando Abdulá tenía siete. Madre, cuyo rostro apenas recordaba ya, que le asía la cabeza entre las manos y se la llevaba al pecho, y le acariciaba la mejilla cada noche antes de que se durmiera y le cantaba una canción de cuna.

Encontré un hada pequeñita y triste
bajo la sombra de un árbol de papel.
Era un hada pequeñita y triste
y una noche el viento se la llevó.

Ojalá pudiera querer a su nueva madre de la misma manera. Quizá Parwana deseaba en el fondo lo mismo, ser capaz de quererlo a él tal como quería a Iqbal, su hijo de un año, cuya cara besaba constantemente, cuyos más leves estornudos y toses eran siempre motivo de preocupación. O como había querido a su primer hijo, Omar. Parwana lo adoraba. Pero Omar había muerto de frío tres inviernos atrás. Tenía dos semanas de vida. Parwana y Padre apenas le habían puesto un nombre. Fue uno de los tres bebés que aquel invierno brutal se llevó en Shadbagh. Abdulá recordaba a Parwana abrazando el cuerpecito inmóvil y envuelto en pañales de Omar, sus espasmos de dolor. Recordaba el día que lo enterraron en lo alto de la colina, un montículo diminuto en la tierra helada, bajo un cielo plomizo, con el ulema Shekib diciendo las plegarias, el viento arrojándoles nieve y hielo a la cara.

Abdulá suponía que Parwana se pondría furiosa cuando se enterara de que había cambiado su único par de zapatos por una pluma de pavo real. Padre había trabajado duro al sol para comprárselos. Le iba a caer una buena cuando Parwana lo descubriera. Quizá incluso le pegara, pensó. Lo había sacudido ya unas cuantas veces. Tenía unas manos fuertes y grandes —de levantar durante tantos años a su hermana inválida, imaginaba Abdulá— que sabían blandir un palo de escoba o propinar un buen bofetón.

No obstante, en su honor había que decir que no parecía sentir ninguna satisfacción cuando lo zurraba. Tampoco era incapaz de mostrarse tierna con sus hijastros. En cierta ocasión le había cosido a Pari un vestido en plata y verde de una pieza de tela que Padre trajo de Kabul. En otra le había enseñado a Abdulá, con sorprendente paciencia, a cascar dos huevos simultáneamente sin romper las yemas. Y una vez les había mostrado a los dos cómo retorcer farfollas de maíz para convertirlas en muñequitas, como había hecho con su propia hermana cuando eran pequeñas. Y luego les enseñó a hacer vestidos para las muñecas con pequeños retazos de tela.

Pero Abdulá sabía que sólo eran gestos, actos dictados por el deber, extraídos de un pozo bastante menos lleno de cariño que el que surtía a Iqbal. Si una noche se incendiara la casa, Abdulá sabía muy bien a qué niño pondría a salvo Parwana cuando saliera corriendo. No lo pensaría dos veces. Al final, todo se reducía a algo bien simple: Pari y él no eran sus hijos. La mayoría de la gente quiere más a los suyos. No era culpa de Parwana que él y su hermana no fueran de su sangre. Eran vestigios de otra mujer.

Esperó a que Parwana entrara con el pan, pero casi enseguida la vio salir otra vez de la cabaña con Iqbal en un brazo y un montón de ropa sucia bajo el otro. La observó alejarse hacia el río y aguardó a que desapareciera de la vista para escabullirse hacia la casa, con un dolor punzante en los pies a cada paso. Una vez dentro, se sentó y se puso las viejas sandalias de plástico, el único calzado que ahora tenía. Sabía que no había hecho algo muy sensato. Sin embargo, cuando se arrodilló junto a Pari, la sacudió dulcemente para despertarla de la siesta y sacó la pluma de detrás de la espalda, como un mago, todo mereció la pena: por cómo su cara expresó sorpresa y luego alegría, por cómo le llenó de besos las mejillas, y por cómo rió cuando Abdulá le hizo cosquillas en la barbilla con la suave punta de la pluma; y de repente ya no le dolían los pies.

Padre volvió a secarse la cara con la manga. Bebieron del odre por turnos. Cuando acabaron, Padre dijo:

—Estás cansado, hijo.

—No —contestó, pero sí lo estaba. Estaba agotado. Y le dolían los pies. No era fácil cruzar un desierto con sandalias.

—Sube —le dijo Padre.

En el carretón, Abdulá se sentó detrás de Pari, con la espalda contra los listones de madera y la espalda de su hermana oprimiéndole el vientre y el esternón. Mientras Padre los arrastraba, Abdulá contemplaba el cielo, las montañas, las prietas e interminables hileras de redondeadas colinas que la distancia suavizaba. Observaba la espalda de su padre, que tiraba de ellos cabizbajo y levantando nubecillas de arena rojiza con los pies. Pasó de largo una caravana de nómadas kuchi, una polvorienta procesión de campanillas tintineantes y camellos que gruñían. Una mujer de cabello trigueño y ojos perfilados con *kohl* le sonrió a Abdulá.

Su cabello le recordó al de su madre, y volvió a suspirar por ella, por su dulzura, su innata felicidad, su perplejidad ante la crueldad de la gente. Recordaba sus hipidos de risa y la tímida manera en que a veces ladeaba la cabeza. Su madre había sido una persona delicada, tanto de carácter como de complexión, una mujer menuda, de cintura de avispa y con una mata de cabello que siempre se le salía del velo. Abdulá solía preguntarse cómo un cuerpecito tan frágil podía albergar tanta alegría, tanta bondad. Pero no podía. Las derramaba por todas partes, se vertían de sus ojos. Padre era distinto. Dentro de Padre había dureza. Sus ojos contemplaban el mismo mundo que Madre y sólo veían indiferencia, trabajo duro e interminable. El mundo de Padre era implacable. Nada bueno era gratis, ni siquiera el amor. Uno pagaba por todo, y si eras pobre tu moneda era el sufrimiento. Abdulá observó la raya del cabello de su hermanita, su fina muñeca sobre el lado del carretón, y supo que, al morir, su madre le había transmitido algo a Pari. Una parte de su alegre devoción, de su candidez, de su imperturbable esperanza. Pari era la única persona en el mundo que nunca, jamás, le haría ningún daño. Algunos días Abdulá tenía la sensación de que era su única familia verdadera.

Los colores del día se disolvieron lentamente en el gris y las cumbres distantes se convirtieron en opacas siluetas de gigantes agazapados. Horas antes habían pasado por varias aldeas, la mayoría de ellas apartadas y polvorientas como Shadbagh. Casitas cuadradas de adobe, a veces al abrigo de la ladera de una montaña, con volutas de humo elevándose de los tejados. Cuerdas de tender, mujeres en cuclillas junto a las hogueras. Unos cuantos álamos, varios pollos, un puñado de vacas y cabras, y siempre una mezquita. La última aldea que pasaron se hallaba junto a un campo de adormidera, donde un anciano que trabajaba las vainas los saludó con un ademán. Gritó algo que Abdulá no consiguió entender. Padre le devolvió el saludo.

—¿Abolá? —dijo Pari.

—Dime.

—¿Tú crees que *Shuja* estará triste?

—Creo que estará bien.

—¿Nadie le hará daño?

—Es un perro grande, Pari. Sabe defenderse.

Shuja era grande, desde luego. Padre decía que en algún momento había sido un perro de pelea, pues alguien le había cortado las orejas y la cola. Si sabía o querría defenderse era otra cuestión. Cuando el perro había aparecido en Shadbagh, los niños le habían lanzado piedras, y lo pinchaban con ramas y radios de rueda de bicicleta oxidados. *Shuja* nunca los atacó. Con el tiempo, los críos de la aldea se cansaron de atormentarlo y lo dejaron en paz, aunque *Shuja* seguía mostrándose precavido, desconfiado, como si no hubiese olvidado sus malos tratos en el pasado.

En Shadbagh, *Shuja* evitaba a todo el mundo excepto a Pari. Ella lo hacía perder toda compostura. Su apego a la niña era inmenso y absoluto. Pari era su universo. Por las mañanas, cuando la veía salir de la casa, *Shuja* se ponía en pie de un salto y le temblaba todo el cuerpo. El muñón de su cola mutilada se movía frenéticamente, y él, como si bailara claqué pisando brasas. Daba brincos de alegría y describía círculos en torno a ella. Era la sombra de Pari el día entero, con el hocico pegado a sus talones, y por la noche, cuando se separaban, se tendía ante la puerta de la casa, tristón, a esperar a que llegara la mañana.

—¿Abolá?

—Dime.

—Cuando sea mayor, ¿viviré contigo?

Abdulá observó el sol naranja que descendía hacia el ocaso, rozando el horizonte.

—Si quieres... Pero no querrás.

—¡Sí que querré!

—Querrás tener tu propia casa.

—Pero podemos ser vecinos.

—A lo mejor.

—¿No vivirás muy lejos?

—¿Y si te cansas de mí?

Pari le propinó un codazo en el costado.

—¡No me cansaré!

Abdulá sonrió para sí.

—Vale, muy bien.

—¿Estarás cerca?

—Sí.

—¿Hasta que seamos viejos?

—Muy viejos.

—¿Para siempre?

—Sí, para siempre.

Pari se volvió para mirarlo desde la parte delantera del carretón.

—¿Me lo prometes, Abolá?

—Para siempre jamás.

Más tarde, Padre cargó con Pari a la espalda y Abdulá cerró la marcha empujando el carretón vacío. Mientras caminaba, se sumió en una especie de trance, sin pensar en nada. Sólo era consciente de cómo subían y bajaban sus propias rodillas, del sudor que le goteaba por el borde del casquete. De los piececitos de Pari rebotando contra las caderas de Padre. Consciente tan sólo de las sombras de su padre y su hermana que se alargaban en el grisáceo lecho del desierto, y que se alejaban de él si aminoraba la marcha.

El tío Nabi le había encontrado ese último empleo a Padre; el tío Nabi era el hermano mayor de Parwana, así que en realidad era el «tiastro» de Abdulá. Trabajaba de cocinero y chófer en Kabul. Una vez al mes, cogía el coche y viajaba de Kabul a Shadbagh para hacerles una visita, con su llegada anunciada por un *staccato* de bocinazos y los gritos de una horda de niños de la aldea que perseguían el gran vehículo azul con el techo de color canela y llantas relucientes. Daban palmadas en el guardabarros y las ventanillas hasta que él paraba y se apeaba sonriente, el apuesto tío Nabi con sus largas patillas y el pelo negro y ondulado peinado hacia atrás, vestido con un traje chaqueta color aceituna que le quedaba grande, camisa blanca y mocasines marrones. Todo el mundo salía a verlo, porque conducía un coche, aunque perteneciera a su patrón, y porque llevaba traje y trabajaba en la gran ciudad, Kabul.

En su última visita, el tío Nabi le había hablado a Padre del empleo. Los ricos para quienes trabajaba iban a construir un anexo en su casa —una casita de invitados en el jardín de atrás, con baño incluido, separada del edificio principal— y el tío había sugerido que contrataran a Padre, que sabía apañarse con una obra. Dijo que le pagarían bien y que tardaría más o menos un mes en completar el encargo.

Padre sabía apañarse con una obra, desde luego. Había trabajado en muchas. Desde que Abdulá recordaba, siempre andaba por ahí buscando trabajo, llamando a puertas en busca de encargos para la jornada. Una vez, había oído cómo Padre le decía al patriarca de la aldea, el ulema Shekib: «Si hubiese nacido animal, ulema *sahib*, te juro que habría sido mula.» A veces se llevaba a Abdulá a sus trabajos. En cierta ocasión habían recolectado manzanas en un pueblo que quedaba a un día entero de camino de Shadbagh. Abdulá recordaba a su padre encaramado a la escalera hasta el ocaso, con los hombros encorvados, la arrugada nuca ardiendo al sol, la piel curtida en los antebrazos, los gruesos dedos arrancando las manzanas una por una. En otro pueblo habían hecho ladrillos para una mezquita. Padre le había enseñado a recoger buena tierra, la más profunda y de tono más claro. La habían tamizado juntos y añadido paja, y luego Padre le había explicado con paciencia cómo calcular la proporción de agua para que la mezcla no quedase demasiado líquida. Aquel último año, Padre había llevado piedras a cuestas, paleado tierra y probado suerte con el arado, y también había trabajado con una cuadrilla de carreteras poniendo asfalto.

Abdulá sabía que Padre se culpaba por lo de Omar. Si hubiese encontrado más trabajo o mejor, podría haberle conseguido al bebé mejor ropa de invierno, mantas más gruesas, quizá hasta una estufa para calentar la casa. Eso pensaba Padre. No le había dicho una palabra sobre Omar desde el entierro, pero Abdulá sabía que era así.

Recordaba haberlo visto una vez, días después de la muerte de Omar, de pie bajo el enorme roble, solo. El roble se alzaba imponente sobre toda Shadbagh y era el ser vivo más viejo de la aldea. Padre decía que no le sorprendería que hubiese presenciado la marcha del emperador Babur con su ejército para tomar Kabul. Según contaba, se había pasado media infancia a la sombra de su gigantesca copa o trepando por sus grandes ramas. Su propio padre, el abuelo de Abdulá, había atado largas cuerdas a una rama gruesa y colgado de ellas un columpio, un artilugio que había sobrevivido a incontables e intensivas sesiones y al anciano en sí. Padre decía que solía columpiarse por turnos con Parwana y su hermana Masuma, cuando eran pequeños.

Pero últimamente Padre siempre estaba demasiado cansado de trabajar cuando Pari le tiraba de la manga para que la columpiara.

—Quizá mañana, Pari.

—Sólo un ratito, *baba*. Por favor, levántate.

—Ahora no. En otro momento.

La pequeña acababa por desistir, le soltaba la manga y se alejaba, resignada. A veces el delgado rostro de Padre se desencajaba al verla marchar. Y entonces se daba la vuelta en el catre, se tapaba con la colcha y cerraba los fatigados ojos.

Abdulá no lograba imaginarlo columpiándose. No conseguía imaginar que hubiese sido un niño alguna vez, como él. Un niño. Sin preocupaciones, ágil como el viento, corriendo por los campos con sus compañeros de juego. Padre, con sus manos llenas de cicatrices, su rostro surcado por profundas arrugas de cansancio. Padre, que podría haber nacido con una pala en la mano y tierra bajo las uñas.

Aquella noche tuvieron que dormir en el desierto. La cena consistió en pan y el resto de las patatas hervidas que les había preparado Parwana. Padre encendió un fuego y puso agua a calentar para preparar té.

Abdulá se tendió junto a la hoguera y se arrebujó bajo la manta de lana detrás de Pari, que tenía los piececitos muy fríos.

Padre se inclinó sobre las llamas y encendió un cigarrillo.

Abdulá se volvió boca arriba y Pari se movió para encajar la mejilla en el familiar hueco bajo su clavícula. El niño inspiró el olor a cobre del polvo del desierto y contempló el cielo, tachonado de titilantes estrellas como cristales de hielo. Una delicada luna creciente parecía sostener la sombra fantasmal de su plenitud.

Volvió a pensar en tres inviernos atrás, cuando la oscuridad lo había invadido todo y el viento había proferido su lento y largo silbido a través de los resquicios de la puerta y las grietas en el techo. Fuera, la nieve había desdibujado los contornos de la aldea. Las noches eran largas y sin estrellas, y los días muy cortos y sombríos, con un sol que apenas asomaba, y cuando lo hacía, su aparición era breve como la de una estrella invitada. Recordó el fatigado llanto de Omar y luego su silencio, y después a Padre tallando con tristeza una tabla de madera bajo una hoz de luna como la que brillaba ahora sobre ellos; una tabla que luego hincó a golpes en la tierra dura y helada en la cabecera de la pequeña sepultura.

Y ahora el otoño se acercaba a su fin una vez más. El invierno ya acechaba a la vuelta de la esquina, aunque ni Padre ni Parwana hablaban de él, como si mencionarlo pudiera precipitar su llegada.

—¿Padre? —dijo Abdulá.

Al otro lado de la hoguera, el hombre profirió un leve gruñido.

—¿Dejarás que te ayude? A construir la casa de invitados, quiero decir.

Una espiral de humo se elevaba del cigarrillo. Tenía la mirada fija en la oscuridad.

—¿Padre?

Él se movió en la roca donde estaba sentado.

—Supongo que podrías ayudarme a preparar la argamasa —contestó.

—No sé cómo se hace.

—Yo te enseñaré, ya aprenderás.

—¿Y yo? —quiso saber Pari.

—¿Tú? —respondió Padre sin apresurarse. Dio una calada al pitillo y hurgó en el fuego con un palo. Una nube de pequeñas chispas danzarinas se elevó en la negrura—. Tú estarás a cargo del agua. Te asegurarás de que nadie tenga sed, porque un hombre no puede trabajar si tiene sed.

Pari no dijo nada.

—Padre tiene razón —intervino Abdulá. Notó que Pari quería ensuciarse las manos, retozar en el barro, y que la tarea que Padre le había asignado la decepcionaba—. Si no te ocupas de traernos agua, nunca conseguiremos acabar la casa de invitados.

Padre ensartó el asa de la tetera en el palo y la levantó del fuego. La dejó a un lado para que se enfriara.

—Te diré lo que haremos —dijo—. Tú me demuestras que puedes ocuparte del agua, y yo me encargo de conseguirte otra tarea.

Pari levantó el mentón para mirar a su hermano con la cara iluminada por una sonrisa desdentada.

Abdulá la recordó de bebé, cuando dormía sobre su pecho y a veces, cuando él abría los ojos en plena noche, la encontraba sonriendo en silencio con esa misma expresión.

La había criado él. Era la verdad. Aunque él mismo fuera todavía sólo un crío de diez años. Cuando Pari tenía meses, era él quien se despertaba por las noches con su llanto y sus quejidos, él quien la paseaba y la mecía en la oscuridad. Era él quien le cambiaba los pañales, quien la bañaba. No le correspondía a Padre hacer esas cosas: era un hombre, y siempre estaba demasiado cansado por culpa del trabajo. Y Parwana, ya embarazada de Omar, no se desvivía precisamente por atender a Pari. Nunca tuvo la paciencia o la energía suficientes. Y así, a Abdulá le había tocado cuidarla, pero no le importaba. Lo hacía con mucho gusto. Le encantaba haberla ayudado a dar sus primeros pasos, haber sido el testigo boquiabierto de su primera palabra. Le parecía que ésa era su misión, la razón por la que Dios lo había creado, para que estuviera ahí y cuidase de Pari cuando Él se llevara a su madre.

—*Baba* —dijo Pari—, cuéntanos una historia.

—Se hace tarde.

—Por favor.

Padre era un hombre reservado por naturaleza. Rara vez pronunciaba más de dos frases seguidas. Pero en ocasiones, por razones que Abdulá desconocía, algo se abría en su interior y las historias brotaban de él. Unas veces, con Abdulá y Pari embelesados mientras Parwana armaba ruido con los cacharros en la cocina, les contaba historias que su abuela le había transmitido de niño, transportándolos a tierras pobladas por sultanes, *yinns*, malévolos *divs* y sabios derviches. Otras veces se inventaba las historias, las creaba sobre la marcha, y esos relatos reflejaban una capacidad de imaginar y soñar que siempre sorprendía a Abdulá. Padre nunca le parecía más presente, más vibrante, real y sincero que cuando contaba esas historias, como si los relatos fueran agujeritos en su mundo opaco e inescrutable.

Pero la expresión de Padre le reveló a Abdulá que esa noche no habría historia.

—Es tarde —repitió. Levantó la tetera con el borde del chal que le cubría los hombros y se sirvió una taza de té. Sopló un poco y tomó un sorbo, con las llamas bañándole el rostro de un resplandor naranja—. Es hora de dormir. Mañana será un día largo.

Abdulá tapó las cabezas de ambos con la manta, y canturreó contra la nuca de Pari:

> *Encontré un hada pequeñita y triste*
> *bajo la sombra de un árbol de papel.*

Medio dormida, Pari entonó lentamente sus versos:

> *Era un hada pequeñita y triste*
> *y una noche el viento se la llevó.*

Y casi al instante se quedó dormida.

Más tarde, Abdulá se despertó y se encontró con que Padre no estaba. Se incorporó asustado. El fuego estaba casi apagado, sólo quedaban unas motitas de brasas carmesí. Miró a derecha e izquierda, pero sus ojos no consiguieron penetrar la oscuridad a un tiempo inmensa y asfixiante. Notó que palidecía. Con el corazón desbocado, aguzó el oído y contuvo el aliento.

—¿Padre? —susurró.

Silencio.

El pánico brotó en su pecho. Completamente inmóvil, con el cuerpo erguido y tenso, escuchó durante largo rato. No se oía nada. Estaban solos, Pari y él, con la oscuridad cerniéndose alrededor. Los habían abandonado. Padre los había abandonado. Abdulá captó por primera vez la inmensidad del desierto y del mundo entero. Con qué facilidad podía perderse alguien en él. Sin nadie para ayudarlo, para mostrarle el camino. Entonces una idea mucho peor se abrió paso en sus pensamientos: Padre estaba muerto. Alguien le había cortado el cuello. Bandidos. Lo habían matado y ahora los acechaban a ellos, tomándose su tiempo, deleitándose, convirtiéndolo en un juego.

—¿Padre? —volvió a llamar, con tono estridente esta vez.

No hubo respuesta.

—¿Padre?

Lo llamó una y otra vez, sintiendo una garra que le oprimía más y más la garganta. Perdió la cuenta de cuántas veces lo llamaba o durante cuánto tiempo, pero no obtuvo respuesta alguna de la oscuridad. Imaginó rostros ocultos en las montañas, observándolos con sonrisas maliciosas. El pánico lo embargó y le encogió las entrañas. Se echó a temblar y gimoteó quedamente. Estaba a punto de ponerse a gritar.

Y entonces oyó pisadas. Una forma se materializó en la oscuridad.

—Creía que te habías ido —dijo Abdulá con voz temblorosa.

Padre se sentó ante los restos del fuego.

—¿Dónde estabas?

—Duérmete, hijo.

—No nos abandonarás, ¿verdad? Tú no harías eso, Padre.

Él lo miró, pero Abdulá no logró distinguir su expresión en la oscuridad.

—Vas a despertar a tu hermana.

—No nos abandones.

—Ya basta.

Abdulá volvió a tenderse y abrazó con fuerza a su hermana, con el corazón palpitándole en el pecho.

Abdulá nunca había estado en Kabul. Lo que sabía sobre la ciudad procedía de las historias del tío Nabi. Gracias a los trabajos de Padre había visitado varios pueblos, pero nunca una ciudad de verdad, y desde luego nada que el tío Nabi le hubiese contado podría haberlo preparado para el trasiego y el bullicio de la mayor y más concurrida. En todas partes había semáforos, salones de té y restaurantes, tiendas con escaparates de cristal y brillantes letreros de colores. Los coches transitaban ruidosamente por las calles atestadas, haciendo sonar la bocina y colándose entre autobuses, transeúntes y bicicletas. *Garis* tirados por caballos circulaban por los bulevares entre tintineos, con las llantas de hierro rebotando en el pavimento. Las aceras que Abdulá recorría con Pari y Padre estaban abarrotadas de vendedores de cigarrillos y chicles, quioscos de revistas, herreros que aporreaban herraduras. En los cruces, guardias de tráfico con uniformes que no eran de su talla hacían sonar sus silbatos y gesticulaban sin que nadie, al parecer, les hiciera caso.

Abdulá se sentó en un banco cerca de una carnicería, con Pari en el regazo, y compartieron un plato de judías guisadas con chutney de cilantro que Padre compró en un puesto callejero.

—Mira, Abolá —dijo Pari señalando una tienda en la acera de enfrente.

En el escaparate había una joven con un vestido verde con un precioso bordado de espejitos y cuentas. Llevaba un largo pañuelo a juego, alhajas de plata y pantalones rojo intenso. Estaba inmóvil y miraba con indiferencia a los transeúntes sin parpadear. No movió un solo dedo mientras Abdulá y Pari se acababan las judías, y después siguió totalmente quieta. Calle arriba, Abdulá vio un cartel enorme colgado en la fachada de un edificio alto. Mostraba a una mujer hindú, joven y guapa, en un campo de tulipanes y bajo un aguacero, resguardándose con actitud juguetona tras una especie de bungaló. Esbozaba una sonrisa tímida y el sari mojado se le pegaba a las curvas del cuerpo. Abdulá se preguntó si se trataría de eso que el tío Nabi había llamado cine, adonde la gente acudía a ver películas, y tuvo la esperanza de que el mes siguiente su tío los llevara a Pari y a él a ver una. Sonrió ante la idea.

Por fin, después de la atronadora llamada a la oración que surgió de una mezquita alicatada de azul calle arriba, Abdulá vio al tío Nabi aparcar junto al bordillo. Se apeó, ataviado con su traje color aceituna, y evitó por muy poco darle con la puerta a un joven ciclista con un *chapan*, quien la esquivó justo a tiempo.

Rodeó rápidamente el capó del coche y le dio un abrazo a Padre. Cuando vio a Abdulá y Pari, esbozó una ancha sonrisa. Se agachó para quedar al mismo nivel que ellos.

—¿Qué os parece Kabul, niños?

—Hay mucho ruido —contestó Pari, y él rió.

—Sí que lo hay. Vamos, subid. Veréis muchas más cosas desde el coche. Limpiaos los pies antes de entrar. Sabur, ve tú delante.

El asiento trasero, frío y duro, era azul claro, como el coche. Abdulá se deslizó hasta la ventanilla detrás del conductor y se sentó a Pari en el regazo. Advirtió que los transeúntes miraban el coche con envidia. Pari volvió la cabeza hacia él y se sonrieron.

La ciudad fue pasando de largo mientras el tío Nabi conducía. Dijo que daría un rodeo para que vieran un poco de Kabul. Señaló una colina llamada Tapa Maranjan y la cúpula del mausoleo con vistas a la ciudad que coronaba la cima. Les contó que allí estaba enterrado Nader Sha, padre del rey Zaher Sha. Luego les mostró la fortaleza de Bala Hissar en la cumbre del monte Kuhe-Sherdarwaza, utilizada por los británicos durante su segunda guerra contra Afganistán.

—¿Qué es eso, tío Nabi? —preguntó Abdulá dando golpecitos en la ventanilla para señalar un edificio amarillo grande y rectangular.

—Silo. Es la nueva fábrica de pan. —Nabi conducía con una mano y estiró el cuello para guiñarle un ojo—. Cortesía de nuestros amigos los rusos.

«Una fábrica que hace pan», se maravilló Abdulá, y recordó a Parwana en Shadbagh, aplastando porciones de masa contra las paredes de arcilla de su *tandur*.

Por fin el tío Nabi enfiló una calle amplia y limpia, flanqueada por cipreses dispuestos a espacios regulares. Las casas eran elegantes, y las más grandes que había visto Abdulá. Las había blancas, amarillas, azul claro. La mayoría tenían dos plantas, estaban rodeadas por altos muros y protegidas por portones metálicos de doble batiente. Abdulá vio varios coches como el del tío Nabi aparcados en la calle.

Entraron en un sendero adornado por una hilera de arbustos pulcramente recortados. Al fondo, la casa de dos plantas y paredes blancas se veía tremendamente grande.

—Tu casa es enorme —dijo Pari, con los ojos muy abiertos de asombro.

El tío Nabi echó la cabeza hacia atrás y soltó una carcajada.

—Ya me gustaría. No, ésta es la casa de mis patronos. Estáis a punto de conocerlos. Así que ahora portaos lo mejor que sepáis.

La casa resultó más impresionante incluso cuando el tío Nabi los condujo a su interior. Abdulá calculó que era lo suficientemente grande para contener al menos la mitad de las casas de Shadbagh. Tenía la sensación de haber entrado en el palacio del *div*. El jardín, al fondo, se veía precioso con sus hileras de coloridas flores, arbustos primorosamente recortados hasta la altura de la rodilla y árboles frutales aquí y allá; Abdulá reconoció cerezos, manzanos, albaricoqueros y granados. Un porche cubierto separaba el jardín de la casa —el tío Nabi les contó que se llamaba «galería»— y estaba rodeado por una barandilla baja cubierta de parras. De camino a la habitación donde los señores Wahdati esperaban su llegada, Abdulá vio un cuarto de baño con la taza de porcelana que les había descrito el tío Nabi, así como un lavabo reluciente con grifos broncíneos. Abdulá, quien dedicaba muchas horas cada semana a traer cubos del pozo comunal de Shadbagh, se quedó maravillado ante una vida en la que sólo hacía falta un pequeño gesto con la mano para tener agua.

Abdulá, Pari y Padre se sentaron en un voluminoso sofá con borlas doradas. Los suaves cojines que tenían detrás estaban salpicados de diminutos espejos octogonales. Frente al sofá, un único cuadro ocupaba casi toda la pared. En él, un anciano escultor inclinado sobre su banco de trabajo tallaba un bloque de piedra con un mazo. Unas cortinas burdeos plisadas vestían los amplios ventanales, que se abrían a un balcón con una barandilla de hierro hasta la cintura. En la habitación todo estaba pulido y sin una mota de polvo.

Abdulá nunca había sido tan consciente de su propia suciedad.

El patrón del tío Nabi, el señor Wahdati, estaba sentado en una butaca de cuero con los brazos cruzados. Los miraba con una expresión no del todo hostil pero sí distante, impenetrable. Era más alto que Padre; Abdulá lo notó en cuanto se levantó para saludarlos. Tenía hombros estrechos, labios finos y una frente alta y brillante. Llevaba un traje blanco y entallado y una camisa verde con el cuello desabrochado y gemelos ovalados de lapislázuli en los puños. En todo aquel rato no había pronunciado más de diez o doce palabras.

Pari no le quitaba ojo a la bandeja de galletas que había en la mesa de cristal que tenían delante. Abdulá nunca habría creído posible que existiera semejante variedad: canutillos de chocolate rellenos de crema, galletitas redondas con naranja en el centro, verdes con forma de hojas...

—¿Te apetece una? —preguntó la señora Wahdati. Era ella quien hablaba todo el rato—. Adelante, los dos. Las he puesto para vosotros.

Abdulá se volvió hacia Padre como si le pidiera permiso, y Pari hizo lo mismo. Eso pareció cautivar a la señora Wahdati, que enarcó las cejas, ladeó la cabeza y sonrió.

Padre asintió levemente.

—Una cada uno —dijo en voz baja.

—No, nada de eso —repuso la señora Wahdati—. He hecho que Nabi las trajera de una panadería en la otra punta de Kabul.

Padre se ruborizó y bajó la mirada. Estaba sentado en el borde del sofá, sujetando con ambas manos el maltrecho casquete. Mantenía las rodillas bien apartadas de la señora Wahdati y la vista fija en su marido.

Abdulá cogió dos galletas y le dio una a Pari.

—Vamos, coged más. Que las molestias de Nabi no hayan sido para nada —insistió la anfitriona con afable reproche. Le sonrió al tío Nabi.

—No ha sido ninguna molestia —repuso él, ruborizándose.

Estaba de pie cerca de la puerta, junto a una alta vitrina de madera con gruesas puertas de cristal. En sus estantes había fotografías enmarcadas en plata del señor y la señora Wahdati. En una se los veía con otra pareja, ataviados con recios abrigos y gruesas bufandas y con un río fluyendo espumoso a sus espaldas. En otra, la señora Wahdati sostenía un vaso con gesto risueño y rodeaba con el brazo desnudo a un hombre que no era el señor Wahdati, algo que a Abdulá le resultó inconcebible. Había asimismo una fotografía de boda, él muy alto y pulido con su traje negro, y ella con un vestido blanco y largo, ambos sonriendo sin enseñar los dientes.

Abdulá miró a hurtadillas a la señora: cintura fina, boca pequeña y bonita, cejas perfectas, uñas rosa a juego con el pintalabios. Ahora se acordaba de ella, de un par de años antes, cuando Pari tenía casi dos. El tío Nabi la había llevado a Shadbagh porque ella quería conocer a su familia. En aquella ocasión llevaba un vestido color melocotón sin mangas —recordaba el asombro en la cara de Padre— y gafas de sol de gruesa montura blanca. Sonreía constantemente y les hacía preguntas sobre el pueblo y sobre sus vidas; quiso saber los nombres y las edades de los niños. Actuaba como si se encontrara en su elemento en la casa de adobe de techo bajo, sentada con la espalda apoyada contra la pared manchada de hollín, junto a la ventana moteada de moscas muertas y la pringosa cortina de plástico que separaba la habitación de la cocina, donde también dormían Abdulá y Pari. Había convertido su visita en un espectáculo, quitándose los zapatos de tacón en la puerta, prefiriendo sentarse en el suelo cuando Padre había tenido el tino de ofrecerle una silla. Como si fuera uno de ellos. Por aquel entonces Abdulá tenía sólo ocho años, pero había descubierto sus intenciones.

Lo que mejor recordaba Abdulá de aquella visita era que Parwana —en aquel momento embarazada de Iqbal— había permanecido sentada en un rincón, una figura envuelta en el velo, encogida, sumida en un rígido silencio. Tenía los hombros hundidos y los pies recogidos bajo el voluminoso vientre, como si pretendiera fundirse con la pared y desaparecer. Su rostro

46

quedaba oculto por el sucio velo, que se ceñía bajo la barbilla. Abdulá casi logró ver la vergüenza que emanaba de ella como vapor, la incomodidad, lo insignificante que se sentía, y lo había sorprendido una oleada de ternura hacia su madrastra.

La señora Wahdati cogió el paquete de tabaco que había junto a las galletas y encendió un cigarrillo.

—Hemos dado un largo rodeo para llegar hasta aquí, y les he enseñado un poco la ciudad —comentó el tío Nabi.

—¡Estupendo! —exclamó ella—. ¿Había estado ya en Kabul, Sabur?

—Un par de veces, *bibi sahib*.

—¿Y qué impresión le produce, si puede saberse?

Padre se encogió de hombros.

—Está llena de gente.

—Pues sí.

El señor Wahdati se quitó una pelusa de la manga de la chaqueta y miró fijamente la alfombra.

—Está llena de gente, sí, y a veces es una lata —comentó su mujer.

Padre asintió con la cabeza, como si entendiera de qué hablaba.

—En el fondo, Kabul es una isla. Según algunos es progresista, y quizá lo sea. Sí, supongo que en cierta medida lo es, pero también vive de espaldas al resto del país.

Padre se miró el casquete entre las manos y parpadeó.

—No malinterprete mis palabras —prosiguió ella—. Daría mi apoyo sin reservas a cualquier plan progresista que surgiera de la ciudad. Sabe Dios que al país le vendría muy bien. Pero, para mi gusto, esta ciudad está demasiado satisfecha consigo misma. Le aseguro que la pomposidad de este lugar se hace a veces muy pesada. —Soltó un suspiro—. La verdad es que siempre he admirado el campo. Me gusta muchísimo: las provincias lejanas, las *qarias*, las pequeñas aldeas. El Afganistán real, por así decirlo.

Padre asintió con escasa convicción.

—Es posible que no esté de acuerdo con todas las tradiciones tribales, ni siquiera con la mayoría, pero tengo la sensación de que, fuera de la ciudad, la gente lleva una vida mucho más auténtica. Transmiten tenacidad. Una humildad reconfortante. Y hospitalidad, además. Y fortaleza. Desprenden orgullo. ¿Es ésa la palabra adecuada, Suleimán? ¿Orgullo?

—Basta, Nila —repuso su marido en voz baja.

Siguió un denso silencio. Abdulá vio que el señor Wahdati tamborileaba con los dedos en el brazo de la butaca, y luego observó a su mujer: la sonrisa tensa, la mancha rosa en la boquilla del cigarrillo, cómo cruzaba los pies y apoyaba el codo en el brazo del sofá.

—Es probable que no sea la palabra adecuada —dijo ella, rompiendo el silencio—. Dignidad, quizá. —Sonrió, revelando unos dientes rectos y blancos. Abdulá nunca había visto unos dientes así—. Sí, eso. La gente del campo transmite dignidad. La llevan puesta, como quien lleva una insignia, ¿no? Lo digo sinceramente. Yo la veo en usted, Sabur.

—Gracias, *bibi sahib* —murmuró Padre moviéndose un poco en el sofá, todavía con la vista fija en el casquete.

La señora asintió con la cabeza. Posó la mirada en Pari.

—Y debo decir que eres preciosa, querida.

Pari se arrimó aún más a Abdulá.

La señora se lanzó a recitar, muy despacio:

—«Hoy han visto mis ojos el encanto, la belleza, la inconmensurable elegancia del rostro que andaba buscando.» —Sonrió—. Es de Rumi. ¿Han oído hablar de él? Se diría que lo compuso para ti, querida.

—La señora Wahdati es una poetisa de gran talento —intervino el tío Nabi.

Desde su butaca, el señor Wahdati tendió la mano para coger una galleta, la partió por la mitad y le dio un pequeño mordisco.

—Eres muy amable, Nabi —repuso la señora, mirándolo con afecto.

Abdulá volvió a ver rubor en las mejillas del tío Nabi.

La señora apagó el cigarrillo con enérgicos golpecitos contra el cenicero.

—Quizá podría llevar a los niños a algún sitio —sugirió.

El señor Wahdati soltó un bufido de mal humor y plantó ambas palmas sobre los brazos de la butaca con ademán de levantarse, pero no lo hizo.

—Iremos al bazar —añadió ella dirigiéndose a Padre—. Si le parece bien, Sabur. Nabi nos llevará en el coche. Suleimán puede enseñarle el terreno de la obra, en la parte de atrás. Así podrá valorarlo por sí mismo.

Padre asintió con la cabeza.

El señor Wahdati cerró lentamente los ojos.

Todos se levantaron para irse.

De pronto, Abdulá deseó que Padre diera las gracias a esa gente por las galletas y el té, que los cogiera a Pari y a él de la mano y se fueran de esa casa y sus cuadros y sus cortinas y de todas sus comodidades y su lujo recargado. Podían rellenar el odre de agua, comprar pan y unos huevos duros, y volver por donde habían venido. Cruzar de nuevo el desierto, los peñascos, las montañas, con Padre contándoles historias. Se turnarían para llevar a Pari en el carretón. Y al cabo de dos días, quizá tres, aunque fuera con los pulmones cargados de polvo y los miembros cansados, estarían de regreso en Shadbagh. *Shuja* los vería llegar y correría a recibirlos, para brincar alrededor de Pari. Estarían en casa.

—Moveos, niños —dijo Padre.

Abdulá dio un paso adelante con la intención de decir algo, pero tío Nabi le apoyó su gruesa mano en el hombro, le dio la vuelta y lo condujo hacia la puerta, diciendo:

—Ya veréis qué bazares tienen aquí. Os sorprenderéis.

La señora Wahdati fue con ellos en el asiento de atrás, y el aire se llenó de su perfume y de algo dulce y un poco acre que Abdulá no reconoció. Los acribilló a preguntas mientras el tío Nabi conducía. ¿Qué amigos tenían? ¿Iban a la escuela? Se interesó por sus quehaceres domésticos, por sus vecinos, por sus juegos. El sol le daba en el perfil derecho. Abdulá le veía el vello en la mejilla y la tenue línea bajo la mandíbula donde acababa el maquillaje.

—Tengo un perro —declaró Pari.

—¿De verdad?

—Es todo un elemento —intervino el tío Nabi desde el asiento delantero.

—Se llama *Shuja*. Sabe cuándo estoy triste.

—Así son los perros —comentó la señora Wahdati—. Se les dan mejor esas cosas que a algunas personas que conozco.

Vieron a un trío de colegialas que daban brincos calle abajo. Llevaban uniformes negros con bufandas blancas anudadas al cuello.

—A pesar de lo que he dicho antes, Kabul no está tan mal. —La señora Wahdati se toqueteaba el collar con gesto ausente. Miraba por la ventanilla y había cierta pesadumbre en su expresión—. Me gusta más a finales de primavera, después de las lluvias. Qué limpio es el aire entonces, con ese primer anuncio del verano. La forma en que el sol incide en las montañas. —Sonrió con languidez—. Nos sentará bien tener a una niña en casa. Para variar, habrá un poco de ruido. Un poco de vida.

Abdulá la miró y captó algo alarmante en aquella mujer, bajo el maquillaje y el perfume y la supuesta conmiseración; algo profundamente dañado. De pronto pensó en la humeante cocina de Parwana, en el estante atiborrado de frascos, platos disparejos y cacerolas manchadas. Echaba de menos el colchón que compartía con Pari, aunque estuviera sucio y el embrollo de muelles amenazara siempre con asomar. Echaba de menos todo. Nunca había sentido tanta añoranza de su hogar.

La señora Wahdati se arrellanó de nuevo en el asiento, soltando un suspiro y sujetando el bolso contra sí como haría una mujer embarazada con su vientre abultado.

El tío Nabi se detuvo ante una acera atestada. Al otro lado de la calle, junto a una mezquita con altos minaretes, se hallaba el bazar, compuesto por congestionados laberintos de callejas cubiertas y descubiertas. Recorrieron pasillos llenos de puestos que ofrecían abrigos de piel, anillos con joyas y piedras de colores, toda clase de especias, con el tío Nabi en la retaguardia y la señora Wahdati y ellos dos abriendo la marcha. Ahora que estaban al aire libre, la señora llevaba unas gafas de sol que le volvían la cara extrañamente gatuna.

Las voces de la gente regateando reverberaban por todas partes. Prácticamente de todos los puestos surgía música estridente. Pasaron ante locales abiertos que vendían libros, radios, lámparas y cacerolas plateadas. Abdulá vio a una pareja de soldados, con botas polvorientas y abrigos marrón oscuro; compartían un cigarrillo y miraban a la gente con aburrida indiferencia.

Se detuvieron en un puesto de calzado. La señora Wahdati rebuscó entre las cajas de zapatos expuestas. Nabi se acercó al puesto siguiente, con las manos entrelazadas a la espalda, y observó con desdén unas monedas viejas.

—¿Qué te parecen éstas? —le preguntó la señora a Pari. Sostenía un par de flamantes zapatillas deportivas amarillas.

—Qué bonitas —dijo la pequeña, mirándolas con cara de incredulidad.

—Vamos a probártelas.

La ayudó a ponerse las zapatillas y se las abrochó. Alzó la mirada hacia Abdulá por encima de las gafas.

—A ti tampoco te vendría mal un par. No puedo creer que hayas venido andando desde tu aldea con esas sandalias.

Abdulá negó con la cabeza y miró hacia otro lado. Calleja abajo, un anciano de barba desgreñada y con los pies zambos pedía limosna a los transeúntes.

—¡Mira, Abolá! —Pari levantó un pie y luego el otro. Pateó el suelo con fuerza y dio brincos.

La señora Wahdati llamó al tío Nabi y le dijo que llevara a Pari a caminar un poco por la calleja, para ver si notaba cómodas las zapatillas. Nabi cogió de la mano a la niña y echaron a andar.

La señora bajó la vista hacia Abdulá.

—Piensas que soy mala persona —dijo—, por lo que he dicho antes.

Abdulá vio a Pari y Nabi pasar junto al viejo mendigo de los pies deformes. El viejo le dijo algo a su hermana, quien volvió la carita hacia el tío y le dijo algo a su vez, y él le arrojó una moneda al anciano.

Abdulá rompió a llorar en silencio.

—Oh, pobre tesoro —se alarmó la señora Wahdati—. Pobrecito mío. —Sacó un pañuelo del bolso y se lo ofreció.

El niño lo apartó de un manotazo.

—No lo haga, por favor —dijo con voz quebrada.

Ella se agachó a su lado, subiéndose las gafas hasta el nacimiento del pelo. También tenía los ojos húmedos, y cuando se los enjugó con el pañuelo lo dejó surcado de manchas negras.

—No te culpo si me odias. Estás en tu derecho. Pero esto que voy a hacer es para bien, aunque no espero que lo comprendas ahora. Te lo aseguro, Abdulá. Es para bien. Algún día lo entenderás.

Él levantó la cara hacia el cielo y gimió, justo cuando Pari volvía a su lado dando brincos, con lágrimas de gratitud en los ojos y el rostro radiante de felicidad.

Una mañana de aquel invierno, Padre empuñó el hacha y taló el enorme roble. Contó con la ayuda del hijo del ulema Shekib, Baitulá, y unos cuantos hombres más. Abdulá y otros niños observaron la operación. Lo primero que hizo Padre fue quitar el columpio. Trepó al árbol y cortó las cuerdas con un cuchillo. Luego la emprendieron a hachazos con el grueso tronco hasta bien entrada la tarde, cuando el viejo árbol cayó por fin con un tremendo crujido. Padre le dijo a Abdulá que necesitaban leña para el invierno. Sin embargo, había arremetido con el hacha contra el árbol con gran violencia, apretando los dientes y con el rostro sombrío, como si ya no soportara verlo.

Después, bajo un cielo color piedra, los hombres se dedicaron a cortar el tronco caído, con las narices y las mejillas enrojecidas de frío y sus hachas arrancando huecas reverberaciones a la madera. Más hacia la copa, Abdulá partía ramas pequeñas, separándolas de las grandes. Dos días antes había caído la primera nevada; no había sido muy copiosa, sólo una promesa de lo que vendría después. El invierno no tardaría en cernerse sobre Shadbagh, con sus carámbanos de hielo, sus ventiscas de una semana de duración y aquellos vientos capaces de cuartearte las manos en menos de un minuto. Por el momento, la capa blanca era escasa y desde allí hasta las escarpadas laderas se veía salpicada por manchones de tierra marrón pálido.

Abdulá recogió un brazado de ramas delgadas y lo llevó hasta el montón comunitario, que se volvía más y más alto. Llevaba las nuevas botas para nieve, guantes y un chaquetón de invierno, también recién estrenado. Este último era de segunda mano, pero, aparte de la cremallera rota, que Padre había arreglado, estaba como nuevo. Era azul marino, acolchado y con forro de piel anaranjada, con cuatro grandes bolsillos que se abrían y cerraban y una capucha también acolchada que ceñía la cara de Abdulá cuando tiraba del cordel. Se echó atrás la capucha y exhaló lentamente, formando una nubecilla de vaho.

El sol se ponía en el horizonte. Abdulá todavía distinguía el viejo molino de viento que se alzaba, descarnado y gris, por encima de los muros de arcilla de la aldea. Sus aspas emitían un crujiente gemido cuando soplaba el gélido viento de las montañas. El molino era principalmente el hogar de las garzas reales durante el verano, pero ahora, en invierno, las garzas ya no estaban y los cuervos tomaban posesión de él. Todas las mañanas, sus ásperos graznidos despertaban a Abdulá.

Algo llamó su atención, a la derecha, en el suelo. Se acercó y se arrodilló.

Una pluma. Pequeña. Amarilla.

Se quitó un guante y la cogió.

Esa noche iban a una fiesta, su padre, él y su pequeño hermanastro Iqbal. Baitulá había tenido otro hijo, un varón. Una *motreb* cantaría para los hombres y alguien tocaría la pandereta. Tomarían té, pan recién hecho y sopa *shorwa* con patatas. Después, el ulema Shekib mojaría el dedo en un cuenco de agua azucarada y dejaría que el bebé lo chupara. Sacaría entonces la piedra negra y brillante y la navaja de doble filo, y levantaría el paño que cubría el abdomen del niño. Un ritual corriente. La vida seguía su curso en Shadbagh.

Abdulá hizo girar la pluma en la mano.

«Nada de llantos —había dicho Padre—. No llores. No pienso tolerarlo.»

Y no hubo llantos. En la aldea, nadie preguntaba por Pari. Nadie mencionaba siquiera su nombre. A Abdulá lo dejaba perplejo que hubiera desaparecido por completo de sus vidas.

Sólo en *Shuja* veía Abdulá un reflejo de su propio dolor. El perro aparecía todos los días ante su puerta. Parwana le lanzaba piedras. Padre lo amenazaba con un palo. Pero el animal seguía en sus trece. Todas las noches oían sus gañidos lastimeros, y todas las mañanas lo encontraban tendido ante la entrada, con el morro entre las patas delanteras, parpadeando ante sus agresores con ojos melancólicos en los que no había la menor acusación. Hizo lo mismo durante semanas, hasta que una mañana Abdulá lo vio renquear en dirección a las montañas, cabizbajo. Nadie en Shadbagh había vuelto a verlo desde entonces.

Abdulá se guardó en el bolsillo la pluma amarilla y echó a andar hacia el molino.

A veces pillaba desprevenido a Padre y advertía las distintas y confusas emociones que le ensombrecían el rostro. Le parecía que Padre había menguado, que lo habían despojado de algo esencial. Vagaba lentamente por la casa, o se sentaba al calor de la nueva estufa de hierro fundido, con el pequeño Iqbal en el regazo, y contemplaba las llamas sin verlas. Ahora arrastraba las palabras de una forma que Abdulá no recordaba, como si fueran de plomo. Se sumía en largos silencios con el rostro inexpresivo. Ya no contaba historias; desde su regreso de Kabul con Abdulá no había vuelto a contar ninguna. Quizá, se decía el niño, Padre también había vendido su musa a los Wahdati.

Ya no estaba.

Se había esfumado.

Sin dejar rastro.

Sin explicación.

Sólo hubo unas palabras por parte de Parwana: «Tenía que ser ella. Lo siento, Abdulá. Tenía que ser ella.»

El dedo cortado para salvar la mano.

Se arrodilló detrás del molino, al pie de la deteriorada torre de piedra. Se quitó los guantes y cavó con las manos. Pensó en las pobladas cejas de su hermanita, en su frente amplia y abombada, en su sonrisa desdentada. Oyó mentalmente su risa cristalina reverberando en la casa, como pasaba tantas veces. Pensó en la pelea que había estallado cuando volvieron del bazar. En Pari presa del pánico, chillando. En el tío Nabi llevándosela a toda prisa. Abdulá cavó hasta que sus dedos palparon metal. Entonces hincó las manos y sacó la lata de té. Sacudió la fría tierra de la tapa.

Últimamente pensaba mucho en la historia que les había contado Padre la víspera del viaje a Kabul, la del viejo campesino Baba Ayub y el *div*. Si se hallaba en un sitio donde Pari había estado antaño, percibía su ausencia como un olor que brotaba de la tierra. Entonces le flaqueaban las rodillas y se le encogía el corazón, y ansiaba un trago de la poción mágica que el *div* le había dado a Baba Ayub, para poder olvidar él también.

Pero le resultaba imposible olvidar. Allá adonde fuese, Pari surgía espontáneamente en un extremo de su campo visual. Era como el polvo que se le pegaba a la camisa. Estaba presente en los silencios que tan frecuentes se habían vuelto en la casa, silencios que surgían entre las palabras, unas veces fríos y huecos, otras preñados de cosas no dichas, como una nube cargada de lluvia que nunca cayera. Algunas noches Abdulá soñaba que estaba de nuevo en el desierto, solo, rodeado por las montañas, y veía en la distancia un único y diminuto destello de luz intermitente, una y otra vez. Como un mensaje.

Abrió la lata de té. Estaban todas ahí, las plumas de Pari: de gallos, patos, palomas, y también la del pavo real. Dejó la pluma amarilla en la caja. Algún día, se dijo.

Eso esperaba.

Sus días en Shadbagh estaban contados, como los de *Shuja*. Sabía que era así. Allí ya no quedaba nada para él. No tenía un hogar. Esperaría a que pasara el invierno, a que diera comienzo el deshielo de primavera, y entonces una mañana se levantaría antes del amanecer y se marcharía. Elegiría una dirección y echaría a andar. Llegaría tan lejos de Shadbagh como lo llevaran sus pies. Y si algún día, mientras atravesaba un campo extenso y despejado, la desesperación se apoderaba de él, se detendría en seco, cerraría los ojos y pensaría en la pluma de halcón que Pari había encontrado en el desierto. Imaginaría la pluma soltándose del ave, allá arriba en las nubes, a cientos de metros del mundo, revoloteando y girando en las corrientes de aire, arrastrada por fuertes ráfagas de viento a lo largo de kilómetros y kilómetros de desierto y montañas, para aterrizar por fin, entre todos los sitios posibles, por increíble que pareciera, al pie de aquel preciso peñasco, para que su hermana la encontrara. Que esas cosas pudieran suceder lo dejaría maravillado. Y aunque la sensatez le dijera que en realidad no era así, se sentiría reconfortado y esperanzado, abriría los ojos y echaría a andar.

3

Primavera de 1949

El olor le llega a Parwana antes de que aparte la colcha y lo vea. Ha manchado las nalgas de Masuma y sus muslos, y también las sábanas, el colchón y el cubrecama. Masuma alza la vista hacia ella, una tímida mirada que implora perdón y refleja vergüenza; sigue sintiendo vergüenza después de tanto tiempo, de todos estos años.

—Lo siento —susurra.

Parwana tiene ganas de gritar, pero se obliga a esbozar una trémula sonrisa. En momentos como ése tiene que hacer tremendos esfuerzos para recordar, para no perder de vista una verdad inquebrantable: esto es obra suya, este desastre; nada de lo que le sucede es injusto o excesivo. Esto es lo que merece. Deja escapar un suspiro mientras observa las sábanas manchadas, temiendo el trabajo que la espera.

—Vamos a limpiarte un poco —dice.

Masuma se echa a llorar sin emitir sonido alguno, sin alterar siquiera su expresión. Sólo son lágrimas que brotan y resbalan.

Fuera, al frío de primera hora, Parwana enciende un fuego en el hoyo para asar. Cuando prende, llena un cubo de agua en el pozo de Shadbagh y lo pone a calentar. Acerca las palmas de las manos al fuego. Desde ahí se ve el molino y la mezquita de la aldea donde el ulema Shekib les había enseñado a leer de pequeñas, a Masuma y a ella, y también la casa del ulema, al pie de una suave ladera. Más tarde, cuando el sol esté más alto, su tejado semejará un perfecto cuadrado rojo recortado contra el polvo, por los tomates que su mujer habrá puesto a secar al sol. Parwana alza la vista hacia las estrellas matutinas, que palidecen y se desvanecen parpadeando con indiferencia. Recobra la calma.

Dentro, acuesta a Masuma boca abajo. Empapa un trapo en el agua, le lava las nalgas y le limpia la suciedad de la espalda y las flácidas piernas.

—¿Por qué calientas el agua, Parwana? —dice Masuma contra la almohada—. ¿Para qué te molestas? No hace falta, no voy a notar la diferencia.

—Es posible. Pero yo sí —responde, y esboza una mueca por el hedor—. Y ahora para de hablar y déjame acabar.

A partir de ahí, la jornada de Parwana se desarrolla como siempre, como ha sido durante cuatro años desde la muerte de sus padres. Da de comer a las gallinas. Corta leña y trae agua del pozo. Prepara masa y hornea el pan en el *tandur* anexo a su casa de adobe. Barre el suelo. Por la tarde, en cuclillas en la ribera del río junto a otras mujeres de la aldea, lava la ropa sobre las rocas. Después, como es viernes, visita las tumbas de sus padres en el cementerio y reza una breve plegaria por cada uno de ellos. Y durante todo el día, entre tarea y tarea, encuentra tiempo para mover a Masuma, de un costado al otro, metiéndole una almohada bajo una nalga cada vez.

Ese día, ve dos veces a Sabur.

Lo encuentra agachado ante su casita de adobe, avivando un fuego en el hoyo de asar, con los ojos entornados para protegerlos del humo y con su chico, Abdulá, a su lado. Más tarde, lo ve hablando con otros hombres, hombres que, como él, tienen ahora familias propias, pero que eran antaño los niños de la aldea con quienes Sabur se peleaba, remontaba cometas, perseguía perros, jugaba al escondite. Últimamente Sabur lleva encima una carga, un halo de tragedia: una esposa muerta y dos críos sin madre, uno de ellos un bebé. Ahora habla con voz cansina, apenas audible. Se mueve por la aldea con paso apesadumbrado, como una versión extenuada y encogida de sí mismo.

Parwana lo observa de lejos, con un anhelo casi agobiante. Trata de apartar la vista cuando pasa por su lado. Y si por casualidad sus miradas se encuentran, él se limita a hacerle un gesto con la cabeza, y entonces ella se sonroja intensamente.

Esa noche, cuando Parwana se acuesta por fin, apenas puede levantar los brazos. La cabeza le da vueltas de puro agotamiento. Permanece tendida en el catre, a la espera de que llegue el sueño.

—Parwana —oye en la oscuridad.

—Dime.

—¿Te acuerdas de aquella vez cuando montamos juntas en la bicicleta?

—Ajá.

—¡Qué rápido íbamos! Cuesta abajo, con los perros persiguiéndonos.

—Sí, me acuerdo.

—Las dos chillábamos. Y cuando chocamos contra aquella piedra... —Parwana casi oye sonreír a su hermana—. Cómo se enfadó mamá con nosotras. Y Nabi también. Le destrozamos la bicicleta.

Parwana cierra los ojos.

—¿Parwana?

—Dime.

—¿Puedes dormir conmigo esta noche?

Parwana aparta la colcha de una patada, cruza la habitación hasta Masuma y se desliza a su lado bajo la manta. Masuma apoya la mejilla en su hombro, con un brazo sobre el pecho de su hermana, y susurra:

—Mereces algo mejor que yo.

—No empieces otra vez —musita Parwana. Juguetea con el pelo de Masuma, con caricias largas y pacientes, como a ella le gusta.

Charlan un rato en voz baja de cosas banales, intrascendentes, calentándose mutuamente el rostro con el aliento. Para Parwana, son instantes relativamente felices. Le recuerdan a cuando eran pequeñas y se arrebujaban bajo la manta con las narices tocándose, reían por lo bajo y se susurraban secretos y cotilleos. Masuma no tarda en dormirse, chasquea la lengua en medio de algún sueño. Parwana contempla por la ventana un cielo negro como el betún. Su mente divaga entre fragmentos de pensamientos, y se centra por fin en una imagen vista en cierta ocasión en una vieja revista: una pareja de hermanos siameses unidos por el torso, con expresión adusta. Dos criaturas ensambladas de forma inextricable, con la sangre formándose en la médula de una para correr por las venas de la otra, un vínculo permanente. Parwana siente una opresión, una desesperanza como una mano crispándose dentro del pecho. Respira hondo e intenta centrarse una vez más en Sabur. Su mente vaga hacia los rumores que ha oído en la aldea: que anda buscando una nueva esposa. Se obliga a no visualizar su rostro. Corta de raíz tan ridícula idea.

Parwana fue una sorpresa.

Masuma había nacido ya y se retorcía en silencio en brazos de la partera, cuando su madre soltó un grito y por segunda vez la coronilla de una cabeza se abrió paso. La llegada de Masuma transcurrió sin complicaciones. La partera diría después que nació por sí sola, qué angelito. El parto de Parwana fue prolongado, atroz para la madre, peligroso para el bebé. La partera tuvo que liberar a Parwana del cordón que le rodeaba el cuello, como presa de un asesino ataque de ansiedad por la separación. En sus peores momentos, cuando no puede evitar dejarse llevar por un torrente de odio hacia sí misma, Parwana piensa que quizá el cordón sabía lo que se hacía. Quizá sabía cuál era la mejor de las dos mitades.

Masuma comía como debía, dormía cuando tocaba. Sólo lloraba si tenía hambre o necesitaba que la cambiaran. Era juguetona y fácil de contentar, y siempre estaba de buen humor; era un hatillo de risitas y gorjeos de felicidad. Le gustaba chupar su sonajero.

Qué bebé tan fácil, decía la gente.

Parwana era una tirana. Toda la fuerza de su carácter recayó en su madre. El padre, apabullado ante el histrionismo de la criatura, cogió al hermano mayor de las mellizas, Nabi, y huyó a casa de su propio hermano. La noche era una tortura de proporciones épicas para la madre de las niñas, con sólo breves momentos de descanso. Se pasaba horas enteras paseando a Parwana. La mecía y le cantaba. Se estremecía cuando Parwana se le aferraba al pecho irritado e hinchado y succionaba como si quisiera extraerle la leche de los mismísimos huesos. Pero amamantarla no suponía un antídoto: incluso una vez ahíta, Parwana seguía berreando, indiferente a las súplicas de su madre.

Masuma observaba desde su rincón con expresión pensativa e impotente, como si los apuros de su madre le provocaran lástima.

—Nabi nunca fue así —le dijo un día la madre al padre.

—Cada bebé es distinto.

—Pues éste me está matando.

—Pasará, ya lo verás —repuso él—. Como pasa el mal tiempo.

Y en efecto pasó. Quizá habían sido cólicos, o alguna otra dolencia leve. Pero era demasiado tarde. Parwana ya había dejado su huella.

Una tarde, a finales de verano, cuando las mellizas tenían diez meses, los aldeanos se congregaron en Shadbagh para celebrar una boda. Las mujeres se ocuparon de servir en bandejas pirámides de esponjoso arroz blanco moteadas con azafrán, cortaron pan y distribuyeron platos de berenjena frita con yogur y menta seca. Nabi jugaba fuera con unos niños. Su madre estaba sentada con las vecinas en una alfombra extendida bajo el enorme roble de la aldea. De vez en cuando dirigía una mirada a sus hijas, que dormían una junto a la otra a su sombra.

Después de la comida, a la hora del té, las mellizas se despertaron de la siesta y enseguida alguien cogió en brazos a Masuma. Primos, tías y tíos se la pasaron alegremente unos a otros. Daba brincos en un regazo aquí y en una rodilla allá. Muchas manos le hicieron cosquillas en la suave barriguita. Muchas narices se frotaron contra la suya. Hubo risas cuando cogió la barba del ulema Shekib, juguetona. Se maravillaron ante su comportamiento tranquilo y sociable. La izaron y admiraron el rubor rosáceo de sus mejillas, sus ojos azul zafiro, la elegante curva de su frente, presagios de la impresionante belleza que la caracterizaría al cabo de unos años.

Parwana se quedó en el regazo de su madre. Mientras Masuma llevaba a cabo su actuación, su hermana observaba en silencio con cierta perplejidad, el único miembro del rendido público que no entendía a qué venía tanto alboroto. De vez en cuando su madre bajaba la vista hacia ella y le apretaba suavemente un piececito, casi a modo de disculpa. Cuando alguien comentó que a Masuma le estaban saliendo dos dientes nuevos, la madre dijo en voz baja que a Parwana le estaban saliendo tres. Pero nadie le prestó atención.

Cuando las niñas tenían nueve años, la familia se reunió al anochecer en la casa de Sabur para celebrar el *iftar*, que ponía fin al ayuno tras el Ramadán. Los adultos se sentaron en cojines distribuidos por toda la habitación y charlaron animadamente. Té, buenos deseos y cotilleos circularon en igual medida. Los ancianos pasaban las cuentas de sus rosarios. Parwana, sentada en silencio, se alegraba de respirar el mismo aire que Sabur, de estar cerca de aquellos ojos oscuros como los de un búho. En el transcurso de la velada le dirigió miradas furtivas. Lo pescó en el acto de morder un terrón de azúcar, o de frotarse la suave pendiente de su frente, o de reírse con ganas de algo que acababa de decir un anciano tío. Y si él la pillaba mirándolo, como sucedió un par de veces, Parwana apartaba rápidamente la vista, rígida de vergüenza. Empezaban a temblarle las rodillas. Tenía la boca tan seca que apenas podía hablar.

Parwana pensó entonces en el cuaderno que tenía escondido en casa, entre sus cosas. Sabur siempre estaba inventando historias, relatos poblados de *yinns*, hadas, demonios y *divs*; los niños del pueblo se reunían a menudo en torno a él y escuchaban en concentrado silencio cómo urdía fábulas para ellos. Y unos seis meses antes, Parwana había oído por casualidad cómo Sabur le contaba a Nabi que algún día pondría por escrito esas historias. Poco después, Parwana acudió con su madre a un bazar en otra población, y allí, en un puesto de libros de segunda mano, vio un precioso cuaderno, con impecables páginas pautadas y tapas de piel marrón oscuro y bordes repujados. Consciente de que su madre no podría comprárselo, Parwana aprovechó un instante en que el tendero no miraba para metérselo rápidamente bajo el jersey.

Pero en los seis meses transcurridos desde entonces, todavía no había reunido el valor suficiente para darle el cuaderno a Sabur. Temía que se riera de ella, o que captara la intención de aquel regalo y lo rechazara. En cambio, cada noche, cuando estaba tendida en su catre, acariciaba el cuaderno bajo la manta, repasando con los dedos los grabados en la piel. «Mañana —se prometía todas las noches—. Mañana me acercaré a él y se lo daré.»

Aquella noche, tras el *iftar*, todos los niños salieron a jugar. Parwana, Masuma y Sabur se turnaron en el columpio que el padre de éste había colgado de una gruesa rama del gran roble. Le llegó el turno a Parwana, pero Sabur se olvidó de empujarla porque estaba ocupado en contar otra historia. Esta vez trataba sobre el enorme roble. Al parecer, tenía poderes mágicos: si deseabas algo, contó, tenías que arrodillarte ante él y pedírselo en susurros; si el árbol decidía concedértelo, arrojaba exactamente diez hojas sobre tu cabeza.

Cuando el columpio ya se mecía tan despacio que iba a pararse, Parwana se volvió para pedirle a Sabur que le diese impulso, pero las palabras no salieron de su garganta: Sabur y Masuma se estaban sonriendo mutuamente mientras él sostenía el cuaderno en las manos. Su cuaderno.

—Lo encontré en casa —le explicó más tarde Masuma—. ¿Era tuyo? Vale, te lo pagaré, te lo prometo. No te importa, ¿verdad? Es que pensé que era perfecto para él. Para sus historias. ¿Has visto la cara que ha puesto? ¿La has visto, Parwana?

Parwana dijo que no, que no le importaba, pero estaba deshecha. No podía olvidar cómo se habían sonreído su hermana y Sabur, la mirada que habían intercambiado. Parwana podría haber sido invisible o haberse esfumado como un genio de alguna historia de Sabur, tan cruelmente habían ignorado su presencia. Eso la abatió de forma terrible. Esa noche, en su catre, lloró quedamente.

Para cuando su hermana y ella cumplieron los once, Parwana había llegado a comprender de manera precoz la extraña conducta de los chicos ante las chicas que secretamente les gustaban. Lo veía de manera especial cuando ellas volvían andando a casa de la escuela. La escuela era en realidad la habitación de atrás de la mezquita de la aldea, donde, además de instruirlos en el Corán, el ulema Shekib enseñaba a leer y escribir y a memorizar poemas a los niños de la aldea. El padre de las niñas les contó que Shadbagh era afortunada por tener como *malik* a un hombre tan sabio. De vuelta de esas clases, las mellizas se encontraban a menudo a un grupo de chicos sentados en un murete. Al pasar, a veces las hacían objeto de sus burlas, y otras les arrojaban guijarros. Parwana solía gritarles y responder a sus guijarros con piedras, mientras que Masuma la asía del codo y le decía con sensatez que caminara más deprisa, que no les diera el gusto de enfadarse. Pero ella no lo comprendía. Parwana no se enfadaba porque le arrojaran guijarros, sino porque se los arrojaban sólo a Masuma. Parwana sabía que los chicos se burlaban haciendo aspavientos, y cuanto mayores eran los aspavientos, más intenso era su deseo. Advertía la forma en que sus miradas parecían rebotar en ella para concentrarse en Masuma con un anhelo casi desesperado. Sabía que, pese a sus bromas groseras y sus sonrisas lascivas, le tenían terror a Masuma.

Entonces, un día, uno de ellos no arrojó un guijarro sino una piedra que rodó hasta detenerse ante los pies de las hermanas. Cuando Masuma la recogió, los chicos se dieron codazos y rieron por lo bajo. Un papel sujeto por una goma elástica envolvía la piedra. Cuando estuvieron a una distancia segura, Masuma lo extendió. Ambas leyeron la nota.

> *Te juro que desde que vi tu rostro*
> *el mundo entero es farsa y fantasía,*
> *el jardín no sabe qué es hoja y qué es flor,*
> *las pobres aves no distinguen entre alpiste y cepo.*

Un poema de Rumi, de los que aprendían con el ulema Shekib.

—Cada vez son más refinados —comentó Masuma con una risita.

Debajo del poema, el chico había escrito: «Quiero casarme contigo.» Y más abajo: «Tengo un primo para tu hermana, serán la pareja perfecta. Pueden pastar juntos en el campo de mi tío.»

Masuma rompió la nota en dos.

—Ni caso, Parwana —dijo—. Son unos imbéciles.

—Unos idiotas —coincidió ésta.

Le costó un esfuerzo tremendo esbozar una sonrisa. La nota ya era mala, pero lo que le dolió de verdad fue la reacción de Masuma. El chico no había dirigido explícitamente la nota a una de ellas, pero su hermana había supuesto con toda tranquilidad que el poema era para ella y el primo para Parwana. Por primera vez, ésta se vio a través de los ojos de su hermana. Vio qué concepto tenía de ella: el mismo que los demás. Y le dolió terriblemente.

—Además —añadió Masuma sonriendo y encogiéndose de hombros—, ya me gusta un chico.

Ha llegado Nabi para su visita mensual. Su éxito ya es legendario en la familia, quizá en la aldea entera, por su trabajo en Kabul, por sus visitas a Shadbagh en el reluciente coche azul de su patrón, con la brillante águila que adorna el capó. Todos salen a contemplar su llegada, entre los gritos de los niños que corren junto al vehículo.

—¿Qué tal van las cosas? —pregunta.

Están los tres en la cabaña, tomando té y almendras. Parwana se dice que Nabi es muy guapo, con esos pómulos bien cincelados, los ojos color avellana, las patillas y el espeso pelo negro peinado hacia atrás. Lleva el traje color aceituna de costumbre, que parece quedarle una talla grande. Parwana sabe que Nabi se siente orgulloso de ese traje, por cómo anda siempre tirándose de las mangas, alisándose las solapas, pellizcando la raya de los pantalones, aunque nunca ha conseguido erradicar el tufillo que desprende a cebolla quemada.

—Bueno, ayer tuvimos aquí a la reina Homaira, que vino a tomar un té con galletas —bromea Masuma—. Alabó nuestro exquisito gusto en la decoración.

Sonríe a su hermano, mostrando los dientes amarillentos, y Nabi ríe con la vista fija en la taza. Antes de encontrar trabajo en Kabul, Nabi ayudaba a Parwana a cuidar de su hermana. Al menos lo intentó durante un tiempo, pero no podía, aquello lo superaba. Kabul fue su vía de escape. Parwana envidia a su hermano, pero no se lo recrimina, aunque él mismo sí lo haga: ella sabe que hay algo más que penitencia en el dinero que Nabi le trae todos los meses.

Masuma se ha cepillado el pelo y se ha perfilado los ojos con *kohl*, como siempre que las visita Nabi. Parwana sabe que en parte lo hace por él, pero más por el hecho de que Nabi sea su conexión con Kabul. Tal como lo ve Masuma, él la vincula con el glamour y el lujo, con una ciudad de coches y luces, de restaurantes elegantes y palacios reales, no importa hasta qué punto sea remoto ese vínculo. Parwana recuerda que, tiempo atrás, su hermana siempre decía que era una chica de ciudad atrapada en una aldea.

—Y bien, ¿qué me dices de ti, hermano? ¿Te has conseguido ya una esposa? —pregunta Masuma con tono juguetón.

Él hace un ademán despectivo y se ríe, igual que cuando sus padres le formulaban la misma pregunta.

—Bueno, ¿y cuándo vas a volver a pasearme por Kabul? —prosigue Masuma.

Nabi las había llevado a Kabul una vez, el año anterior. Las recogió en Shadbagh y recorrieron la ciudad en el coche. Les enseñó las mezquitas, los barrios comerciales, los cines, los restaurantes. Le señaló a Masuma la cúpula del palacio de Bagh-e-Bala en su colina sobre la ciudad. En los jardines de Babur, sacó a Masuma del asiento delantero para llevarla en brazos hasta la tumba del emperador de los mogoles. Allí rezaron los tres juntos en la mezquita de Shahjahani, y después, a orillas de un estanque de azulejos azules, dieron cuenta de la comida que Nabi había llevado. Probablemente fue el día más feliz de la vida de Masuma desde el accidente, y Parwana le quedó muy agradecida a su hermano mayor.

—Pronto, *inshalá*—responde Nabi dando golpecitos con un dedo contra la taza.

—¿Puedes acomodarme ese cojín bajo las rodillas, Nabi?... Ah, mucho mejor, gracias. —Masuma suspira—. Kabul me encantó. Si pudiera, saldría para allá mañana mismo a primera hora.

—Algún día lo harás, pronto —dice Nabi.

—¿Qué, caminar?

—No —balbuce él—, quería decir... —Y sonríe cuando ve que Masuma se ha echado a reír.

Fuera, Nabi le da el dinero a Parwana; luego apoya un hombro contra la pared y enciende un cigarrillo. Masuma está dentro, durmiendo la siesta.

—Antes he visto a Sabur —comenta Nabi mirándose un dedo—. Qué terrible lo que le ha pasado. Me ha dicho el nombre del bebé, pero se me ha olvidado.

—Pari —dice Parwana.

Su hermano asiente con la cabeza.

—No se lo he preguntado, pero me ha dicho que tiene intención de volver a casarse.

Ella aparta la mirada, tratando de aparentar que no le importa, pero el corazón le palpita en los oídos, un repentino sudor le perla la piel.

—Como te decía, no se lo he preguntado. Ha sido él quien ha sacado el tema. Me ha llevado aparte para hacerme esa confidencia.

Parwana sospecha que su hermano lo sabe, sabe lo que ella siente por Sabur desde hace tantos años. Masuma es su hermana melliza, pero siempre ha sido Nabi quien mejor la ha comprendido. No obstante, no ve por qué ha de molestarse en darle ahora esa noticia. ¿De qué sirve? Lo que Sabur necesita ahora es una mujer sin cargas ni compromisos, una mujer libre para dedicarse a él, a su hijo, a su hija recién nacida. A Parwana ya se le ha acabado el tiempo. Se le ha agotado. Como su vida.

—Estoy segura de que encontrará a alguien —dice.

Nabi asiente con la cabeza.

—Volveré el mes que viene. —Aplasta el cigarrillo con el zapato y se marcha.

Cuando Parwana vuelve a entrar en la cabaña, la sorprende encontrarse a Masuma despierta.

—Creía que dormías.

La mirada de Masuma se dirige lentamente hacia la ventana; parpadea despacio, con gesto de cansancio.

· · ·

Cuando las niñas tenían trece años, a veces iban a los abarrotados bazares de las poblaciones cercanas por encargo de su madre. El olor a tierra recién regada se elevaba de las calles sin asfaltar. Las dos hermanas recorrían el bazar, pasando ante puestos donde vendían narguiles, chales de seda, cazos de cobre, viejos relojes. Había pollos colgados por las patas, que giraban lentamente sobre piezas de cordero y ternera.

En cada pasillo, Parwana veía las miradas de interés de los hombres cuando pasaba Masuma. Advertía sus esfuerzos por comportarse como si tal cosa, pero no conseguían apartar los ojos de ella. Si Masuma los miraba, parecían sentirse privilegiados, menudos idiotas. Imaginaban que habían compartido un instante con ella. Masuma interrumpía conversaciones a media frase y a los fumadores en medio de una calada; provocaba que temblaran rodillas, que el té se derramara de las tazas.

Había días en que todo aquello resultaba excesivo para Masuma, como si la avergonzara un poco, y le decía a Parwana que prefería quedarse en casa, que nadie la mirara. Entonces, a Parwana le parecía que su hermana, en el fondo, comprendía que su belleza era un arma. Una pistola cargada y apuntando a su propia cabeza. No obstante, la mayoría de los días esas atenciones parecían gustarle y disfrutaba de ese poder suyo de desbaratar los pensamientos de un hombre con una fugaz pero estratégica sonrisa, de hacer que las lenguas tropezaran con las palabras.

Una belleza como la suya hacía que casi doliese mirarla.

Y luego venía Parwana, arrastrando los pies, con su pecho plano y su cutis cetrino. Con su cabello crespo, su cara llena y tristona, sus gruesas muñecas y sus hombros masculinos. Una sombra patética que se debatía entre la envidia y la emoción de que la vieran con Masuma, de compartir la atención, como una mala hierba que aprovechase el agua destinada a un lirio río abajo.

Toda la vida, Parwana había tenido buen cuidado de no contemplarse en un espejo junto a su hermana. Ver su rostro junto al de Masuma, ver con tanta claridad lo que se le había negado, la privaba de cualquier esperanza. Pero, en público, la mirada de cada extraño era un espejo. No había huida posible.

Saca a Masuma de la casa. Se sientan las dos en el *charpai* que ha puesto Parwana fuera. Amontona cojines para que su hermana pueda apoyar cómodamente la espalda contra la pared. Es una noche silenciosa salvo por los chirridos de los grillos, y oscura, iluminada tan sólo por unos cuantos faroles que brillan aún en las ventanas y por el resplandor blanquecino de los tres cuartos de luna.

Parwana llena de agua la base del narguile. Coge dos diminutas porciones de opio y un pellizco de tabaco y lo pone todo en la cazuela de la pipa. Enciende el carbón en el cenicero metálico y le tiende el narguile a su hermana. Masuma da una buena chupada a la boquilla, se reclina contra los cojines y pregunta si puede apoyar las piernas en el regazo de Parwana. Ésta se inclina y levanta las piernas inertes para ponerlas sobre las suyas.

Cuando fuma, el rostro de Masuma se relaja. Se le cierran los párpados. La cabeza se le inclina hacia un lado, vacilante, y su voz se vuelve pastosa y distante. Una sombra de sonrisa asoma en las comisuras de sus labios, una sonrisa enigmática, indolente, más displicente que satisfecha. Cuando Masuma está así, se dicen bien poco. Parwana escucha la brisa, el agua que burbujea en el narguile. Contempla las estrellas y el humo que se dispersa sobre ella. El silencio resulta agradable, y ninguna de las dos siente la necesidad acuciante de llenarlo con palabras innecesarias.

Hasta que Masuma dice:

—¿Harás una cosa por mí?

Parwana la mira.

—Quiero que me lleves a Kabul. —Masuma exhala despacio, y el humo se arremolina y describe formas amorfas con cada parpadeo.

—¿Hablas en serio?

—Quiero ver el palacio de Darulaman. La última vez no tuvimos ocasión de hacerlo. Y quizá volver a visitar la tumba de Babur.

Parwana se inclina con la intención de descifrar la expresión de Masuma. Busca algún indicio de picardía, pero a la luz de la luna sólo capta el brillo tranquilo de sus ojos, que no parpadean.

—Son dos días de camino. Probablemente tres.

—Imagínate la cara de sorpresa de Nabi cuando aparezcamos ante su puerta.

—Ni siquiera sabemos dónde vive.

Masuma hace un ademán desganado.

—Nos ha dicho en qué barrio está. Llamamos a unas cuantas puertas y preguntamos. No es tan complicado.

—¿Cómo vamos a llegar hasta allí en tu estado, Masuma?

Masuma se quita de los labios la boquilla del narguile.

—Hoy ha venido el ulema Shekib, cuando estabas trabajando, y hemos hablado. Le he contado que nos íbamos unos días a Kabul. Tú y yo solas. Y al final me ha dado su bendición. Y su mula, de paso. Así que ya ves, está todo organizado.

—Estás loca —dice Parwana.

—Bueno, es lo que quiero. Es mi deseo.

Parwana vuelve a apoyarse contra la pared, negando con la cabeza. Su mirada se eleva hacia la oscuridad jaspeada de nubes.

—Me estoy muriendo de aburrimiento, Parwana.

Parwana suelta un profundo suspiro y mira a su hermana, que se lleva la boquilla a los labios.

—Por favor. No me digas que no.

Cuando las hermanas tenían diecisiete años, una mañana estaban sentadas en una rama en lo alto del roble, con los pies colgando.

—¡Sabur va a pedírmelo! —dijo Masuma de pronto con excitados susurros.

—¿A pedirte qué? —quiso saber Parwana sin comprenderla, al menos no de inmediato.

—Bueno, no va a hacerlo él, por supuesto. —Masuma rió tapándose la boca—. Claro que no. Será su padre quien lo haga.

Parwana lo entendió. Se le cayó el alma a los pies.

—¿Cómo lo sabes? —preguntó con los labios entumecidos.

Masuma empezó a parlotear, con las palabras manando de ella a un ritmo frenético, pero ella apenas la oía. Estaba imaginando la boda de su hermana con Sabur. Niños con ropa nueva, seguidos por músicos con flautas *shanai* y tambores *dohol*, cargados con cestos de alheña rebosantes de flores. Sabur abriendo el puño de Masuma, dejando la alheña en su palma y atándole la mano con cinta blanca. Imaginó las oraciones, la bendición de la unión. Las ofrendas y regalos. Los imaginó mirándose bajo un velo bordado con hilo de oro, dándose mutuamente una cucharada de sorbete dulce y *malida*.

Y ella, Parwana, estaría allí, entre los invitados, viendo todo aquello. Se esperaría que sonriera, que aplaudiera, que fuera feliz, aunque su corazón estuviese deshecho.

Una ráfaga de viento atravesó el árbol e hizo que las ramas se agitaran y las hojas susurraran. Parwana tuvo que afianzarse.

Masuma se había callado. Sonreía y se mordía el labio.

—Has preguntado que cómo sé que va a pedir mi mano. Te lo contaré. No, mejor te lo enseñaré.

Se dio la vuelta y hurgó en su bolsillo.

Y entonces vino la parte de la que Masuma nada sabía. Mientras su hermana miraba hacia otro lado y rebuscaba en su bolsillo, Parwana se aferró a la rama, levantó el trasero y se dejó caer. La rama se estremeció. Masuma soltó un gritito y perdió el equilibrio. Hizo aspavientos con los brazos y se inclinó hacia delante. Parwana observó cómo se movían sus propias manos. Lo que hicieron no fue exactamente empujarla, pero sí hubo contacto entre la espalda de Masuma y sus dedos y una brevísima y sutil intención de empujar. Pero al cabo de apenas un instante, Parwana estaba tratando de sujetar a su hermana del dobladillo de la blusa y Masuma gritaba su nombre, presa del pánico, y Parwana el de ella. Parwana aferró la blusa, y durante un segundo pareció que lograría salvarla. Pero entonces la tela se rasgó y se le escurrió de la mano.

Masuma se precipitó al vacío. La caída pareció eterna. Su torso chocó contra las ramas en el descenso, asustando a los pájaros y arrancando hojas, y su cuerpo giró y rebotó, partiendo ramas pequeñas, hasta que, con un crujido audible y espantoso, la parte baja de su espalda dio contra una rama baja y gruesa, la misma de la que pendía el columpio. Masuma se dobló hacia atrás, prácticamente en dos.

Unos minutos después, se había formado un círculo en torno a ella. Nabi y el padre de las niñas gritaban su nombre, tratando de despertarla. Los rostros la contemplaban desde arriba. Alguien le cogió la mano. Todavía apretaba con fuerza el puño. Cuando le abrieron los dedos, encontraron exactamente diez hojitas arrugadas en la palma.

Masuma dice con voz levemente temblorosa:

—Tienes que hacerlo ahora. Si esperas a la mañana, no tendrás valor.

En torno a ellas, más allá del tenue resplandor del fuego que Parwana ha encendido con arbustos y matojos de aspecto quebradizo, se extiende el desolado e interminable paraje de arena y montañas envuelto en la oscuridad. Durante casi dos días han viajado a través de matorrales en dirección a Kabul, Parwana caminando junto a la mula, Masuma sujeta a la silla, cogidas de la mano. Han recorrido con dificultad escarpados senderos que trazaban tortuosas curvas y desniveles a través de las rocosas montañas, con el terreno a sus pies salpicado de matojos ocre y marrón rojizo, y hendido por largas y estrechas grietas en todas direcciones.

Parwana se halla ahora en pie junto al fuego, mirando a Masuma, un montículo horizontal al otro lado de las llamas, bajo la manta.

—¿Y qué pasa con Kabul? —pregunta Parwana, aunque ahora sabe que eso no era más que una artimaña.

—Vamos, se supone que la lista eres tú.

—No puedes pedirme que haga esto.

—Estoy cansada, Parwana. Esto que llevo no es vida. Mi existencia es un castigo para las dos.

—Volvamos y ya está —dice su hermana, que empieza a sentir un nudo en la garganta—. No puedo hacerlo. No puedo dejarte marchar.

—No lo estás haciendo. —Masuma se ha echado a llorar—. Soy yo quien te deja marchar. Te estoy liberando.

Parwana piensa en una noche de mucho tiempo atrás, su hermana en el columpio y ella empujándola. Cuando Masuma estiraba las piernas e inclinaba la cabeza hacia atrás cada vez que el columpio alcanzaba lo más alto, ella observaba los largos mechones de su cabello, que ondeaban como sábanas en la cuerda de tender. Se acuerda de todas las muñequitas que habían hecho juntas con farfollas de maíz y a las que confeccionaban trajes de novia con trapos viejos.

—Dime una cosa, hermana.

Parwana parpadea para contener las lágrimas que le nublan la visión y se limpia la nariz con el dorso de la mano.

—Ese chico suyo, Abdulá. Y la pequeñita, Pari. ¿Crees que podrías quererlos como si fuesen tuyos?

—Masuma.

—¿Podrías?

—Podría intentarlo —responde Parwana.

—Bien. Entonces cásate con Sabur. Cuida de sus hijos. Ten hijos propios.

—Él te amaba a ti. A mí no me ama.

—Lo hará, con el tiempo.

—Todo esto es obra mía —dice Parwana—. Yo tengo la culpa de todo.

—No sé qué quieres decir, y no quiero saberlo. Ahora mismo, esto es lo único que quiero. La gente lo comprenderá, Parwana. El ulema Shekib se lo habrá contado. Les dirá que me dio su bendición para hacer lo que voy a hacer.

Parwana levanta la cara hacia el oscuro cielo.

—Sé feliz, Parwana; por favor, sé feliz. Hazlo por mí.

Su hermana se siente a punto de contarlo todo, de decirle a Masuma cuán equivocada está, qué poco conoce a la hermana con quien compartió el vientre materno; de contarle que, desde hace años, su vida no ha sido más que una larga disculpa que no ha pronunciado. Pero ¿con qué fin? ¿Su propio alivio, una vez más a expensas de Masuma? Se muerde la lengua. Ya le ha causado suficiente dolor a su hermana.

—Ahora quiero fumar —dice Masuma.

Parwana empieza a protestar, pero la otra la interrumpe.

—Ha llegado el momento —insiste, más tajante ahora.

De la bolsa colgada del extremo de la silla, Parwana saca el narguile. Con manos temblorosas, empieza a preparar la mezcla habitual en la cazuela de la pipa.

—Más —dice Masuma—. Pon mucho más.

Sorbiendo por la nariz, con las mejillas húmedas, Parwana añade otro pellizco, y otro, y otro más. Enciende el carbón y coloca el narguile cerca de su hermana.

—Y ahora —dice Masuma con el resplandor naranja de las llamas derramándose en sus mejillas y ojos—, si de verdad me quieres, Parwana, si de verdad has sido mi fiel hermana, márchate. Nada de besos, nada de despedidas. No me obligues a suplicártelo.

Parwana empieza a decir algo, pero Masuma emite una especie de gemido ahogado y vuelve la cabeza.

Parwana se pone lentamente en pie. Se acerca a la mula y ciñe la silla de montar. Coge las riendas del animal. De pronto se da cuenta de que quizá no sabrá vivir sin Masuma. No está segura de poder hacerlo. ¿Cómo va a soportar los días, cuando la ausencia de su hermana parece una carga mucho más pesada de lo que lo ha sido nunca su presencia? ¿Cómo aprenderá a caminar por los bordes del enorme agujero que va a dejar Masuma?

«Ten valor», casi la oye decir.

Tira de las riendas, hace dar la vuelta a la mula y empieza a andar.

Camina hendiendo la oscuridad, con un fresco viento nocturno azotándole la cara. Sólo mira atrás una vez, más tarde. A través de la humedad de sus ojos, la hoguera es una minúscula manchita amarilla, distante y tenue. Imagina a su hermana melliza allí tendida junto al fuego, sola en la oscuridad. El fuego no tardará en apagarse, y Masuma tendrá frío. Su reacción instintiva es volver para taparla con una manta y tenderse a su lado.

Se obliga a contenerse y echa a andar una vez más.

Y es entonces cuando oye algo. Un sonido distante, amortiguado, como un gemido. Parwana se detiene en seco. Ladea la cabeza y vuelve a oírlo. El corazón se le dispara en el pecho. Temerosa, se pregunta si será Masuma llamándola porque ha cambiado de opinión. Quizá no es más que un chacal o un zorro del desierto, que aúlla en algún lugar en la oscuridad. No está segura. Piensa que puede tratarse del viento.

«No me dejes, hermana. Vuelve.»

La única manera de saberlo con seguridad es volver por donde ha venido, y Parwana empieza a hacer precisamente eso: se da la vuelta y camina unos pasos en dirección a Masuma. Entonces se detiene. Masuma tiene razón. Si vuelve ahora, cuando salga el sol no será capaz de hacerlo. Se echará atrás y acabará por quedarse. Se quedará para siempre. Ésta es su única oportunidad.

Cierra los ojos. El viento le bate el pañuelo contra la cara.

Nadie debe saberlo. Nadie lo sabrá. Será su secreto, un secreto que sólo compartirá con las montañas. La cuestión es si será capaz de vivir con ese secreto, y Parwana cree saber la respuesta. Ha vivido con secretos toda su vida.

Vuelve a oír el gemido en la distancia.

«Todo el mundo te quería, Masuma.»

«Y a mí nadie.»

«¿Y por qué, hermana? ¿Qué había hecho yo?»

Parwana permanece inmóvil largo rato en la oscuridad.

Por fin toma una decisión. Se da la vuelta, agacha la cabeza y camina hacia un horizonte que no ve. Después, ya no vuelve a mirar atrás. Sabe que si lo hace se ablandará. Perderá la determinación que le quede, porque verá una vieja bicicleta descendiendo a toda velocidad por una ladera, dando brincos en las piedras y la gravilla, con el metal sacudiéndoles el trasero a las dos, levantando nubes de polvo con cada súbito derrape. Ella va sentada en la barra y Masuma en el sillín; es Masuma quien traza las cerradas curvas a toda velocidad, inclinando vertiginosamente la bicicleta. Pero Parwana no tiene miedo. Sabe que su hermana no va a hacerla salir despedida sobre el manillar, sabe que no le hará daño. El mundo se funde en un borroso remolino de emoción y el viento les silba en los oídos, y Parwana mira a su hermana por encima del hombro, y su hermana la mira a ella y las dos ríen mientras los perros vagabundos corren tras ellas.

Parwana continúa hacia su nueva vida. Camina y camina, con la oscuridad envolviéndola igual que el vientre de una madre, y cuando se disipa, cuando alza la mirada en la bruma del alba y hacia el este ve una franja de luz pálida que incide en un peñasco, tiene la sensación de que vuelve a nacer.

4

En el nombre de Alá el Más Benévolo, el Más Misericordioso, sé que ya no estaré cuando lea esta carta, señor Markos, pues se la entregué con la exigencia de que no la abriera hasta después de mi muerte. Permítame que haga constar ahora el gran placer que ha supuesto conocerlo durante los últimos siete años, señor Markos. Mientras escribo estas palabras, pienso con afecto en nuestro ritual anual de plantar tomates en el jardín, en sus visitas matutinas a mi pequeña vivienda para tomar té y charlar, en nuestro improvisado intercambio de clases de farsi e inglés. Le agradezco su amistad y su consideración, así como el trabajo que ha asumido en este país, y confío en que extenderá mi agradecimiento a sus amables colegas, en especial a mi amiga la señora Amra Ademovic, quien tanta capacidad de compasión tiene, y a su encantadora hija Roshi.

Debería decir que no es usted el único destinatario de esta carta, señor Markos, sino que hay otra persona a quien espero que se la haga llegar, como le explicaré más adelante. Perdóneme entonces si repito una serie de cosas que probablemente ya sabrá. Las incluyo por necesidad, por el bien de esa persona. Como verá, esta carta contiene ciertas confesiones, señor Markos, pero hay asimismo cuestiones prácticas que me han llevado a escribirla. Me temo que para ellas voy a necesitar su ayuda, amigo mío.

He pensado largo y tendido dónde empezar esta historia. No es tarea fácil para un hombre que debe de rondar los ochenta y cinco. Mi edad exacta es un misterio para mí, como les sucede a tantos afganos de mi generación, pero tengo bastante fe en mis cálculos porque recuerdo claramente una pelea a puñetazos con mi amigo Sabur, quien más tarde sería mi cuñado, el día que nos enteramos de que habían matado a tiros al sha Nadir, y de que su hijo, el joven Zahir, había ascendido al trono. Eso fue en 1933. Supongo que podría empezar ahí. O en cualquier otro punto. Una historia es como un tren en movimiento: no importa dónde lo abordes, tarde o temprano llegarás a tu destino. Pero supongo que debo empezarla con lo mismo que le pone fin. Sí, me parece razonable que el marco de esta historia sea Nila Wahdati.

La conocí en 1949, el año en que se casó con el señor Wahdati. En aquel momento yo llevaba ya dos años trabajando para Suleimán Wahdati. Me había mudado de Shadbagh, mi aldea natal, a Kabul en 1946; había pasado primero un año trabajando en otra casa del mismo vecindario. Las circunstancias de mi partida de Shadbagh no son motivo de orgullo para mí, señor Markos. Considérelo mi primera confesión, pues, si le digo que me agobiaba la vida que llevaba en la aldea con mis hermanas, una de ellas inválida. Lo que voy a decir no me absuelve, señor Markos, pero era joven, ansiaba conocer mundo, estaba lleno de sueños, por modestos e imprecisos que fueran, y veía cómo se consumía poco a poco mi juventud, cómo se truncaban más y más mis posibilidades. De modo que me fui, en principio para contribuir a la manutención de mis hermanas, es verdad, pero también con la intención de escapar.

Puesto que trabajaba las veinticuatro horas para el señor Wahdati, vivía en su residencia. En aquellos tiempos, la casa no estaba ni mucho menos en el lamentable estado en que usted la encontró a su llegada a Kabul en 2002, señor Markos. Era un sitio precioso, magnífico. En aquellos tiempos la casa era de un blanco reluciente, parecía cubierta de diamantes. Desde la verja se accedía a un amplio sendero asfaltado. Las puertas de entrada daban a un vestíbulo de altos techos y decorado con grandes jarrones de cerámica y un espejo circular enmarcado en nogal tallado, precisamente el sitio donde colgó usted un tiempo aquella vieja fotografía de su amiga de la infancia en una playa. El suelo de mármol del salón despedía un brillo intenso y estaba cubierto por una alfombra de Turkmenistán rojo oscuro. La alfombra ya no está, como también han desaparecido los sofás de cuero, la mesita de café artesanal, el ajedrez de lapislázuli, la alta vitrina de caoba. Han sobrevivido muy pocos de aquellos magníficos muebles, y me temo que no están en tan buenas condiciones como antaño.

La primera vez que entré en la cocina embaldosada en piedra me quedé boquiabierto. Me pareció suficientemente grande para alimentar a toda mi aldea de Shadbagh. Tenía a mi disposición un horno con seis fogones, una nevera, una tostadora y montones de cacerolas, sartenes, cuchillos y toda clase de artilugios domésticos. Los cuartos de baño, los cuatro que había, eran de baldosas de mármol de intrincada talla y tenían lavabos de porcelana. ¿Y sabe esos agujeros cuadrados en la encimera de su lavabo del piso de arriba, señor Markos? Pues hubo un tiempo en que estaban cubiertos de lapislázuli.

Y luego estaba el jardín de atrás. Tiene que sentarse un día en su despacho del piso de arriba, señor Markos, y tratar de imaginar cómo era antes ese jardín. Se accedía a él a través de una galería con forma de media luna, bordeada por una barandilla cubierta de parras. La hierba, verde y exuberante, estaba salpicada de arriates de flores con jazmines, rosas mosqueta, geranios, tulipanes, y rodeada por dos hileras de árboles frutales. Uno podía tenderse bajo un cerezo, señor Markos, cerrar los ojos y escuchar los silbidos de la brisa entre las hojas, y pensar que en toda la tierra no había un lugar mejor donde vivir.

Mis propias dependencias consistían en una casucha al fondo del jardín. Tenía una ventana, paredes blancas y espacio suficiente para satisfacer las escasas necesidades de un joven soltero. Había una cama, un escritorio y una silla, y sitio para extender mi estera de rezar cinco veces al día. Era muy conveniente para mí, y lo sigue siendo. Cocinaba para el señor Wahdati; había aprendido a hacerlo observando a mi difunta madre, y después a un anciano cocinero uzbeko que trabajaba en una casa en Kabul y a quien le había hecho de pinche durante un año. Yo era además el chófer del señor Wahdati, y estaba encantado de serlo. Mi patrón era propietario de un Chevrolet de mediados de los cuarenta, azul con techo de color canela, asientos de vinilo azul claro y llantas cromadas, un coche precioso que atraía miradas por doquier. Me permitía llevarlo porque yo había demostrado ser un conductor prudente y diestro; además, él era de esa extraña clase de hombres que no disfrutan al volante de un coche.

Por favor, no piense que alardeo, señor Markos, cuando digo que era un buen criado. Mediante una observación cuidadosa, me había familiarizado con los gustos y manías del señor Wahdati, con sus rarezas y antojos. Había llegado a conocer muy bien sus hábitos y rituales. Por ejemplo, todas las mañanas después del desayuno le gustaba salir a dar un paseo. Sin embargo, no le gustaba pasear solo, y esperaba por tanto que yo lo acompañara. Acataba ese deseo suyo, por supuesto, pero no le veía mucho sentido a mi presencia. Apenas me dirigía la palabra en el transcurso de esos paseos, y parecía siempre sumido en sus pensamientos. Caminaba con paso enérgico, con las manos unidas a la espalda, y saludaba con la cabeza a los transeúntes, y los tacones de sus bien lustrados mocasines de piel repiqueteaban contra la acera. Y como daba grandes zancadas con sus largas piernas, yo siempre me rezagaba y me veía obligado a apretar el paso para alcanzarlo. La mayor parte del resto del día se recluía en su estudio del piso de arriba, donde leía o jugaba al ajedrez contra sí mismo. Le encantaba dibujar, y aunque no puedo dar fe de su talento porque nunca me enseñó sus obras, lo encontraba con frecuencia en el estudio, junto a la ventana, o en la galería, haciendo esbozos con el carboncillo en el cuaderno, con el cejo fruncido por la concentración.

Cada pocos días lo llevaba con el coche a puntos diversos de la ciudad. Una vez a la semana iba a ver a su madre. También había reuniones familiares, y aunque el señor Wahdati evitaba muchas de ellas, sí asistía en ocasiones como funerales, cumpleaños y bodas, y entonces yo lo llevaba. También lo llevaba una vez al mes a una tienda de material de dibujo, donde se reaprovisionaba de pasteles, carboncillos, gomas, sacapuntas y cuadernos de bocetos. En ocasiones le gustaba instalarse simplemente en el asiento de atrás y dar paseos en coche. «¿Adónde vamos, *sahib*?», preguntaba yo, él se encogía de hombros y yo añadía: «Muy bien, *sahib*», arrancaba y allá íbamos. Me dedicaba entonces a recorrer la ciudad durante horas, sin destino u objetivo concretos, de un barrio al siguiente, por la ribera del río Kabul hasta Bala Hissar, y a veces hasta el palacio de Darulaman. Algunos días dejábamos atrás Kabul para dirigirnos al lago Ghargha, donde aparcaba cerca de la orilla. Apagaba el motor, y el señor Wahdati permanecía completamente inmóvil en el asiento de atrás, sin dirigirme la palabra, contento al parecer con bajar la ventanilla y observar los pájaros que volaban de árbol en árbol y el sol que incidía en el lago y se convertía en una miríada de motitas brillantes meciéndose en el agua. Yo lo miraba por el espejo retrovisor, y me parecía la persona más sola sobre la faz de la tierra.

Una vez al mes, en un gesto muy generoso, el señor Wahdati me dejaba el coche para ir a Shadbagh, mi aldea natal, a visitar a mi hermana Parwana y su marido, Sabur. Siempre que entraba en la aldea al volante, me recibían hordas de críos que chillaban y correteaban alrededor dando palmadas en el guardabarros y golpecitos en las ventanillas. Algunos granujillas hasta intentaban encaramarse al techo, así que tenía que espantarlos, no fueran a rayar la pintura o abollar el parachoques.

«Mírate, Nabi —me decía Sabur—. Eres una celebridad.»

Como sus hijos, Abdulá y Pari, habían perdido a su madre natural (Parwana era su madrastra), yo siempre trataba de mostrarme atento con ellos, en especial con el chico, que parecía necesitarlo más. Le ofrecía llevarlo de paseo en el coche, aunque siempre insistía en traer consigo a su hermanita, a quien sujetaba con fuerza en el regazo mientras dábamos vueltas alrededor de Shadbagh. Lo dejaba encender los limpiaparabrisas y tocar la bocina, y le enseñé cómo cambiar las luces de cortas a largas.

Cuando pasaba todo el alboroto por el coche, tomaba el té con mi hermana y Sabur, y les hablaba de mi vida en Kabul. Tenía buen cuidado de no decir demasiado sobre el señor Wahdati. La verdad es que le tenía afecto, porque me trataba bien, y hablar de él a sus espaldas me parecía una traición. De haber sido un empleado menos discreto, les habría contado que Suleimán Wahdati era una criatura desconcertante, un hombre aparentemente satisfecho con vivir el resto de sus días de la fortuna que había heredado, un hombre sin profesión, sin pasiones evidentes, y que por lo visto no tenía el deseo de dejar huella alguna en este mundo. Les habría dicho que llevaba una vida que carecía de objetivo o dirección, igual que los trayectos sin destino que hacíamos en el coche. La suya era una vida vivida desde el asiento de atrás, una vida borrosa que pasaba ante la ventanilla. Una vida indiferente.

Eso les habría dicho, pero no lo hice. Y menos mal que no lo hice, porque me habría equivocado de medio a medio.

Un día, el señor Wahdati salió al jardín vestido con un bonito traje de raya diplomática que no le había visto antes, y me pidió que lo llevara a un barrio acomodado de la ciudad. Cuando llegamos, me indicó que aparcara en la calle ante una preciosa mansión de altos muros. Lo observé llamar al timbre y entrar cuando un criado le abrió. La casa era enorme, mayor que la del señor Wahdati, más bonita incluso. Altos y esbeltos cipreses adornaban el sendero, así como un abigarrado despliegue de arbustos con flores que no reconocí. El jardín de atrás era al menos dos veces más grande que el del señor Wahdati, y los muros eran suficientemente altos para que un hombre de pie en los hombros de otro siguiera sin ver apenas nada. Advertí que me hallaba ante una riqueza de otra magnitud.

Hacía un día precioso de principios de verano y el cielo estaba radiante de sol. Había bajado las ventanillas y corría un aire cálido. Aunque el trabajo de un chófer consiste en conducir, en realidad se pasa la mayor parte del tiempo esperando. Esperando ante las tiendas, con el motor en marcha; esperando ante una sala de fiestas, escuchando el sonido amortiguado de la música. Aquel día, para pasar el tiempo, hice unos cuantos solitarios. Cuando me cansé de las cartas, bajé y anduve un poco de aquí para allá. Volví a sentarme al volante, pensando en echar una siestecita antes de que volviera el señor Wahdati.

Entonces se abrió la puerta de la verja y salió una joven de cabello negro. Llevaba gafas de sol y un vestido de manga corta de color mandarina por encima de las rodillas. Iba con las piernas desnudas y los pies descalzos. No supe si había advertido mi presencia, allí sentado en el coche; si lo había hecho, no dio muestras de ello. Apoyó un talón contra el muro que tenía detrás, y, al hacerlo, se le subió un poco el dobladillo del vestido, revelando parte del muslo. Sentí un ardor en las mejillas que se me extendió hasta la nuca.

Permítame hacer otra confesión en este punto, señor Markos, una de naturaleza en cierto modo desagradable y que deja poco espacio para la elegancia. En aquellos tiempos yo rondaba los treinta; era un hombre joven en el punto álgido del deseo de compañía femenina. A diferencia de muchos de los hombres con los que crecí en mi aldea —jóvenes que nunca habían visto el muslo desnudo de una mujer adulta y que se casaban en parte por la licencia para disfrutar al fin de semejante visión—, yo tenía cierta experiencia. En Kabul había encontrado, y en ocasiones visitado, establecimientos donde las necesidades de un hombre joven podían satisfacerse con discreción y comodidad. Menciono esto sólo para señalar que ninguna fulana con la que tuve trato podría compararse jamás con la hermosa y elegante criatura que acababa de salir de aquella mansión.

Apoyada contra el muro, encendió un cigarrillo y fumó sin prisa y con cautivadora elegancia, sosteniéndolo entre dos dedos y ahuecando la mano cada vez que se lo llevaba a los labios. La observé con absoluta fascinación. La forma en que la mano se doblaba por la fina muñeca me recordó una ilustración que había visto en cierta ocasión en un reluciente libro de poemas: una mujer de largas pestañas y ondulante cabello oscuro yacía con su amante en un jardín y le ofrecía una copa de vino con sus pálidos y delicados dedos. En cierto momento, algo calle arriba atrajo la atención de la mujer en la dirección opuesta, y aproveché la breve oportunidad para peinarme con los dedos el cabello, que empezaba a apelmazarse por el calor. Cuando se volvió de nuevo, me quedé inmóvil otra vez. Ella dio unas caladas más, apagó el pitillo contra el muro y volvió a entrar con paso tranquilo.

Por fin pude respirar.

Aquella noche, el señor Wahdati me llamó al salón y me dijo: «Tengo una noticia que darte, Nabi. Voy a casarme.»

Por lo visto, yo había sobrestimado su afición a la soledad.

La noticia del compromiso se difundió con rapidez. Y los rumores también. Me enteré de ellos a través de otros empleados que entraban y salían de la casa del señor Wahdati. De ellos, el que tenía menos pelos en la lengua era Zahid, un jardinero que acudía tres veces a la semana para el mantenimiento del césped y para podar árboles y arbustos, un tipo desagradable con la repulsiva costumbre de chasquear la lengua después de cada frase, una lengua con la que difundía rumores con la misma ligereza con la que arrojaba puñados de fertilizante. Formaba parte de un grupo de trabajadores de toda la vida que, como yo, prestaban sus servicios en el barrio como cocineros, jardineros y recaderos. Un par de noches por semana, al acabar la jornada, venían a mi cobertizo a tomar un té después de la cena. No recuerdo cómo dio comienzo ese ritual, pero una vez iniciado no pude impedirlo, pues no quería parecer grosero y poco hospitalario o, peor incluso, dar la impresión de que me creía superior a los de mi propia clase.

Una noche, mientras tomábamos el té, Zahid nos contó a los demás que la familia del señor Wahdati no veía con buenos ojos el matrimonio, a causa del mal carácter de la futura esposa. Dijo que todo Kabul sabía que carecía de *nang* y *namus*, de honor, y que pese a tener sólo veinte años ya había «rodado por toda la ciudad», como el coche del señor Wahdati. Y lo peor, según dijo, era que no sólo no intentaba negar esas acusaciones, sino que escribía poemas sobre ellas. Un murmullo de desaprobación recorrió la habitación. Uno de los hombres comentó que, en su aldea, le habrían cortado el cuello.

En ese momento me levanté y les dije que ya había oído suficiente. Les reproché que cotillearan como un hatajo de viejas costureras, y les recordé que sin personas como el señor Wahdati la gente como nosotros estaría de vuelta en sus aldeas recogiendo estiércol. «¿Dónde está vuestra lealtad, vuestro respeto?», los increpé.

Hubo un breve silencio durante el cual me pareció que había causado cierta impresión en los muy zopencos, pero entonces prorrumpieron en carcajadas. Zahid me dijo que era un lameculos, y que quizá la futura señora de la casa escribiría un poema y lo llamaría «Oda a Nabi, el lamedor de muchos culos». Salí furibundo del cobertizo seguido por un coro de risas.

Pero no llegué muy lejos. Sus cotilleos me repugnaban y fascinaban a un tiempo. Y pese a mi demostración de rectitud, pese a mi defensa del decoro y la discreción, me quedé donde pudiera oírlos. No quería perderme un solo detalle escabroso.

El compromiso duró sólo unos días y culminó, no en una fastuosa ceremonia con cantantes y bailarines y júbilo general, sino en la breve visita de un ulema y un testigo y en dos firmas garabateadas en un papel. Hecho lo cual, menos de dos semanas después de que yo la hubiese visto por primera vez, la señora Wahdati se instaló en la casa.

Permítame una breve pausa en este punto, señor Markos, para señalar que a partir de ahora me referiré a la esposa del señor Wahdati por su nombre, Nila. No hace falta decir que es una libertad que no se me permitía entonces, y que no me habría tomado ni aunque me la hubiesen ofrecido. Yo la llamaba *bibi sahib*, con la deferencia que se esperaba de mí. Pero en esta carta prescindiré de la etiqueta y me referiré a ella del modo en que siempre pensaba en ella.

Veamos. Desde el principio supe que aquél no era un matrimonio feliz. Muy rara vez era testigo del intercambio de miradas tiernas o palabras de afecto en la pareja. Aunque vivían en la misma casa, eran dos personas cuyos caminos parecían cruzarse sólo muy de vez en cuando.

Por las mañanas, le servía al señor Wahdati su desayuno habitual: pan tostado, media taza de nueces, té verde con un poco de cardamomo y sin azúcar, y un huevo pasado por agua; le gustaba con la clara cuajada y la yema líquida, y mis fracasos iniciales en el dominio de esa particular consistencia me habían supuesto una fuente de considerable ansiedad. Mientras yo acompañaba al señor Wahdati en su habitual paseo matutino, Nila se quedaba durmiendo, con frecuencia hasta mediodía o incluso más tarde. Cuando por fin se levantaba, yo estaba casi a punto de servirle el almuerzo al señor Wahdati.

Me pasaba la mañana, mientras me ocupaba de mis quehaceres, ansiando que llegara el momento en que Nila abriera la puerta mosquitera que comunicaba el salón con la galería. Me distraía imaginando qué aspecto tendría ese día en particular. ¿Llevaría el pelo recogido en un moño en la nuca, me preguntaba, o suelto y cayéndole en cascada sobre los hombros? ¿Se habría puesto las gafas de sol? ¿Se habría calzado unas sandalias? ¿Se habría decidido por la bata de seda azul con cinturón o por la magenta con grandes botones?

Cuando por fin hacía su aparición, me buscaba una ocupación en el jardín —fingía que hacía falta sacarle brillo al capó del coche o regar una mata de rosa mosqueta— y me dedicaba a observarla ininterrumpidamente. La observaba cuando se subía las gafas para frotarse los ojos, o cuando se quitaba la goma de pelo y echaba la cabeza atrás para dejar sueltos los rizos oscuros y brillantes, y la observaba cuando se sentaba con la barbilla apoyada en las rodillas y contemplaba el jardín dando lánguidas caladas a un cigarrillo, o cuando cruzaba las piernas y mecía un pie, un gesto que me sugería aburrimiento o inquietud o quizá travesuras irresponsables y a duras penas contenidas.

En ocasiones, el señor Wahdati estaba a su lado, pero no sucedía muy a menudo. Él pasaba casi todos los días como había hecho antes, leyendo en el estudio del piso de arriba, haciendo sus bocetos, sin que su rutina cotidiana se hubiese alterado gran cosa por el hecho de haberse casado. Nila escribía casi todos los días, ya fuera en el salón o en el soportal; tenía un lápiz, hojas de papel cayéndole del regazo, y siempre los pitillos. Por las noches, cuando les servía la cena, ambos miraban su plato de arroz en obstinado silencio, un silencio que sólo quebraban los murmullos de agradecimiento y el tintineo de los cubiertos en la porcelana.

Un par de veces por semana tenía que llevar en el coche a Nila, cuando le hacía falta tabaco, una caja nueva de lápices, otro cuaderno o maquillaje. Si yo sabía de antemano que iba a llevarla, ponía buen cuidado en peinarme y cepillarme los dientes. Me lavaba la cara, me frotaba los dedos con limón para quitarles el olor a cebolla, me sacudía el polvo del traje y sacaba brillo a los zapatos. El traje, de color aceituna, era en realidad heredado del señor Wahdati, y yo rogaba que no se lo hubiera contado a Nila; aunque sospechaba que sí lo habría hecho, no por malicia sino porque a menudo la gente de la posición del señor Wahdati no se da cuenta de que esas cosas triviales pueden provocar vergüenza en un hombre como yo. En ocasiones hasta me ponía la gorra de borreguillo que había pertenecido a mi difunto padre. Me plantaba ante el espejo, ladeándola así y asá sobre la cabeza, tan absorto en mi intención de aparecer presentable ante Nila que, si una avispa se me hubiese posado en la nariz, habría tenido que picarme para revelar su presencia.

Una vez en camino, si me era posible daba pequeños rodeos para llegar a nuestro destino, con la intención de prolongar el viaje un minuto —o quizá dos, pero no más, no fuera ella a abrigar sospechas— y pasar por tanto más tiempo con ella. Conducía con ambas manos sujetando el volante y los ojos fijos en la calzada. Ponía en práctica un rígido autocontrol y no la miraba por el retrovisor, a no ser que ella se dirigiera a mí. Me conformaba con su mera presencia en el asiento de atrás, con deleitarme en sus aromas, a jabón caro, crema, perfume, chicle y tabaco. La mayoría de días, bastaba con eso para ponerme el ánimo por las nubes.

Fue en el coche donde mantuvimos nuestra primera conversación. La primera conversación de verdad, quiero decir, sin contar los cientos de veces que me había pedido que le trajera esto o me llevara aquello. La llevaba a una farmacia en busca de unos medicamentos, y me preguntó:

—¿Cómo es tu aldea, Nabi? No recuerdo cómo se llamaba.

—Shadbagh, *bibi sahib*.

—Eso, Shadbagh. ¿Cómo es? Cuéntamelo.

—No hay mucho que contar, *bibi sahib*. Es una aldea como cualquier otra.

—Pero tiene que haber algo que la distinga, digo yo.

Permanecí aparentemente tranquilo, pero por dentro me sentía frenético, desesperado por dar con algo, con alguna rareza ingeniosa que pudiera resultarle interesante, que pudiera divertirla. ¿Qué podía decir alguien como yo, un aldeano, un hombre insignificante con una vida insignificante, que lograra fascinar a una mujer como ella?

—Las uvas son excelentes —solté, y al punto sentí ganas de abofetearme. ¿Cómo que las uvas?

—No me digas —repuso ella llanamente.

—Sí, son muy dulces.

—Ah.

Yo estaba experimentando una verdadera agonía. Empezaba a notar el sudor en las axilas.

—Hay una clase de uva en particular —expliqué, de pronto con la boca seca—. Dicen que crece sólo en Shadbagh. Es muy delicada, muy frágil. Si uno intenta cultivarla en otro sitio, aunque sea en la aldea de al lado, se marchita y muere. Se echa a perder. La gente de Shadbagh dice que muere de tristeza, pero no es verdad, por supuesto. Tiene que ver con la clase de terreno y agua. Pero eso dicen, *bibi sahib*, que es de tristeza.

—Eso que cuentas es precioso, Nabi.

Eché una rápida ojeada al retrovisor y comprobé que Nila miraba por la ventanilla del lado del pasajero, pero también advertí, para mi gran alivio, que las comisuras de sus labios esbozaban una leve sonrisa. Eso me alentó, y me oí decir:

—¿Puedo contarle otra historia, *bibi sahib*?

—Claro que sí. —Se oyó el chasquido del mechero y el humo flotó hacia mí desde atrás.

—Bueno, pues en Shadbagh tenemos un ulema. Todas las aldeas tienen uno, claro. El nuestro se llama Shekib y conoce montones de historias. No puedo decirle cuántas sabe. Pero siempre nos ha dicho una cosa: que si le miras las palmas a un musulmán, no importa en qué parte del mundo, verás algo asombroso. Todos tienen las mismas líneas. ¿Y qué significa eso? Pues significa que las líneas de la mano izquierda de un musulmán forman el número arábigo ochenta y uno, y las de la mano derecha el número dieciocho. Réstele dieciocho a ochenta y uno, y ¿cuánto da? Pues sesenta y tres. La edad del Profeta cuando murió, que la paz sea con Él.

Me llegó una risita.

—Pues resulta que, un día, un viajero que iba de paso se sentó a compartir una comida con el ulema Shekib, como dicta la costumbre. El viajero oyó esa historia, pensó un rato y luego dijo: «Pero ulema *sahib*, con el debido respeto, en cierta ocasión me encontré con un judío, y le juro que sus palmas tenían la mismas líneas. ¿Cómo explica eso?» Y el ulema contestó: «Entonces ese judío era en el fondo de su alma un musulmán.»

La súbita carcajada de Nila me dejó hechizado durante el resto de aquel día. Que Dios me perdone la blasfemia, pero fue como si hubiese descendido sobre mí del mismísimo Cielo, del jardín de los justos, como dice el libro, donde los ríos fluyen y los frutos y la sombra son perpetuos.

Comprenda, señor Markos, que no era sólo su belleza lo que me tenía embelesado, aunque podría haber bastado con ella. Jamás en mi vida había conocido a una joven como Nila. Todo lo que hacía —su forma de hablar, de caminar, de vestirse, de sonreír— era una novedad para mí. Nila desmentía cualquier concepto que hubiese tenido nunca sobre cómo debía comportarse una mujer, un rasgo que le acarrearía la tenaz desaprobación de la gente como Zahid —y sin duda la de Sabur también, y la de todos los hombres de mi aldea, y hasta de las mujeres—, pero que para mí no hacía sino contribuir a su atractivo y su misterio, ya tremendos.

Y así, su risa resonaba aún en mis oídos cuando me ocupé de mis tareas aquel día, y después, cuando los otros trabajadores acudieron a tomar el té, sonreí y ahogué sus risitas con el dulce tintineo de la risa de Nila, y me produjo orgullo que mi ingeniosa historia le hubiese proporcionado un breve período de gracia en su matrimonio. Era una mujer extraordinaria, y aquella noche me fui a la cama con la sensación de que quizá yo también era más que ordinario. He ahí el efecto que ella ejercía en mí.

• • •

Al poco charlábamos a diario, Nila y yo, por lo general a media mañana, cuando ella se tomaba un café en la galería. Yo me dejaba caer por allí con la excusa de atender alguna que otra tarea, y al poco ya estaba hablando con ella, apoyado en una pala o preparándome una taza de té verde. Me sentía honrado por el hecho de que me hubiera elegido a mí. Al fin y al cabo, no era el único sirviente de la casa; ya he mencionado a Zahid, esa alimaña sin escrúpulos, y luego estaba una mujer hazara de quijada prominente que venía dos veces por semana a hacer la colada. Pero era a mí a quien Nila buscaba. Llegué a convencerme de que era el único ser en el mundo, incluido su marido, cuya compañía aliviaba su soledad. Por lo general era ella quien llevaba el peso de la conversación, algo que no me molestaba en absoluto. Me contentaba con ser la vasija en que ella vertía sus recuerdos. Me habló, por ejemplo, de una cacería en Jalalabad a la que había acompañado a su padre, y cómo durante semanas habían poblado sus pesadillas cadáveres de ciervos de mirada vidriosa. Me contó que de niña había viajado a Francia con su madre, antes de la Segunda Guerra Mundial. Para llegar hasta allí había tomado un tren y un barco. Me describió cómo había sentido el traqueteo de las ruedas del tren en las costillas, y recordaba perfectamente las cortinas colgadas de los ganchos y los compartimentos separados, así como la rítmica sucesión de resuellos y silbidos del motor a vapor. Me habló de las seis semanas que había pasado en la India el año anterior, con su padre, en las que había estado muy enferma.

A ratos, cuando se volvía para sacudir la ceniza del cigarrillo en un platito, yo aprovechaba para mirar de soslayo las uñas rojas de sus pies, el brillo dorado de las pantorrillas afeitadas, el pronunciado empeine y, siempre, los senos turgentes y perfectamente redondeados. Me maravillaba que en este mundo hubiese hombres que habían tocado y besado aquellos senos mientras le hacían el amor. ¿Qué más se le podía pedir a la vida después de algo así? ¿Adónde se iba un hombre después de haber alcanzado la cima del mundo? Sólo con gran esfuerzo lograba apartar los ojos y posarlos en algún lugar seguro cuando ella se volvía de nuevo hacia mí.

A medida que fui ganándome su confianza empezó a revelarme, durante esas charlas matutinas, algunos reproches dirigidos al señor Wahdati. Un día me dijo que su marido le parecía un hombre distante y a menudo altanero.

—Ha sido muy generoso conmigo —señalé.

Ella desechó mi comentario con un ademán.

—Por favor, Nabi, no es necesario.

Bajé los ojos con recato. Lo que ella había dicho no era del todo falso. El señor Wahdati tenía, por ejemplo, el hábito de corregir mi forma de hablar con un aire de superioridad que podía interpretarse, quizá acertadamente, como arrogancia. A veces yo entraba en la habitación, depositaba ante él una bandeja de dulces, rellenaba su taza de té, recogía las migas de la mesa, todo sin que me prestara más atención de la que hubiese dedicado a una mosca que se colara por la puerta mosquitera, reduciéndome a un ser insignificante sin alzar la vista siquiera. En conjunto, sin embargo, se trataba de una falta menor, pues sabía de ciertas personas —vecinos del barrio para los que había trabajado, incluso— que azotaban a sus sirvientes con varas y cinturones.

—No sabe divertirse, ni tiene espíritu aventurero —dijo, removiendo el café con desgana—. Suleimán es un viejo amargado atrapado en el cuerpo de un hombre joven.

Esa súbita franqueza me dejó un poco desconcertado.

—Es verdad que el señor Wahdati disfruta como nadie de la soledad —observé, decantándome por una diplomática prudencia.

—Tal vez debiera irse a vivir con su madre. ¿Tú qué opinas, Nabi? Harían buena pareja, te lo aseguro.

La madre del señor Wahdati era una mujer corpulenta y pretenciosa que vivía en otra parte de la ciudad con el consabido elenco de sirvientes y sus dos adorados perros, a los que prodigaba toda clase de atenciones y situaba no ya al mismo nivel que los sirvientes, sino muy por encima de éstos. Esas espantosas criaturillas pelonas se asustaban por todo, siempre al borde de la histeria y dispuestas a soltar sus agudos ladridos de lo más irritantes. Yo los detestaba, pues en cuanto entraba en la casa se empeñaban tontamente en trepar por mis piernas.

Me constaba que, cada vez que llevaba a Nila y al señor Wahdati a casa de la anciana, se generaba un ambiente tenso en el asiento trasero del coche, y por el gesto ceñudo y dolido de Nila deducía que habían discutido. Recuerdo que, cuando mis padres se enzarzaban en una pelea, no se detenían hasta que uno de los dos resultaba claramente victorioso. Era su modo de mantener a raya las palabras destempladas, de sellarlas con un veredicto, de impedir que se colaran en la cotidianidad del día siguiente. No era el caso de los Wahdati. Más que terminar, sus peleas se disolvían como lo haría una gota de tinta en un cuenco de agua, dejando tras de sí una mancha residual que se resistía a desaparecer.

No hacía falta poseer un intelecto privilegiado para comprender que la anciana no aprobaba aquella unión, y que Nila lo sabía.

Durante nuestras conversaciones, una pregunta surgía una y otra vez en mi mente: ¿por qué se había casado Nila con el señor Wahdati? Pero yo no tenía valor para preguntárselo. Semejante intromisión me resultaba impensable por naturaleza. Únicamente podía suponer que para algunas personas, sobre todo mujeres, el matrimonio —aun tratándose de un matrimonio infeliz como el suyo— suponía huir de una desdicha todavía más grande.

Un día, en el otoño de 1950, Nila me mandó llamar.

—Quiero que me lleves a Shadbagh —dijo.

Deseaba conocer a mi familia, mis raíces. Dijo que yo llevaba un año sirviéndole la comida y paseándola por Kabul, y sin embargo apenas sabía nada de mí. Su petición me produjo desconcierto, por no decir asombro, pues no era habitual que alguien de su posición solicitara viajar hasta un lugar apartado para conocer a la familia de un sirviente. Me sentí no menos halagado por el hecho de que se interesara a tal punto por mi persona, y también algo ansioso, pues intuía la incomodidad y —lo confieso— la vergüenza que sentiría cuando le enseñara la miseria en la que había crecido.

Nos pusimos en camino una mañana gris. Nila llevaba zapatos de tacón y un vestido de tirantes color melocotón, pero no me pareció adecuado recomendarle un cambio de indumentaria. Durante el viaje, me preguntó acerca de la aldea, mis conocidos, mi hermana y Sabur, los hijos de ambos.

—Dime cómo se llaman.

—Bueno —empecé—, está Abdulá, que tiene casi nueve años. Su madre murió el año pasado, así que es el hijastro de mi hermana Parwana. Y su hermanita, Pari, está a punto de cumplir dos años. Parwana dio a luz a un niño el invierno pasado, le pusieron Omar, pero murió con dos semanas de vida.

—¿Qué ocurrió?

—El invierno, *bibi sahib*. Baja a las aldeas una vez al año y se lleva a uno o dos niños. Lo único que puedes hacer es cruzar los dedos para que pase de largo por tu puerta.

—Dios mío... —musitó.

—La buena noticia —añadí— es que mi hermana vuelve a estar embarazada.

A nuestra llegada a la aldea nos recibió el habitual corro de chiquillos descalzos. Se agolparon en torno al coche hasta que Nila bajó por la puerta de atrás. Entonces los niños enmudecieron y se echaron atrás, temerosos quizá de que los regañara. Pero Nila hizo gala de una gran paciencia y amabilidad. Se agachó y les sonrió, habló con cada uno de ellos, les estrechó la mano, les acarició las mejillas sucias y les alborotó el pelo enmarañado. Para mi bochorno, los aldeanos se congregaron delante de sus casas para observarla. Allí estaba Baitulá, un amigo mío de la infancia, asomado al alero del tejado con sus hermanos, cual bandada de cuervos, todos mascando tabaco *naswar*. Y allí estaba su padre, el ulema Shekib en persona, a la sombra de un muro, en compañía de tres hombres de barba blanca, desgranando sus sartas de cuentas con aire impasible, al tiempo que clavaban su mirada atemporal en Nila y sus brazos desnudos con gesto contrariado.

Se la presenté a Sabur y nos abrimos paso hasta la casita de adobe en que éste vivía con Parwana, seguidos por un enjambre de curiosos. En la puerta, Nila insistió en descalzarse, por más que Sabur le dijera que no hacía falta. Cuando entramos en la estancia, vi a Parwana en un rincón, muda y tensa, hecha un ovillo. Saludó a Nila en un tono apenas más audible que un susurro.

Sabur se volvió hacia Abdulá arqueando las cejas.

—Trae un poco de té, hijo.

—Oh, no, por favor —objetó Nila, sentándose en el suelo, al lado de Parwana—. No hace falta.

Pero Abdulá ya se había escabullido a la estancia contigua, que hacía las veces de cocina y dormitorio de ambos hermanos. Clavado en el dintel de la puerta, un plástico empañado por la suciedad separaba la estancia de aquella en la que nos habíamos reunido. Yo jugueteaba con las llaves del coche, deseando haber podido avisar a mi hermana de la visita, darle la oportunidad de asearse un poco. Las paredes de adobe resquebrajado estaban negras de hollín, una capa de polvo cubría el colchón raído sobre el que se había sentado Nila, y la única ventana que había en la habitación estaba moteada de moscas muertas.

—Qué hermosa es esta alfombra —comentó Nila en tono alegre, acariciando el tapiz rojo intenso en que se repetía el motivo de una huella de elefante. Era el único objeto de algún valor que poseían Sabur y Parwana, y que se verían obligados a vender aquel mismo invierno.

—Pertenecía a mi padre —observó Sabur.

—¿Es una alfombra turcomana?

—Sí.

—Me encanta la lana de oveja que usan. Qué primor de artesanía.

Sabur asintió en silencio. No miró a Nila una sola vez, ni siquiera cuando se dirigió a ella.

La cortina de plástico se agitó y Abdulá regresó portando una bandeja con tazas de té que depositó en el suelo, delante de la invitada. Le sirvió una taza y se sentó frente a ella con las piernas cruzadas. Nila intentó mantener una conversación con el chico, formulándole preguntas sencillas a las que mi sobrino se limitó a contestar asintiendo con la cabeza rasurada, farfullando una o dos palabras, sosteniéndole la mirada con sus ojos color avellana, el gesto reservado. Yo me propuse hablar con el chico más tarde y llamarle la atención por sus modales. Lo haría de un modo amistoso, pues me caía bien, era serio y responsable por naturaleza.

—¿De cuánto tiempo estás? —le preguntó Nila a Parwana.

Sin levantar la cabeza, mi hermana contestó que su hijo nacería en invierno.

—Eres afortunada por estar esperando un bebé —dijo Nila—. Y por tener un hijastro tan educado. —Sonrió a Abdulá, que no se inmutó.

Parwana masculló algo que podría haber sido un «gracias».

—Y también tenéis una niña pequeña, si mal no recuerdo, ¿verdad? —añadió Nila—. ¿Pari, se llama?

—Está durmiendo —fue la lacónica respuesta de Abdulá.

—Ah. He oído decir que es encantadora.

—Ve a despertar a tu hermana —ordenó Sabur.

Abdulá vaciló, mirando a su padre primero, luego a Nila, hasta que finalmente se levantó a regañadientes para ir en busca de Pari.

Si tuviera el menor deseo, incluso en esta hora tardía, de buscar alguna clase de absolución, le diría que el vínculo que unía a Pari y Abdulá era el habitual entre hermanos. Pero no era así. Sabe Dios por qué se habían elegido el uno al otro. Era un misterio. Nunca en mi vida he visto semejante afinidad entre dos seres. A decir verdad, Abdulá era tan hermano de Pari como padre. Cuando ella era un bebé y se despertaba llorando por la noche, era él quien se levantaba de su jergón para pasearla. Fue él quien asumió la tarea de cambiarle la ropa sucia, acunarla hasta que volviera a dormirse, arroparla contra el frío. Tenía una paciencia infinita con ella. La llevaba consigo a todas partes, presumiendo de su hermana como si fuera el tesoro más codiciado sobre la faz de la tierra.

Cuando entró en la habitación con Pari, todavía amodorrada, Nila pidió cogerla en brazos. Abdulá se la entregó con una mirada de aguda desconfianza, como si alguna alarma instintiva se hubiese disparado en su interior.

—Oh, qué mona es... —se maravilló Nila, y su torpe balanceo delató la nula experiencia que tenía en el trato con niños.

Pari la miró con gesto confuso, se volvió hacia Abdulá y rompió a llorar. Éste se apresuró a cogerla de manos de Nila.

—¡Qué ojazos tiene! —exclamó ésta—. ¡Y esos mofletes! ¿A que es una monada, Nabi?

—Sí que lo es, *bibi sahib* —convine.

—Y además le han puesto un nombre perfecto: Pari. Es realmente hermosa como un hada.

En el camino de vuelta a Kabul, Nila se dejó caer en el asiento trasero con la cabeza apoyada en el cristal. Guardó un largo silencio, hasta que de pronto empezó a llorar.

Yo detuve el coche a un lado de la carretera.

No dijo nada durante un buen rato. Los hombros se le agitaban al sollozar con el rostro escondido entre las manos, hasta que finalmente se sonó con un pañuelo.

—Gracias, Nabi —dijo entonces.

—¿Por qué, *bibi sahib*?

—Por haberme traído hasta aquí. Ha sido un privilegio conocer a tu familia.

—El privilegio es de ellos. Y mío. Es un honor para todos nosotros.

—Los hijos de tu hermana son preciosos.

Se quitó las gafas de sol y se enjugó los ojos con el pañuelo.

Dudé unos instantes. Había decidido guardar silencio, pero ella acababa de llorar en mi presencia, y la intimidad del momento pedía unas palabras amables.

—Pronto tendrá sus propios hijos, *bibi sahib* —le dije en voz queda—, *inshalá*, ya lo verá.

—Lo dudo. Ni siquiera Dios puede concederme ese deseo.

—Claro que puede, *bibi sahib*. ¡Con lo joven que es usted! Seguro que tendrá un hijo.

—No lo entiendes —repuso en tono fatigado. Nunca la había visto tan exhausta, tan despojada de energía—. No tengo nada. Me lo sacaron todo en la India. Estoy vacía por dentro.

No se me ocurrió nada que decir. Hubiese dado cualquier cosa por poder sentarme junto a ella en el asiento trasero y rodearla con mis brazos, consolarla con mis besos. Sin pensar en lo que hacía, tendí la mano hacia atrás y tomé la suya. Pensé que la retiraría, pero uno de sus dedos asió mi mano con gratitud y nos quedamos así en silencio, sin mirarnos el uno al otro, sino a la vasta llanura amarilla que nos rodeaba y se extendía hasta donde alcanzaba la vista, surcada de acequias resecas, erizada de piedras y arbustos entre los que asomaba algún indicio de vida. Con la mano de Nila en la mía, contemplé las colinas y los postes del tendido eléctrico. Mis ojos siguieron la estela de un pesado camión de mercancías que avanzaba a lo lejos, levantando a su paso una nube de polvo, y de buen grado me hubiese quedado allí hasta que se hiciera de noche.

—Llévame a casa —dijo ella al fin, desasiendo la mano—. Quiero acostarme pronto.

—Sí, *bibi sahib*.

Me aclaré la garganta y accioné la palanca de cambios con un leve temblor en la mano.

Fue a su habitación y no salió en varios días. No era la primera vez. En ocasiones, acercaba una silla a la ventana del dormitorio de la planta superior y allí se quedaba, fumando, meneando un pie, asomada a la ventana con la mirada perdida. No despegaba los labios. No se quitaba el camisón. No se bañaba, no se peinaba ni se lavaba los dientes. Esta vez tampoco probaba bocado, y ese cambio en particular suscitó una inusitada alarma en el ánimo del señor Wahdati.

Al cuarto día, alguien llamó a la puerta. Salí a abrir a un hombre alto de edad avanzada que llevaba un traje perfectamente planchado y unos mocasines relucientes. Había en él algo imponente, intimidatorio incluso, ya que, más que estar de pie, se erguía sobre mí, me miraba como si no existiera y sostenía el bastón bruñido con ambas manos, como si fuera un cetro. Antes de que pronunciara una sola palabra, supe que era un hombre acostumbrado a que lo obedecieran.

—Tengo entendido que mi hija no se encuentra bien —dijo.

Así que era su padre. Nunca lo había visto hasta ese día.

—Sí, *sahib*. Me temo que así es —contesté.

—En ese caso, apártate, joven —dijo, adelantándome con brusquedad.

Fui al jardín, donde me entretuve cortando un leño para alimentar los fogones. Desde allí veía con claridad la ventana de la habitación de Nila, en la que se enmarcaba la figura de su padre, inclinándose hacia delante, acercando su rostro al de ella, posando una mano en su hombro. Ella se volvió con el gesto desencajado, como sobresaltada por el súbito estruendo de un petardo o una puerta que se cierra de golpe por efecto de la corriente o una ráfaga de viento.

Esa noche, Nila comió.

Unos días más tarde, me mandó llamar otra vez y me anunció que iba a dar una fiesta. Cuando el señor Wahdati vivía solo, rara vez se celebraban fiestas en la casa, si es que alguna hubo. En cambio, desde que Nila se había instalado con él, las organizaba dos o tres veces al mes. La víspera de la fiesta, me daba instrucciones detalladas acerca de los aperitivos y los platos que debía preparar, y yo iba al mercado para comprar todas las vituallas. Entre éstas, tenían un peso especial las bebidas alcohólicas, que nunca hasta entonces había tenido que buscar, pues el señor Wahdati era abstemio, aunque sus motivos nada tenían que ver con la religión; sencillamente le desagradaban sus efectos. Nila, sin embargo, estaba familiarizada con ciertos establecimientos, «farmacias», los llamaba en broma, donde por el equivalente al doble de mi salario era posible comprar a hurtadillas una botella de «medicina». Era una tarea que yo desempeñaba con sentimientos encontrados, pues no me gustaba ser el que le servía el pecado en bandeja. Pero, como siempre, complacer a Nila estaba por encima de todo lo demás.

Debe usted comprender, señor Markos, que cuando dábamos una fiesta en Shadbagh, ya fuera con motivo de una boda o una circuncisión, las celebraciones tenían lugar en dos casas separadas, una para las mujeres, otra para nosotros los hombres. En las fiestas de Nila, en cambio, hombres y mujeres se mezclaban sin el menor reparo. Al igual que ella, la mayor parte de las invitadas llevaban vestidos que dejaban a la vista sus brazos desnudos y también buena parte de las piernas. Fumaban y bebían como ellos, en copas mediadas de bebidas incoloras o de tonalidades rojas o cobrizas, y contaban chistes y se reían a carcajadas y tocaban sin amago de pudor los brazos de hombres que, según me constaba, estaban casados con alguna otra dama presente en la fiesta. Yo pasaba sosteniendo pequeñas fuentes con *bolani* y *lola kabob*, cruzando de punta a punta la estancia repleta de humo, yendo de un grupo de invitados a otro mientras sonaba el tocadiscos. La música no era afgana, sino algo a lo que Nila llamaba jazz, una clase de música que, según supe décadas después, también usted aprecia, señor Markos. A mis oídos, aquel tintineo aleatorio del piano y el extraño gemido de las trompetas sonaba como un galimatías disonante. Pero a Nila le encantaba, y en numerosas ocasiones la oí exhortando a sus invitados a que no dejaran de escuchar esta o aquella grabación. Se pasaba toda la noche copa en mano y bebía lo suyo, sin apenas probar en cambio los platos que yo servía.

El señor Wahdati no se esforzaba demasiado en entretener a sus invitados. Hacía acto de presencia y poco más. Se apostaba en un rincón con gesto ausente y allí permanecía toda la velada, agitando un vaso de soda y respondiendo con una sonrisa cortés, sin despegar los labios, cada vez que alguien intentaba entablar conversación con él. Y, como de costumbre, se excusaba en cuanto los invitados empezaban a pedirle a Nila que recitara sus poemas.

Ésa era mi parte favorita de la noche, con diferencia. Cuando empezaba el recital, siempre buscaba algún pretexto que me permitiera estar cerca de ella. Allí me quedaba, sin mover un solo músculo, con un paño colgado del antebrazo, intentando no perderme detalle. Los poemas de Nila no se parecían a ninguno de los que yo había oído en mi infancia y juventud. Como bien sabe, los afganos amamos nuestra poesía, y hasta los más humildes sabemos recitar de memoria versos de Hafez, Khayyam o Saadi. ¿Recuerda usted, señor Markos, cuando me dijo el año pasado lo mucho que apreciaba a los afganos? Al preguntarle yo por qué, usted se echó a reír y contestó: «Porque hasta las pintadas reproducen versos de Rumi.»

Pero los poemas de Nila desafiaban la tradición. No obedecían a las reglas de la métrica ni respetaban la rima. Tampoco versaban sobre los temas habituales, como los árboles, las flores en primavera o el canto del *bulbul*. Nila escribía sobre el amor, y no me refiero a los anhelos místicos de Rumi o Hafez, sino al amor carnal. Escribía sobre amantes que susurraban entre almohadas, que se acariciaban mutuamente. Escribía sobre el placer. Yo jamás había oído esa clase de lenguaje en labios de una mujer. Me quedaba paralizado mientras su voz ligeramente ronca se iba desvaneciendo, alejándose hacia el vestíbulo, con los ojos cerrados y las orejas en llamas, imaginando que leía sólo para mí, que nosotros éramos los amantes del poema, hasta que alguien pedía té o huevos fritos y el hechizo se rompía. Entonces Nila pronunciaba mi nombre y yo acudía presto.

Esa noche, el poema elegido me pilló por sorpresa. Hablaba de un hombre y su esposa, que vivían en una aldea y lloraban la muerte del hijo que el invierno les había arrebatado nada más nacer. Los invitados se quedaron arrobados con el poema, a juzgar por cómo asentían, por los murmullos de aprobación que recorrieron la sala y por el caluroso aplauso que le brindaron a Nila cuando ésta levantó los ojos del papel. Sin embargo, tras la sorpresa inicial, yo me sentí decepcionado al comprobar que la desgracia de mi hermana se había usado para entretener, y no pude evitar sentir que se había cometido alguna clase de vaga traición.

Un par de días después de la fiesta, Nila anunció que necesitaba un bolso nuevo. El señor Wahdati estaba leyendo el diario sentado a la mesa donde yo le había servido el almuerzo, una sopa de lentejas y pan.

—¿Necesitas algo, Suleimán? —preguntó Nila.

—No, *aziz*. Gracias —contestó él.

Rara vez lo oía dirigirse a su esposa con otra palabra que no fuera *aziz*, que significa «querida» o «cariño», y sin embargo nunca la pareja parecía tan alejada entre sí como cuando la pronunciaba, y nunca ese apelativo sonaba tan acartonado como cuando brotaba de los labios del señor Wahdati.

De camino a la tienda, Nila dijo que quería recoger a una amiga y me indicó cómo llegar a su casa. Aparqué en la calle y la vi alejarse hasta una casa de dos plantas con las paredes pintadas de un llamativo color rosa. En un primer momento dejé el motor en marcha, pero cuando habían pasado cinco minutos sin que hubiese regresado, lo apagué. Menos mal que lo hice, porque transcurrieron dos horas hasta que vi su delgada silueta avanzando con paso majestuoso en dirección al coche. Bajé para abrirle la puerta y cuando subió percibí, por debajo de su propio y familiar perfume, una segunda fragancia que evocaba vagamente el cedro y quizá el jengibre, un aroma que reconocí por haberlo olido en la fiesta, dos noches atrás.

—No he visto ninguno que me guste —dijo Nila desde el asiento de atrás, mientras se retocaba el pintalabios.

Entonces vio mi gesto de perplejidad en el espejo retrovisor. Apartó el pintalabios y me dedicó una caída de ojos.

—Me has llevado a dos tiendas distintas, pero no he encontrado ningún bolso que me guste.

Me sostuvo la mirada, a la espera. Comprendí que me había confiado un secreto. Estaba poniendo a prueba mi lealtad, pidiendo que tomara partido.

—Creo que a lo mejor fueron tres, las tiendas —repuse débilmente.

Ella sonrió.

—*Parfois je pense que tu est mon seul ami, Nabi.*

Parpadeé, confuso.

—He dicho que a veces creo que eres mi único amigo.

Me dedicó una sonrisa radiante, pero yo tenía el corazón encogido.

En lo quedaba de día me entregué a mis tareas a un ritmo muy inferior al habitual y con la mitad del brío que solía dedicarles. Cuando los hombres vinieron a tomar el té esa noche uno de ellos cantó para nosotros, pero su canto no logró animarme. Me sentía como si fuera yo el cornudo. Y me convencí de que la fascinación que aquella mujer ejercía sobre mí se había desvanecido al fin.

Pero al día siguiente me desperté y allí estaba, llenando mis aposentos una vez más, desde el suelo hasta el techo, filtrándose por las paredes, saturando el aire que respiraba, como el vaho. Era inútil, señor Markos.

No sabría precisar el instante en que la idea empezó a cobrar forma.

Tal vez ocurriera una ventosa mañana otoñal, mientras le servía el té a Nila. Me había inclinado sobre la mesa para cortarle una rebanada de pastel *roat* cuando la radio apoyada en el alféizar anunció que el invierno de 1952 se preveía más riguroso aún que el anterior. O tal vez ocurriera antes, el día que la llevé hasta la casa pintada de rosa chillón, o antes incluso, el día que le cogí la mano en el coche mientras lloraba.

Sea como sea, en cuanto la idea germinó en mi mente, no hubo manera de expurgarla.

Déjeme decirle, señor Markos, que siempre actué con la conciencia tranquila, convencido de que mi propuesta nacía de la buena fe y con los mejores propósitos. De que, pese al sufrimiento que generaría a corto plazo, a la larga beneficiaría a todos los implicados. Pero también tenía otros motivos menos honorables, más egoístas, entre los que pesaba de un modo especial el deseo de ofrecerle a Nila algo que ningún otro hombre —ni su marido, ni el propietario de aquella gran casa de color rosa— podría darle.

En primer lugar hablé con Sabur. En mi descargo he de decir que, de haber creído que aceptaría mi dinero, de buena gana se lo hubiese dado como parte del trato. Sabía que lo necesitaba, me había hablado de su dificultad para encontrar trabajo. Le habría pedido al señor Wahdati que me avanzara la paga para que mi cuñado pudiera sacar adelante a su familia durante el invierno. Pero, al igual que muchos de mis compatriotas, Sabur adolecía de orgullo, un mal tan nefasto como invencible. Jamás habría aceptado mi dinero. Al casarse con Parwana, incluso había puesto fin a las pequeñas remesas que yo le enviaba hasta entonces. Era un hombre, y como tal se encargaría de atender a las necesidades de su familia. Y habría de morir haciéndolo antes de cumplir los cuarenta. Cayó fulminado un día mientras cosechaba remolacha azucarera en una plantación cercana a Baghlan. Oí decir que murió empuñando la hoz con las manos ensangrentadas y llenas de ampollas.

Yo no he sido padre, y por tanto no voy a fingir que comprendo las angustiosas deliberaciones que condujeron a la decisión de Sabur. Tampoco estaba al tanto de lo que se dijeron los

Wahdati en torno a esta cuestión. Al revelarle la idea a Nila, sólo le pedí que, cuando se lo comentara a su marido, diera a entender que la idea había sido suya, no mía. Sabía que él se resistiría. Jamás había vislumbrado en el señor Wahdati el menor atisbo de instinto paternal. De hecho, había llegado a preguntarme si la esterilidad de Nila no habría influido en su decisión de casarse con ella. Fuera como fuese, procuraba mantenerme al margen de la tensión que se respiraba entre ambos. Al acostarme por la noche, sólo veía las lágrimas que habían brotado de los ojos de Nila cuando se lo había dicho, y cómo había tomado mis manos entre las suyas y me había mirado con infinita gratitud y —estaba seguro— algo muy parecido al amor. Sólo pensaba en que le había ofrecido algo que hombres mucho mejor situados que yo no podrían ofrecerle. Sólo pensaba en cómo me había entregado a ella en cuerpo y alma, y de lo feliz que eso me hacía. Y pensaba, y confiaba —tonto de mí— en que quizá empezara a verme como algo más que su fiel sirviente.

Cuando por fin el señor Wahdati dio su brazo a torcer —lo que no me extrañó, pues Nila era una mujer imponente—, informé de ello a Sabur y me ofrecí a llevarlos a él y la niña hasta Kabul. Nunca he llegado a comprender por qué decidió hacer el viaje a pie desde Shadbagh. Ni por qué consintió que Abdulá los acompañara. Quizá se aferraba al poco tiempo que le quedaba con su hija. Quizá buscó una forma de penitencia en las penalidades del viaje. O quizá, como muestra de orgullo, se negó a subirse al coche del hombre que había comprado a su hija. Pero el día señalado allí estaban los tres, cubiertos de polvo, esperándome cerca de la mezquita, tal como habíamos acordado. Mientras los llevaba en coche hasta la casa de los Wahdati, intenté mostrarme dicharachero por el bien de los niños, ajenos a su destino y a la terrible escena que los aguardaba.

No tendría demasiado sentido, señor Markos, reproducir aquí con pelos y señales la escena que se produjo a continuación, tal como me temía. Pero, tantos años después, aún se me encoge el corazón cuando el recuerdo se empeña en aflorar de nuevo. ¿Cómo no se me iba a encoger? Fui yo quien cogió a aquellos dos niños indefensos, entre los que había germinado un amor de lo más puro y elemental, y los separó al uno del otro. Jamás olvidaré el tumulto que se desató de repente. Recuerdo a Pari colgada de mi hombro, presa del pánico, pataleando y chillando «¡Abolá, Abolá!» mientras yo me la llevaba. A Abdulá llamando a su hermana a gritos, enfrentándose a su padre, que le impedía el paso. A Nila con los ojos desorbitados, tapándose la boca con ambas manos, quizá para enmudecer su propio grito. Aquella escena me pesa en la conciencia. Tanto tiempo después, señor Markos, me sigue pesando.

Pari tenía a la sazón casi cuatro años, pero pese a su tierna edad había determinados hábitos en su vida que convenía erradicar. Así, por ejemplo, le enseñaron que no debía llamarme tío Nabi, sino Nabi a secas, y cuando se equivocaba la corregían cariñosamente una y otra vez, yo el primero, hasta que llegó a convencerse de que no nos unía ningún parentesco. Me convertí para ella en Nabi el cocinero y Nabi el chófer. Nila se convirtió en «*maman*» y el señor Wahdati en «*papa*». Nila se propuso enseñarle francés, que era la lengua de su madre.

La gélida acogida del señor Wahdati no duró demasiado. Para su propia sorpresa, las desoladas lágrimas de la pequeña, su añoranza, lo desarmaron por completo. Pari no tardó en acompañarnos en nuestros paseos matutinos. El señor Wahdati la acomodaba en una sillita de paseo que se encargaba de empujar por la calle. A veces la sentaba en su regazo al volante del coche y sonreía con benevolencia mientras Pari hacía sonar el claxon. Contrató a un carpintero para que construyera una cama nido con tres cajones, un baúl de madera de arce para los juguetes y un pequeño armario. Hizo que pintaran de amarillo todos los muebles de la habitación de la niña, pues había descubierto que era su color preferido. Y un buen día lo encontré sentado delante del armario, pintando con gran habilidad jirafas y monos de larga cola en las puertas bajo la atenta mirada de Pari. No se me ocurre mejor manera de hacerle entender hasta qué punto mi patrón era un hombre reservado, señor Markos, que explicándole que en todos aquellos años, y pese a que lo había visto dibujando en incontables ocasiones, hasta entonces nunca se me había permitido contemplar una de sus creaciones.

Uno de los efectos de la llegada de Pari fue que, por primera vez, los Wahdati parecían una familia de verdad. Unidos por el afecto hacia la pequeña, Nila y su marido comían ahora siempre juntos. Acompañaban a Pari a un parque cercano y se sentaban en un banco para verla jugar, complacidos. Cuando les servía el té por la noche, después de haber recogido la mesa, a menudo encontraba a uno de los dos con la niña recostada en su regazo, leyéndole un cuento. Cada día que pasaba, Pari se acordaba un poco menos de su vida en Shadbagh y de las personas que la habían poblado.

No acerté a prever la segunda consecuencia de la llegada de Pari, que no fue otra que relegarme a un segundo plano. No me juzgue con demasiada dureza, señor Markos, y recuerde que era un hombre joven, pero reconozco que me había hecho ilusiones, por vanas que fueran. Al fin y al cabo, yo era el instrumento a través del cual Nila había sido madre. Había descubierto la fuente de su desdicha y le había ofrecido un antídoto. ¿Acaso creía que eso me convertiría en su amante? Quisiera poder decir que no era tan insensato, señor Markos, pero sería faltar a la verdad. Sospecho que, en el fondo, lo que todos esperamos, contra todo pronóstico, es que nos suceda algo extraordinario.

Lo que no había imaginado era que mi presencia se diluiría de un modo tan evidente. Ahora Pari consumía todo el tiempo de Nila, entre lecciones, juegos, siestas, paseos y más juegos. Nuestras charlas diarias se veían aplazadas una y otra vez. Cuando estaban jugando las dos con los bloques de construcción o completando un rompecabezas, Nila apenas se percataba de que le había llevado una taza de café, o que seguía estando en la habitación, a la espera de una palabra suya. Cuando por fin lograba hablar con ella, parecía distraída, siempre deseosa de poner fin a la conversación. En el coche, viajaba con gesto ausente. Me avergüenza confesarlo, pero aquello hizo que sintiera una punzada de rencor hacia mi sobrina.

Como parte del acuerdo con los Wahdati, la familia de Pari no podía visitarla. No les estaba permitida ninguna forma de contacto con la niña. Un día, poco después de que Pari se instalara en casa de los Wahdati, fui a Shadbagh a llevar unos pequeños regalos para Abdulá y el hijo de mi hermana, Iqbal, que para entonces ya caminaba.

—Has entregado los regalos —me espetó Sabur sin ambages—. Es hora de que te vayas.

Le dije que no entendía por qué me recibía con tanta frialdad y me trataba de un modo tan hostil.

—Sí que lo entiendes —replicó—. Y no hace falta que sigas viniendo a vernos.

Tenía razón. Sí que lo entendía. La relación entre nosotros se había enfriado. Mi visita había generado incomodidad, tensión, incluso hostilidad. Ya no podíamos sentarnos juntos, compartir un té y charlar sobre el tiempo o la vendimia. Sabur y yo fingíamos una normalidad que había dejado de existir. Al margen de mis motivos, yo era al fin y al cabo el instrumento de la ruptura de su familia. Sabur no quería volver a verme, y lo entendía. Suspendí mis visitas mensuales. Nunca más vi a ninguno de ellos.

Fue a principios de la primavera de 1955, señor Markos, cuando las vidas de quienes vivíamos en la casa cambiaron para siempre. Recuerdo que llovía. No era la clase de aguacero torrencial que hace croar las ranas, sino una llovizna indecisa que había ido y venido a lo largo de toda la mañana. Lo recuerdo porque el jardinero, Zahid, estaba allí, tan vago como siempre, apoyado en un rastrillo y diciendo que, si el tiempo seguía así, más le valía recoger los aperos. Yo estaba a punto de retirarme a mi casucha, aunque sólo fuera para no tener que oír sus sandeces, cuando oí a Nila llamándome a gritos desde la casa.

Crucé el jardín a la carrera. Su voz llegaba desde arriba, parecía que del dormitorio principal.

La encontré en un rincón, con la espalda contra la pared, tapándose la boca con una mano.

—¡Le pasa algo! —dijo sin retirar la mano.

El señor Wahdati estaba sentado en la cama, en camiseta interior, haciendo extraños sonidos guturales. Tenía el rostro pálido y demacrado, el pelo alborotado. Intentaba una y otra vez hacer algún movimiento con la mano derecha, en vano, y advertí con horror que le colgaba un hilo de baba por la comisura de los labios.

—¡Nabi! ¡Haz algo!

Pari, que para entonces tenía seis años, había entrado en la habitación. Se acercó presurosa a la cabecera de la cama del señor Wahdati y le tiró de la camiseta interior:

—¿Papá? ¿Papá?

Él la miró con ojos desorbitados, boqueando como un pez fuera del agua. La niña gritó.

Yo la cogí rápidamente y se la acerqué a Nila. Le dije que se la llevara a otra habitación, que no debía ver a su padre en semejante estado. Nila parpadeó repetidamente, como si saliera de un trance. Me miró a mí, luego a Pari, y finalmente alargó los brazos hacia la niña. No cesaba de preguntarme qué le pasaba a su marido. No cesaba de decirme que tenía que hacer algo.

Me asomé a la ventana y llamé al inútil de Zahid, que por una vez en su vida hizo algo de provecho. Me ayudó a ponerle unos pantalones de pijama al señor Wahdati, y entre los dos lo sacamos de la cama, lo llevamos escaleras abajo y lo acomodamos en el asiento de atrás del coche. Nila se subió a su lado. Le dije a Zahid que se quedara en la casa y cuidara de Pari. El jardinero amagó una protesta, así que le di una bofetada en la sien con todas mis fuerzas. Le dije que era un zopenco y que hiciera lo que se le ordenaba.

Entonces arranqué dando marcha atrás y nos fuimos a toda velocidad.

Transcurrieron dos semanas enteras hasta que pudimos llevar al señor Wahdati de vuelta a casa. Y entonces se desató el caos. Los familiares empezaron a llegar en hordas. Yo me pasaba buena parte de la jornada preparando té y comida para agasajar a algún tío, primo o anciana tía. El timbre de la puerta no paraba de sonar en todo el día, los zapatos de tacón repiqueteaban en el suelo de mármol del salón y los murmullos resonaban en el vestíbulo a medida que las visitas iban llegando una tras otra. Apenas había visto alguna vez a la mayoría de aquellas personas, y sabía que se presentaban allí más en señal de respeto por la distinguida madre del señor Wahdati que para ver al hombre enfermo y reservado con el que apenas los unía un vago parentesco. Ella, la madre, también vino a verlo, claro está, sin los perros, afortunadamente. Irrumpió en la casa sosteniendo un pañuelo en cada mano con los que se iba enjugando los ojos enrojecidos y la nariz. Se plantó junto a la cabecera de su hijo, llorando como una magdalena. Iba vestida de negro, lo que me consternó, como si ya lo diera por muerto.

Y así era en parte, pues la persona a la que todos conocíamos había dejado de existir. La mitad de su rostro era ahora una máscara sin vida. Apenas podía mover las piernas. Le quedaba algo de movilidad en el brazo izquierdo, pero el derecho no era más que flácida carne. Hablaba mediante gruñidos roncos y gemidos que nadie acertaba a descifrar.

El médico nos dijo que el señor Wahdati experimentaba las emociones igual que antes del infarto cerebral, y comprendía cuanto sucedía a su alrededor, pero de momento no podía actuar en consecuencia.

Sin embargo, eso no era del todo cierto. De hecho, al cabo de una semana poco más o menos, se las arregló para manifestar sin sombra de duda lo que opinaba de las visitas, incluida su madre. El señor Wahdati era, incluso en tales circunstancias, un ser esencialmente solitario. Y de nada le servían la compasión, el aire cariacontecido y las miradas apenadas de toda aquella gente al contemplar el triste espectáculo en que se había convertido. Cuando entraban en la habitación, blandía la mano izquierda con gesto airado, como si quisiera ahuyentarlos. Cuando le hablaban, volvía el rostro hacia otro lado. Si se sentaban a su lado, cerraba los dedos en torno a la sábana, gruñía y se golpeaba el costado con el puño hasta que se marchaban. Tampoco Pari se libraba de su rechazo, aunque lo manifestara de un modo mucho más sutil. La niña se ponía a jugar a las muñecas junto a la cabecera de su padre, y él me miraba con ojos suplicantes, anegados en lágrimas, la barbilla temblorosa, hasta que yo la sacaba de la habitación. El señor Wahdati no intentaba comunicarse con ella, pues sabía que su habla embrollada la ponía nerviosa.

Para Nila, el gran éxodo de las visitas supuso un alivio. Cuando los invitados llenaban cada rincón de la casa, se retiraba con Pari a la habitación de la niña, en el piso de arriba, mal que le pesara a su suegra, que sin duda —¿y quién podría culparla, en realidad?— esperaba que permaneciera junto a su hijo, cuando menos para guardar las apariencias. Por descontado, a Nila la traían sin cuidado las apariencias o lo que dijeran de ella. Que no era poco. «¿Qué clase de esposa es ésta?», oí clamar a la suegra más de una vez. Se quejaba a todo el que quisiera escucharla de la crueldad de Nila, decía que era una mujer desalmada. ¿Dónde estaba, ahora que su marido la necesitaba? ¿Qué clase de esposa abandonaba a su fiel marido, que tanto la quería?

Algo de razón tenía la anciana, claro está. Indudablemente era yo quien pasaba más tiempo a la cabecera del señor Wahdati, quien le daba las medicinas y saludaba a las visitas. Era conmigo con quien el médico hablaba más a menudo, y por tanto era a mí, y no a Nila, a quien todos preguntaban por el estado del señor Wahdati.

El fin de las visitas le ahorró una molestia a Nila, pero trajo consigo otra. Mientras había permanecido atrincherada tras la puerta de la habitación de Pari, había estado a salvo no sólo de su desabrida suegra, sino también del despojo humano en que se había convertido su esposo. Ahora que la casa había quedado desierta, se enfrentaba a unos deberes maritales para los que no podía haber persona menos predispuesta.

No podía hacerlo.

Y no lo hacía.

No digo que fuera cruel o insensible. He vivido muchos años, señor Markos, y si algo he aprendido es que debemos mostrarnos humildes y generosos al juzgar las pasiones y anhelos ajenos. Sí diré, en cambio, que un día entré en la habitación del señor Wahdati y encontré a Nila sollozando, postrada sobre el vientre de éste, con una cuchara todavía en la mano mientras el puré de lentejas *daal* se derramaba por su mentón hasta el babero que llevaba anudado al cuello.

—Deje que lo haga yo, *bibi sahib* —le dije con dulzura.

Cogí la cuchara de su mano, limpié la boca del señor Wahda-ti y me dispuse a darle de comer, pero él soltó un gemido, cerró los ojos con fuerza y volvió el rostro.

Poco después de ese incidente me encontré cargando un par de maletas escaleras abajo y entregándoselas a un chófer que las colocó en el maletero del coche, cuyo motor había dejado al ralentí. Luego ayudé a Pari, que llevaba puesto su abrigo amarillo preferido, a subir al asiento de atrás.

—Nabi, ¿vendrás con papá a visitarnos a París, como ha dicho mamá? —preguntó, dedicándome una sonrisa desdentada.

Le aseguré que lo haría en cuanto su padre estuviera mejor. Besé el dorso de sus manitas.

—*Bibi* Pari, le deseo suerte y felicidad —dije.

Me crucé con Nila cuando ella ya estaba bajando los escalones de la entrada, con los ojos hinchados y el maquillaje corrido. Venía de la habitación del señor Wahdati, donde se había despedido de él.

Le pregunté cómo estaba.

—Aliviado, creo. —Y añadió—: Pero no me hago ilusiones. —Cerró la cremallera del bolso y se lo colgó en bandolera—. No le digas a nadie adónde vamos. Será lo mejor.

Le prometí que no lo haría.

Me dijo que me escribiría pronto. Luego me miró a los ojos, y creí ver en ellos verdadero afecto. Me acarició el rostro con la palma de la mano.

—Me alegro de que te quedes con él, Nabi.

Entonces se acercó y me abrazó, pegando su mejilla a la mía. Aspiré el olor de su pelo, su perfume.

—Eres tú, Nabi —me susurró al oído—. Siempre has sido tú. ¿No lo sabías?

No lo entendí. Y ella se apartó antes de que pudiera preguntárselo. Cabizbaja, se alejó rápidamente por el camino de acceso con los tacones de las botas repicando en el asfalto. Se subió al asiento trasero del taxi, al lado de Pari, se volvió para mirarme una sola vez y apoyó la palma de la mano en la ventanilla. Aquella mano blanca sobre el cristal fue lo último que vi de ella mientras el coche arrancaba.

La vi marchar y esperé a que el taxi torciera al final de la calle para cerrar la verja. Entonces me apoyé en ella y rompí a llorar como un niño.

Pese a los deseos del señor Wahdati, seguimos recibiendo alguna que otra visita, por lo menos durante un tiempo. Al final, sólo su madre venía a verlo, aproximadamente una vez a la semana. Chasqueaba los dedos para que le acercara una silla, y en cuanto se dejaba caer en ésta, junto a la cabecera de su hijo, emprendía un soliloquio de reproches contra su desaparecida nuera. Una ramera. Una mentirosa. Una borracha. Una cobarde que había huido sabía Dios adónde cuando su esposo más la necesitaba. El señor Wahdati soportaba esas diatribas en silencio, mirando impasible más allá de la silueta de su madre, hacia la ventana. Luego venía una interminable retahíla de dimes y diretes, en su mayoría tan banales que era un suplicio escucharlos. Que si una prima había discutido con su hermana porque había tenido la desfachatez de comprar exactamente la misma mesa de centro. Que si fulanito había tenido un pinchazo mientras volvía a casa desde Paghman el viernes anterior. Que si menganita lucía nuevo peinado. Y así, uno tras otro. A veces, el señor Wahdati emitía un gruñido y su madre se volvía hacia mí.

—Tú. ¿Qué ha dicho? —Siempre se dirigía a mí de esa forma, con palabras bruscas y cortantes.

A fuerza de pasar tantas horas a su lado, poco a poco había aprendido a descifrar aquel galimatías. Me acercaba a su cara, y en lo que otros tomaban como una ininteligible sucesión de gemidos y balbuceos, yo lo oía pidiendo agua, la cuña, que le dieran la vuelta. Me había convertido en su intérprete de facto.

—Dice su hijo que le gustaría dormir un poco.

La anciana soltaba un suspiro y concluía que mejor así, pues de todos modos tenía que marcharse. Se inclinaba hacia delante, lo besaba en la frente y prometía volver pronto. Después de acompañarla hasta la calle, donde la esperaba su chófer, yo regresaba a la habitación del señor Wahdati, me sentaba en un banco al lado de su cama y disfrutábamos juntos del silencio.

A veces buscaba mi mirada, meneaba la cabeza y sonreía con la boca torcida.

El trabajo para el que me habían contratado se había visto notablemente reducido —sólo me sentaba al volante para ir a comprar víveres una o dos veces a la semana—, por lo que no me parecía lógico pagar a otros sirvientes para que hicieran tareas que yo podía asumir. Se lo comenté al señor Wahdati, que me pidió con un ademán que me acercara más.

—Acabarás rendido.

—No, *sahib*. Será un placer.

Me preguntó si estaba seguro, y le dije que sí.

Se le humedecieron los ojos y sus dedos se cerraron débilmente en torno a mi muñeca. Había sido el hombre más estoico que he conocido nunca, pero desde que había sufrido el infarto cerebral hasta las cosas más triviales lo afligían sobremanera y lo conmovían hasta las lágrimas.

—Nabi, escucha.

—Sí, *sahib*.

—Coge dinero cada mes, el que quieras.

Le dije que no había ninguna necesidad de hablar de eso.

—Sabes dónde guardo el dinero.

—Debe usted descansar, *sahib*.

—Me da igual cuánto saques.

Le dije que estaba pensando en preparar un potaje de legumbres para el almuerzo.

—¿Qué me dice, le apetece un *shorwa*? Ahora que lo pienso, a mí tampoco me vendría mal.

Por esas fechas puse fin a las reuniones nocturnas con los demás sirvientes. Ya no me importaba lo que pensaran de mí; no consentiría que entraran en casa del señor Wahdati para divertirse a su costa. Así, tuve el inmenso placer de despedir a Zahid. También prescindí de los servicios de la mujer hazara que venía a hacer la colada. A partir de entonces, me encargué yo de lavar la ropa y tenderla. Cuidaba de los árboles, podaba los setos, cortaba el césped, sembraba flores y verduras. También me ocupaba del mantenimiento de la casa: sustituía las cañerías oxidadas, arreglaba los grifos que goteaban, pulía el suelo, limpiaba los cristales, sacudía el polvo de las cortinas, lavaba las alfombras.

Un día subí arriba, a la habitación del señor Wahdati, para quitar las telarañas de las molduras aprovechando que él dormía. Era verano y hacía un calor seco, sofocante. Había destapado del todo al señor Wahdati y le había remangado las perneras del pijama. Las ventanas estaban abiertas de par en par y el ventilador del techo giraba con un chirrido, pero de poco servía. El calor era insoslayable.

En la habitación había un armario bastante voluminoso que me había propuesto limpiar hacía tiempo, y ese día decidí ponerme manos a la obra. Abrí las puertas y empecé por los trajes, que fui desempolvando de uno en uno, por más que fuera muy improbable que el señor Wahdati volviera a llevar ninguna de aquellas prendas. Había pilas de libros sobre las que se había ido depositando el polvo, y que también limpié. Pasé un paño por los zapatos y los dispuse todos en perfecta hilera. Encontré una gran caja de cartón casi oculta bajo los dobladillos de varios abrigos largos. La saqué del armario y la abrí. Estaba repleta de los viejos cuadernos de dibujo del señor Wahdati, apilados uno sobre otro, convertidos en tristes reliquias de su vida pasada.

Cogí el primer cuaderno de la pila y lo abrí al azar. Casi me fallan las piernas. Lo hojeé todo. Lo dejé en la caja y abrí otro, y luego otro más, y así hasta llegar al último. Las páginas iban pasando ante mis ojos, acariciándome el rostro con su leve soplo, y en todas y cada una de ellas se repetía el mismo tema, dibujado al carboncillo. Allí estaba yo, secando el guardabarros delantero del coche, visto desde la ventana de la habitación de arriba. Allí estaba yo, apoyado en una pala cerca de la galería. Salía en todas aquellas páginas, anudándome los cordones de los zapatos, echando una cabezada, cortando leña, sirviendo el té, rezando, regando los setos. Allí estaba el coche, aparcado a orillas del lago Ghargha, y yo sentado al volante, la ventanilla bajada, un brazo colgado por fuera de la puerta, una figura apenas esbozada en el asiento trasero, los pájaros volando en círculos sobre nosotros.

«Eres tú, Nabi.»

«Siempre has sido tú.»

«¿No lo sabías?»

Miré al señor Wahdati. Dormía profundamente, tumbado de lado. Volví a dejar los cuadernos tal como estaban en la caja de cartón, la cerré y la guardé en su sitio, bajo los abrigos. Luego me fui de la habitación, cerrando la puerta despacio para no despertarlo. Enfilé el pasillo en penumbra y bajé las escaleras. Me visualicé caminando sin detenerme. Saliendo a la canícula de aquel día de verano, deshaciendo el camino de entrada, abriendo la verja, echando a andar calle abajo, doblando la esquina y siguiendo adelante sin volver la vista atrás.

¿Cómo iba a quedarme después de aquello?, me preguntaba. No me sentía asqueado ni halagado por mi hallazgo, señor Markos, pero sí perplejo. Traté de imaginar cómo serían las cosas en adelante, si me quedaba pese a saber lo que sabía. Aquello, lo que había descubierto en la caja, lo empañaba todo. Era imposible huir de algo así, ni pasarlo por alto. Sin embargo, ¿cómo iba a marcharme, estando él tan desvalido? No podía hacerlo, no sin antes buscar a alguien capaz de asumir mis tareas. Por lo menos le debía eso al señor Wahdati, pues siempre se había portado bien conmigo. Yo, en cambio, había maquinado a sus espaldas para ganarme el favor de su esposa.

Fui al comedor y me senté a la mesa de cristal. No sabría decirle cuánto tiempo estuve allí inmóvil, señor Markos, sólo que en algún momento lo oí moverse en el piso de arriba, y al parpadear me di cuenta de que la luz había cambiado, y entonces me levanté y puse a hervir agua para el té.

Un día subí a su habitación y le dije que tenía una sorpresa para él. Estábamos a finales de los años cincuenta, mucho antes de que la televisión llegara a Kabul. En aquella época pasábamos el rato jugando a las cartas y, desde hacía algún tiempo, al ajedrez, que él me había enseñado y para el que yo había resultado poseer cierto talento natural. También dedicábamos una cantidad de tiempo nada desdeñable a mis clases de lectura. Él se había revelado un maestro paciente. Cerraba los ojos mientras me oía leer y negaba suavemente con la cabeza cuando me equivocaba. «Otra vez», decía. Para entonces, su habla había mejorado de forma considerable. «Léelo otra vez, Nabi.» Gracias al ulema Shekib, yo sabía leer y escribir de forma rudimentaria cuando él me había contratado en 1947, pero fue a través de las enseñanzas de Suleimán que avancé de veras en el dominio de la lectura, y por consiguiente de la escritura. Él lo hacía para ayudarme, sin duda, pero también por su propio interés, ya que ahora podía pedirme que le leyera los libros que le gustaban. Él también podía leer por su cuenta, claro está, pero sólo a ratos, pues se cansaba con facilidad.

Mientras yo me dedicaba a mis tareas y no podía hacerle compañía, no tenía mucho con lo que entretenerse. Escuchaba música. A menudo debía conformarse con mirar por la ventana y contemplar los pájaros posados en los árboles, el cielo y las nubes, oír las voces de los niños que jugaban en la calle, los pregones de los vendedores de fruta que tiraban de sus burros al grito de «¡Cerezas! ¡Cerezas frescas!».

Cuando le anuncié la sorpresa preguntó de qué se trataba, y entonces deslicé una mano por debajo de su nuca. Le dije que primero había que ir abajo. En aquellos tiempos no me costaba cargarlo, pues era joven y ágil. Lo levanté sin esfuerzo y lo llevé hasta el salón de la planta baja, donde lo acomodé en el sofá con delicadeza.

—¿Y bien? —preguntó.

Salí al vestíbulo y regresé al salón empujando la silla de ruedas. Llevaba más de un año tratando de convencerlo para que se comprara una, a lo que él se negaba en redondo, hasta que había decidido tomar la iniciativa y se la había comprado de todos modos. En cuanto la vio, Suleimán empezó a negar con la cabeza.

—¿Es por los vecinos? —le pregunté—. ¿Te avergüenza lo que pueda decir la gente?

Me ordenó que lo llevara arriba.

—Pues a mí me importa un rábano lo que digan o piensen los vecinos —repuse—. Así que lo que haremos hoy es salir a pasear. Hace un día precioso y nos vamos a dar una vuelta, y no se hable más. Porque si no salimos de esta casa acabaré volviéndome loco, ¿y qué sería de ti si me volviera loco de verdad, eh? Y, francamente, Suleimán, deja ya de lloriquear. Pareces una vieja.

Ahora lloraba y reía al mismo tiempo, y seguía diciendo que no una y otra vez, incluso cuando lo cogí en volandas, lo senté en la silla de ruedas, lo tapé con una manta y salí con él por la puerta principal.

Llegados a este punto, debo decir que en un primer momento busqué de veras a alguien que me sustituyese. No se lo comuniqué a Suleimán, sin embargo; me pareció oportuno no darle la noticia hasta haber encontrado a la persona adecuada. Varias vinieron a interesarse por el puesto. Yo solía hablar con ellos fuera de la casa, para no levantar las sospechas de Suleimán. Pero la búsqueda se reveló mucho más compleja de lo que había previsto. Algunos candidatos eran a todas luces de la misma pasta que Zahid, y a ésos —los veía venir de lejos, pues no en vano llevaba toda una vida tratando con los de su calaña— los despachaba sin contemplaciones. Otros no daban la talla en la cocina —como he mencionado ya, Suleimán era bastante quisquilloso con la comida—, o bien no sabían conducir. Muchos de ellos tampoco sabían leer, lo que suponía un grave impedimento, pues Suleimán se había acostumbrado a que le leyera todos los días al caer la tarde. Algunos me parecían impacientes, otro reparo importante en lo que respectaba al cuidado de Suleimán, que podía resultar exasperante y, a ratos, se mostraba caprichoso como un niño. De otros, la intuición me decía que carecían del temperamento necesario para asumir aquella ardua tarea.

Así que, tres años después, seguía en la casa, tratando de convencerme de que me iría en cuanto me hubiese asegurado de que el destino de Suleimán quedaba en buenas manos. Tres años después aún era yo quien le lavaba el cuerpo con un paño humedecido día sí, día no, quien le cortaba el pelo, lo afeitaba o le cortaba las uñas. Era yo quien le daba de comer y lo ayudaba a colocarse la cuña y lo limpiaba del mismo modo que se limpia a un bebé, y lavaba los pañales sucios que le ponía con imperdibles. En ese tiempo, fuimos desarrollando un lenguaje tácito basado en la familiaridad y la rutina e, inevitablemente, nuestra relación se fue tiñendo de una informalidad impensable en otros tiempos.

Así pues, en cuanto logré que aceptara la silla de ruedas, retomamos el antiguo ritual de los paseos matutinos. Yo lo sacaba de la casa y empujaba la silla calle abajo, y por el camino saludábamos a los vecinos con los que nos íbamos cruzando. Uno de ellos era el señor Bashiri, un joven recién licenciado en la Universidad de Kabul que trabajaba para el Ministerio de Asuntos Exteriores. Junto con su hermano y las esposas de ambos se habían instalado en una gran vivienda de dos plantas tres números más allá, en la acera de enfrente. A veces nos lo encontrábamos mientras arrancaba el motor del coche por la mañana, antes de irse a trabajar, y siempre me detenía a saludarlo. A menudo llevaba a Suleimán hasta el parque de Shar-e-Nau, donde nos sentábamos a la sombra de los olmos y contemplábamos el ajetreo del tráfico: los taxistas aporreando el claxon, los timbres de las bicicletas, los rebuznos de los burros, los peatones que se cruzaban con temeridad suicida delante de los autobuses. Suleimán y yo nos convertimos en una presencia habitual en las calles del barrio, en el parque, y a menudo nos parábamos a intercambiar algún comentario cordial con revisteros y carniceros, o unas palabras amables con el joven policía que dirigía el tráfico. También dábamos conversación a los taxistas, apoyados en el coche a la espera de clientes.

A veces lo acomodaba en el asiento de atrás del Chevrolet, metía la silla de ruedas en el maletero y nos íbamos en el viejo coche hasta Paghman, donde siempre encontraba un apacible prado verde y un riachuelo que fluía, alegre y cantarín, a la sombra de los árboles. Después del almuerzo, Suleimán probaba suerte con los lápices, pero era una lucha, pues el infarto había afectado su mano hábil, la diestra. Aun así, valiéndose de la izquierda era capaz de recrear árboles, colinas y campos de flores silvestres con más talento del que yo tendría jamás pese a conservar intactas mis facultades. Cuando se cansaba, se quedaba dormido y dejaba caer el lápiz. Entonces yo le cubría las piernas con una manta y me tumbaba en la hierba junto a la silla de ruedas. Oía la brisa meciendo los árboles y contemplaba el cielo, los jirones de nubes que planeaban en lo alto.

Antes o después, mis pensamientos me llevaban hasta Nila, de la que ahora me separaba todo un continente. Evocaba el suave brillo de su pelo, su forma de mecer el pie, de aplastar las colillas con el tacón de la sandalia. Pensaba en la curva de su espalda, en la turgencia de sus pechos. Anhelaba estar cerca de ella, dejarme envolver por su olor, notar el palpitar de mi corazón siempre que me tocaba la mano. Había prometido escribirme, y aunque habían pasado años y seguramente ni se acordaba de mí, no puedo negar que sentía una punzada de ansiedad cada vez que llegaba el correo.

Recuerdo un día que habíamos ido hasta Paghman. Yo estaba sentado en la hierba, estudiando el tablero de ajedrez. Corría el año 1968, la madre de Suleimán había muerto meses atrás, y aquél fue también el año en que tanto el señor Bashiri como su hermano fueron padres por primera vez, de sendos varones a los que habían llamado, respectivamente, Idris y Timur. A menudo veía a los jóvenes primos en sendos cochecitos cuando sus madres los sacaban de paseo por el barrio. Ese día, Suleimán y yo habíamos empezado una partida de ajedrez que había quedado suspendida al vencerle el sueño. Yo intentaba hallar el modo de recuperarme tras su agresiva jugada inicial cuando me preguntó:

—Dime, Nabi, ¿cuántos años tienes?

—Bueno, más de cuarenta —contesté—. Eso lo sé seguro.

—He pensado que deberías casarte, antes de que pierdas tu atractivo. Ya empiezas a tener canas.

Nos sonreímos. Le dije que mi hermana Parwana solía decirme lo mismo. Me preguntó si recordaba el día que me había contratado, veinte años atrás, en 1947.

Lo recordaba, por supuesto. Llevaba algún tiempo trabajando a disgusto como ayudante de cocina en una casa cercana a la residencia del señor Wahdati. Cuando oí decir que necesitaba un cocinero —el suyo se había marchado tras casarse—, me presenté en su casa una tarde y llamé al timbre de la puerta.

—Como cocinero eras una auténtica nulidad —dijo Suleimán—. Ahora haces maravillas, Nabi, pero aquella primera comida... ¡santo cielo! Y la primera vez que me llevaste en coche pensé que me daría un infarto. —Hizo una pausa y rió entre dientes, sorprendido por su propio e involuntario chiste.

118

Eso me pilló completamente desprevenido, señor Markos. A decir verdad, me sentó como un mazazo, pues en todos aquellos años, Suleimán nunca se había quejado de mi pericia como cocinero o conductor.

—¿Y por qué me contrataste? —pregunté.

Se volvió hacia mí.

—Porque en cuanto entraste por la puerta me dije que nunca había visto nada tan hermoso.

Bajé los ojos al tablero de ajedrez.

—Supe, nada más conocerte, que tú y yo no éramos iguales, que lo que yo deseaba era imposible. Pero me quedaban nuestros paseos matutinos, las excursiones en coche, y no diré que tuviera suficiente con eso, pero era mejor que perderte. Aprendí a conformarme con tu cercanía. —Hizo una pausa, y añadió—: Creo que tú tampoco eres del todo ajeno a ese sentimiento, Nabi. Sé que no lo eres.

Yo no podía sostenerle la mirada.

—Necesito decirte, aunque sólo sea una vez, que te quiero desde hace mucho, muchísimo tiempo, Nabi. Por favor, no te enfades.

Negué con la cabeza. Durante varios minutos, ninguno de los dos pronunció una sola palabra. Lo que él había dicho se quedó flotando en el aire, el sufrimiento de toda una vida reprimida, la felicidad nunca alcanzada.

—Y si te lo digo ahora —continuó— es para que entiendas por qué quiero que te marches. Ve y búscate una esposa. Funda tu propia familia, Nabi, como todos los demás. Todavía estás a tiempo.

—Bueno —dije al fin, intentando aliviar la tensión con un comentario jocoso—, puede que lo haga un día de éstos. Y entonces te arrepentirás, al igual que el pobre desgraciado que tenga que lavarte los pañales.

—Todo te lo tomas a guasa.

Me fijé en un escarabajo que cruzaba con paso ligero una hoja verde grisáceo.

—No te quedes por mí. Eso es lo que trato de decirte, Nabi. No te quedes por mí.

—Eso es lo que tú crees.

—Te empeñas en tomártelo a broma —repuso en tono fatigado.

No quise replicar, aunque me había malinterpretado. Esa vez no lo decía en broma. Si seguía a su lado ya no era por él. Al principio, sí. En un primer momento me había quedado porque Suleimán me necesitaba, porque dependía de mí por completo. En el pasado había huido de alguien que me necesitaba, y los remordimientos me los llevaré conmigo a la tumba; no podía volver a hacerlo. Pero poco a poco, de un modo imperceptible, las razones por las que posponía mi partida habían ido cambiando. No sabría decirle cuándo ni cómo se produjo el cambio, señor Markos, sólo que ahora me quedaba por propia voluntad. Suleimán había dicho que debería casarme, pero lo cierto es que, al reflexionar sobre mi vida, me di cuenta de que ya tenía todo aquello que uno suele buscar en el matrimonio: comodidad material, compañía y un hogar en el que siempre era bienvenido, en el que me amaban y necesitaban. En cuanto a los impulsos físicos propios de todo hombre —que aún tenía, por supuesto, aunque menos frecuentes y apremiantes con el paso de los años—, podía seguir satisfaciéndolos como he explicado con anterioridad. En lo tocante a los hijos, si bien siempre me habían gustado los niños, nunca había experimentado la llamada del instinto paternal.

—Si prefieres ser como la mula y no casarte —dijo Suleimán—, debo pedirte algo. Pero a condición de que aceptes de antemano.

Le dije que no podía pedirme eso.

—Y sin embargo, te lo pido.

Le sostuve la mirada.

—Siempre puedes negarte —dijo.

Me conocía bien. Me sonrió con la boca torcida. Yo se lo prometí y él formuló su petición.

¿Qué puedo decirle, señor Markos, de los años que siguieron? Conoce usted de sobra la historia reciente de este desdichado país. No hace falta que reviva para usted aquellos tiempos funestos. La sola idea me resulta abrumadora, y además el sufrimiento de nuestras gentes ha quedado ya bastante documentado por plumas mucho más sabias y elocuentes que la mía.

Lo resumiré en una sola palabra: guerra. Mejor dicho, guerras. No una ni dos, sino muchas guerras, grandes y pequeñas, justas e injustas, guerras protagonizadas por supuestos héroes y villanos cuyos roles eran intercambiables, y en las que cada nuevo héroe venía a confirmar que más vale malo conocido que bueno por conocer. Los nombres iban cambiando, al igual que los rostros, y a todos maldigo por siempre jamás por los bombardeos, los misiles, las minas terrestres, los francotiradores, las contiendas mezquinas, las matanzas, las violaciones y los saqueos. Pero basta ya. La tarea es tan ingrata como inabarcable. Ya me tocó vivir aquellos tiempos, y no tengo intención de revivirlos en estas páginas más allá de lo estrictamente necesario. Lo único bueno que saqué de aquellos años fue cierto sentimiento de consuelo respecto a la pequeña Pari, que hoy debe de ser toda una mujer. Aliviaba mi conciencia el hecho de saberla a salvo, lejos de aquella barbarie.

Como usted bien sabe, señor Markos, en realidad los años ochenta no fueron tan terribles para los habitantes de Kabul, puesto que la mayor parte de los combates tenían lugar en las zonas rurales. Aun así fue una época de éxodo, y muchas familias del vecindario hicieron las maletas y abandonaron el país rumbo a Pakistán o Irán, con la esperanza de poder establecerse en algún lugar de Occidente. Recuerdo como si fuera ayer el día que el señor Bashiri vino a despedirse de nosotros. Le estreché la mano y le deseé lo mejor. También me despedí de su hijo Idris, que a sus catorce años era un chico alto y desgarbado con el pelo largo y una sombra de vello cobrizo sobre el labio superior. Le dije que echaría mucho de menos verlos a él y a su primo Timur remontando cometas o jugando al fútbol en la calle. Quizá recuerde usted el día, muchos años más tarde, en que volvimos a coincidir con los dos primos, señor Markos, convertidos para entonces en hombres hechos y derechos, en una fiesta que dio usted en la primavera de 2003.

Fue en los años noventa cuando los combates llegaron finalmente a las calles de la ciudad. Kabul cayó presa de hombres que parecían haber salido del vientre de sus madres rodando kalashnikov en ristre, vándalos todos ellos, ladrones armados hasta los dientes que se arrogaban cargos altisonantes. Cuando los misiles empezaron a surcar el cielo, Suleimán se encerró en casa y se negó a marcharse. Rechazaba tozudamente cualquier información sobre lo que estaba ocurriendo más allá de aquellas cuatro paredes. Desconectó el televisor. Arrinconó la radio. Los diarios no tenían ninguna utilidad para él. Me pidió que no llevara a casa ninguna noticia de la guerra. Apenas sabía quién luchaba contra quién, ni qué bando iba ganando o perdiendo, como si albergara la esperanza de que, haciendo caso omiso de la guerra, ésta fuera a devolverle el favor.

Huelga decir que no fue así. La calle en que vivíamos, y que en tiempos había sido un remanso de tranquilidad, orden y limpieza, se convirtió en un campo de batalla. Había mellas de balazos en todas las casas. Los misiles pasaban silbando por encima de nuestras cabezas. Las granadas propulsadas caían a uno y otro lado de la calle, abriendo cráteres en el asfalto. Por la noche, las balas trazadoras surcaban el cielo con sus destellos rojiblancos hasta la llegada del alba. A veces disfrutábamos de una breve tregua, unas pocas horas de silencio, que rompían las súbitas explosiones, las ráfagas de disparos que se cruzaban en todas direcciones, los gritos de la gente en la calle.

Fue durante aquellos años, señor Markos, cuando la casa sufrió buena parte de los daños que vio usted con sus propios ojos cuando la visitó por primera vez en 2002. Cierto es que parte de esa decadencia se debía al paso del tiempo y al abandono en que se hallaba sumida. Para entonces, yo era un hombre mayor y ya no tenía fuerzas para cuidar de ella como en el pasado. Los árboles habían muerto tras varios años sin dar fruto, el césped había amarilleado y las flores se habían marchitado. Pero la guerra fue despiadada con aquella casa que en tiempos había sido tan hermosa. Las explosiones de las granadas hicieron añicos los cristales de las ventanas. Un misil redujo a escombros el muro del jardín orientado al este, así como buena parte de la galería donde Nila y yo habíamos charlado tantas veces. Otra granada dañó el tejado. Había agujeros de bala en las paredes.

Y luego vinieron los saqueos, señor Markos. Los milicianos irrumpían en la casa a su antojo y se apropiaban de cuanto les venía en gana. Se llevaron casi todos los muebles, las pinturas, las alfombras turcomanas, las esculturas, los candelabros de plata, los jarrones de cristal. Sacaron a golpe de cincel los azulejos de lapislázuli que embellecían las encimeras de los cuartos de baño. Una mañana me despertó un alboroto en el vestíbulo y encontré a un grupo de milicianos uzbekos arrancando la alfombra de la escalera con unos cuchillos de hoja curva. Me mantuve al margen, mirándolos. ¿Qué podía hacer? Otro anciano con una bala entre las cejas no les hubiera pesado en la conciencia.

Al igual que la casa, también Suleimán y yo acusábamos el paso de los años. A mí me fallaba la vista y las rodillas empezaron a dolerme casi a diario. Perdóneme la vulgaridad, señor Markos, pero el mero acto de orinar se convirtió en una prueba de resistencia. Como era de esperar, la decadencia golpeó a Suleimán con más fuerza que a mí. Se fue consumiendo hasta quedar reducido a un ser raquítico y de una fragilidad extrema. Había estado a punto de morir en dos ocasiones, la primera de las cuales coincidió con el momento álgido de los combates entre las facciones enfrentadas de Ahmad Sah Masud y Gulbuddin Hekmatyar, cuando los cadáveres yacían durante días en las calles sin que nadie los recogiera. Entonces tuvo una pulmonía que le sobrevino, según el médico, por aspirar su propia saliva. Pese a la escasez tanto de médicos como de medicinas, me las arreglé para proporcionarle los cuidados que necesitaba a fin de arrancarlo de las garras de una muerte casi segura.

Quizá debido a la reclusión forzosa y a la cercanía física, en aquellos tiempos discutíamos a menudo, Suleimán y yo. Discutíamos como lo hacen las parejas casadas, terca y acaloradamente, por naderías.

—Esta semana ya has hecho alubias.

—No es cierto.

—Sí que lo es. ¡El lunes!

Discutíamos por el número de partidas de ajedrez que habíamos jugado la víspera, o porque yo me empeñaba en dejar su vaso de agua sobre el alféizar de la ventana, donde le daba el sol.

—¿Por qué no me has pedido la cuña, Suleimán?

—¡Lo he hecho, cientos de veces!

—¿De qué me estás acusando, de estar sordo o de ser vago?

—No te molestes en elegir, ¡te acuso de ambas cosas!

—No sé cómo te atreves a llamarme vago, teniendo en cuenta que te pasas el día en la cama.

Y así podíamos seguir durante horas.

Cuando iba a darle de comer volvía la cara, negándose a probar bocado, hasta que me marchaba dando un portazo. Reconozco que a veces me vengaba haciéndolo sufrir. Me iba de casa. Cuando me preguntaba a voz en grito adónde iba, no le contestaba. Fingía marcharme para siempre. Por descontado, sólo iba a dar una vuelta a la manzana y a fumarme un pitillo —un hábito, el de fumar, que adquirí en mis años maduros—, aunque únicamente lo hacía cuando estaba enfadado. Podía pasar varias horas fuera, y si me había hecho perder los estribos no volvía hasta el anochecer. Pero siempre volvía. Entraba en su habitación sin pronunciar palabra, le daba la vuelta en la cama y le ahuecaba la almohada. En tales ocasiones evitábamos mirarnos a los ojos y ninguno de los dos despegaba los labios, a la espera de que el otro se ofreciera a hacer las paces.

Nuestras discusiones acabaron con la llegada de los talibanes, esos jóvenes de rostro anguloso, látigo en mano, barba cerrada y ojos perfilados con *kohl*. Su crueldad y sus excesos también han quedado sobradamente documentados, y una vez más no veo motivo para enumerárselos, señor Markos. Debo decir que los años en los que gobernaron Kabul supusieron para mí —ironías de la vida— una suerte de indulto personal. El objeto de su desdén y su fanatismo eran sobre todo los jóvenes, y en especial las pobres mujeres. Yo no era más que un anciano. Mi principal concesión a su régimen consistió en dejarme crecer la barba, lo que, a decir verdad, me ahorraba la meticulosa tarea del afeitado diario.

—No hay duda, Nabi —susurró Suleimán desde la cama—, has perdido tu atractivo. Pareces un profeta.

Por la calle, los talibanes pasaban junto a mí como si fuera una vaca que pastara. Yo contribuía a ello componiendo un gesto sumiso, bovino, con el que evitaba llamar la atención. Me estremezco sólo de pensar por quién habrían tomado a Nila y qué le habrían hecho. A veces, cuando la evocaba en mi memoria, riendo en una fiesta con una copa de champán en la mano, los brazos desnudos, las piernas largas y esbeltas, tenía la sensación de que era producto de mi imaginación. Como si nunca hubiese existido. Como si nada de todo aquello hubiese sido real, no sólo ella, sino tampoco yo, y Pari, y un Suleimán joven y sano, e incluso el tiempo y la casa en la que todos habíamos vivido.

Y luego, una mañana del año 2000, entré en la habitación de Suleimán con una bandeja de té y pan recién horneado, y enseguida supe que algo iba mal. Respiraba con dificultad. De pronto, su parálisis facial parecía más acentuada, y cuando intentó hablar lo que brotó de sus labios fue un sonido áspero y apenas más audible que un susurro.

—Voy en busca de un médico —le dije—. Tú espera. Te pondrás bien, como siempre.

Me disponía a marcharme, pero él me retuvo meneando la cabeza con vehemencia. Con los dedos de la mano izquierda, me hizo señas de que me acercara.

Me incliné hacia él y acerqué el oído a sus labios.

Intentó decirme algo una y otra vez, pero no acerté a descifrar una sola palabra.

—Lo siento, Suleimán —le dije—. Deja que vaya por el médico. No tardaré.

Volvió a negar con la cabeza, esta vez despacio, y las lágrimas empezaron a manar de sus ojos empañados por las cataratas. Abrió y cerró la boca sin producir sonido alguno. Señaló la mesilla de noche con la cabeza. Le pregunté si había allí algo que necesitara. Cerró los ojos y asintió.

Abrí el cajón superior. En su interior no había más que pastillas, sus gafas de leer, un viejo frasco de colonia, un bloc de notas, carboncillos que había dejado de usar años atrás. Estaba a punto de preguntarle qué se suponía que debía buscar cuando lo encontré debajo del bloc. Un sobre con mi nombre garabateado en el dorso. Reconocí la torpe caligrafía de Suleimán. Dentro había una hoja en la que había escrito un solo párrafo. Lo leí.

Miré a Suleimán, sus sienes hundidas, sus afiladas mejillas, sus ojos apagados.

Volvió a pedirme por señas que me acercara, y lo hice. Noté en el rostro su hálito frío, su respiración jadeante y entrecortada. Lo oí chasquear la lengua en la boca reseca mientras trataba de serenarse. No sé con qué fuerzas, acaso las últimas, se las arregló para susurrar algo a mi oído.

Me quedé sin aliento. Sólo con gran esfuerzo logré deshacer el nudo que se había formado en mi garganta, impidiéndome hablar.

—No. Te lo ruego, Suleimán.

«Me lo prometiste.»

—Todavía no. Vas a ponerte bien. Ya lo verás. Lo superaremos, como siempre hemos hecho.

«Me lo prometiste.»

¿Cuánto tiempo pasé allí sentado junto a él? ¿Cuántas veces intenté hacerle cambiar de idea? No sabría decírselo, señor Markos. Sí recuerdo que al final me levanté, rodeé la cama y me acosté a su lado. Volví su cuerpo para que quedara hacia mí. Era leve como un sueño. Le di un beso en sus labios secos y agrietados. Coloqué una almohada entre su rostro y mi pecho, y llevé la mano hasta su nuca. Lo estreché contra mí en un largo y fuerte abrazo.

De lo que ocurrió después, sólo recuerdo sus pupilas dilatadas.

Me acerqué a la ventana y me senté. La taza de té de Suleimán seguía en la bandeja, a mis pies. Recuerdo que era una mañana soleada. Los comercios no tardarían en abrir sus puertas, si es que no lo habían hecho ya. Los niños se encaminaban a la escuela. La polvareda empezaba a levantarse. Un perro correteaba calle arriba con aire indolente, escoltado por una oscura nube de mosquitos que revoloteaban en torno a su cabeza. Vi pasar una motocicleta con dos jóvenes. El que iba sentado a horcajadas detrás del conductor cargaba sobre un hombro una pantalla de ordenador, y sobre el otro, una sandía.

Apoyé la frente en el cristal tibio.

. . .

La nota que encontré en la mesilla de noche de Suleiman era un testamento por el cual me dejaba cuanto poseía. La casa, el dinero, sus pertenencias personales, incluso el coche, pese a hallarse en un estado ruinoso desde hacía mucho. Su carcasa seguía varada en el patio trasero, sobre los neumáticos desinflados, reducida a una triste y herrumbrosa mole.

Durante algún tiempo estuve completamente perdido, sin saber qué hacer. A lo largo de más de medio siglo había cuidado de Suleimán. Sus necesidades, su compañía, habían moldeado mi existencia cotidiana. Ahora era libre de hacer lo que quisiera, pero esa libertad se me antojaba ilusoria, pues me habían arrebatado aquello que más deseaba. Se supone que debemos trazarnos una meta en la vida y vivirla. Pero a veces, sólo después de haber vivido se percata uno de que su vida tenía una meta, una que seguramente nunca se le había pasado por la cabeza. Y ahora que yo había alcanzado mi meta me sentía perdido y sin rumbo.

Descubrí que no podía seguir durmiendo en la casa. A duras penas podía permanecer allí. Ahora que Suleimán no estaba, se me hacía inmensa. Y cada rincón, cada recoveco y rendija evocaban viejos recuerdos. Así que me instalé de nuevo en mi antigua casucha, al fondo del jardín. Llamé a unos operarios y les pagué para que la dotaran de corriente eléctrica; de ese modo tendría luz para leer y un ventilador para refrescarme en verano. En lo referente al espacio, no necesitaba demasiado. Mis pertenencias se reducían a poco más que una cama, algunas prendas de ropa y la caja que contenía los dibujos de Suleimán. Sé que esto le parecerá extraño, señor Markos. Sí, la casa y cuanto había en ella me pertenecían ahora por derecho, pero yo no me sentía realmente dueño de nada de todo aquello, y sabía que eso no iba a cambiar.

Leía bastante, libros que sacaba del viejo estudio de Suleimán y que devolvía al terminarlos. Planté unos tomates, algo de menta. Salía a pasear por el barrio, pero a menudo empezaban a dolerme las rodillas cuando aún no había recorrido dos manzanas y me veía obligado a dar media vuelta. A veces sacaba una silla al jardín y me quedaba allí sentado, sin hacer nada. Pero yo no era como Suleimán. No me gustaba la soledad.

Y entonces, un día del año 2002, llamó usted al timbre.

Para entonces, la Alianza del Norte había derrotado a los talibanes y los americanos habían llegado a Afganistán. Miles de cooperantes acudían a Kabul desde todos los rincones del mundo para ayudar a construir hospitales y escuelas, reparar carreteras y sistemas de riego, brindando así cobijo, pan y trabajo a sus habitantes.

El traductor que lo acompañaba era un joven afgano que llevaba una chaqueta de un intenso color morado y gafas de sol. Preguntó por el amo de la casa, y cuando dije que lo tenían delante, usted y él intercambiaron una mirada fugaz.

—No; me refiero al dueño —repuso con una sonrisita suficiente.

Los invité a ambos a tomar el té.

La conversación que entablamos a continuación, mientras tomábamos té verde en lo que quedaba de la galería, se desarrolló en farsi. Como sabe, en los once años transcurridos desde entonces he aprendido algo de inglés, en buena medida gracias a su orientación y generosidad. Por medio del traductor, usted me hizo saber que era natural de la isla griega de Tinos, cirujano de profesión, y que formaba parte de un equipo médico que había viajado a Kabul para operar a niños que habían sufrido daños en la cara. Mencionó que sus colegas y usted estaban buscando una residencia, una casa de huéspedes, como se dice ahora.

Me preguntó cuánto le cobraría por el alquiler de la casa.

—Nada —contesté.

Aún recuerdo cómo parpadeó, desconcertado, cuando el joven de la chaqueta morada le tradujo la respuesta. Repitió la pregunta, acaso creyendo que no la había entendido bien.

El traductor se deslizó hasta el borde de la silla y se inclinó hacia delante para hablarme en tono confidencial. Me preguntó si había perdido la cordura, si tenía la menor idea de la cantidad de dinero que su equipo estaba dispuesto a pagarme o de los alquileres que se estaban pidiendo en Kabul. Me aseguró que aquella casa era una mina de oro.

Yo le dije que se quitara las gafas de sol cuando hablara con una persona mayor. Luego le ordené que hiciera su trabajo, que consistía en traducir, no en dar consejos, y volviéndome hacia usted referí, de entre mis muchas razones, la única que no me importaba mencionar:

—Ha abandonado usted su tierra —dije—, sus amigos, su familia, y ha venido aquí, a esta ciudad dejada de la mano de Dios, para ayudar a mi país y a mis compatriotas. ¿Cómo iba a aprovecharme de usted?

El joven traductor, al que nunca volví a ver en su compañía, se llevó las manos a la cabeza y se echó a reír, tal era su consternación. Este país ha cambiado. No siempre ha sido así, señor Markos.

A veces, por la noche, desde la penumbra y la intimidad de mis aposentos, veo luces encendidas en la casa. Los veo a usted y sus amigos —sobre todo la valiente señorita Amra Ademovic, a la que admiro enormemente por su gran corazón— en la galería o en el jardín, comiendo, fumando o bebiendo vino. También oigo su música, que a veces reconozco como jazz y me recuerda a Nila.

Ya no vive, eso lo sé seguro. Me enteré por la señorita Amra. Le había hablado de los Wahdati y le había comentado que Nila era poetisa. El año pasado encontró en internet una revista francesa que había editado en formato digital una antología de sus mejores artículos de los últimos cuarenta años. Había uno sobre Nila. Según el artículo, había muerto en 1974. Pensé en todos los años que había esperado en vano recibir una carta de una mujer que llevaba muerta mucho tiempo. No me sorprendió del todo enterarme de que se había quitado la vida. Ahora sé que algunas personas sienten la desgracia como otros aman: de un modo íntimo, intenso y sin remedio.

Permítame que ponga fin a estas líneas, señor Markos.

Mi hora se acerca. Cada día que pasa me noto más débil. Ya no me queda mucho. Doy gracias a Dios por ello. También se las doy a usted, señor Markos, no sólo por su amistad, por venir a verme todos los días, sentarse a tomar el té y compartir conmigo las nuevas que le envían desde Tinos su madre o Thalia, su amiga de la infancia, sino también por compadecerse de mi pueblo y por la inestimable ayuda que presta a los niños afganos.

Le agradezco asimismo las obras de reparación de la casa que ha emprendido. He pasado en ella la mayor parte de mi vida, es mi hogar, y estoy seguro de que pronto exhalaré mi último suspiro entre sus muros. He asistido con gran pena y consternación a su larga decadencia, y me ha supuesto una alegría inmensa verla pintada de nuevo, el muro del jardín reparado, los cristales de las ventanas reemplazados, y la galería, en la que tantas horas felices pasé, reconstruida. Gracias, amigo mío, por los árboles que ha plantado y las flores que brotan de nuevo en el jardín. Si he contribuido de algún modo a facilitar los servicios que presta usted a las gentes de esta ciudad, lo que ha tenido la bondad de hacer por esta casa es recompensa más que suficiente.

No obstante, y a riesgo de abusar de su generosidad, me tomaré la libertad de pedirle dos favores, uno para mí, otro para una tercera persona. Mi primera petición es que me entierre en el cementerio de Ashuqan-Arefan, en Kabul. No me cabe duda de que lo conoce. Entrando por la puerta principal, camine hacia el norte y enseguida verá la tumba de Suleimán Wahdati. Quiero que me entierre en una parcela cercana. Es lo único que pido en mi nombre.

La segunda petición es que intente usted encontrar a mi sobrina Pari una vez que yo haya muerto. Si aún vive, tal vez no le resulte difícil dar con ella; eso de internet es una herramienta fabulosa. Como puede comprobar, en el interior del sobre, junto con esta carta, se halla mi testamento; a ella le dejo en herencia la casa, el dinero y mis escasas pertenencias. Le ruego que le entregue ambas cosas, la carta y el testamento. Y por favor, dígale, dígale que no alcanzo a imaginar el sinfín de consecuencias que desencadenaron mis actos. Dígale que mi único consuelo ha sido la esperanza. La esperanza de que quizá, esté donde esté, haya encontrado toda la paz, la alegría, el amor y la felicidad que es posible hallar en este mundo.

Le doy las gracias, señor Markos. Que Dios lo proteja.

Su fiel amigo,

Nabi

5

Primavera de 2003

La enfermera, que se llama Amra Ademovic, ha puesto sobre aviso a Idris y Timur. En un aparte, les ha dicho con su fuerte acento:

—Si nota vuestra reacción, por sutil que sea, ella se llevará un disgusto y yo os echaré a la calle. ¿Entendido?

Se encuentran al final de un largo pasillo en penumbra, en el ala de pacientes masculinos del hospital de Wazir Akbar Khan. Amra explicó que el único pariente que le quedaba a la chica —el único que iba a verla— era su tío, y no podría visitarla si estaba ingresada en el ala femenina. Así que la instalaron en el ala masculina, no en una habitación —se habría considerado indecente que compartiera una con hombres que no eran familia suya— sino allí, al final del pasillo, en tierra de nadie.

—Y yo que creía que los talibanes se habían ido —observa Timur.

—Es de locos, ¿verdad? —dice Amra, y suelta una risita de perplejidad.

Desde que ha vuelto a Kabul, hace una semana, Idris ha comprobado que ese tono de desenfadada exasperación es habitual entre los cooperantes extranjeros que han tenido que adaptarse a los inconvenientes y peculiaridades de la idiosincrasia afgana. Le resulta vagamente ofensivo que se permitan burlarse alegremente de su cultura, mostrarse condescendientes, por más que sus compatriotas no parezcan percatarse de ello, ni tomárselo a mal en caso contrario, por lo que seguramente él tampoco debería hacerlo.

—Pero a ti sí te dejan entrar. Tú vienes y vas —señala Timur.

Amra arquea una ceja.

—Yo no cuento. No soy afgana, así que es como si no fuera mujer. No me digas que no lo sabías.

Timur sonríe, sin darse por aludido.

—Amra... ¿Es un nombre polaco?

—Bosnio. Recordad, nada de caras raras. Esto es un hospital, no el zoo. Me lo habéis prometido —recalca con su acento eslavo.

—Sí, te lo hemos prometido —repite Timur, remedando su pronunciación.

Idris mira de reojo a la enfermera, temeroso de que tales confianzas, ciertamente imprudentes y del todo innecesarias, puedan ofenderla, pero al parecer Timur ha vuelto a salirse con la suya. A Idris le fastidia ese don de su primo, tanto como lo envidia. Timur siempre le ha parecido tosco, carente de imaginación y sutileza. Sabe que engaña a su mujer y al fisco. Es propietario de una empresa inmobiliaria en Estados Unidos y a Idris no le cabe duda de que está metido hasta el cuello en algún tipo de estafa relacionada con la concesión de hipotecas. Pero Timur es extremadamente sociable, y sus faltas siempre resultan redimidas por su buen humor, una irrefrenable simpatía y un aire inocente con el que cautiva a cuantos lo conocen. El atractivo físico también ayuda: cuerpo atlético, ojos verdes, hoyuelos al sonreír. Timur, opina Idris, es un hombre adulto que disfruta de los mismos privilegios que un niño.

—Bien —dice Amra—. Vamos allá.

Aparta la sábana que alguien ha fijado al techo a modo de improvisada cortina y los hace pasar.

La niña —Roshi, la ha llamado Amra, un diminutivo de Roshana— aparenta nueve años, a lo sumo diez. Está sentada en una cama con armazón metálico, tiene la espalda apoyada contra la pared y las rodillas flexionadas contra el pecho. Idris baja la vista al instante y reprime una exclamación. Como era de prever,

Timur es incapaz de semejante alarde de contención. Chasquea la lengua y dice «oh, oh, oh» una y otra vez, en un sonoro y apenado susurro. Idris mira a Timur de soslayo y no le sorprende ver sus ojos arrasados en teatrales y temblorosas lágrimas.

La niña se remueve y emite una especie de gruñido.

—Muy bien, se acabó. Nos vamos —ordena Amra con dureza.

Fuera, en los ruinosos escalones de la entrada, la enfermera saca un paquete de Marlboro del bolsillo del uniforme azul claro. Timur, cuyas lágrimas se han desvanecido con la misma rapidez con que habían brotado, acepta un cigarrillo y enciende ambos, el de Amra y el suyo. Idris está mareado, tiene el estómago revuelto. Se nota la boca reseca. Teme vomitar y ponerse en evidencia, confirmando así la opinión que Amra tiene de él, de ambos: exiliados que vienen con los bolsillos llenos y los ojos como platos a regodearse en la desgracia ajena, ahora que los hombres del saco se han ido.

Idris esperaba que Amra los regañara, o por lo menos a Timur, pero sus palabras suenan más a flirteo que a reproche. Tal es el efecto que ejerce Timur sobre las mujeres.

—¿Y bien? —dice con coquetería—, ¿qué tienes que decir en tu defensa... Timur?

En Estados Unidos, Timur se hace llamar Tim. Se cambió el nombre tras el 11-S y sostiene que desde entonces vende casi el doble. Según le ha asegurado a Idris, esas dos letras de menos le han reportado más beneficios que ningún título universitario, en el supuesto de que hubiese ido a la universidad. Pero no lo hizo; Idris es el intelectual de la familia Bashiri. Sin embargo, desde que han llegado a Kabul, Idris lo ha oído presentarse como Timur a secas. Se trata de una duplicidad inofensiva, y podría considerarse incluso necesaria. Pero le irrita.

—Te pido disculpas por lo que ha pasado ahí dentro —dice Timur.

—Puede que te castigue.

—Tranquila, gatita.

Amra se vuelve hacia Idris.

—Así que él es un vaquero y tú... tú eres el callado, el sensible. Eres... cómo se dice... ¿el introvertido?

—Idris es médico —señala Timur.

—¿De veras? Pues te habrás quedado con los pelos de punta, después de ver este hospital.

—¿Qué le ha pasado? —pregunta Idris—. A Roshi, me refiero. ¿Quién le ha hecho eso?

El rostro de Amra se endurece. Cuando habla, lo hace en un tono de maternal determinación.

—Yo he luchado por ella. He luchado contra el gobierno, la burocracia hospitalaria, el capullo del neurocirujano. He luchado por ella una y otra vez. Y no pienso rendirme. No tiene a nadie más.

—Creía que le quedaba un tío —señala Idris.

—Otro capullo. —Sacude la ceniza del cigarrillo—. Y bien, ¿por qué habéis vuelto, chicos?

Timur toma la palabra. En términos generales, lo que dice es más o menos cierto. Que son primos, que las familias de ambos huyeron del país tras la invasión soviética, que pasaron un año en Pakistán antes de instalarse en California a principios de los ochenta. Que no habían pisado suelo afgano desde hacía veinte años. Pero luego añade que han vuelto para «recuperar sus raíces», para «tomar contacto con la realidad» y «ser testigos» de las terribles secuelas de tantos años de guerra y destrucción. Quieren volver a Estados Unidos, dice, para despertar conciencias y recabar fondos, para aportar su granito de arena.

—Queremos aportar nuestro granito de arena —dice, pronunciando la manida frase con tal convicción que Idris siente vergüenza.

Huelga decir que en su relato Timur no revela el verdadero motivo de su regreso a Kabul: han venido a reclamar la propiedad que pertenecía a sus padres, la casa en que Idris y él vivieron los primeros catorce años de su vida. El valor del inmueble se ha disparado, ahora que miles de cooperantes extranjeros llegan a Kabul y necesitan un lugar donde vivir.

Han estado ese mismo día en la casa, que ahora acoge a un variopinto y fatigado grupo de soldados de la Alianza del Norte. Cuando ya se marchaban, se han cruzado con un hombre de mediana edad que vive tres casas más allá, al otro lado de la calle, un cirujano plástico griego llamado Markos Varvaris, que los ha invitado a almorzar y se ha ofrecido para enseñarles el hospital de Wazir Akbar Khan, donde la ONG para la que trabaja tiene una delegación. También los ha invitado a una fiesta que se celebrará esa misma noche. Sólo han sabido de la existencia de la chica a su llegada al hospital, cuando han oído a dos camilleros hablar de ella en los escalones de entrada. Timur ha dado un codazo a su primo y le ha dicho:

—Hermano, tenemos que ir a echar un vistazo.

Amra parece aburrirse con el relato de Timur. Arroja la colilla al suelo y ciñe la goma elástica del moño con que se ha recogido el pelo rubio y ondulado.

—¿Qué, nos veremos en la fiesta esta noche?

El padre de Timur, tío de Idris, era quien los había mandado a Kabul. La casa familiar de los Bashiri había cambiado de manos varias veces en las dos últimas décadas de guerra. Haría falta tiempo y dinero para restablecer la legítima propiedad del inmueble. Los juzgados del país ya estaban atascados por miles de casos de disputas como aquélla. El padre de Timur les había dicho que tendrían que «maniobrar» a través de la densa y pesada burocracia afgana, un eufemismo para decir que tendrían que sobornar a los funcionarios adecuados.

—De eso me encargo yo —había dicho Timur, como si hiciera falta que lo dijera.

El padre de Idris había fallecido diez años antes, tras una larga lucha contra el cáncer. Murió en su casa, con su mujer, sus dos hijas e Idris junto a su lecho. Aquel día una multitud invadió la casa, tíos, primos, amigos y conocidos que se sentaron en los sofás y sillas del comedor, y cuando ya no quedó un solo asiento, en el suelo y la escalera. Las mujeres se reunieron en el comedor y la cocina y prepararon un termo de té tras otro. Idris, como único hijo varón, tuvo que firmar todos los papeles: para el médico que acudió a examinar a su padre y certificar el deceso, y para los educados hombres de la funeraria que llegaron con una camilla para llevarse el cuerpo.

Timur no se movió de su lado. Ayudó a Idris a contestar las llamadas telefónicas. Recibió al ingente número de personas que acudieron a presentar sus respetos. Pidió arroz y cordero al Abe's Kebab House, un cercano restaurante afgano propiedad de un amigo de Timur, Abdulá, a quien Timur llamaba en broma tío Abe. Se ocupó de aparcar los coches de los visitantes ancianos cuando empezó a llover. Llamó a un amigo que trabajaba en la televisión afgana —a diferencia de Idris, Timur tenía buenos contactos en la comunidad afgana; según le había comentado a Idris, en la agenda de su móvil había más de trescientos nombres y números— y organizó que aquella misma noche se emitiera un comunicado televisivo.

Por la tarde, Timur llevó a Idris a la funeraria de Hayward. Para entonces llovía a cántaros y el tráfico en la autopista 680 en dirección norte era lento.

—Tenías un padre de primera, hermano. Era de los que ya no hay —dijo Timur con voz cascada mientras cogía el carril de salida del boulevard Mission. No cesaba de enjugarse las lágrimas con la palma de la mano libre.

Idris asintió con tristeza. Nunca había podido llorar en presencia de otras personas aunque tocara, como en los funerales. Lo consideraba una desventaja leve, como el daltonismo. Aun así y por irracional que fuera, sentía cierto rencor hacia Timur por quitarle protagonismo con sus idas y venidas y sus dramáticos sollozos. Como si el finado fuera su propio padre.

Los acompañaron hasta una habitación tranquila y tenuemente iluminada, con muebles grandes y pesados en tono oscuro. Los recibió un hombre de mediana edad con chaqueta negra y peinado con raya en medio. Olía a café caro. Con tono profesional, le dio el pésame a Idris y lo hizo firmar el formulario de autorización para el sepelio. Le preguntó cuántas copias desearía tener la familia del certificado de defunción. Una vez firmados todos los papeles, dejó delante de Idris, con mucho tacto, un folleto con el título de «Lista General de Precios». Idris lo abrió.

El director de la funeraria se aclaró la garganta.

—Estos precios, por supuesto, no se aplican si su padre era miembro de la mezquita afgana de Mission. Estamos asociados con ellos. Si es el caso, lo pagarían todo, los servicios completos. No tendría usted que pagar nada.

—Pues no tengo ni idea de si era miembro o no —repuso Idris. Sabía que su padre había sido un hombre religioso, pero privadamente. Rara vez asistía a la oración de los viernes.

—¿Les concedo unos minutos? Podrían llamar a la mezquita.

—No, amigo. No hace falta —intervino Timur—. No era miembro.

—¿Está seguro?

—Sí. Recuerdo haberlo hablado con él.

—Bien —contestó el director de la funeraria.

Una vez fuera, fumaron un cigarrillo junto al todoterreno. Había parado de llover.

—Un robo a mano armada —comentó Idris.

Timur escupió en un turbio charco de agua de lluvia.

—Vaya negocio que es la muerte. Hay que admitirlo. Siempre hay demanda. Joder, es mejor que vender coches.

En aquel momento, Timur era copropietario de un negocio de coches de segunda mano. Había ido de mal en peor hasta que Timur se hizo cargo de él junto con un amigo. En menos de dos años lo había convertido en una empresa rentable. Un hombre que se ha hecho a sí mismo, solía decir el padre de Idris de su sobrino. Idris, entretanto, se sacaba un salario de esclavo como internista residente, en su segundo curso de Medicina en la Universidad de California, en Davis. Su esposa desde hacía un año, Nahil, trabajaba treinta horas semanales como secretaria en un bufete de abogados mientras estudiaba para las pruebas de acceso a la facultad de Derecho.

—Esto es un préstamo —dijo Idris—. Lo entiendes, ¿no, Timur? Pienso devolvértelo.

—Tranquilo, hermano. Lo que tú digas.

No sería la primera vez ni la última que Timur acudía en ayuda de Idris. Cuando éste se casó, el regalo de boda de Timur fue un flamante Ford Explorer. Cuando Idris y Nahil compraron un apartamento en Davis, Timur fue uno de los avalistas del préstamo. En la familia, Timur era el favorito de los niños, de lejos. Si Idris tuviera que hacer alguna vez «una sola llamada», probablemente sería a Timur a quien telefonearía.

Y sin embargo...

Idris descubrió, por ejemplo, que toda la familia estaba al corriente de lo del aval del préstamo: Timur lo había ido contando. Y en la boda, Timur interrumpió la música y a la cantante para anunciar una cosa, y entonces a Idris y Nahil les entregaron las llaves del Explorer con gran ceremonia, en una bandeja de plata, ante un público encantado y en medio de los flashes de las cámaras. De ahí surgían los recelos de Idris, de tanto bombo y platillo, de la ostentación, la teatralidad sin escrúpulos, las bravuconadas. No le gustaba pensar así de su primo, pero tenía la sensación de que Timur era un hombre que redactaba sus propias notas de prensa, y sospechaba que su generosidad era un elemento más del complejo personaje que había creado para sí mismo.

Una noche, Idris y Nahil tuvieron una discusión sobre él cuando cambiaban las sábanas de la cama.

—Todo el mundo quiere caerles bien a los demás —dijo ella—. ¿Tú no?

—Vale, pero yo no pagaría por ese privilegio.

Ella le dijo que estaba siendo injusto, y desagradecido también, después de todo lo que Timur había hecho por ellos.

—No lo entiendes, Nahil. Sólo digo que es de mal gusto pegar tus buenas obras en un tablón de anuncios. Lo correcto es hacerlas sin armar revuelo, con dignidad. La generosidad es algo más que firmar cheques en público.

—Bueno —concluyó Nahil sacudiendo la sábana con brusquedad—, pues ayuda lo suyo, cariño.

—Hermano, me acuerdo de este sitio —dice Timur alzando la vista hacia la casa—. ¿Cómo se llamaba el dueño?

—Wahdati, creo —responde Idris—. Se me ha olvidado el nombre de pila. —Piensa en las incontables ocasiones en que habían jugado allí de niños, en la calle frente a esa verja, y sólo ahora, décadas después, entran por él por primera vez.

—El Señor y sus designios —murmura Timur.

Se trata de una casa corriente de dos plantas. En el barrio de Idris en San José habría concitado las iras de la comunidad de propietarios, pero según los criterios de Kabul es una propiedad de lujo, con un amplio sendero de entrada, una verja metálica y altos muros. Cuando un guardia armado los conduce al interior, Idris comprueba que, como tantas cosas en Kabul, la casa conserva vestigios de un antiguo esplendor bajo los destrozos de que ha sido objeto, y de los que hay abundantes pruebas: orificios de bala y grietas zigzagueantes en las paredes manchadas de hollín, ladrillos expuestos en amplias zonas de enlucido desprendido, arbustos resecos en el sendero, árboles pelados en el jardín, césped amarillento. Más de la mitad de la galería que da al jardín trasero ha desaparecido. Pero como ocurre también con tantas cosas en Kabul, Idris ve indicios de un lento y vacilante renacimiento. Alguien ha empezado a pintar la casa, ha plantado rosales en el jardín, ha reconstruido, aunque con cierta torpeza, un pedazo que faltaba en el muro que mira al este. Hay una escalera de mano apoyada contra un lado de la casa, lo que lleva a Idris a pensar que están reparando el tejado. Las obras para restituir la parte desaparecida de la galería parecen haber dado comienzo.

Se encuentran con Markos en el vestíbulo. Tiene cabello cano con entradas y ojos azul claro. Lleva ropa afgana de color gris y una *kufiyya* a cuadros blancos y negros ceñida con elegancia al cuello. Los hace pasar a una habitación ruidosa y llena de humo.

—Tengo té, vino y cerveza. ¿O preferís algo más fuerte?

—Indícame dónde y ya sirvo yo —repuso Timur.

—Vaya, me caes bien. Allí, junto al equipo de música. No hay peligro con el hielo, por cierto. Está hecho con agua embotellada.

—Gracias a Dios.

Timur se halla en su elemento en esta clase de reuniones, e Idris no puede evitar cierta admiración ante la soltura con que se comporta, los comentarios ingeniosos que hace sin esfuerzo, el encanto y la seguridad que derrocha. Lo sigue hasta el bar, donde Timur sirve copas para los dos de una botella rojo rubí.

Unos veinte invitados están sentados en cojines por toda la habitación. Una alfombra afgana rojo burdeos cubre el suelo. La decoración es sobria, de buen gusto, una muestra más de lo que Idris considera «el estilo chic de los expatriados». Un CD de Nina Simone suena a bajo volumen. Todos beben y casi todos fuman, y hablan de la nueva guerra en Iraq, de lo que supondrá para Afganistán. En un televisor en el rincón se ve el canal internacional de la CNN, sin volumen. Una imagen nocturna de Bagdad en plena operación *Shock and Awe* se ilumina con constantes fogonazos verdes.

Una vez se han hecho con sendos vodkas con hielo, se les une Markos con un par de jóvenes alemanes de aspecto serio que trabajan para el Programa Mundial de Alimentos. Como muchos de los cooperantes que Idris ha conocido en Kabul, le resultan ligeramente intimidantes, curtidos, muy difíciles de impresionar con nada.

—Qué casa tan bonita —le comenta a Markos.

—Pues díselo al dueño.

Markos cruza la habitación y vuelve con un anciano delgado que aún conserva una espesa mata de pelo entrecano peinado hacia atrás. Lleva una barba cuidadosamente recortada y tiene las mejillas hundidas de quienes han perdido prácticamente toda la dentadura. Viste un raído traje verde aceituna que le queda grande y que debió de estar de moda en los años cuarenta. Markos le sonríe con afecto.

—¿Nabi *yan*? —exclama Timur, y de pronto Idris lo reconoce también.

El anciano les devuelve la sonrisa con timidez.

—Discúlpenme, ¿nos conocemos?

—Soy Timur Bashiri —se presenta en farsi—. ¡Mi familia vivía en la misma calle que usted!

—Dios mío —musita el anciano—. ¿Timur *yan*? Y tú debes de ser Idris *yan*.

Idris asiente con la cabeza, sonriendo.

Nabi los abraza a los dos. Los besa en la mejilla, todavía sonriente, y los mira con cara de incredulidad. Idris se acuerda de Nabi empujando a su patrón, el señor Wahdati, calle arriba y calle abajo en una silla de ruedas. A veces aparcaba la silla en la acera para verlos jugar al fútbol con los niños del vecindario.

—Nabi *yan* vive en esta casa desde 1947 —interviene Markos rodeando los hombros del anciano con un brazo.

—¿De modo que ahora es el dueño de este sitio? —pregunta Timur.

Nabi sonríe ante su cara de sorpresa.

—Serví al señor Wahdati en esta casa desde 1947 hasta su fallecimiento en el 2000. Y tuvo la generosidad de dejarme la casa en su testamento, sí.

—No me diga que se la dejó a usted —insiste Timur con incredulidad.

Nabi asiente con la cabeza.

—Pues sí.

—¡Pues vaya pedazo de cocinero debía de ser!

—Y tú, si me permites decirlo, eras un poco pillastre.

Timur suelta una risita.

—Nunca me interesó mucho seguir el buen camino, Nabi *yan*. Eso se lo dejo a mi primo aquí presente.

Haciendo girar el vino en la copa, Markos le comenta a Idris:

—Nila Wahdati, la esposa del antiguo dueño, era poetisa, y de cierto renombre, por lo visto. ¿Habéis oído hablar de ella?

Idris niega con la cabeza.

—Sólo sé que cuando yo nací ya se había marchado del país.

—Vivía en París con su hija —interviene uno de los alemanes, Thomas—. Murió en 1974. Se suicidó, tengo entendido. Tenía problemas con el alcohol, o por lo menos eso leí. Hace un par de años me pasaron una traducción al alemán de sus primeros poemas, y la verdad es que me parecieron muy buenos. De contenido sorprendentemente sexual, por lo que recuerdo.

Idris asiente, volviendo a sentirse un poco fuera de lugar, en esta ocasión porque un extranjero le ha dado una lección sobre una autora afgana. Un poco más allá, oye a Timur enfrascado en una animada discusión con Nabi sobre los precios de los alquileres. En farsi, por supuesto.

—¿Tiene idea de lo que podría pedir por un sitio como éste, Nabi *yan*? —le pregunta al anciano.

—Sí —contesta sonriendo—. Estoy al corriente de los alquileres que se pagan en la ciudad.

—¡Podría desplumar a esta gente!

—Pues sí.

—¿Y los deja quedarse aquí gratis?

—Han venido para ayudar a nuestro país, Timur *yan*. Han dejado sus hogares para venir aquí. No me parece correcto desplumarlos, como tú lo llamas.

Timur emite un gemido y apura la copa.

—Pues entonces es que odia usted el dinero, viejo amigo, o es mucho mejor persona que yo.

Amra entra en la habitación con una túnica afgana azul zafiro sobre unos vaqueros descoloridos.

—¡Nabi *yan*! —exclama. Él parece asustarse un poco cuando lo besa en la mejilla y lo coge del brazo—. Adoro a este hombre —anuncia al grupo—, y adoro hacerle pasar vergüenza. —Repite lo dicho en farsi, para Nabi. Él asiente levemente con la cabeza y ríe, sonrojándose un poco.

—¿Y qué tal si me haces pasar vergüenza a mí también? —sugiere Timur.

Amra le da unas palmaditas en el pecho.

—Este chico es un peligro —bromea.

Markos y ella se besan al estilo afgano, tres veces en la mejilla, y luego Amra repite con los alemanes.

Markos le rodea la cintura con el brazo.

—Amra Ademovic. La mujer más trabajadora de Kabul. Más vale que no la hagáis enfadar. Además, bebiendo es capaz de tumbaros.

—Pues vamos a comprobarlo —dice Timur, volviéndose para coger un vaso de la barra que tiene detrás.

El anciano Nabi se excusa y se aleja.

Durante una hora más o menos, Idris alterna con los invitados, o eso intenta. A medida que baja el nivel en las botellas de licor, el volumen de las conversaciones aumenta. Idris oye hablar alemán, francés y algo que le parece griego. Bebe otro vodka y lo remata con una cerveza tibia. En un grupo, hace acopio del valor suficiente para contar un chiste sobre el ulema Omar que a él le contaron en farsi en California. Pero no tiene la misma gracia en inglés y lo cuenta apresuradamente. Nadie se ríe. Se aleja y escucha una conversación sobre un pub irlandés que van a abrir en Kabul. La opinión general es que no durará mucho.

Recorre la habitación con la lata de cerveza en la mano. Nunca se ha sentido cómodo en esa clase de reuniones. Trata de entretenerse inspeccionando la decoración. Hay carteles de los Budas de Bamiyán, de un torneo de *buzkashi*, de un puerto en una isla griega llamada Tinos; nunca ha oído hablar de Tinos. En el vestíbulo ve una fotografía enmarcada, en blanco y negro y un poco borrosa, como tomada con una cámara casera. Es de una joven de largo cabello negro, de espaldas a la cámara. Está en una playa, sentada en una roca de cara al mar. La esquina inferior izquierda de la fotografía parece quemada.

La cena consiste en pata de cordero al romero con dientes de ajo mechados, acompañada de ensalada de queso de cabra y pasta con salsa pesto. Idris se sirve un poco de ensalada y acaba sin tocarla en un rincón de la habitación. Ve a Timur sentado con dos holandesas jóvenes y atractivas. Concediendo audiencia, se dice. Los tres se ríen, y una de las chicas le toca la rodilla a su primo.

Idris coge una copa de vino y sale fuera, a la galería, donde se sienta en un banco de madera. Ya ha oscurecido y la galería sólo está iluminada por un par de bombillas que cuelgan del techo. Desde allí distingue el contorno de alguna clase de vivienda al fondo del jardín, y más allá, a la derecha, la silueta de un coche grande y antiguo, probablemente americano, a juzgar por sus curvas. Un modelo de los años cuarenta, quizá de principios de los cincuenta; no lo ve bien, y además nunca ha sido aficionado a los coches. Seguro que Timur lo sabría. Recitaría de un tirón el modelo, el año, la potencia del motor, los accesorios. Parece tener las cuatro ruedas pinchadas. Un perro del vecindario prorrumpe de pronto en ladridos entrecortados. Dentro, alguien ha puesto un CD de Leonard Cohen.

—Y aquí tenemos al callado y sensible. —Amra se sienta a su lado, con el hielo tintineando en la copa. Va descalza—. Tu primo el vaquero es el alma de la fiesta.

—No me sorprende.

—Es muy guapo. ¿Está casado?

—Y tiene tres hijos.

—Vaya por Dios. Entonces me portaré bien.

—Seguro que se lleva una desilusión si se lo dices.

—Tengo mis normas —contesta Amra con su fuerte acento—. Parece que no te caiga muy bien.

Idris le dice que Timur es lo más parecido a un hermano que tiene, y es cierto.

—Pero te avergüenzas de él.

Es verdad. Timur lo ha hecho sentirse avergonzado. Se ha comportado como el americano-afgano desagradable por excelencia. Paseándose por la ciudad desgarrada por la guerra como si fuera uno más, dando palmadas en la espalda a los vecinos y llamándolos hermano, hermana o tío, dándoles con ostentación dinero a los mendigos de lo que él llama «el fajo de las propinas», bromeando con ancianas a las que llama «madre» y convence de que le cuenten su historia para grabarla en su videocámara mientras las mira cariacontecido, fingiendo que es uno de ellos, como si hubiese estado allí todo el tiempo y no en el gimnasio Gold's de San José trabajando los pectorales y abdominales cuando a esa gente la bombardeaban, asesinaban y violaban. Su actitud es hipócrita y de mal gusto. Y a Idris lo deja perplejo que nadie se dé cuenta.

—Lo que te ha contado no es verdad —le dice a Amra—. Hemos venido a reclamar la casa que perteneció a nuestros padres. Eso es todo. Nada más.

Amra suelta un bufido de risa.

—Como si no lo supiera. ¿Creías que me había engañado? He tenido tratos con caudillos y talibanes en este país. He visto de todo. Ya nada me impresiona. Nada ni nadie puede engañarme.

—Supongo que es verdad.

—Eres sincero —dice—. Al menos tú eres sincero.

—Sólo pienso que nosotros tenemos que respetar a esta gente, con todo lo que han pasado. Y con ese nosotros me refiero a los que son como Timur y yo. Los afortunados, los que no estábamos aquí cuando machacaban a bombazos este sitio. No somos como esta gente y no debemos fingir que lo somos. Esta gente tiene historias que contar, pero nosotros no tenemos derecho a ellas. Bueno, ya estoy divagando...

—¿Divagando?

—Digo cosas sin sentido.

—No; te comprendo —contesta ella—. Lo que dices es que sus historias son un regalo que nos hacen.

—Un regalo, eso es.

Beben más vino y hablan un rato más. Para Idris es la primera conversación de verdad que mantiene desde su llegada a Kabul, una charla sin la ironía sutil, el dejo de reproche que ha captado en los vecinos, en los funcionarios, en los empleados de los organismos de ayuda. Le pregunta a Amra por su trabajo, y ella le cuenta que ha servido en Kosovo con Naciones Unidas, en Ruanda después del genocidio, en Colombia y en Burundi. Ha trabajado con niñas prostitutas en Camboya. Lleva un año en Kabul y éste es su tercer trabajo en la ciudad, esta vez para una pequeña ONG, en el hospital y ocupándose de una clínica móvil los lunes. Casada dos veces, divorciada dos veces, sin niños. A Idris le cuesta adivinar su edad, aunque probablemente es más joven de lo que parece. Hay un tenue brillo de belleza, de una vida sexual impetuosa bajo los dientes amarillentos y las ojeras de cansancio. Dentro de cuatro, quizá cinco años, también eso habrá desaparecido, se dice Idris.

De pronto, Amra pregunta:

—¿Quieres saber qué le pasó a Roshi?

—No tienes por qué contármelo.

—¿Crees que estoy borracha?

—¿Lo estás?

—Un poco —admite—. Pero tú eres un tipo sincero. —Le da unas palmaditas en el hombro, medio en broma—. Tú quieres saberlo por los motivos adecuados. Otros afganos como tú, afganos que vienen de Occidente, parecen... ¿cómo se dice? ¿Miradores?

—Mirones.

—Eso.

—Como si fuera pornografía.

—Pero tú seguramente eres un buen tío.

—Si me lo cuentas, lo consideraré un regalo.

Así pues, se lo cuenta.

Roshi vivía con sus padres, dos hermanas y un hermanito pequeño en una aldea a un tercio del camino entre Kabul y Bagram. Un mes atrás, un viernes, acudió a visitarlos su tío, el hermano mayor de su padre. Los dos, padre y tío, llevaban casi un año peleados por la casa donde vivían Roshi y su familia; el tío pensaba que le correspondía a él por legítimo derecho, siendo como era el hermano mayor, pero el padre de ambos se la había dejado al más pequeño, su favorito. El día que el mayor acudió a visitarlos, sin embargo, todo fue bien.

—Dijo que quería poner fin a sus diferencias.

Como preparativos para la visita, la madre de Roshi había sacrificado dos pollos, dispuesto una gran fuente de arroz con pasas y comprado granadas frescas en el mercado. Cuando el tío llegó, él y el padre de Roshi se besaron en la mejilla; el padre lo abrazó con tanta fuerza que lo levantó de la alfombra. La madre lloró de alivio. La familia se sentó a comer. Todos repitieron varias veces. Se sirvieron las granadas. Después tomaron té verde y pequeños tofes. El tío se excusó y fue al retrete que había en el exterior.

Cuando volvió, empuñaba un hacha.

—De las de talar árboles —explica Amra.

El primero en caer fue el padre de Roshi.

—Roshi me contó que su padre ni se enteró de qué pasaba, no vio nada. Pero ella sí lo vio todo.

Un solo hachazo desde atrás, en la nuca. Casi lo decapitó. Luego le tocó a la madre, que trató de defenderse, pero la silenciaron varios tajos en la cara y el pecho. Para entonces los niños chillaban y corrían despavoridos. El tío les dio caza. Una de las hermanas de Roshi intentó huir hacia el pasillo, pero el tío la agarró del pelo y la derribó. La otra hermana consiguió llegar al pasillo. El tío salió tras ella y Roshi lo oyó echar abajo la puerta del dormitorio, luego los gritos y finalmente el silencio.

—Así las cosas, Roshi decide huir con su hermanito. Corren hasta la puerta principal, pero está cerrada con llave. La había cerrado el tío, por supuesto.

Se precipitaron entonces hacia el patio de atrás, presas del pánico y la desesperación, quizá olvidando que no tenía puerta, que no había salida y los muros eran demasiado altos para encaramarse a ellos. Cuando el tío salió de la casa y se abalanzó sobre ellos, Roshi vio cómo su hermanito de cinco años se arrojaba al *tandur*, donde su madre había horneado el pan sólo una hora antes. Lo oyó gritar entre las llamas, y entonces ella tropezó y cayó. Se volvió boca arriba justo a tiempo para ver el cielo azul y el hacha que se abatía sobre ella. Y ya no vio nada más.

Amra se interrumpe. Dentro de la casa, Leonard Cohen canta una versión en directo de *Who by fire*.

Aunque fuera capaz de hablar, y en ese momento no lo era, Idris no sabría qué decir. Podría haber dicho algo, dado alguna muestra de impotente indignación, si esa atrocidad hubiese sido obra de los talibanes, Al Qaeda o algún megalómano comandante muyahidín. Pero no puede culparse de ello a Hekmatyar, ni al ulema Omar, ni a Bin Laden, ni a Bush y su Guerra contra el Terror. El motivo corriente y prosaico que hay detrás de la masacre la vuelve de algún modo más terrible y deprimente. Le pasa por la cabeza la expresión «sin sentido», pero Idris la rechaza. Es lo que siempre dice la gente. «Un acto de violencia sin sentido», «Un asesinato sin sentido». Como si pudiera cometerse un asesinato sensato.

Piensa en la niña, Roshi, en el hospital, hecha un ovillo contra la pared y con los pies encogidos, en la expresión infantil de su rostro. En la hendidura de su coronilla afeitada, en la masa cerebral grande como un puño que asoma a la vista, ahí plantada como el nudo de un turbante sij.

—¿Te contó ella misma esa historia? —pregunta por fin.

Amra asiente sin vacilar.

—Se acuerda muy claramente. Todos los detalles. Puede contarte todos los detalles. Ojalá consiga olvidar, porque tiene pesadillas.

—Y el hermano, ¿qué fue de él?

—Demasiadas quemaduras.

—¿Y el tío?

Amra se encoge de hombros.

—Nos dicen que nos andemos con ojo. En mi trabajo nos aconsejan que tengamos cuidado, que seamos profesionales. Encariñarse demasiado no es buena idea. Pero Roshi y yo...

La música se interrumpe de pronto. Otro apagón. Todo queda a oscuras, salvo por la luz de la luna. Idris oye a la gente quejarse en el interior de la casa. Al cabo de un momento se encienden linternas halógenas.

—Lucho por ella —concluye Amra sin alzar la mirada—. Sin pausa.

Al día siguiente, Timur se va con los alemanes a la ciudad de Istalif, famosa por su cerámica.

—Deberías venir.

—Prefiero quedarme y leer un poco —contesta Idris.

—En San José leerás todo lo que quieras, hermano.

—Necesito descansar. Anoche bebí demasiado.

Cuando los alemanes pasan a recoger a Timur, Idris se queda un rato en la cama contemplando un cartel publicitario de los años sesenta colgado en la pared. Muestra un cuarteto de turistas rubias y sonrientes de excursión por el lago Band-e-Amir, una reliquia de su propia infancia en Kabul, antes de las guerras, antes de que todo se desintegrara. Poco después de mediodía sale a dar un paseo. Se detiene a almorzar en un pequeño restaurante, donde toma un kebab. No consigue disfrutar de la comida por culpa de todos los jóvenes y sucios rostros que se agolpan contra el cristal para observarlo comer. Es agobiante. Desde luego, aquello se le da mucho mejor a Timur que a él. Timur es capaz de convertirlo en un juego. Hace formar en fila a los niños mendigos, profiriendo silbidos como un sargento de instrucción, y saca unos billetes del fajo de las propinas. Cuando les tiende los billetes, uno por uno, entrechoca los talones y hace el saludo militar. A los críos les encanta. Lo saludan a su vez, lo llaman «Tío». A veces se le encaraman por las piernas.

Al salir del restaurante, Idris coge un taxi y pide que lo lleven al hospital.

—Pero pare primero en un bazar —añade.

. . .

148

Cargado con la caja, recorre el pasillo entre paredes garabateadas y con láminas de plástico por puertas; se cruza con un anciano que lleva un parche en el ojo y arrastra los pies descalzos, pasa ante habitaciones en las que hace un calor agobiante y no hay bombillas. Por todas partes flota un olor acre, a cuerpos enfermos. Al fondo del pasillo, se detiene ante la cortina y la descorre. Se le encoge el corazón cuando ve a la niña sentada en el borde de la cama. Amra está arrodillada ante ella, lavándole los dientes.

Al otro lado de la cama hay un hombre flaco y descarnado, de tez curtida, barba de chivo y pelo corto e hirsuto. Cuando Idris entra, el hombre se levanta en el acto, se lleva una palma al pecho y se inclina. Idris vuelve a sorprenderse por la facilidad con que la gente sabe al instante que es un afgano occidentalizado, por cómo el tufo a dinero y poder le proporciona privilegios injustificados en esa ciudad. El hombre se presenta como el tío de Roshi, por parte de madre.

—Has vuelto —dice Amra, y hunde el cepillo en un cuenco con agua.

—Espero que no haya problema.

—¿Por qué va a haberlo? —responde ella.

Idris se aclara la garganta.

—*Salam*, Roshi.

La niña mira a Amra, como pidiéndole permiso. Su voz es un susurro vacilante, agudo.

—*Salam*.

—Te traigo un regalo.

Idris abre la caja. Cuando saca el televisor y el aparato de vídeo, los ojos de Roshi se iluminan. Le enseña las cuatro películas que ha comprado. En la tienda, casi todo eran filmes indios, de acción o de artes marciales, con Jet Li y Jean-Claude Van Damme, y tenían todos los de Steven Seagal. Pero ha conseguido encontrar *E.T.*, *Babe, el cerdito valiente*, *Toy Story* y *El gigante de hierro*. Las ha visto todas con sus hijos.

Amra le pregunta a Roshi en farsi cuál quiere ver. La niña elige *El gigante de hierro*.

—Ésa te encantará —aprueba Idris.

Le resulta difícil mirarla directamente. Los ojos se le van todo el rato al caos que tiene en la cabeza, el reluciente puñado de sesos, la maraña de venas y capilares.

Al fondo de ese pasillo no hay enchufes y Amra tarda un rato en encontrar un alargador, pero cuando Idris enchufa por fin el cable y aparece la imagen, Roshi sonríe. Y en su sonrisa, Idris ve qué poco sabe él del mundo a sus treinta y ocho años, de su ferocidad, de su crueldad, de su brutalidad sin límites.

Cuando Amra se disculpa y se marcha a ver otros pacientes, Idris se sienta junto a la cama de Roshi y ve la película con ella. El tío es una presencia silenciosa e inescrutable en la habitación. A media película se va la luz. Roshi se echa a llorar, y el tío se inclina en la silla y le coge la mano con torpeza. Susurra unas palabras en pastún, que Idris no entiende. Roshi hace una mueca y forcejea un poco. Idris le mira la manita, oculta bajo los dedos gruesos y de nudillos blancos del tío.

Idris se pone el abrigo.

—Volveré mañana, Roshi, y si quieres podremos ver otra película juntos. ¿Te gustaría?

Roshi se hace un ovillo bajo las sábanas. Idris mira al tío e imagina qué haría Timur con aquel hombre; a diferencia de él, Timur no tiene la capacidad de resistirse a las emociones. «Dame diez minutos a solas con él», diría.

Cuando sale, el tío lo sigue. Idris se queda de una pieza cuando lo oye decir:

—La verdadera víctima aquí soy yo, *sahib*. —Debe de haber visto la expresión de Idris, porque añade—: No, claro, la víctima es ella. Lo que quiero decir es que yo también lo soy. Usted ve que es así, por supuesto, porque es afgano. Pero estos extranjeros no entienden nada.

—Tengo que irme —dice Idris.

—Soy un *mazdur*, un simple jornalero. Gano un dólar en un buen día, *sahib*, quizá dos. Y tengo cinco hijos, uno de ellos ciego. Y ahora esto. —Suelta un suspiro—. A veces pienso, que Dios me perdone... me digo que quizá habría sido mejor que Alá dejase que Roshi... Bueno, ya me entiende. Habría sido lo mejor. Porque dígame, *sahib*, ¿qué muchacho se casaría con ella ahora?

Nunca encontrará un marido. Y entonces, ¿quién va a cuidar de ella? Tendré que hacerlo yo. Tendré que ser yo, para siempre.

Idris se sabe acorralado. Saca la cartera.

—Lo que pueda darme, *sahib*. No para mí, por supuesto. Para Roshi.

Idris le tiende un par de billetes. El tío parpadea y levanta la vista del dinero.

—Doscien... —empieza, pero de pronto cierra la boca, como si le preocupara poner sobre aviso a Idris de que comete un error.

—Cómprele unos zapatos decentes —concluye Idris alejándose ya escaleras abajo.

—¡Que Alá le bendiga, *sahib*! —exclama el tío a sus espaldas—. Es usted un hombre bueno. Un hombre bueno y generoso.

Idris vuelve al día siguiente, y al otro. No tarda en convertirse en una rutina, y todos los días pasa tiempo con Roshi. Llega a conocer por su nombre a los camilleros, a los enfermeros de la planta baja, al portero, a los guardias mal alimentados y de aspecto cansado en las puertas del hospital. Intenta que sus visitas sean lo más secretas posible. En sus llamadas a casa, no le ha hablado a Nahil de Roshi. Tampoco le explica a Timur adónde va, por qué no lo acompaña en el viaje a Paghman o a reunirse con un funcionario del Ministerio del Interior. Pero Timur se entera de todas formas.

—Bien hecho —comenta—. Me parece una buena obra por tu parte. —Hace una pausa antes de añadir—: Pero ándate con cuidado.

—¿Quieres decir que deje de visitarla?

—Nos vamos dentro de una semana, hermano. Procura que no se encariñe demasiado.

Idris asiente con la cabeza. Se pregunta si Timur no estará un poco celoso de su relación con Roshi; quizá hasta le reprocha que le haya arrebatado una oportunidad espectacular de hacerse el héroe. Timur, saliendo en cámara lenta del edificio en llamas, con un bebé en los brazos. La multitud prorrumpiendo en vítores. Idris no está dispuesto a permitir que Timur se pavonee de esa forma a expensas de Roshi.

No obstante, Timur tiene razón. Al cabo de una semana se irán a casa, y Roshi ha empezado a llamarlo «tío Idris». Si llega tarde, la encuentra muy inquieta. Ella le rodea la cintura con los brazos y el alivio se le ve en la cara. Le ha dicho que sus visitas son lo que espera con mayor ilusión. A veces le aferra una mano entre las suyas mientras ven una película. Cuando está lejos de ella, Idris piensa a menudo en el vello rubio de sus brazos, en sus ojos rasgados color avellana, en sus mejillas llenas, en sus bonitos pies, en cómo apoya la barbilla en las manos cuando le lee uno de los libros para niños que ha comprado en una librería que hay cerca del Liceo Francés. A veces se ha permitido imaginar brevemente cómo sería llevársela a Estados Unidos, cómo encajaría en casa, con sus hijos, Zabi y Lemar. Ese último año, Nahil y él han hablado de la posibilidad de tener un tercer hijo.

—¿Y ahora qué? —le pregunta Amra a Idris la víspera de su marcha.

Unas horas antes, Roshi le había dado a Idris un dibujo hecho a lápiz en una hoja de gráfica clínica: dos monigotes viendo la televisión. Él le había señalado la figura del pelo largo:

—¿Ésta eres tú?

—Y éste tú, tío Idris.

—¿O sea que antes tenías el pelo largo?

—Mi hermana me lo cepillaba todas las noches. Sabía hacerlo sin pegarme tirones.

—Debía de ser una buena hermana.

—Cuando me vuelva a crecer, podrás cepillármelo tú.

—Me gustaría.

—No te vayas, tío. No me dejes.

Ahora, Idris le responde a Amra:

—La verdad es que es una niña adorable.

Y lo es. Bien educada, y humilde. Con una punzada de culpa, piensa en Zabi y Lemar, allá en San José, que reniegan hace tiempo de sus nombres afganos, que se están convirtiendo rápidamente en pequeños tiranos, en los insolentes niños americanos que Nahil y él se habían prometido no criar.

152

—Es una superviviente —dice Amra.

—Ya.

Amra se apoya contra la pared. Pasa una camilla empujada por dos enfermeros. En ella va un niño pequeño con un vendaje ensangrentado en la cabeza y una herida abierta en el muslo.

—Han venido otros afganos de América, o de Europa —explica Amra—. Le hicieron fotos, la filmaron en vídeo. Hicieron promesas. Luego se fueron a casa y se las enseñaron a su familia. Como si fuera un animal del zoo. Lo permití porque pensé que la ayudarían. Pero se olvidaron de ella. Nunca volví a saber de ellos. Por eso te pregunto otra vez: ¿y ahora qué?

—Esa operación que necesita... Quiero hacerla realidad.

Ella lo mira, no muy convencida.

—Colaboramos con una clínica de neurocirugía. Hablaré con mi jefa de servicio. Haremos lo necesario para que vuele a California y se someta a la operación.

—Sí, pero ¿y el dinero?

—Conseguiremos que lo financien. En el peor de los casos, lo pagaré yo.

—¿De tu propia cartera?

Idris se ríe.

—Sí, pero se dice «de tu propio bolsillo».

—Tendremos que conseguir la autorización del tío.

—Si es que vuelve a aparecer.

Al tío no le han visto el pelo desde el día que Idris le dio los doscientos dólares, ni se ha vuelto a saber de él.

Amra le sonríe. Es la primera vez que Idris hace algo así. Lanzarse de cabeza a ese compromiso tiene algo estimulante, embriagador, hasta le produce euforia. Le insufla energía y lo deja casi sin aliento. Para su gran asombro, las lágrimas le cosquillean en los ojos.

—*Hvala* —dice Amra—. Gracias. —Se pone de puntillas y le da un beso en la mejilla.

—Me he tirado a una de las chicas holandesas —suelta Timur—. Las de la fiesta.

Idris vuelve la cabeza. Estaba mirando por la ventanilla, maravillado por las abigarradas cumbres marrón claro del Hindu Kush, allá abajo. Mira a Timur, que viaja en el asiento del pasillo.

—La morena. Me tragué medio Viagra y la monté hasta la llamada a la oración de la mañana.

—Por Dios, ¿no vas a madurar nunca? —responde Idris, molesto porque, una vez más, Timur le cuente sus infidelidades, su mala conducta, sus travesuras infantiles.

Timur esboza una sonrisita.

—Recuerda, primo, que lo que pasa en Kabul...

—Por favor, no acabes esa frase.

Timur se ríe. Al fondo del avión parece haber una pequeña fiesta. Alguien canta en pastún, alguien toca un plato de poliestireno como si fuera una *tambura*.

—No puedo creer que hayamos encontrado al viejo Nabi —murmura Timur—. Madre mía.

Idris hurga en busca del somnífero que lleva por si acaso en el bolsillo de la camisa y se lo traga sin agua.

—El mes que viene pienso volver —añade Timur cruzando los brazos y cerrando los ojos—. Y probablemente harán falta un par de viajes más, pero debería bastarnos con eso.

—¿Te fías de ese tal Faruq?

—Qué va, joder. Por eso vuelvo.

Faruq es el abogado que ha contratado Timur. Su especialidad es ayudar a los afganos que han vivido en el exilio a reclamar sus propiedades perdidas en Kabul. Timur habla sobre el papeleo que va a reunir y presentar Faruq, sobre qué juez espera que lleve el caso, un primo segundo de la mujer de Faruq. Idris vuelve a inclinarse hacia la ventanilla y espera a que haga efecto la pastilla.

—¿Idris? —musita Timur.

—Dime.

—Vaya mierda hemos visto, ¿eh?

«Lo tuyo es pura perspicacia, hermanito.»

—Ajá —murmura Idris.

—Mil tragedias por kilómetro cuadrado, tío.

Idris no tarda en cabecear y ver borroso. A punto de dormirse, piensa en su despedida de Roshi: él cogiéndole la mano y diciéndole que volverían a verse muy pronto, ella sollozando suavemente, casi en silencio, contra su estómago.

De camino a casa desde el aeropuerto de San Francisco, Idris recuerda con cariño el frenético caos del tráfico de Kabul. Se le hace extraño conducir el Lexus por los ordenados carriles de la autopista 101 Sur, sin baches, con sus letreros siempre tan útiles, con todo el mundo tan educado, poniendo los intermitentes y cediendo el paso. Sonríe al acordarse de los taxistas adolescentes y temerarios en cuyas manos pusieron Timur y él sus vidas en Kabul.

En el asiento de al lado, Nahil no para de hacer preguntas. Sobre si era segura Kabul y qué tal la comida y si enfermó, sobre si hizo fotografías y vídeos de todo. Idris se esfuerza en describirle las escuelas bombardeadas, la gente que busca cobijo en edificios sin techo, el barro, los mendigos, los apagones, pero es como si intentara describir música. No consigue trasmitir su esencia, su sonido. Se le escapan los detalles más llamativos y vívidos de Kabul —el gimnasio culturista entre las ruinas, por ejemplo, con una imagen de Schwarzenegger en la ventana— y sus descripciones le parecen insípidas, genéricas, como salidas de un reportaje rutinario de una agencia de noticias.

En el asiento de atrás, los niños le siguen la corriente y prestan atención un rato, o al menos fingen hacerlo. Idris nota que se aburren. Entonces Zabi, que tiene ocho años, le pide a Nahil que ponga la película en el DVD portátil. Lemar, dos años mayor, intenta escuchar un poco más, pero Idris no tarda en oír el zumbido de un coche de carreras en la Nintendo DS.

—Pero ¿qué os pasa, niños? —los regaña Nahil—. Vuestro padre acaba de volver de Kabul. ¿No sentís curiosidad? ¿No tenéis preguntas que hacerle?

—No importa —dice Idris—. Déjalos.

Sin embargo, sí le molesta su falta de interés, su risueña ignorancia de la arbitraria lotería genética que les ha concedido sus privilegiadas vidas. De pronto se siente distanciado de su familia, incluso de Nahil, cuyas preguntas se centran sobre todo en los restaurantes y en la falta de agua corriente en las casas. Su expresión al mirarlos es ahora acusadora, como debió de serlo la de los habitantes de Kabul cuando él llegó a la ciudad.

—Estoy muerto de hambre —declara.

—¿Qué te apetece? —pregunta Nahil—. ¿Sushi, comida italiana? En Oakridge han abierto una nueva charcutería.

—¿Qué tal un poco de comida afgana? —propone él.

Se dirigen al Abe's Kebab House, en la zona este de San José, cerca del antiguo mercadillo de Berryessa. El dueño, Abdulá, es un hombre canoso de poco más de sesenta años, con un bigote imperial y manos grandes y fuertes. Es paciente de Idris, y su mujer también. Cuando la familia entra en el restaurante, Abdulá los saluda desde la caja. El Kebab House es un pequeño negocio familiar. Sólo tiene ocho mesas, cubiertas por manteles de vinilo muchas veces pegajosos; hay menús plastificados, pósters de Afganistán en las paredes y una vieja vitrina expendedora de refrescos en un rincón. Abdulá recibe a los comensales, se ocupa de la caja, limpia. Al fondo está su esposa, Sultana; ella es la responsable de la magia. Idris la ve en la cocina, inclinada sobre algo que desprende vapor, con los ojos entornados y el cabello recogido bajo una redecilla. Le han contado a Idris que ella y Abdulá se casaron en Pakistán a finales de los setenta, tras la llegada al poder de los comunistas en su país. Les concedieron asilo en Estados Unidos en 1982, el año en que nació su hija, Pari.

Es ella quien les toma nota. Pari es simpática y atenta, tiene la tez clara de su madre y el mismo brillo de emotiva tenacidad en los ojos. Su cuerpo es extrañamente desproporcionado, esbelto y delicado de cintura para arriba, pero de anchas caderas y gruesos muslos y tobillos. Lleva una de sus habituales faldas amplias.

Idris y Nahil piden cordero con arroz integral y *bolani*. Los niños se deciden por kebabs de *chapli*, lo más parecido a una hamburguesa que encuentran en la carta. Mientras esperan, Zabi le cuenta a su padre que su equipo de fútbol ha llegado a la final. Juega de lateral derecho. El partido es el domingo. Lemar dice que él tiene un recital de guitarra el sábado.

—¿Qué tocarás? —pregunta Idris, empezando a acusar la diferencia horaria.

—*Paint it black.*

—Qué guay.

—No sé si has ensayado bastante —interviene Nahil con cauteloso reproche.

Lemar deja caer la servilleta de papel que estaba enrollando.

—¡Mamá! ¿Lo dices en serio? ¿No ves los deberes que tengo todos los días? ¡Tengo mucho que hacer!

A media comida, Abdulá se acerca a saludar enjugándose las manos en el delantal. Pregunta si les gusta lo que les han servido, si puede traerles algo más.

Idris le cuenta que Timur y él acaban de volver de Kabul.

—¿Qué anda haciendo Timur *yan*? —quiere saber Abdulá.

—Nada bueno, como de costumbre.

Abdulá sonríe. Idris sabe cuánto cariño le tiene a Timur.

—Bueno, ¿y qué tal va el negocio del kebab?

Abdulá suspira.

—Doctor Bashiri, si quisiera soltarle una maldición a alguien, le diría «Que Dios te conceda un restaurante».

Ambos ríen brevemente.

A la salida del restaurante, cuando suben al todoterreno, Lemar dice:

—Papá, ¿le da comida gratis a todo el mundo?

—Claro que no —contesta Idris.

—Entonces, ¿por qué no quiere tu dinero?

«Eso se llama amabilidad», casi se le escapa a Idris.

—Porque somos afganos, y porque yo soy su médico —dice, pero sólo es parte de la verdad. El motivo principal, supone, es que él es primo de Timur, y fue Timur quien, años atrás, le dejó el dinero a Abdulá para abrir el restaurante.

Una vez en casa, Idris se sorprende al principio al comprobar que han arrancado la moqueta del vestíbulo y el salón, que las escaleras están desnudas, con los clavos y los tablones visibles. Entonces se acuerda de que están en plena reforma, reemplazando las moquetas por madera noble, amplias tablas de cerezo de un color que, según el contratista, se llama Tetera de Cobre. Han lijado las puertas de los armarios de cocina y hay un agujero donde antes estaba el microondas. Nahil le dice que el lunes trabajará sólo media jornada porque ha quedado con la gente del parquet y Jason.

—¿Jason? —De pronto se acuerda: Jason Speer, el tipo de los sistemas de cine en casa.

—Viene a tomar medidas. Ya nos ha conseguido un altavoz de graves y un proyector con descuento. Mandará a tres operarios el miércoles, para que empiecen a trabajar.

Idris asiente con la cabeza. El cine en casa había sido idea suya, siempre lo había deseado. Pero ahora semejante idea lo avergüenza. Se siente desconectado de todo eso: de Jason Speer, de los armarios nuevos y los suelos de color Tetera de Cobre, de las zapatillas de baloncesto de ciento sesenta dólares de sus hijos, del cubrecama de chenilla en su habitación, de la energía con la que Nahil y él han luchado por esas cosas. Los frutos de su ambición le parecen frívolos ahora, no hacen sino recordarle el abismo brutal entre su vida y lo que ha visto en Kabul.

—¿Qué te pasa, cariño?

—Es la diferencia horaria —contesta Idris—. Me hace falta una siesta.

El sábado, aguanta todo el recital de guitarra, y al día siguiente la mayor parte del partido de fútbol de Zabi. Durante el segundo tiempo tiene que escabullirse al aparcamiento para dormir media hora. Afortunadamente, Zabi no se da cuenta. El domingo por la noche acuden unos cuantos vecinos a cenar. Hacen circular fotografías del viaje de Idris y aguantan educadamente la hora del vídeo sobre Kabul que Nahil insiste en ponerles contraviniendo los deseos de Idris. Durante la cena, le hacen preguntas sobre el viaje, le piden su opinión sobre la situación en Afganistán. Entre sorbo y sorbo del mojito, sus respuestas son breves.

—No consigo imaginar cómo son las cosas allí —comenta Cynthia, una profesora de Pilates del gimnasio al que va Nahil.

—Kabul es... —Idris busca las palabras adecuadas— un lugar con mil tragedias por kilómetro cuadrado.

—Tiene que haber sido todo un shock cultural, estar allí.

158

—Pues sí. —Idris no revela que el verdadero shock cultural lo ha experimentado al volver.

Finalmente, la conversación se centra en una reciente oleada de robos de correo en el vecindario.

Tendido en la cama esa noche, Idris pregunta:

—¿Tú crees que hace falta todo esto?

—¿Todo esto? —repite Nahil.

Él la ve reflejada en el espejo del lavabo, donde se cepilla los dientes.

—Esto. Todas estas cosas.

—No las necesitamos, si te refieres a eso —responde ella.

Escupe en el lavabo y hace gárgaras.

—¿No te parece excesivo?

—Hemos trabajado mucho, Idris. Acuérdate de las pruebas de acceso a Medicina y Derecho, de los años de facultad para los dos, de los tuyos como médico residente. Nadie nos ha regalado nada. No tenemos que pedir perdón por nada.

—Por el precio de ese sistema de cine en casa podríamos haber construido una escuela en Afganistán.

Nahil entra en el dormitorio y se sienta en la cama para quitarse las lentillas. Tiene un perfil precioso. Idris adora que su frente apenas se curve donde empieza la nariz, sus pómulos altos, su largo cuello.

—Entonces haz las dos cosas —dice su mujer; se vuelve y el colirio la hace parpadear—. No veo por qué no.

Unos años antes, Idris había descubierto que Nahil tenía apadrinado a un chico colombiano llamado Miguel. No se lo había contado, y como era ella quien se encargaba del correo y la economía de la casa, Idris había pasado años sin saberlo, hasta que un día la había visto leyendo una carta de Miguel. Una monja la había traducido del español. Incluía una fotografía de un chico alto y nervudo ante una cabaña con techo de paja y con una pelota de fútbol en las manos, sin otra cosa detrás que vacas flacuchas y montañas verdes. Nahil había empezado a mandarle dinero a Miguel cuando estudiaba Derecho. Sus cheques llevaban ya once años cruzándose con las fotos del chico y sus cartas de agradecimiento traducidas por monjas.

Nahil se quita los anillos.

—¿De qué va esto? No me digas que estar allí te ha provocado eso que llaman la culpa del superviviente.

—Es sólo que veo las cosas de manera un poco distinta.

—Vale, pues sácale partido a eso. Pero deja de mirarte el ombligo.

La diferencia horaria no lo deja dormir esa noche. Lee un poco, ve un rato una reposición de *El ala oeste de la Casa Blanca* y acaba en el ordenador, en la habitación de invitados que Nahil ha convertido en despacho. Ha recibido un correo electrónico de Amra, quien espera que haya llegado a casa sano y salvo y que su familia esté bien. En Kabul ha estado lloviendo «con furia», escribe, y en las calles el barro llega a los tobillos. La lluvia ha causado inundaciones y unas doscientas familias han sido evacuadas en helicóptero en Shomali, al norte de Kabul. El apoyo de la ciudad a la guerra de Bush en Iraq y el temor a represalias de Al Qaeda han provocado que se refuercen las medidas de seguridad. La última línea reza: «¿Has hablado ya con tu jefa?»

Bajo el texto de Amra hay pegado un breve párrafo de Roshi, transcrito por Amra. Dice así:

Salam, tío Idris:

Inshalá hayas llegado bien a América. Estoy segura de que tu familia se siente muy feliz de verte. Todos los días pienso en ti. Todos los días veo las películas que me compraste. Me gustan todas. Me pone triste que no estés aquí para verlas conmigo. Me encuentro bien y Amra *yan* me cuida mucho. Por favor, di *salam* a tu familia de mi parte. *Inshalá* nos veamos pronto en California.

Te saluda atentamente,

Roshana

Idris contesta a Amra, le da las gracias, escribe que lamenta lo de las inundaciones. Confía en que las lluvias remitan pronto. Le dice que hablará de Roshi con su jefa esa semana. Debajo, escribe:

Salam, Roshi *yan:*

Gracias por tu amable mensaje. Me ha hecho muy feliz tener noticias tuyas. Yo también pienso mucho en ti. Se lo he contado todo a mi familia y tienen muchas ganas de conocerte, especialmente mis hijos, Zabi *yan* y Lemar *yan*, quienes hacen muchas preguntas sobre ti. Todos estamos deseando tu llegada. Te mando todo mi cariño.

Tío Idris

Apaga el ordenador y se va a la cama.

El lunes, cuando entra en su consulta, se encuentra con una ristra de mensajes telefónicos. Las recetas desbordan la bandeja, a la espera de su aprobación. Tiene más de ciento sesenta correos electrónicos por leer y el buzón de voz está lleno. Echa un vistazo a su agenda en el ordenador y comprueba consternado que, en toda la semana, le han metido con calzador más pacientes entre hora y hora de visita. Peor incluso, esa tarde tendrá que ver a la temida señora Rasmussen, una mujer especialmente desagradable y conflictiva con síntomas indefinidos que no responden a tratamiento alguno. La mera idea de verse ante esa paciente hostil lo hace sudar. Y, por último, uno de los mensajes de voz es de su jefa de servicio, Joan Schaeffer: le cuenta que una paciente a quien él diagnosticó una neumonía justo antes del viaje a Kabul resultó padecer en realidad una insuficiencia cardíaca congestiva. El caso se analizará la semana próxima en la Evaluación de Colegas, una videoconferencia mensual que presencian todos los centros, durante la cual se utilizan errores cometidos por médicos anónimos para ilustrar cuestiones de aprendizaje. Idris sabe que lo del anonimato no funciona: al menos la mitad de los presentes en la sala sabrá quién es el médico culpable.

Empieza a dolerle la cabeza.

Esa mañana, desafortunadamente, se retrasa con las visitas. Aparece un paciente con asma y sin hora, y hace falta someterlo a tratamientos respiratorios y monitorizar el flujo sanguíneo y la saturación de oxígeno. Un ejecutivo de mediana edad a quien Idris visitó por última vez tres años antes llega con síntomas de infarto de miocardio. Idris no puede salir a almorzar hasta pasado el mediodía. En la sala de reuniones donde comen los médicos, da apresurados bocados a un sándwich de pavo reseco mientras trata de ponerse al día con las notas. Contesta a las preguntas de sus colegas, las de siempre. ¿Es segura Kabul? ¿Qué opinan los afganos de la presencia estadounidense? Sus respuestas son muy breves; tiene la cabeza en otro sitio, en la señora Rasmussen, en mensajes de voz que precisan respuesta, en recetas a las que tiene que dar el visto bueno, en los tres pacientes metidos con calzador en su agenda de esa tarde, en la Evaluación de Colegas que le espera, en los operarios que sierran, taladran y dan martillazos en su casa. Hablar de Afganistán —y lo deja perplejo que haya ocurrido tan deprisa y tan imperceptiblemente— le produce de pronto la misma sensación que hablar de una película muy emotiva e intensa vista hace poco y cuyos efectos empiezan a menguar.

La semana resulta una de las más duras de su carrera profesional. Aunque era su intención hacerlo, no encuentra tiempo para hablar con Joan Schaeffer sobre Roshi. Pasa toda la semana de un humor de perros. En casa se muestra brusco con los chicos, molesto por el ruido y los operarios que no paran de entrar y salir. Su pauta de sueño aún tiene que volver a la normalidad. Recibe dos correos más de Amra con nuevas noticias sobre las condiciones en Kabul. Rabia Balkhi, el hospital de mujeres, ha vuelto a abrir. El gabinete de Karzai permitirá que las cadenas de televisión por cable transmitan programas, desafiando a los islámicos de la línea dura, que se habían opuesto a ello. En una posdata en el segundo correo, Amra le dice que Roshi está más encerrada en sí misma desde su marcha y vuelve a preguntarle si ha hablado ya con su jefa. Idris se aleja del teclado. Vuelve a sentarse ante él más tarde, avergonzado de que la nota de Amra lo haya irritado tanto, de que se haya sentido tentado de responderle en mayúsculas: «Lo haré a su debido tiempo.»

· · ·

—Espero que te haya parecido bien.

Joan Schaeffer está sentada a su escritorio con las manos unidas en el regazo. Es una mujer enérgica y alegre, de cara redonda y áspero cabello cano. Lo mira por encima de las estrechas gafas de lectura ajustadas en la nariz.

—Entiendes que la cuestión no era ponerte en entredicho, ¿verdad?

—Sí, claro —contesta Idris—. Lo entiendo.

—Y no te sientas mal. Podría pasarle a cualquiera. A veces cuesta distinguir una neumonía de una insuficiencia cardíaca en una radiografía.

—Gracias, Joan. —Se levanta para irse, pero se detiene en la puerta—. Ah, hay algo que quiero hablar contigo.

—Claro, claro. Siéntate.

Idris vuelve a sentarse. Le habla de Roshi, de su herida y la falta de medios en el hospital de Wazir Akbar Khan. Le confía el compromiso que ha contraído con Amra y Roshi. Al decirlo en voz alta, siente el peso de su promesa de una forma que no sintió en Kabul cuando estaba en el pasillo con Amra, cuando ella lo besó en la mejilla. Lo inquieta descubrir que se siente como un comprador arrepentido.

—Madre mía, Idris —dice Joan negando con la cabeza—. Qué admirable por tu parte. Pero qué espanto, pobre niña. No puedo ni imaginármelo.

—Sí, lo sé. —Idris le pregunta si el grupo médico estaría dispuesto a cubrir la operación—. O las operaciones. Tengo la sensación de que necesitará más de una.

Joan exhala un suspiro.

—Me gustaría. Pero, para serte franca, dudo que el consejo directivo lo aprobara, Idris. Lo dudo muchísimo. Ya sabes que llevamos estos últimos cinco años en números rojos. Y también habría cuestiones legales complicadas.

Joan guarda silencio, quizá esperando que Idris le replique, pero él no lo hace.

—Comprendo —dice.

—Deberías poder encontrar alguna organización humanitaria que haga esta clase de cosas, ¿no? Supondrá bastante trabajo, pero...

—Estudiaré esa posibilidad. Gracias, Joan. —Vuelve a levantarse y le sorprende sentirse menos agobiado, casi aliviado por su respuesta.

Tardan otro mes en acabar de instalarles el cine en casa, pero es una maravilla. La imagen que emite el proyector montado en el techo es muy nítida, y los movimientos en la pantalla de ciento dos pulgadas son sorprendentemente fluidos. El sonido envolvente 7.1, los ecualizadores gráficos y los paneles de absorción de sonido que han instalado en los cuatro rincones han obrado maravillas con la acústica. Ven *Piratas del Caribe*; los niños, encantados con la tecnología, se sientan a ambos lados de él y comen palomitas del cubo comunitario que tiene en el regazo. Los dos se duermen antes de la escena final de la interminable batalla.

—Yo los acuesto —le dice Idris a Nahil.

Se lleva a uno y luego al otro. Están creciendo, y sus delgados cuerpos se alargan con alarmante velocidad. Cuando los acuesta, cobra repentina conciencia del sufrimiento que le espera. Dentro de un año, dos como mucho, los chicos lo desplazarán. Se enamorarán de otras cosas, de otras personas, se avergonzarán de él y de Nahil. Recuerda con añoranza cuando eran pequeños e indefensos, tan absolutamente dependientes de él. Recuerda que a Zabi lo aterrorizaban las bocas de alcantarilla y daba grandes y torpes rodeos para evitarlas. Una vez, cuando estaban viendo una película antigua, Lemar le había preguntado si él ya vivía en la época en que el mundo era en blanco y negro. Ese recuerdo le arranca una sonrisa. Besa a sus hijos en la mejilla.

Se queda sentado en la oscuridad, observando cómo duerme Lemar. Piensa que ha juzgado a sus chicos con demasiada ligereza, que no ha sido justo con ellos. Y también ha sido demasiado duro consigo mismo. No es ningún criminal. Todo lo que tiene se lo ha ganado. En los noventa, cuando casi todos sus conocidos andaban de discotecas y persiguiendo mujeres, él estaba enterrado en los libros o se arrastraba por pasillos de hospital a las dos de la madrugada, renunciando a horas de sueño y ocio, a las comodidades. De los veinte a los treinta había entregado su vida a la medicina. No le debe nada a nadie. ¿Por qué ha de sentirse mal? Ésta es su familia. Ésta es su vida.

Ese último mes, Roshi se ha convertido en algo abstracto para él, como el personaje de una obra. El vínculo entre ambos se ha vuelto más débil. La inesperada intimidad que sintió en aquel hospital, tan intensa y urgente, ha ido menguando, apagándose. La experiencia ha perdido fuerza. Comprende que la intensa determinación que se apoderó de él no fue en realidad más que una ilusión, un espejismo. Fue víctima de la influencia de algo parecido a una droga. La distancia entre él y la niña se le antoja inmensa ahora, infinita e insuperable, y la promesa que le hizo le parece insensata, un error imprudente, una interpretación terriblemente mala del alcance de sus propias capacidades, de su voluntad y su forma de ser. Más vale olvidarse de ello. No es capaz de hacerlo, sencillamente. En las últimas dos semanas ha recibido tres correos más de Amra. Leyó el primero y no contestó. Los otros dos los borró sin leerlos.

En la librería hay una cola de doce o trece personas. Va del escenario improvisado hasta el expositor de revistas. Una mujer alta y de cara redonda reparte post-its amarillos a los que esperan para que anoten su nombre y el mensaje personal que quieran en la dedicatoria. En la cabeza de la cola, una dependienta ayuda a la gente a abrir los libros por la portadilla.

Idris está entre los primeros, y sostiene un ejemplar del libro en la mano. La mujer que le precede, de unos cincuenta años y cabello rubio muy corto, le pregunta:

—¿Lo ha leído?

—No.

—En nuestro club de lectura lo leeremos el mes que viene. Me toca a mí elegir.

—Ah.

La mujer frunce el entrecejo y se lleva una mano al pecho.

—Qué historia tan conmovedora, tan estimulante... Apuesto a que harán una película.

Idris le ha dicho la verdad. No ha leído el libro, y duda que lo haga nunca. No cree tener agallas para verse en esas páginas. Pero otros sí lo leerán, quizá millones de personas. Y cuando lo hagan, él quedará expuesto. Todo el mundo lo sabrá. Nahil, sus hijos, sus colegas. Se le revuelve el estómago con sólo pensarlo.

Abre otra vez el libro, pasa la página de los agradecimientos y la de la biografía del coautor, que es quien lo ha escrito en realidad. Vuelve a mirar la fotografía de la solapa. No hay rastro de la herida. Si tiene una cicatriz, y ha de tenerla, queda oculta por el pelo negro, largo y ondulado. Roshi lleva una blusa con diminutas cuentas doradas, un colgante con el nombre de Alá, pendientes de bolitas de lapislázuli. Está apoyada contra un árbol, mirando sonriente a la cámara. Idris piensa en los monigotes que le había dibujado. «No te vayas. No me dejes, tío.» No detecta en esa joven ni un solo indicio de la trémula criaturita que había conocido seis años antes tras una cortina.

Echa una ojeada a la dedicatoria.

«A los dos ángeles de mi vida: mi madre Amra y mi tío Timur. Sois mis salvadores. Os lo debo todo.»

La cola avanza. A la mujer del corto pelo rubio le firman su ejemplar. Luego se aparta, e Idris, con el corazón desbocado, da un paso adelante. Roshi alza la mirada. Lleva un chal afgano sobre una blusa de manga larga de tono calabaza y unos pequeños pendientes ovales de plata. Tiene los ojos más oscuros de lo que él recordaba y en su cuerpo han aparecido ya curvas femeninas. Lo mira sin pestañear y, aunque no da muestras de reconocerlo y esboza una sonrisa educada, hay cierta diversión distante en su expresión, algo juguetón y malicioso que revela que no se siente intimidada. Todo eso supera a Idris, y de pronto todas las palabras que tenía preparadas —incluso las había escrito y ensayado por el camino— se esfuman. No consigue decir nada. Sólo puede quedarse allí plantado, con aire vagamente ridículo.

La dependienta se aclara la garganta.

—Señor, si me da su ejemplar, se lo abriré por la portadilla y Roshi le firmará un autógrafo.

El libro. Idris baja la mirada y comprueba que lo tiene entre las manos crispadas. No ha ido hasta ahí para que se lo firmen, por supuesto. Sería mortificante y grotesco, después de todo lo ocurrido. Pero se ve tendiéndoselo a la dependienta, quien lo abre con gesto experto por la página precisa, y ve cómo la mano de Roshi garabatea algo bajo el título. Él dispone de sólo unos segundos para decir algo, no porque vaya a mitigar lo injustificable, sino porque cree que se lo debe. Pero cuando la dependienta le devuelve el libro, Idris no encuentra palabras. Ojalá tuviese un ápice del valor de Timur. Vuelve a mirar a Roshi, que ya mira más allá de él, al siguiente en la cola.

—Soy... —empieza.

—Perdone, señor, pero tenemos que pasar al siguiente —dice la dependienta.

Idris agacha la cabeza y abandona la cola.

Tiene el coche en el aparcamiento de la librería. El trayecto hasta él es el más largo de su vida. Abre la puerta y se detiene un momento antes de subir. Con unas manos que no han parado de temblar, vuelve a abrir el libro. Roshi no ha garabateado su firma. Le ha escrito dos frases, en inglés.

Cierra el libro, y los ojos también. Supone que debería sentirse aliviado, pero una parte de él desea otra cosa. Quizá que ella le hubiese puesto mala cara, que le hubiese dicho algo infantil, lleno de odio y desprecio. Un estallido de rencor. Quizá habría sido mejor algo así. Pero en cambio se lo ha quitado de encima de forma limpia y diplomática. Y le ha dejado esa nota: «No te preocupes. Tú no apareces.» Un gesto bondadoso. O quizá, para ser más exactos, un gesto caritativo. Debería sentir alivio, pero duele. Siente el impacto del golpe, como un hachazo en la cabeza.

Ve un banco cerca de allí, bajo un olmo. Va hasta él y deja el libro. Vuelve al coche y se sienta al volante, tarda un buen rato en ser capaz de darle al contacto y marcharse.

6

Febrero de 1974

Nota del editor,
Parallaxe, n.º 84, p. 5, invierno de 1974

Queridos lectores:

Hace cinco años, cuando iniciamos la publicación de números trimestrales que incluían entrevistas a poetas poco conocidos, no podíamos haber previsto que se volverían tan populares. Muchos de ustedes pidieron más entregas, y fueron de hecho sus cartas entusiastas las que allanaron el camino para que esos números se convirtieran en una tradición anual en *Parallaxe*. Esas semblanzas se han convertido ahora también en favoritas de nuestros colaboradores habituales. Han conducido al descubrimiento, o redescubrimiento, de algunos poetas muy valiosos y a un reconocimiento, aunque tardío, de su obra.

Sin embargo, una sombra de tristeza viene a empañar este número. Nuestro poeta protagonista del trimestre es Nila Wahdati, una poetisa afgana a quien Étienne Boustouler entrevistó el pasado invierno en Courbevoie, cerca de París. Tengo la certeza de que coincidirán conmigo en que madame Wahdati le ofreció al señor Boustouler una de las entrevistas más reveladoras y sorprendentemente francas que se han publicado nunca. Fue con enorme tristeza como nos enteramos de su prematura muerte, no mucho después de que se llevara a cabo esa entrevista. La comunidad de los poetas la echará de menos. Deja una hija.

La coincidencia es asombrosa. La puerta del ascensor se abre con un tintineo en el momento preciso, exacto, en que empieza a sonar el teléfono. Pari lo oye sonar en el apartamento de Julien, que está al principio del estrecho pasillo apenas iluminado y es el más cercano al ascensor. Sabe intuitivamente quién llama. Y Julien también, por la expresión de su cara.

Julien, ya dentro del ascensor, dice:

—Déjalo sonar.

Detrás de él está la rubicunda y estirada vecina de arriba. Mira a Pari con mal talante e impaciencia. Julien la llama *la chèvre*, por los pelillos como de chivo que tiene en la barbilla.

—Venga, Pari —dice él—. Ya vamos tarde.

Julien ha reservado mesa para las siete en un nuevo restaurante en el XVI *arrondissement*, que tiene ya cierta fama por su *poulet braisé*, su *sole cardinale* y su hígado de ternera al vinagre de jerez. Han quedado con Christian y Aurelie, viejos amigos de Julien de la universidad, de sus tiempos de estudiante, no de profesor. Se supone que han de encontrarse para el aperitivo a las seis y media, y ya son las seis y cuarto. Aún tienen que caminar hasta la estación del metro, ir hasta la parada de Muette y luego recorrer las seis manzanas que la separan del restaurante.

El teléfono sigue sonando.

La mujer cabra tose.

—¿Pari? —insiste Julien, con tono más firme.

—Probablemente es *maman* —dice Pari.

—Sí, ya me lo imagino.

Por absurdo que parezca, Pari piensa que *maman*, con su eterno don para el dramatismo, ha elegido ese instante específico para llamar, para acorralarla y hacerle tomar esa decisión: entrar en el ascensor con Julien o contestar la llamada.

—Igual es importante.

Julien suelta un suspiro.

Cuando la puerta del ascensor se cierra tras él, se apoya contra la pared del pasillo. Hunde las manos en los bolsillos de la trenca y por un instante parece un personaje de una novela policíaca de Melville.

—Sólo será un segundo —dice Pari.

Julien le lanza una mirada escéptica.

El apartamento de Julien es pequeño. En seis zancadas, Pari ha cruzado el recibidor, pasado de largo la cocina y ya está sentada en el borde de la cama tendiendo la mano hacia el teléfono que hay sobre la única mesita de noche que les cabe. Sin embargo, la vista es espectacular. Ahora llueve, pero en un día despejado, por la ventana que mira al este se ve la mayor parte de los *arrondissements* XIX y XX.

—*Oui, allô?* —pregunta.

Contesta una voz de hombre.

—*Bonsoir.* ¿Es usted mademoiselle Pari Wahdati?

—¿De parte de quién?

—¿Es usted la hija de madame Nila Wahdati?

—Sí.

—Soy el doctor Delaunay. Llamo por su madre.

Pari cierra los ojos. Antes del temor habitual experimenta una breve punzada de culpa. Ya ha recibido esa clase de llamadas, demasiadas para llevar la cuenta; en realidad, desde que era una adolescente, e incluso antes: en cierta ocasión, en quinto curso, estaba en pleno examen de geografía cuando el profesor tuvo que interrumpirla, hacerla salir al pasillo, y explicarle en susurros qué había ocurrido. Las llamadas le resultan familiares, pero la repetición no ha supuesto despreocupación por su parte. Con cada llamada piensa «Esta vez sí, se acabó», y con cada llamada cuelga y corre junto a su madre. Con su jerga de economista, Julien le ha dicho que si pone fin a la oferta de atención es muy posible que la demanda cese también.

—Ha sufrido un accidente —dice el doctor Delaunay.

Pari se acerca a la ventana y escucha la explicación del médico. Enrosca y desenrosca el cable del teléfono en torno a un dedo mientras él describe la visita de su madre al hospital, el corte en la frente, los puntos de sutura, la vacuna antitetánica, la cura que ha de llevar a cabo con agua oxigenada, antibióticos por vía tópica y vendas. Pari recuerda de pronto aquella vez, cuando tenía diez años, que había llegado a casa del colegio y se había encontrado veinticinco francos y una nota manuscrita en la mesa de la cocina: «Me he ido a Alsacia con Marc, supongo que te acuerdas de él. Volveré en un par de días. Sé buena chica. (¡No te acuestes tarde!) *Je t'aime. Maman.*» Pari se había quedado de pie en la cocina, temblando y con los ojos húmedos, diciéndose que no era tan grave, que dos días no era tanto tiempo.

El médico le ha preguntado algo.

—¿Perdone?

—Le decía que si va a venir a recogerla usted, mademoiselle. La herida no es grave, pero comprenderá que es mejor que no se vaya sola a casa. También podemos pedirle un taxi.

—No. No hace falta. Estaré ahí dentro de media hora.

Se sienta en la cama. Julien va a enfadarse, y probablemente se sentirá avergonzado ante Christian y Aurelie, cuyas opiniones parecen importarle mucho. Pari no tiene ganas de salir al pasillo y enfrentarse a Julien. Y tampoco de ir hasta Courbevoie y enfrentarse a su madre. Preferiría tenderse y quedarse dormida escuchando cómo el viento arroja perdigones de lluvia contra la ventana.

Enciende un pitillo, y cuando Julien entra en la habitación a su espalda y pregunta «No vienes, ¿verdad?», no contesta.

Fragmento de «El ruiseñor afgano», entrevista
a Nila Wahdati, por Étienne Boustouler,
Parallaxe, n.º 84, p. 33, invierno de 1974

E.B.: Tengo entendido que en realidad es usted mitad afgana y mitad francesa.

N.W.: Mi madre era francesa, sí. Parisina.

E.B.: Pero conoció a su padre en Kabul. Usted nació allí.

N.W.: Sí. Se conocieron allí en 1927. En una cena formal en el palacio real. Mi madre acompañaba a su padre, mi abuelo, a quien habían enviado a Kabul para asesorar al rey Amanulá sobre sus reformas. ¿Ha oído hablar de él, del rey Amanulá?

Estamos en la sala de estar del apartamento de Nila Wahdati en el trigésimo piso de un edificio residencial en la población de Courbevoie, al noroeste de París. La habitación es pequeña, está poco iluminada y cuenta con pocos elementos decorativos: un sofá de color azafrán, una mesita, dos altas librerías. La poetisa está sentada de espaldas a la ventana, que ha abierto para ventilar el humo de los cigarrillos que fuma sin parar.

Nila Wahdati declara tener cuarenta y cuatro años. Es una mujer increíblemente atractiva; quizá ha dejado atrás la cúspide de su belleza, pero no muy atrás. Pómulos altos y regios, cutis bonito, cintura estrecha. Tiene unos ojos inteligentes y provocadores, y una mirada penetrante que te pone a prueba y te juzga, y al mismo tiempo te hace sentir que juega contigo, siempre cautivándote. Sospecho que esa mirada sigue siendo un arma de seducción temible. No lleva maquillaje salvo el pintalabios, que se le ha corrido levemente. Un pañuelo de colores le cubre la frente, y viste una blusa morada desvaída y vaqueros, sin zapatos ni calcetines. Aunque sólo son las once de la mañana, bebe un chardonnay que se sirve de una botella sin enfriar. Me ha ofrecido amablemente una copa, que yo he rechazado.

N.W: Fue el mejor rey que han tenido nunca.

El comentario me parece interesante por su forma de expresarlo.

E.B.: ¿Que han tenido? ¿No se considera afgana?

N.W.: Digamos que me he divorciado de mi mitad más problemática.

E.B.: Siento curiosidad por el motivo.

N.W.: Si hubiera tenido éxito, me refiero al rey Amanulá, es posible que le hubiera dado una respuesta diferente.

Le pido que se explique.

N.W.: Verá, resulta que el rey se despertó una mañana y declaró su intención de convertir el país, entre gritos y protestas si hacía falta, en una nación más moderna y progresista. ¡Por Dios! Para empezar, nadie volvería a llevar velo, anunció. ¡Imagínese, monsieur Boustouler, una mujer en Afganistán arrestada por llevar un burka! Cuando su esposa, la reina Soraya, apareció en público con el rostro descubierto... *Oh la la*. Los pulmones de los ulemas se inflaron de suficientes suspiros para hacer volar mil Hindenburgs. ¡Y se acabó la poligamia! Eso, comprenda usted, en un país donde los reyes tenían legiones de concubinas y nunca llegaban a ver siquiera a la mayoría de los hijos que tan frívolamente engendraban. A partir de ahora, declaró, ningún hombre podrá obligaros a contraer matrimonio. Y se acabó lo de ponerles precio a las novias, valientes mujeres de Afganistán, y el matrimonio con niñas, y aún hay más: todas iréis a la escuela.

E.B.: De modo que era un visionario.

N.W.: O un imbécil. Siempre me ha parecido que la línea que los separa es peligrosamente fina.

E.B.: ¿Qué le ocurrió?

N.W.: La respuesta es tan irritante como predecible, monsieur Boustouler. Pues la yihad, por supuesto. Los ulemas, los jefes tribales, declararon la yihad contra él. ¡Imagínese mil puños clamando al cielo! El rey había hecho moverse la tierra, pero estaba rodeado por un océano de fanáticos, y ya sabrá usted qué pasa cuando el lecho del océano se estremece, monsieur Boustouler. Un tsunami de rebelión barbada arremetió contra el pobre rey y se lo llevó, haciendo inútiles aspavientos, para escupirlo en las costas de la India, luego en Italia y por último en Suiza, donde salió arrastrándose del barro y murió convertido en un viejo desilusionado en el exilio.

E.B.: ¿Y el país que emergió? Supongo que a usted no le gustó demasiado.

N.W.: Y lo mismo pasó a la inversa.

E.B.: De ahí su traslado a Francia en 1955.

N.W.: Me trasladé a Francia porque quería salvar a mi hija de cierta clase de vida.

174

E.B.: ¿A qué clase de vida se refiere?

N.W.: No quería verla convertida, en contra de su voluntad y su naturaleza, en una de esas tristes y diligentes mujeres a quienes les espera toda una vida de callada servidumbre, siempre temerosas de hacer, decir o aparentar lo que no deben. Mujeres que gozan de la admiración de algunos en Occidente, aquí en Francia por ejemplo, convertidas en heroínas por las duras vidas que llevan, admiradas desde lejos y por quienes no soportarían ni un solo día en su lugar. Mujeres que tienen que sofocar sus deseos y renunciar a sus sueños y que sin embargo, y esto es lo peor, monsieur Boustouler, cuando las ves, sonríen y fingen no abrigar el menor recelo, como si llevaran vidas envidiables. Pero si uno las mira bien, ve la expresión de desamparo, la desesperación que desmiente su aparente buen humor. Es patético, monsieur Boustouler. Yo no quería eso para mi hija.

E.B.: Supongo que ella comprende todo eso, ¿no?

Enciende otro cigarrillo.

N.W.: Bueno, los hijos nunca acaban de ser como uno esperaba, monsieur Boustouler.

En Urgencias, una enfermera malhumorada le indica a Pari que espere en el mostrador de admisiones, cerca de un perchero con ruedas lleno de tablillas y gráficos. A Pari le causa asombro que haya gente que invierta voluntariamente toda la juventud en formarse para una profesión que los hace acabar en sitios como ése. No consigue entenderlo. Detesta los hospitales. Odia ver a la gente en su peor momento, el repugnante olor, las camillas chirriantes, los pasillos con sus cuadros anodinos, los incesantes anuncios por megafonía.

El doctor Delaunay resulta ser más joven de lo que esperaba, de nariz y labios finos y rubio pelo rizado. La conduce fuera de Urgencias a través de la puerta de doble batiente que da al vestíbulo principal.

—Su madre ha llegado bastante ebria —le dice en tono confidencial—. No parece sorprendida.

—No lo estoy.

—Tampoco lo estaban varios miembros del personal de enfermería. Me dicen que prácticamente tiene cuenta aquí. Yo soy nuevo, nunca había tenido el placer de atenderla.

—¿Ha montado algún numerito?

—Digamos que estaba de malas pulgas —contesta él—, y se puso un poco melodramática, debería añadir.

Intercambian una breve sonrisa.

—¿Se recuperará?

—A corto plazo, sí —dice el doctor Delaunay—. Pero debo recomendar, y con insistencia, que beba menos. Esta vez ha tenido suerte, pero quién sabe qué pasará la próxima...

Pari asiente con la cabeza.

—¿Dónde está?

El médico la conduce de vuelta a la sala de Urgencias y dobla la esquina.

—Cama número tres. Pasaré dentro de poco con instrucciones para el alta.

Pari le da las gracias y va al encuentro de su madre.

—*Salut, maman.*

Maman esboza una sonrisa cansada. Tiene el pelo alborotado y lleva calcetines de colores distintos. Le han vendado la frente y en el brazo izquierdo tiene una vía conectada a un gotero de líquido incoloro. Lleva una bata de hospital, del revés, y no se la ha atado bien. Se le ha abierto un poco por delante, y Pari ve una pequeña parte de la gruesa y oscura cicatriz vertical de la cesárea. Hace unos años le preguntó a su madre por qué no tenía la cicatriz horizontal habitual, y ella contestó que en su momento los médicos le habían dado una explicación técnica que ya no recordaba. «Lo importante —dijo— es que consiguieron sacarte.»

—Te he fastidiado la cena —murmura ahora.

—Con los accidentes ya se sabe. He venido para llevarte a casa.

—Podría dormir una semana entera. —Se le cierran los ojos, aunque sigue hablando, arrastrando las palabras—. Estaba sentada viendo la televisión. Tenía hambre, y he ido a la cocina a buscar un poco de pan con mermelada. Entonces he resbalado, no sé muy bien cómo ni con qué, pero al caer me he dado en la cabeza con el tirador del horno. Es posible que haya perdido el conocimiento un par de minutos. Siéntate, Pari. Me pones nerviosa ahí de pie.

Pari se sienta.

—El médico ha dicho que habías bebido.

Maman entreabre un ojo. Su afición a frecuentar a los médicos sólo se ve superada por lo mucho que le desagradan.

—¿Ese niñato? ¿Eso ha dicho? *Le petit salaud.* ¿Qué sabe él? Aún le huele el aliento a la teta de su madre.

—Siempre te lo tomas a broma, cada vez que saco el tema.

—Estoy cansada, Pari. Puedes regañarme en otro momento. La picota no va a ir a ningún sitio.

Se queda dormida, ahora sí. Empieza a roncar de forma muy desagradable, como sólo hace después de una borrachera.

Pari se sienta en el taburete junto a la cama para esperar al doctor Delaunay, e imagina a Julien sentado a una mesa con iluminación tenue, con la carta en la mano, explicándoles esa nueva crisis a Christian y Aurelie ante elegantes copas de burdeos. Se ha ofrecido a acompañarla al hospital, aunque con escaso entusiasmo, por pura formalidad. De todas maneras, no habría sido buena idea que lo hiciera. El doctor Delaunay habría visto entonces un comportamiento melodramático de verdad... Aun así, aunque Julien no hubiese podido ir con ella, desearía al menos que no hubiese salido a cenar sin ella. Todavía está un poco perpleja por su actitud. Podría haber elegido otra noche, cambiado la reserva. Pero Julien ha ido. Y no ha sido sólo un acto irreflexivo. No. Ha habido cierta mala intención en su gesto, algo deliberado, agresivo. Desde hace algún tiempo ella es consciente de que Julien tiene la capacidad de ser así. Últimamente se pregunta si además le gusta.

Fue en una sala de Urgencias no muy distinta de ésta donde *maman* conoció a Julien. Pasó hace poco más de diez años, en 1963, cuando Pari tenía catorce. Él había acompañado a un colega aquejado de migraña. *Maman* la había llevado a ella, que era la paciente en esa ocasión, porque se había hecho un esguince en el tobillo durante la clase de gimnasia en el colegio. Pari estaba tendida en una camilla cuando Julien entró empujando su silla y entabló conversación con *maman*. Pari no recuerda ahora qué se dijeron. Sí se acuerda de que Julien preguntó: «¿*Paris*, como la ciudad?» Y de que *maman* respondió lo de siempre: «No, sin la ese. En farsi significa "hada".»

Aquella misma semana quedaron para cenar, una noche lluviosa, en un pequeño *bistro* cerca del boulevard Saint-Germain. Previamente, en casa, *maman* había protagonizado una larga escena de indecisión sobre qué ponerse, para decidirse al fin por un vestido azul pastel de cintura ceñida, guantes largos y zapatos puntiagudos con tacón de aguja. Y a pesar de todo, ya en el ascensor, le había dicho a Pari: «No queda demasiado Jackie Kennedy, ¿verdad? ¿Qué te parece?»

Antes de cenar fumaron cigarrillos, los tres, y *maman* y Julien bebieron jarras de cerveza helada. Luego Julien pidió una segunda ronda, y una tercera. Julien, con camisa blanca, corbata y una americana a cuadros, tenía los modales medidos y corteses de un hombre distinguido. Sonreía con soltura y reía sin esfuerzo. Tenía las sienes ligeramente salpicadas de gris, algo que Pari no había advertido a la luz mortecina de la sala de Urgencias, y calculó que rondaría la edad de su madre. Estaba muy al corriente de los temas de actualidad y pasó un rato hablando del veto de De Gaulle a la entrada de Inglaterra en el Mercado Común, y para sorpresa de Pari, casi consiguió volverlo interesante. Sólo reveló que había empezado a dar clases de Economía en la Sorbona cuando *maman* le preguntó a qué se dedicaba.

—¿Eres profesor? Vaya, cuánto glamour.

—Qué va —repuso él—. Deberías asistir a una clase. Te quitaría rápidamente esa idea de la cabeza.

—Quizá lo haga.

Pari advirtió que *maman* ya estaba achispada.

—Igual me cuelo un día de éstos, para verte en acción.

—¿En acción? Recuerda que doy clases de Teoría Económica, Nila. Si vienes, te encontrarás con que mis alumnos me consideran un imbécil.

—Lo dudo, la verdad.

Pari pensó lo mismo. Supuso que buena parte de las alumnas de Julien deseaban acostarse con él. Durante toda la cena intentó que no la pillaran mirándolo. Tenía una cara que parecía salida de una vieja película de cine negro, una cara hecha para filmarla en blanco y negro, con las sombras paralelas de una persiana proyectándose en ella y el humo de un cigarrillo elevándose en espiral a su lado. Un mechón de cabello con forma de paréntesis se las apañaba siempre para caerle sobre la frente con bastante encanto, demasiado quizá. Quizá pendía realmente ahí de modo no premeditado, pero Pari se fijó en que él nunca se molestaba en apartarlo.

Julien se interesó por la pequeña librería de la que *maman* era propietaria y directora. Estaba en la otra orilla del Sena, cruzado el Pont d'Arcole.

—¿Tienes libros sobre jazz?

—*Bah oui* —repuso *maman*.

Fuera la lluvia arreciaba y el *bistro* se tornó más bullicioso. El camarero les sirvió hojaldres de queso y brochetas de jamón, y siguió una extensa conversación entre *maman* y Julien sobre Bud Powell, Sonny Stitt, Dizzy Gillespie y el favorito de Julien, Charlie Parker. *Maman* le dijo que a ella le gustaba más el estilo West Coast de Chet Baker y Miles Davis, ¿había escuchado Julien *Kind of Blue*? A Pari la sorprendió que a *maman* le gustara tanto el jazz y que estuviera familiarizada con tantos músicos. Pari sintió, y no por vez primera, una admiración infantil por *maman* mezclada con la inquietante sensación de que en realidad no la conocía del todo. Lo que no la sorprendió fue la seducción sin esfuerzo que *maman* estaba llevando a cabo con Julien. Estaba en su elemento. No le costaba nada atraer la atención de los hombres. Los dejaba anonadados.

Pari la observó proferir murmullos juguetones, soltar risitas ante las bromas de Julien, ladear la cabeza mientras enroscaba un mechón de cabello. Volvió a maravillarse de que fuera tan joven y guapa; *maman* sólo era veinte años mayor que ella. Tenía un cabello oscuro y largo, pecho generoso, ojos preciosos y un rostro que cohibía por su lustre de facciones clásicas, regias. Y a

Pari aún la asombraba más lo poco que se parecía ella a su madre con sus ojos claros y solemnes, la larga nariz, la sonrisa de dientes separados y los pechos pequeños. Si estaba dotada de alguna hermosura, era más modesta y prosaica. Estar con su madre siempre le recordaba que su propia belleza se había tejido con una hebra más corriente. A veces era la propia *maman* quien se lo recordaba, aunque siempre lo ocultara en un caballo troyano de cumplidos.

—Tienes suerte, Pari —solía decirle—. No tendrás que luchar tanto para que los hombres te tomen en serio. A ti te prestarán atención. Demasiada belleza enreda las cosas. —Pari se reía—. No, escúchame. No estoy diciendo que hable por experiencia. Por supuesto que no. Sólo es una observación.

—Estás diciendo que no soy guapa.

—Estoy diciendo que más te vale no serlo. Además, eres mona, y con eso basta y sobra, *je t'assure, ma chérie*. Es mejor, incluso.

Pari creía que tampoco se parecía mucho a su padre. Había sido un hombre alto, de cara seria, labios finos, mentón puntiagudo y frente alta. Pari tenía varias fotografías suyas en su habitación, de su infancia en la casa de Kabul. Había caído enfermo en 1955, que fue cuando *maman* y ella se mudaron a París, y había muerto poco después. A veces, Pari se encontraba contemplando una de esas viejas fotos, en especial una en blanco y negro de ellos dos, padre e hija, de pie ante un viejo coche americano. Él estaba apoyado en el parachoques con ella en brazos, y ambos sonreían. Recordaba una ocasión en que él había dibujado jirafas y monos de cola larga para ella en el lateral de un armario. La había dejado pintar uno de los monos, sosteniéndole la mano, guiando con paciencia sus pinceladas.

Ver el rostro de su padre en esas fotografías despertaba una vieja sensación en Pari, una sensación que experimentaba desde hacía tanto tiempo como podía recordar: la de que en su vida había una ausencia, de algo o de alguien, que era fundamental para su propia existencia. A veces era una sensación vaga, como un mensaje enviado a través de una enorme distancia y por caminos envueltos en sombra, una señal débil en el dial de una radio, remota, trémula. Otras veces sentía esa ausencia con tanta claridad, tan íntima y cercana, que el corazón le daba un vuelco.

Le ocurrió una vez en la Provenza, dos años antes, cuando vio un roble gigantesco ante la puerta de una granja. Y otra vez en el jardín de las Tullerías, cuando vio a una joven madre arrastrar a su hijo en un pequeño carretón Radio Flyer rojo. Pari no lo entendía. En cierta ocasión había leído una historia sobre un turco de mediana edad que había padecido una repentina y profunda depresión cuando su hermano gemelo, cuya existencia desconocía, había sufrido un infarto fatal durante una excursión en canoa por la selva amazónica. Era la forma más cercana que había tenido nadie de expresar lo que ella sentía.

Una vez, le había hablado de ello a *maman*.

«Bueno, no es ningún misterio, *mon amour* —había respondido *maman*—. Echas de menos a tu padre. Ha desaparecido de tu vida. Es natural que te sientas así. Por supuesto que es eso. Ven aquí, dale un beso a *maman*.»

La respuesta de su madre había sido perfectamente razonable, pero insatisfactoria. Pari creía en efecto que se sentiría más completa si su padre siguiera vivo, si estuviera allí con ella. Pero también recordaba haber tenido esa sensación de pequeña, cuando vivía con sus padres en la gran casa de Kabul.

Poco después de que hubiesen acabado de cenar, *maman* se excusó y fue al cuarto de baño del *bistro*, y Pari se quedó unos minutos a solas con Julien. Hablaron sobre una película que Pari había visto la semana anterior, con Jeanne Moreau en el papel de una jugadora, y también sobre la escuela y sobre música. Cuando ella hablaba, Julien apoyaba los codos en la mesa y se inclinaba un poco hacia delante, escuchándola con vivo interés, frunciendo el cejo y sonriendo a la vez y sin apartar la vista de ella un instante. Sólo lo hace para impresionar, se dijo Pari, está fingiendo. Un número bien ensayado, un papel que representaba con las mujeres, y que había decidido usar ahora para jugar con ella un rato y divertirse a sus expensas. Sin embargo, bajo aquella implacable mirada suya, ella no había podido evitar que se le acelerara el pulso y tensara el vientre. Se encontró hablando en un ridículo tono artificial y sofisticado que no se parecía en nada a su forma normal de hablar. Era consciente de estar haciéndolo pero no podía parar.

Julien le contó que había estado casado una vez, breve-mente.

—¿De verdad?

—Hace unos años. Cuando tenía treinta. En aquella época vivía en Lyon.

Se había casado con una mujer mayor que él. La cosa no había durado porque ella era muy posesiva. Julien no había re-velado eso antes, cuando *maman* estaba en la mesa.

—Fue una relación física, en realidad —añadió—. *C'était complètement sexuel.* Ella quería poseerme.

Dijo eso mirándola y esbozando una sonrisita subversiva; quizá sabía que se había saltado un poco las normas y juzgaba con cautela su reacción. Pari encendió un cigarrillo y mostró perfecto dominio de sí, como Bardot, como si los hombres le dijeran esa clase de cosas constantemente, pero por dentro esta-ba temblando. Supo que en aquella mesa acababa de cometerse un diminuto acto de traición. Algo un poco ilícito, no del todo inofensivo, pero también innegablemente emocionante. Cuando *maman* volvió, con el pelo recién cepillado y el pintalabios re-tocado, aquel furtivo momento compartido se esfumó y Pari sin-tió un breve rencor hacia su madre por haberse entrometido. Y al punto la abrumó el remordimiento.

Volvió a verlo alrededor de una semana después. Era por la mañana y ella se encaminaba a la habitación de *maman* con un tazón de café. Lo encontró sentado en el borde de la cama de *maman*, dándole cuerda a su reloj de pulsera. No sabía que él hubiese pasado la noche allí. Lo vio desde el pasillo, por la puerta entreabierta. Se quedó allí plantada, con el tazón en la mano y la boca completamente seca, y lo observó: la piel impecable de su espalda, el vientre ligeramente abultado, la oscuridad entre sus piernas medio oculta por las sábanas arrugadas. Él se puso el re-loj, tendió la mano para coger un cigarrillo de la mesita de noche, lo encendió y entonces, como quien no quiere la cosa, volvió la mirada hacia ella. Como si hubiese sabido todo el rato que estaba allí. Le sonrió sin separar los labios. Entonces *maman* dijo algo desde la ducha y Pari se volvió en redondo. Fue un milagro que no se escaldara con el café.

Maman y Julien fueron amantes durante unos seis meses. Iban mucho al cine, y a visitar museos, y a pequeñas galerías de arte que exponían obras de pintores medio desconocidos y con nombres extranjeros que luchaban por abrirse camino. Un fin de semana fueron a la playa de Arcachon, cerca de Burdeos, y regresaron con los rostros bronceados y una caja de vino tinto. Julien la llevaba a actos de la facultad y *maman* lo invitaba a las lecturas de autores en la librería. Pari los acompañaba al principio —Julien le pedía que lo hiciera, y parecía complacer a *maman*— pero no tardó en buscar excusas para quedarse en casa. No quería ir, no podía hacerlo. Le resultaba insoportable. Decía que estaba demasiado cansada, o que no se encontraba bien. Decía que se iba a casa de su amiga Collette a estudiar. Amiga suya desde segundo curso, Collette era una chica enjuta y nerviosa de cabello largo y lacio y nariz aguileña. Le gustaba sorprender a la gente y decir cosas estrambóticas y escandalosas.

—Apuesto a que él se lleva una desilusión —dijo Collette un día— cuando tú no sales por ahí con ellos.

—Bueno, pues si es así, no lo demuestra.

—¿Y cómo quieres que lo demuestre? ¿Qué iba a pensar tu madre?

—¿A qué te refieres? —preguntó Pari, aunque lo sabía, por supuesto; lo sabía, pero quería oírselo decir.

—¿Que a qué me refiero? —El tono de Collette era malicioso, excitado—. Pues a que está con ella para llegar hasta ti. Es a ti a quien desea.

—Eso es asqueroso —repuso Pari con un estremecimiento.

—O a lo mejor os quiere poseer a las dos. A lo mejor le gusta acostarse con varias a la vez. Y si es ése el caso, igual te pido que intercedas por mí.

—Eres repulsiva, Collette.

A veces, cuando *maman* y Julien habían salido, Pari se desnudaba en el recibidor y se contemplaba en el espejo. Encontraba defectos en su cuerpo. Era demasiado larguirucho, se decía; demasiado alto y sin formas, demasiado... utilitario. No había heredado ninguna de las cautivadoras curvas de su madre. A veces iba así, desnuda, hasta la habitación de su madre y se tendía en la cama donde sabía que ella y Julien hacían el amor. Se quedaba allí con los ojos cerrados y el corazón palpitante, regodeándose en su propia temeridad, con una especie de hormigueo extendiéndosele por el pecho, el vientre y más abajo.

Acabó, por supuesto. Lo de *maman* y Julien. Pari se sintió aliviada, pero no sorprendida. Al final, a *maman* los hombres siempre le fallaban. Siempre quedaban en un puesto desastroso, muy por debajo del ideal que ella se fijaba con ellos. Lo que empezaba con exuberancia y pasión acababa siempre con tensas acusaciones y palabras rencorosas, con ira y ataques de llanto y lanzamiento de utensilios de cocina. En desmoronamiento. En melodrama. *Maman* era incapaz de iniciar o poner fin a una relación sin excesos.

Entonces venía el previsible período en que *maman* le cogía de pronto el gusto a la soledad. Se quedaba en la cama con un viejo abrigo sobre el pijama, una presencia cansina, compungida y adusta en el apartamento. Pari sabía que más valía dejarla sola. Sus intentos de consolarla o hacerle compañía no eran bienvenidos. Aquel humor tan hosco duraba semanas. Con Julien, fue considerablemente más largo.

—*Ah, merde!* —exclama ahora *maman*.

Está sentada en la cama, todavía con la bata de hospital. La enfermera le está quitando la vía del brazo y el doctor Delaunay le ha dado a Pari los papeles del alta.

—¿Qué pasa?

—Acabo de acordarme. Dentro de un par de días me hacen una entrevista.

—¿Una entrevista?

—Es un artículo para una revista de poesía.

—Qué bien, *maman*.

—Acompañarán la entrevista con una foto. —Se señala los puntos en la frente.

—Estoy segura de que encontrarás alguna forma elegante de ocultarlos.

Maman exhala un suspiro y mira hacia otro lado. Cuando la enfermera acaba de quitarle la aguja, esboza una mueca y le ladra a la pobre mujer algo poco amable que no merece.

· · ·

Fragmento de «El ruiseñor afgano»,
entrevista a Nila Wahdati, por Étienne Boustouler,
Parallaxe, n.º 84, p. 36, invierno de 1974

*Echo otro vistazo al piso y en un estante de la librería me llama la
atención una fotografía enmarcada. En ella se ve a una niña en
cuclillas sobre un paisaje agreste, absorta en la tarea de coger algo,
alguna clase de baya. Lleva un abrigo de color amarillo vivo abo-
tonado hasta el cuello que contrasta con el gris plomizo del cielo
encapotado. Al fondo se divisa una casa de labranza de piedra
con los postigos cerrados y el tejado maltrecho. Le pregunto por la
niña.*

N.W.: Es mi hija, Pari. Como la ciudad pero sin la ese. Significa
    «hada». Esa foto se tomó en un viaje a Normandía que hici-
    mos las dos. En 1957, creo. Debía de tener ocho años.
E.B.: ¿Vive en París?
N.W.: Estudia Matemáticas en la Sorbona.
E.B.: Estará usted orgullosa.

Nila Wahdati sonríe y se encoge de hombros.

E.B.: Me sorprende un poco que su hija se haya decantado por esa
    carrera, habiéndose volcado usted en el arte.
N.W.: No sé de dónde ha sacado esa habilidad. Todas esas fór-
    mulas y teorías incomprensibles... Supongo que a ella no le
    resultan incomprensibles. Yo apenas sé multiplicar.
E.B.: Tal vez se trate de una forma de rebelión. Algo sabe usted
    sobre eso de rebelarse, si no me equivoco.
N.W.: Sí, pero yo lo hice como está mandado. Fumaba, bebía y
    tenía muchos amantes. ¿Cómo vas a rebelarte con las mate-
    máticas?

Se ríe.

N.W.: Además, mi hija sería la típica rebelde sin causa. Le he dado plena libertad. Siempre ha tenido todo lo que ha deseado. Nunca le ha faltado de nada. Ahora está viviendo con alguien, un hombre bastante mayor que ella. Encantador como él solo, culto, divertido. Un narcisista redomado, por supuesto. Con un ego descomunal.

E.B.: No aprueba usted la relación.

N.W.: Que la apruebe o no carece de importancia. Estamos en Francia, monsieur Boustouler, no en Afganistán. La vida de los jóvenes no depende de la aprobación parental.

E.B.: ¿Debo entender que su hija no conserva ningún vínculo con Afganistán?

N.W.: Tenía seis años cuando nos fuimos. Apenas recuerda el tiempo que pasó allí.

E.B.: A diferencia de usted, claro está.

Le pido que me hable de sus primeros años de vida.

Se excusa y abandona la habitación unos instantes. Al volver, me tiende una vieja y apergaminada foto en blanco y negro. En ella aparece un hombre de gesto severo y complexión robusta, con gafas y pelo reluciente, peinado con impecable raya. Está sentado a un escritorio, leyendo un libro. Viste un traje con solapas en pico, chaleco cruzado, camisa blanca de cuello alto y pajarita.

N.W.: Mi padre, en 1929. El año que nací yo.

E.B.: Todo un caballero.

N.W.: Pertenecía a la aristocracia pastún de Kabul. Era un hombre muy cultivado, de modales exquisitos y afable en el trato, como correspondía. Un gran narrador de historias, también. Al menos en público.

E.B.: ¿Y en privado?

N.W.: ¿Usted qué diría, monsieur Boustouler?

Cojo la foto y vuelvo a observarla.

E.B.: Distante, diría yo. Serio. Inescrutable. Intransigente.

186

N.W.: Insisto en que se tome una copa conmigo. No me gusta, o mejor dicho, detesto beber a solas.

Nila Wahdati me sirve una copa de chardonnay a la que doy un sorbo por mera cortesía.

N.W.: Tenía las manos frías, mi padre. Hiciera el tiempo que hiciera. Siempre las tenía frías. Y siempre se ponía traje, hiciera el tiempo que hiciera. Hecho a medida, con los pliegues perfectamente planchados. Y un fedora, también, y zapatos tipo Oxford, por supuesto, de dos tonos. Era un hombre apuesto, supongo, aunque ligeramente envarado. Había en él —esto sólo lo comprendí mucho más tarde— algo un poco ridículo, artificial, europeizante, incluyendo, faltaría más, los partidos semanales de bolos sobre hierba o de polo y la codiciada esposa francesa, todo ello merecedor de la efusiva aprobación del joven y liberal monarca.

Nila Wahdati se muerde las uñas y guarda un breve silencio. Aprovecho para dar la vuelta a la cinta de la grabadora.

N.W.: Mi padre dormía en su propia habitación, y mi madre y yo en otra. Comía fuera casi todos los días, con los ministros y consejeros del rey. O bien se iba a montar a caballo, o a jugar al polo, o a cazar. La caza era su gran pasión.

E.B.: Es decir que no lo veía usted muy a menudo. Era una figura ausente.

N.W.: No del todo. Ponía empeño en pasar unos minutos conmigo cada dos días. Venía a mi habitación y se sentaba en la cama, y ésa era la señal de que podía encaramarme a su regazo. Me balanceaba en sus rodillas durante un rato, sin que ninguno de los dos dijera gran cosa, hasta que él preguntaba: «¿Qué hacemos ahora, Nila?» A veces me dejaba coger el pañuelo que llevaba en el bolsillo de la pechera para volver a doblarlo. Huelga decir que me limitaba a embutirlo en el bolsillo hecho un gurruño, y entonces él fingía una expresión de asombro que a mí me resultaba de lo más cómica, y el juego se repetía hasta que él se cansaba, lo que no tardaba en ocurrir. Entonces me acariciaba el pelo con sus manos destempladas y decía: «Papá tiene que irse ya, cervatillo. Vete a jugar.»

Nila Wahdati devuelve la foto a su sitio. Al regresar, coge un nuevo paquete de tabaco de un cajón y enciende un cigarrillo.

N.W.: Así me llamaba, para mi regocijo. Solía dar saltos por el jardín —teníamos un jardín inmenso—, canturreando «¡Soy el cervatillo de papá, soy el cervatillo de papá!». Sólo mucho más tarde comprendí cuán siniestro era mi apodo.
E.B.: ¿Perdón?

Nila Wahdati sonríe.

N.W.: Mi padre cazaba ciervos, monsieur Boustouler.

Podrían haber vuelto caminando al piso de *maman*, que queda a tan sólo unas manzanas de distancia, pero la lluvia cae ahora con furia. En el taxi, *maman* va hecha un ovillo en el asiento de atrás, tapada con la gabardina de Pari, mirando por la ventanilla sin decir palabra. En ese momento Pari la ve mayor, mucho más de lo que corresponde a sus cuarenta y cuatro años. Avejentada, frágil y consumida.

Hace bastante que Pari no entra en el piso de *maman*. Cuando gira la llave en la cerradura y abre la puerta, lo primero que ve es la encimera de la cocina atestada de copas sucias, bolsas abiertas de patatas fritas y paquetes abiertos de pasta seca, platos con restos de alimentos irreconocibles, fosilizados. Sobre la mesa, una bolsa de papel repleta de botellas de vino vacías se sostiene en precario equilibrio. Pari ve hojas de diario en el suelo, una de las cuales ha absorbido la sangre derramada horas antes, y sobre ésta un solitario calcetín de lana rosa. Se alarma al ver cómo vive su madre. Y también se siente culpable, lo que, conociendo a *maman*, bien podría tratarse de un efecto buscado.

En cuanto lo piensa, se reprocha haberlo hecho. Es la clase de cosa que pensaría Julien. «Quiere que te sientas mal.» Se lo ha dicho en varias ocasiones a lo largo del último año. «Quiere que te sientas mal.» Cuando lo dijo por primera vez, Pari se sintió aliviada, comprendida. Le estaba agradecida por haber puesto palabras a algo que ella no podía o no quería verbalizar. Creyó haber encontrado un aliado. Pero ahora lo duda. Detecta en las palabras de él un destello de crueldad. Una inquietante ausencia de amabilidad.

En el suelo del dormitorio se amontonan las prendas de vestir, los discos, los libros y más diarios. Sobre el alféizar descansa un vaso con agua amarillenta, teñida por las colillas que flotan en su interior. Pari aparta libros y viejas revistas de la cama y ayuda a *maman* a meterse bajo las mantas.

Ésta busca su mirada al tiempo que se lleva el dorso de una mano a la frente vendada. La pose hace que parezca una actriz de cine mudo a punto de desmayarse.

—¿Estarás bien, *maman*?

—No creo —responde. No parece que lo diga por llamar la atención. Lo hace con desapego, en tono hastiado. Suena cansada, sincera y rotunda.

—Me estás asustando, *maman*.

—¿Vas a irte ya?

—¿Quieres que me quede?

—Sí.

—Entonces me quedo.

—Apaga la luz.

—¿*Maman*?

—Sí.

—¿Estás tomando la medicación? ¿Has dejado las pastillas? Creo que las has dejado y me preocupa.

—Basta de monsergas y apaga la luz.

Pari obedece. Se sienta en el borde de la cama y espera que su madre se duerma. Luego va a la cocina y emprende la ímproba tarea de recoger y limpiar. Se pone un par de guantes y empieza por los platos. Lava vasos que hieden a leche agria, cuencos con un poso de cereales amazacotados, platos con comida recubierta de aterciopeladas manchas de moho verde. Recuerda la primera vez que fregó los platos en el piso de Julien, al día siguiente de su primera noche juntos. Julien había hecho tortillas para desayunar. Recuerda cómo disfrutó con aquella sencilla escena hogareña, ella lavando platos en la cocina mientras él ponía una canción de Jane Birkin en el tocadiscos.

Había vuelto a coincidir con él el año anterior, 1973, por primera vez en casi una década. Se habían visto por casualidad en una marcha de protesta delante de la embajada canadiense, una manifestación estudiantil contra la matanza de focas. Pari no quería ir, y además tenía que acabar un trabajo sobre las funciones meromorfas, pero Collette había insistido. A la sazón compartían piso, un arreglo con el que ambas se sentían cada vez más a disgusto. Collette había empezado a fumar hierba. Se ponía ridículas cintas en el pelo y holgadas túnicas magenta con pájaros y margaritas bordados. Metía en casa a chicos de pelo largo y aspecto desaliñado que engullían la comida de Pari y martirizaban la guitarra. Collette siempre estaba en la calle coreando alguna consigna a voz en grito, denunciando el racismo, la crueldad hacia los animales, la esclavitud, los ensayos nucleares de los franceses en el Pacífico. Siempre había un intenso trajín en el piso, un incesante ir y venir de gente a la que Pari no conocía de nada. Y cuando las dos compañeras de piso se quedaban a solas, Pari notaba una nueva tensión entre ambas, cierto desdén por parte de Collette, una tácita forma de censura.

—Mienten —afirmó Collette con vehemencia—. Dicen que utilizan métodos humanitarios. ¡Humanitarios! ¿Has visto cómo les abren el cráneo a garrotazos? ¿Has visto esos picos? Las mayoría de esos pobres animales ni siquiera ha muerto todavía cuando les clavan los ganchos y los izan a bordo. Los despellejan vivos, Pari. ¡Vivos!

El modo en que Collette pronunció estas últimas palabras, recalcándolas, hizo que Pari sintiera ganas de excusarse. No habría sabido decir por qué, pero sí sabía que en los últimos tiempos apenas podía respirar en compañía de Collette, entre sus reproches y su batería de denuncias.

190

Sólo una treintena de estudiantes habían acudido a la manifestación. Corría el rumor de que Brigitte Bardot en persona iba a hacer acto de presencia, pero al final resultó no ser más que eso, un rumor. Collette estaba decepcionada por la escasa repercusión de la convocatoria. Entabló una acalorada discusión con un joven delgado, paliducho y con gafas llamado Eric que, según dedujo Pari, era el encargado de organizar la marcha. Pobre Eric. Pari se compadeció de él. Todavía furibunda, Collette encabezó la marcha. Pari la seguía a regañadientes desde la retaguardia, junto a una chica de pecho liso que voceaba consignas con una especie de euforia nerviosa. Pari no despegaba los ojos del asfalto y hacía lo posible por no llamar la atención.

En una esquina, alguien le dio unos golpecitos en el hombro.

—Diría que te mueres por ser rescatada.

Julien llevaba una chaqueta de tweed encima del jersey, vaqueros y bufanda de lana. Tenía el pelo más largo y había envejecido con elegancia, de un modo que algunas mujeres de su edad podrían considerar injusto y exasperante. Seguía siendo delgado y atlético pese a las patas de gallo, las sienes más encanecidas y un leve hastío en la mirada.

—Así es —reconoció ella.

Se besaron en la mejilla, y cuando él le preguntó si le apetecía ir a tomar un café, Pari aceptó.

—Tu amiga parece enfadada. Mejor dicho, furibunda.

Pari miró hacia atrás y vio a Collette junto a Eric, todavía gritando y agitando el puño, pero también, por absurdo que fuera, mirándolos a ambos con ira homicida. Pari reprimió una carcajada que habría producido daños irreparables, se encogió de hombros a modo de disculpa y se escabulló.

Entraron en un pequeño café y se sentaron junto a la ventana. Julien pidió café y un milhojas de crema para cada uno. Pari vio cómo se dirigía al camarero con el cordial aplomo que tan bien recordaba y notó el mismo aleteo en el estómago que sentía siendo poco más que una niña, cuando él iba a recoger a *maman*. De pronto se avergonzó de sus uñas roídas, el rostro sin maquillar, el pelo rizado que le colgaba sin gracia a ambos lados de la cara, y deseó habérselo secado después de la ducha, pero llegaban tarde y Collette la esperaba dando vueltas por el piso como una fiera enjaulada.

—No te hacía de las que salen a la calle a protestar —observó Julien, encendiéndole un cigarrillo.

—Y no lo soy. He venido más por culpa que por convicción.

—¿Culpa? ¿Te refieres a las focas?

—A Collette.

—Ah. Entiendo. ¿Sabes?, tu amiga me da un poquito de miedo.

—Nos pasa a todos.

Rieron al unísono. Julien alargó la mano y le tocó la bufanda, pero luego la apartó.

—Decir que estás hecha una mujer sería una obviedad, así que no lo haré. Pero sí te diré que estás radiante, Pari.

Ella se cogió la solapa de la gabardina.

—¿Con mi disfraz de inspector Clouseau, quieres decir?

Collette le había dicho que era un hábito estúpido, el de las bromitas autodestructivas con las que Pari intentaba disimular su inseguridad ante los hombres por los que se sentía atraída. Sobre todo cuando le hacían algún cumplido. No era la primera vez, y mucho menos la última, que envidiaba a *maman* por su naturalidad y su confianza en sí misma.

—Y ahora me dirás que de casta le viene al galgo —aventuró.

—*Ah, non.* Por favor. Demasiado evidente. Como sabes, piropear a una mujer es todo un arte.

—No, no lo sé. Pero estoy segura de que tú sí.

El camarero sirvió los hojaldres y el café. Pari se centró en observar las manos de éste mientras disponía las tazas y platos sobre la mesa. Notó sus propias manos sudorosas. Sólo había tenido cuatro amantes en su vida, una cifra modesta, lo sabía, y más si se comparaba con *maman* a su edad, o incluso con Collette. Era demasiado observadora, demasiado sensible, demasiado complaciente y adaptable, y en general mucho más estable y menos exigente que cualquiera de las dos. Pero éstas no eran las cualidades que volvían locos a los hombres. Y no había querido a ninguno de sus cuatro amantes, por más que a uno le mintiera diciéndole lo contrario. Sin embargo, en secreto, por debajo de todas y cada una de esas relaciones, había mantenido vivo el recuerdo de Julien y su hermoso rostro que parecía poseer luz propia.

Mientras comían, él le habló de su trabajo. Comentó que había dejado de dar clases tiempo atrás. Durante unos años, había trabajado en sostenibilidad de la deuda para el FMI. Según dijo, lo mejor de la experiencia había sido la oportunidad de viajar.

—¿Adónde?

—A Jordania, a Iraq... Luego me tomé un par de años sabáticos para escribir un libro sobre las economías sumergidas.

—¿Te lo han publicado?

—Eso dicen. —Sonrió—. Ahora trabajo para una empresa privada de consultoría, aquí en París.

—Yo también quiero viajar —dijo Pari—. Collette no para de decir que deberíamos ir a Afganistán.

—Sospecho por qué lo dice.

—Pues he estado dándole vueltas. A lo de volver allí, quiero decir. Lo del hachís me da igual, pero sí que me gustaría recorrer el país, conocer el lugar donde nací. Tal vez buscar la casa donde viví con mis padres.

—No sabía que tuvieras esa inquietud.

—Me pica la curiosidad. Al fin y al cabo, apenas me acuerdo de nada.

—Me suena que una vez me hablaste de un cocinero que teníais allí.

Pari se sintió secretamente halagada. Que Julien recordara algo que ella le había comentado tanto tiempo atrás indicaba que había pensado en ella durante los años transcurridos desde entonces. Pari debió de ocupar sus pensamientos más de una vez.

—Sí. Se llamaba Nabi. También era el chófer. Conducía el coche de mi padre, un gran automóvil americano azul con el techo de color canela. Recuerdo que tenía una cabeza de águila sobre el capó.

Más tarde, Julien le preguntó por los estudios y ella le contó que había decidido centrarse en las variables complejas. Él la escuchó con una atención que *maman* jamás le había dedicado; a ella todo aquello parecía resultarle soporífero y no comprendía la pasión de Pari por los números. Era incapaz de fingir siquiera un atisbo de interés. Hacía bromas desenfadadas con las que parecía reírse de su propia ignorancia: «*Oh, la la* —decía, sonriendo—, ¡mi cabeza, mi cabeza! ¡Da vueltas como una peonza! Te propongo un trato, Pari: yo iré por un té y tú mientras tanto vuelves a la tierra, *d'accord?*» Se reía y Pari le seguía la corriente, pero percibía cierto tono incisivo, una especie de reproche latente en las palabras de su madre, la sugerencia de que aquella erudición se le antojaba esotérica y su empeño en cultivarla una frivolidad. ¡Una frivolidad! Desde luego tenía su gracia viniendo de una poetisa, aunque Pari jamás se lo habría echado en cara.

Julien le preguntó qué era lo que tanto la fascinaba de las matemáticas, y ella contestó que le resultaban reconfortantes.

—A mí «sobrecogedor» me habría parecido un adjetivo más adecuado —repuso él.

—Eso también.

Pari dijo que hallaba cierto consuelo en lo inmutable de las verdades matemáticas, en su ausencia de arbitrariedad y ambigüedad. En el hecho de saber que, si bien las respuestas quizá se resistieran, era posible encontrarlas. Allí estaban, esperando entre los garabatos de tiza.

—A diferencia de lo que pasa en la vida, quieres decir —observó él—. Ahí las preguntas o bien no tienen respuesta o más vale no saberlas.

—¿Tan transparente soy? —Pari soltó una risita y escondió la cara tras la servilleta—. Parezco una tonta.

—En absoluto —repuso él, apartando la servilleta—. En absoluto.

—Como una de tus alumnas. Seguro que te recuerdo a tus alumnas.

Julien le hizo más preguntas, gracias a las cuales Pari descubrió que poseía conocimientos básicos sobre la teoría analítica de números y estaba familiarizado, al menos de pasada, con Gauss y Bernhard Riemann. La charla se prolongó hasta la noche. Tomaron café y después cerveza, que dio paso al vino. Y luego, cuando era imposible seguir posponiéndolo, Julien se inclinó un poco hacia delante y preguntó en tono educado, de compromiso:

—Dime, ¿qué tal está Nila?

Pari infló las mejillas y soltó el aire lentamente.

Julien asintió con gesto cómplice.

—Puede que pierda la librería —reveló Pari.

—Lamento oírlo.

—Hace años que el negocio va de mal en peor. Es posible que se vea obligada a echar el cierre. Jamás lo reconocerá, pero sería un golpe duro de encajar. Le costaría reponerse.

—¿Sigue escribiendo?

—No desde hace algún tiempo.

Julien no tardó en cambiar de tema, para alivio de Pari. No quería hablar de *maman*, su afición al alcohol y lo mucho que le costaba que se tomara las pastillas. Recordaba las miradas incómodas cada vez que ellos dos se quedaban a solas mientras *maman* se vestía en la habitación de al lado. Recordaba a Julien mirándola, a sí misma sin saber qué decir. *Maman* debió de intuirlo. Quizá ésa había sido la razón por la que había roto con él. De ser así, Pari tenía el presentimiento de que lo había hecho más como amante celosa que como madre protectora.

Pocas semanas después, Julien le pidió a Pari que se fuera a vivir con él. Tenía un pequeño piso en la orilla izquierda del Sena, en el VII *arrondissement*. Pari accedió, pues ahora la quisquillosa hostilidad de Collette hacía irrespirable el ambiente en el piso que compartían.

Pari recuerda el primer domingo que pasó con Julien en su piso. Se habían recostado en el sofá, acoplados el uno al otro. Pari estaba sumida en un plácido duermevela y Julien, que había apoyado las largas piernas en la mesa de centro, tomaba un té mientras leía un artículo de opinión en el diario. En el tocadiscos sonaba Jacques Brel. De vez en cuando, Pari desplazaba la cabeza sobre su pecho y Julien se inclinaba para darle un suave beso en el párpado, la oreja, la nariz.

—Tenemos que decírselo a *maman*.

Pari notó cómo Julien se tensaba. Él dobló el diario, se quitó las gafas de lectura y las dejó en el brazo del sofá.

—Tiene que saberlo —añadió.

—Supongo.

—¿Sólo lo supones?

—No, tienes razón, por supuesto. Deberías llamarla. Pero ten cuidado. No le pidas permiso ni busques su aprobación, porque no te dará ni lo uno ni lo otro. Sólo díselo. Y asegúrate de hacerle entender que no se trata de una negociación.

—Es fácil decirlo.

—Bueno, quizá. Aun así, recuerdo que Nila es una mujer rencorosa. Siento decirlo, pero ésa fue la causa de que lo nuestro se acabara. Es terriblemente rencorosa. Por eso sé que no te lo pondrá fácil.

Pari soltó un suspiro y cerró los ojos. Sólo de pensarlo se le encogía el estómago.

Julien le acarició la espalda.

—No seas pejiguera.

Pari la llamó al día siguiente. *Maman* ya lo sabía.

—¿Quién te lo ha dicho?

—Collette.

«Claro», pensó Pari.

—Iba a decírtelo.

—Sé que ibas a hacerlo. Que estás haciéndolo. No se puede ocultar algo así.

—¿Estás enfadada?

—¿Acaso importa?

Pari estaba junto a la ventana. Con el dedo, recorrió distraídamente el borde azul de la vieja y desconchada taza de café de Julien. Cerró los ojos.

—No, *maman*. No importa.

—Bueno, ojalá pudiera decir que eso no me ha dolido.

—No era mi intención.

—Eso es muy discutible.

—¿Por qué iba a querer hacerte daño, *maman*?

Nila soltó una carcajada hueca, desagradable.

—A veces te miro y no me veo en ti. Por supuesto que no. Supongo que no es de extrañar, al fin y al cabo. No sé qué clase de persona eres, Pari. No sé quién eres, ni de lo que eres capaz, lo que llevas en la sangre. Eres una extraña para mí.

—No entiendo qué quieres decir —repuso Pari.

Pero su madre ya había colgado.

. . .

Fragmento de «El ruiseñor afgano», entrevista
a Nila Wahdati, por Étienne Boustouler,
Parallaxe, n.º 84, p. 38, invierno de 1974

E.B.: ¿Aprendió usted francés aquí?

N.W.: Mi madre me lo enseñó en Kabul, cuando era pequeña.
Sólo me hablaba en francés. Me daba clase todos los días. Su
partida supuso un duro golpe para mí.

E.B.: ¿Regresó a Francia?

N.W.: Sí. Mis padres se divorciaron en 1939, cuando yo tenía diez
años. Era la única hija que tenía mi padre. Dejarme marchar
con ella hubiese sido impensable, así que yo me quedé y ella
se fue a París, a vivir con su hermana Agnes. Mi padre trató
de compensar la pérdida que había supuesto para mí mante-
niéndome ocupada con una institutriz, clases de equitación,
de arte. Pero nada puede sustituir a una madre.

E.B.: ¿Qué fue de ella?

N.W.: Ah, murió. Cuando los nazis entraron en París. No la ma-
taron, aunque sí a su hermana Agnes. Mi madre murió de
neumonía. Mi padre no me lo dijo hasta que los aliados li-
beraron París, pero para entonces yo ya lo sabía. Sencillamente lo sabía.

E.B.: Debió de ser terrible.

N.W.: Fue un golpe tremendo. Quería mucho a mi madre. Había
planeado irme a vivir con ella a Francia después de la guerra.

E.B.: Doy por sentado, entonces, que no se llevaba bien con su
padre.

N.W.: Manteníamos una relación tensa. Empezamos a discutir.
Bastante a menudo, lo que era toda una novedad para él. No
estaba acostumbrado a que le llevaran la contraria, y mucho
menos una mujer. Nos peleábamos por mi vestuario, por
lo que decía, por cómo o a quién se lo decía, por los lugares
a los que iba. Yo me había vuelto descarada y atrevida, y él
aún más austero y ascético en lo emocional. Nos habíamos
convertido en adversarios naturales.

Ríe entre dientes y se ciñe el pañuelo que lleva anudado en la nuca.

N.W.: Y entonces me dio por enamorarme. A menudo, de un modo desesperado y, para consternación de mi padre, de los hombres inapropiados. El hijo de un ama de llaves, un funcionario de medio pelo que gestionaba algunos asuntos suyos. Arrebatos de juventud, simples caprichos todos ellos, condenados al fracaso desde el primer momento. Quedaba a escondidas, me escapaba de casa para acudir a mis citas, y por supuesto alguien acababa informando a mi padre que me había visto en tal o cual calle. Le decían que estaba tonteando. Siempre lo decían así, que estaba tonteando. O bien que me estaba exhibiendo. Mi padre enviaba entonces una partida de rescate para que me llevara de vuelta a casa. No me dejaba salir de mi habitación durante días. Me decía desde el otro lado de la puerta: «Me humillas. ¿Por qué me humillas así? ¿Qué voy a hacer contigo?» Y a veces contestaba a su propia pregunta con el cinturón, o bien con el puño. Me perseguía por toda la habitación. Supongo que creía que podría someterme por la fuerza. En aquella época yo escribía mucho. Largos y escabrosos poemas cargados de pasión adolescente. También bastante melodramáticos e histriónicos, me temo. Pájaros enjaulados, amantes encadenados y cosas por el estilo. No puedo decir que esté orgullosa de ellos.

Intuyo que la falsa modestia no es lo suyo, y por tanto me veo obligado a suponer que se trata de una valoración sincera de esos poemas de juventud. De ser así, es sumamente implacable consigo misma. Lo cierto es que sus escritos de ese período son deslumbrantes, incluso en su versión traducida, y más teniendo en cuenta que los escribió a una edad tan temprana. Son conmovedores, desbordantes de emoción, profundidad, riqueza de imágenes y elocuencia. Hablan con suma delicadeza de la soledad y de una indecible pena. Cuentan sus desilusiones, las cimas y abismos del amor juvenil en todo su esplendor, en lo que encierra de promesa y yugo. Y a menudo se percibe en ellos una marcada claustrofobia, un horizonte menguante, y siempre, la sensación de lidiar contra la tiranía de

las circunstancias, a menudo representada por una siniestra figu-
ra masculina, jamás nombrada, que planea como una amenaza.
Una alusión no del todo velada a su padre, podría deducirse. Se lo
comento.

E.B.: Y en esos poemas rompe con el ritmo, la rima y la métrica
que, según tengo entendido, son consustanciales a la poesía
persa clásica. Recurre al flujo libre de imágenes. Exalta detalles triviales, elegidos al azar. Fue algo bastante innovador,
por lo que tengo entendido. ¿Sería justo decir que, de haber
nacido usted en un país más rico —Irán, pongamos por
caso—, es probable que la consideraran una precursora de la
poesía moderna?

Nila Wahdati sonríe con ironía.

N.W.: Figúrese.
E.B.: Aun así, me sorprende bastante lo que ha dicho antes, que
no se siente orgullosa de esos poemas. ¿Le complace alguna
de sus obras?
N.W.: Una pregunta espinosa. Supongo que podría contestar
afirmativamente si pudiera mantenerlas al margen del proceso creativo en sí.
E.B.: Se refiere a separar el fin de los medios.
N.W.: Contemplo el proceso creativo como una empresa necesa-
riamente vil. Si hurga usted en las entrañas de una obra lite-
raria exquisita, monsieur Boustouler, encontrará toda clase
de bajezas. Crear significa saquear vidas ajenas, convirtiendo
a sus protagonistas en partícipes del todo involuntarios. Te
apropias de sus deseos, te embolsas sus defectos, los despojas
de sus sueños, de su sufrimiento. Tomas lo que no te pertenece. Lo haces de un modo consciente.
E.B.: Y a usted se le daba de maravilla.
N.W.: No lo hacía en nombre de ningún ideal artístico noble y
elevado, sino porque no tenía más remedio. Era un impulso al que sencillamente no podía resistirme. De no haberme rendido a él, me habría vuelto loca. Me pregunta usted si

peco de orgullosa. Me resulta difícil alardear de algo a sabiendas de que lo obtuve por medios moralmente cuestionables. La decisión de alabar o no mi obra se la dejo a los demás.

Nila Wahdati apura la copa de vino y vuelve a llenarla con lo que queda en la botella.

N.W.: Lo que sí puedo asegurarle, en cambio, es que nadie alababa mis poemas en Kabul. Nadie me consideraba precursora de nada, como no fuera del mal gusto, el libertinaje y la inmoralidad. Empezando por mi padre. Decía que mis escritos eran las digresiones de una puta. Ése era exactamente el término que empleaba. Decía que había empañado irremediablemente el buen nombre de su familia. Que lo había traicionado. Me preguntaba una y otra vez por qué me resultaba tan difícil ser una mujer respetable.

E.B.: ¿Y usted qué le contestaba?

N.W.: Le decía que me importaba un bledo que me considerara respetable o no. Que no tenía intención de ponerme yo misma la soga al cuello.

E.B.: Supongo que eso lo disgustaba más aún.

N.W.: Naturalmente.

Dudo si decir lo siguiente.

E.B.: Pero entiendo la ira de su padre.

Nila Wahdati arquea una ceja.

N.W.: ¿De veras?

E.B.: Él era un patriarca, al fin y al cabo, y usted suponía un desafío directo a todo lo que conocía, lo que más apreciaba. Al luchar usted, tanto en su vida como en su obra, por abrir nuevos horizontes a la mujer, por el derecho a opinar sobre su propia condición, a alcanzar su legítima identidad, ponía en tela de juicio el monopolio que los hombres como él detentaban desde hacía siglos. Decía usted lo indecible. Podría afirmarse que encabezó una pequeña revolución femenina unipersonal.

N.W.: Y yo que me he pasado todo este tiempo convencida de que escribía sobre sexo.

E.B.: Bueno, eso también está incluido, ¿no?

Hojeo mis notas y menciono algunos de sus poemas abiertamente eróticos. «Espinos», «De no ser por la espera», «La almohada». De paso confieso que no se cuentan entre mis preferidos. Señalo que carecen de sutileza y ambigüedad. Suenan como creados con el único propósito de consternar y escandalizar. Se me antojan polémicas y airadas críticas a los roles de género que imperaban en la sociedad afgana.

N.W.: No es de extrañar que suenen airadas, porque yo lo estaba. Me enfurecía la idea de que había que protegerme del sexo. De que había que protegerme de mi propio cuerpo. Porque era una mujer, y las mujeres, por si no lo sabe, son seres inmaduros emocional, moral e intelectualmente. Carecen de autocontrol, ¿comprende usted?, son vulnerables a la tentación carnal. Criaturas hipersexuadas a las que hay que refrenar, pues de lo contrario se meterían en la cama con todos los Ahmads y Mahmuds que se cruzaran en su camino.

E.B.: Pero, y perdóneme la osadía, eso fue justo lo que hizo usted, ¿no?

N.W.: Sólo como forma de protesta contra esa misma idea.

Nila Wahdati posee una risa maravillosa, rebosante de malicia, ingenio e inteligencia. Me pregunta si quiero almorzar. Me cuenta que su hija le ha llenado la nevera hace poco y se dispone a preparar lo que resulta ser un delicioso sándwich de jamón. Uno solo. Para sí misma, descorcha otra botella de vino y enciende otro cigarrillo. Luego toma asiento.

N.W.: ¿Está usted de acuerdo conmigo en que, por el bien de esta charla, deberíamos mantener un tono cordial, monsieur Boustouler?

Le contesto que sí.

N.W.: Entonces hágame dos favores. Cómase el sándwich y deje de mirar mi copa.

Huelga decir que su comentario corta de raíz cualquier impulso que pudiera tener de preguntarle por su afición a la bebida.

E.B.: ¿Qué pasó después?

N.W.: En 1948, cuando tenía casi diecinueve años, caí enferma. Era grave, dejémoslo ahí. Mi padre me llevó a Delhi para recibir tratamiento. Se quedó conmigo seis semanas, mientras los médicos se ocupaban de mí. Me dijeron que podría haber muerto. Tal vez hubiese sido lo mejor. La muerte puede ser justo el empujón que necesita la carrera de un joven poeta. Cuando regresamos a casa, me había convertido en un ser frágil y retraído. No tenía ánimos para escribir. No había comida, conversación ni forma alguna de entretenimiento que despertara mi interés. No soportaba las visitas. Sólo quería correr las cortinas y pasarme el día durmiendo. Eso era justo lo que hacía, la mayoría de las veces. Hasta que al final me cansé de estar en la cama y poco a poco empecé a recuperar mis rutinas diarias, y me refiero a los hábitos mínimos e indispensables que todo ser humano necesita para asegurar sus funciones vitales y aparentar cierto grado de civilización. Pero me sentía disminuida. Como si una parte vital de mí misma se hubiese quedado en la India.

E.B.: Su padre estaría preocupado...

N.W.: Todo lo contrario. Aquello lo animó. Creía que el hecho de haberme enfrentado a mi propia mortalidad había servido para sacudirme de golpe la inmadurez y la rebeldía adolescente. No comprendía que me sentía perdida. He leído, monsieur Boustouler, que, si eres víctima de una avalancha, cuando estás sepultado bajo la nieve pierdes por completo el sentido de la orientación; sientes el impulso de abrirte paso hacia la superficie, pero si te equivocas de dirección, lo único que consigues es cavar tu propia sepultura. Así me sentía yo, desorientada, sumida en la confusión, sin norte. Profundamente deprimida, también. En semejante estado, una es vulnerable. Lo que seguramente explica que al año siguiente, 1949, cuando Suleimán Wahdati vino a pedir mi mano, dijera que sí.

E.B.: Tenía usted veinte años.

N.W.: A diferencia de él.

Nila Wahdati me ofrece otro sándwich, que rehúso, y una taza de café que sí acepto. Mientras pone el agua al fuego, me pregunta si estoy casado. Le contesto que no, y que dudo que llegue a estarlo nunca. Se vuelve a medias, me observa unos instantes y luego sonríe.

N.W.: Ah. Por lo general acierto.

E.B.: ¡Sorpresa!

N.W.: Tal vez sea por la conmoción cerebral.

Señala el pañuelo que lleva en la cabeza.

N.W.: Esto de aquí no es una concesión a la moda. Hace un par de días resbalé, caí y me abrí la frente. Aun así, debería haberlo intuido. Lo suyo, quiero decir. Sé por experiencia que los hombres que comprenden bien a las mujeres, como usted, rara vez parecen dispuestos a tener nada que ver con ellas.

Me sirve el café, enciende un cigarrillo y se sienta.

N.W.: Tengo una teoría sobre el matrimonio, monsieur Boustouler. Y es que, casi siempre, en cuestión de dos semanas uno sabe si va a funcionar o no. Es asombroso que tanta gente siga encadenada al otro durante años, décadas incluso, en un prologando y mutuo estado de autoengaño y falsas esperanzas cuando en realidad conocen la respuesta desde esas primeras semanas. Yo ni siquiera necesité tanto tiempo. Mi marido era un hombre decente. Pero también distante, insulso y demasiado serio. Además, estaba enamorado del chófer.

E.B.: Ah. Eso debió de ser un golpe duro.

N.W.: Bueno, digamos que era la gota que colmaba el vaso.

Nila Wahdati esboza una sonrisa amarga.

N.W.: Más que nada, me daba lástima. No podía haber nacido en peor tiempo o lugar. Murió de un infarto cerebral cuando nuestra hija tenía seis años. Entonces podía haberme quedado en Kabul. Tenía la casa y la fortuna de mi marido, además de un jardinero y el mencionado chófer. Habría llevado una vida cómoda. Pero hice las maletas y me vine a Francia con Pari.

E.B.: Lo que, como ha dicho antes, hizo por su bien.

N.W.: Todo lo que he hecho, monsieur Boustouler, lo he hecho por mi hija. Aunque ella no lo entienda ni sepa apreciarlo en su justa medida. Puede llegar a ser desconsiderada hasta límites insospechados, esta hija mía. Si sólo supiera... Si supiera la clase de vida que le hubiese tocado vivir de no ser por mí...

E.B.: ¿Ha supuesto su hija una decepción para usted?

N.W.: Monsieur Boustouler, he llegado a creer que es mi castigo.

Un día de 1975, Pari llega a su nuevo piso y encuentra un pequeño paquete sobre la cama. Ha pasado un año desde la noche que recogió a su madre en una habitación de Urgencias, y nueve meses desde que dejó a Julien. Ahora vive con una estudiante de Enfermería llamada Zahia, una joven argelina de pelo castaño rizado y ojos verdes. Es una chica resuelta, de temperamento alegre y desenfadado, y la convivencia ha sido fácil, aunque Zahia acaba de prometerse con su novio, Sami, y se irá a vivir con él cuando termine el semestre.

Hay una nota doblada junto al paquete. «Ha llegado esto para ti. Voy a pasar la noche en casa de Sami. Nos vemos mañana. *Je t'embrasse.* Zahia.»

Pari rasga el envoltorio del paquete. Dentro hay una revista y, sujeta con un clip, otra nota manuscrita con una caligrafía familiar, de una elegancia casi femenina. «Esto fue enviado a Nila, y luego remitido a la pareja que vive en el antiguo piso de Collette, que me lo hizo llegar a mí. Deberías actualizar tu dirección de correo. Allá tú si decides leerlo. Me temo que ninguno de nosotros sale muy bien parado. Julien.»

Pari deja caer la revista en la cama y se prepara una ensalada de espinacas y un poco de cuscús. Se pone el pijama y come delante de la tele, un pequeño aparato en blanco y negro de alquiler. Mira distraídamente las imágenes de los refugiados survietnamitas evacuados en avión a su llegada a Guam. Piensa en Collette, que se había manifestado en las calles contra la intervención estadounidense en Vietnam, que había llevado una corona de dalias y margaritas al funeral de *maman*, que la había abrazado y besado a ella, Pari, que había recitado con exquisita sensibilidad uno de los poemas de Nila.

Julien no había acudido al sepelio. Había llamado para decir, sin demasiada convicción, que no le gustaban los funerales. Que le parecían deprimentes.

«A quién no», había contestado Pari.

«Creo que será mejor que me mantenga al margen.»

«Haz lo que quieras —había dicho Pari, mientras pensaba—, pero tu ausencia no te absolverá. Como tampoco mi presencia me absolverá a mí. De lo irresponsables que fuimos. Y lo desconsiderados. Dios mío». Pari había colgado sabiendo que su aventura con Julien había supuesto el empujón final para *maman*. Había colgado sabiendo que, hasta el último de sus días, la culpa, los terribles remordimientos, se le echarían encima en cualquier momento, pillándola desprevenida y causándole un dolor atroz. Tendría que acostumbrarse a combatirlos, ahora y siempre. Sería como tener un grifo que goteara sin cesar en algún rincón de su mente.

Después de cenar, se da un baño y repasa los apuntes para un examen. Ve un poco más la tele, lava y seca los platos, barre el suelo de la cocina. Pero de nada sirve. No puede dejar de pensar en ello. La revista descansa sobre la cama, llamándola como un zumbido de baja frecuencia.

Después, se pone la gabardina encima del pijama y sale a dar un paseo por el boulevard de la Chapelle, unas pocas manzanas al sur del piso. Sopla un aire gélido y la lluvia azota la acera y los escaparates, pero el piso no puede contener su agitación en ese momento. Necesita el aire frío y húmedo, los espacios abiertos.

De pequeña, recuerda Pari, era toda preguntas. «¿Tengo primos cn Kabul, *maman*? ¿Tengo tías y tíos? ¿Y abuelos, tengo un *grandpère* y una *grandmaman*? ¿Cómo es que nunca vienen a vernos? ¿Podemos mandarles una carta? ¿Podemos ir a visitarlos, por favor?»

La mayor parte de las preguntas giraban en torno a su padre. «¿Cuál era su color preferido, *maman*?», «Dime, *maman*, ¿era un buen nadador?», «¿Sabía muchos chistes?». Lo recuerda correteando tras ella por la habitación, haciéndola rodar sobre una alfombra, haciéndole cosquillas en las plantas de los pies y la barriga. Recuerda el olor de su jabón de lavanda, el brillo de la ancha frente, los dedos largos. Los gemelos ovalados de lapislázuli, el pliegue de los pantalones. Alcanza a ver las motas de polvo que levantaban los dos saltando sobre la alfombra.

Lo que Pari siempre había esperado de su madre era el factor aglutinador que le permitiera unir los jirones sueltos, inconexos, de sus recuerdos para convertirlos en una suerte de relato coherente. Pero *maman* nunca decía gran cosa. Siempre retenía detalles de la vida de Pari, y de la que ambas habían compartido en Kabul. La mantenía al margen de su pasado común, hasta que al final Pari dejó de preguntar.

Y ahora resultaba que *maman* le había contado a un periodista, a ese tal Étienne Boustouler, más acerca de sí misma y de su vida de lo que nunca reveló a su propia hija.

O quizá no.

Pari ha leído la entrevista tres veces antes de salir a la calle. Y ahora no sabe qué pensar, qué creer. Mucho de todo eso le suena a falso. Una parte podría interpretarse incluso como una parodia. Un escabroso melodrama de bellezas encarceladas y romances condenados al fracaso y un ambiente opresivo, todo ello narrado de modo vívido y trepidante.

Pari se dirige al oeste, hacia Pigalle, caminando a paso ligero, con las manos en los bolsillos de la gabardina. El cielo se oscurece rápidamente y el chaparrón que le fustiga el rostro, ahora más intenso y regular, repiquetea en las ventanas y desdibuja los faros de los coches. Pari no recuerda haber visto nunca a ese hombre, a su abuelo, el padre de *maman*, a no ser en la fotografía en que sale leyendo sentado al escritorio, pero duda de que fuera el villano de bigotes retorcidos que *maman* describe en la entrevista. Pari cree poder leer entre líneas. Tiene su propia teoría. En su versión de la historia, él aparece como un hombre preocupado, y con razón, por el bienestar de una hija profundamente desgraciada y autodestructiva que no puede evitar poner patas arriba su propia vida. Un hombre que, pese a encajar incontables humillaciones y ataques a su dignidad, no abandona a su hija, la acompaña a la India cuando cae enferma, permanece seis semanas a su lado. Por cierto, ¿qué tenía exactamente *maman*? ¿Qué le hicieron en la India?, se pregunta Pari, pensando en la cicatriz vertical de su vientre. Se lo había preguntado a Zahia y ésta le había dicho que la incisión de la cesárea era horizontal.

Y luego estaba lo que *maman* había revelado al entrevistador acerca de su marido, el padre de Pari. ¿Sería una calumnia? ¿Sería verdad que estaba enamorado de Nabi, el chófer? Y si era cierto, ¿por qué desvelar algo así ahora, después de todo ese tiempo, salvo para confundir, humillar y quizá hacer daño? Y en tal caso, ¿a quién?

En lo tocante a su persona, no la sorprendía que *maman* se refiriera a ella en términos poco halagüeños —no después de lo de Julien—, como tampoco la sorprendió la versión selectiva, aséptica, que daba de su propia experiencia como madre.

¿Mentiras?

Y sin embargo...

Maman era una escritora de gran talento. Pari ha leído cada palabra de las que escribió en francés y también cada poema de los que tradujo del farsi. La fuerza y la belleza de su escritura son innegables. Sin embargo, si la versión de su vida que dio en la entrevista era falsa, ¿de dónde salían los pensamientos e imágenes que poblaban su obra? ¿Dónde estaba el manantial del que brotaban todas aquellas palabras sinceras, hermosas, brutales y tristes? ¿O era sólo una embaucadora con un don? ¿Una prestidigitadora que, usando la pluma a modo de varita mágica, era capaz de conmover a sus lectores evocando emociones que jamás había experimentado en carne propia? ¿Era eso posible, siquiera?

Pari no lo sabe. No lo sabe. Y quizá fuera ése el verdadero objetivo de *maman*, hacer temblar el suelo bajo sus pies. Desestabilizarla y tumbarla, convertirla en una extraña para sí misma, sembrar la duda en su mente, poner en entredicho todo aquello que Pari creía saber acerca de su existencia, hacer que se sintiera perdida como si vagara por el desierto de noche, sumida en la oscuridad y la ignorancia, en pos de una verdad esquiva, un único y diminuto destello de luz que titilaba a lo lejos, ahora visible, ahora no, alejándose sin remedio.

A lo mejor, piensa Pari, ha sido su modo de vengarse. No sólo por lo de Julien, sino también por la decepción que Pari siempre fue para ella. Su hija, en la que quizá había depositado la esperanza de poner fin a la bebida, a los hombres, a los años derrochados buscando la felicidad con desesperada avidez. A todas las quimeras que había perseguido y abandonado. Cada nuevo revés dejaba a *maman* más maltrecha, más perdida, y convertía la felicidad en algo más ilusorio. «¿Qué fui yo, *maman*? —se pregunta Pari—. ¿Qué esperabas que fuera mientras crecía en tu seno, suponiendo incluso que fuera concebida en él? ¿Una semilla de esperanza? ¿Un billete para zarpar, para dejar atrás las tinieblas? ¿Un parche para ese agujero que tenías en el corazón? Si así fue, no era suficiente. Ni por asomo. Yo no era un bálsamo para tu dolor, sino otro callejón sin salida, otra carga, y no debiste de tardar en percatarte de ello. Debiste verlo venir. Pero ¿qué ibas a hacer? No podías ir a la casa de empeños y venderme.»

Quizá aquella entrevista fue su forma de tener la última palabra.

Pari se guarece de la lluvia bajo el toldo de una *brasserie* que queda a escasas manzanas del hospital en el que Zahia hace una parte de las prácticas. Enciende un cigarrillo. Debería llamar a Collette, piensa. No han vuelto a hablar más que un par de veces desde el funeral. De niñas, solían llenarse la boca de chicles, que mascaban hasta que les dolían las mandíbulas y, sentadas ante el espejo del tocador de *maman*, se peinaban la una a la otra y se recogían el pelo. Pari ve a una anciana al otro lado de la calle. Lleva una capellina de plástico en la cabeza y avanza con dificultad por la acera, seguida por un pequeño terrier color canela. No es la primera vez que ocurre: una nubecilla se desgaja de la niebla colectiva de los recuerdos de Pari y, poco a poco, va tomando la forma de un perro. No un perrito de juguete como el de la anciana, sino un animal grande y feroz, de pelaje lanudo y sucio, con la cola y las orejas cortadas. No sabe con seguridad si se trata de un recuerdo real, el fantasma de un recuerdo o ninguna de ambas cosas. En cierta ocasión le preguntó a *maman* si tenían un perro en Kabul, a lo que ésta contestó: «Sabes que no me gustan los perros. Carecen de autoestima. Les das patadas y siguen queriéndote. Es deprimente.»

Maman dijo algo más.

«No me veo en ti. No sé quién eres.»

Pari arroja el cigarrillo al suelo. Decide llamar a Collette. Planea quedar con ella en algún sitio para tomar un té. Preguntarle qué tal le va. Con quién está saliendo. Ir de escaparates, como solían hacer.

Averiguar si su vieja amiga sigue dispuesta a hacer ese viaje a Afganistán.

Y, en efecto, Pari queda con Collette. Se dan cita en un conocido bar de ambientación marroquí, con tapicerías violeta y cojines naranja esparcidos por doquier y un músico de pelo ensortijado tocando el laúd árabe sobre un pequeño escenario. Collette no ha venido sola. Ha traído consigo a un joven llamado Eric Lacombe que enseña arte dramático a los estudiantes de séptimo y octavo curso en un liceo del XVIII *arrondissement*. Éste le comenta a Pari que en realidad se conocen desde hace unos años, pues habían coincidido en una protesta estudiantil contra la matanza de focas. En un primer momento Pari no lo sitúa, pero luego recuerda que fue con quien Collette montó en cólera por el escaso seguimiento de la manifestación, fue su pecho el que aporreó con los puños. Se sientan en el suelo, sobre mullidos cojines color azafrán, y piden algo de beber. Al principio, Pari tiene la impresión de que Collette y Eric son pareja, pero ésta se deshace en halagos hacia él, y Pari no tarda en comprender que está ejerciendo de celestina. La incomodidad que por lo general se apoderaría de ella en semejante trance halla su fiel reflejo en —y se ve mitigada por— la considerable desazón del propio Eric. A Pari le parece divertido, entrañable incluso, que se ruborice una y otra vez y niegue con la cabeza, como disculpándose, muerto de vergüenza. Mientras comen pan con paté de olivas, Pari lo mira de reojo. No puede decirse que sea guapo. Lleva el pelo, lacio y sin vida, recogido en la nuca con una goma elástica. Tiene manos pequeñas y tez pálida, nariz demasiado afilada, frente demasiado protuberante, barbilla casi inexistente, pero cuando sonríe se le ilumina la mirada y tiene la costumbre de rematar cada frase con una sonrisa expectante, como un alegre e invisible signo de interrogación. Y si bien su rostro no cautiva a Pari como el de Julien, sus facciones son mucho más amables, la manifestación externa de la reservada paciencia, la consideración y la inquebrantable integridad de Eric, como ella no tardará en descubrir.

Se casan un gélido día primaveral de 1977, pocos meses después de que Jimmy Carter jure el cargo de presidente al otro lado del océano. Contrariando los deseos de sus padres, Eric insiste en celebrar una pequeña ceremonia civil, a la que sólo asisten ellos dos y Collette, en calidad de testigo. Eric sostiene que una boda por todo lo alto es una extravagancia que no pueden permitirse. Su padre, que es un acaudalado banquero, se ofrece a costearla. Al fin y al cabo, Eric es su único hijo. Se lo ofrece como un regalo, y luego como un préstamo. Pero Eric se niega a aceptarlo, y aunque nunca llega a decirlo, Pari sabe que lo hace para ahorrarle la incomodidad de una ceremonia en la que estaría sola, sin ningún pariente sentado en los bancos de la iglesia, sin nadie que la acompañara hasta el altar, nadie que derramara una lágrima de felicidad por ella.

Cuando Pari le habla de su intención de viajar a Afganistán, Eric lo entiende, de un modo que a ella se le antoja impensable si Julien estuviera en su lugar. Y también de un modo que ella misma se resistía a reconocer para sus adentros.

—Crees que eres adoptada —dice.

—¿Vendrás conmigo?

Deciden viajar ese verano, cuando Eric acabe las clases y Pari pueda hacer un breve paréntesis en su tesis doctoral. Eric los inscribe a ambos a clases de farsi con un profesor particular que ha localizado a través de la madre de un alumno suyo. Pari se lo encuentra a menudo en el sofá, con los auriculares puestos, el reproductor de casetes sobre el pecho, los ojos cerrados para poder concentrarse mientras farfulla con fuerte acento «gracias», «hola» o «encantado de conocerlo» en farsi.

Escasas semanas antes del verano, justo cuando Eric empieza a buscar billetes de avión y alojamiento, Pari descubre que está embarazada.

—Aun así podemos ir —dice Eric—. Aun así deberíamos ir.

Es Pari la que desecha la idea.

—Sería una temeridad —sostiene.

Para entonces, la pareja vive en un estudio en el que la calefacción no siempre funciona y las cañerías gotean, sin aire acondicionado y con un surtido de muebles rescatados de la basura.

—Esto no es lugar para un bebé —sentencia Pari.

Eric trabaja horas extra dando clases de piano, disciplina a la que se había dedicado brevemente hasta que decidió volcarse en el teatro, y para cuando llega Isabelle —un dulce bebé de piel clara y ojos melosos— se han mudado a un pequeño piso de dos habitaciones cerca de los Jardines del Luxemburgo gracias a la ayuda económica del padre de Eric, que esta vez sí aceptan, a condición de que sea un préstamo.

Pari se toma tres meses de descanso tras el parto. Pasa los días con Isabelle. Cuando está con ella, se siente ingrávida. Nota que todo su ser se ilumina cada vez que la pequeña la busca con la mirada. Cuando Eric llega a casa del liceo, por la noche, lo primero que hace nada más soltar el abrigo y la cartera junto a la puerta es dejarse caer en el sofá y extender los brazos hacia la niña, agitando los dedos.

—Dámela, Pari. Dámela.

Mientras él juega con Isabelle, haciéndola botar sobre su pecho, Pari va poniéndolo al corriente de las pequeñas novedades del día, como la cantidad de leche que ha tomado Isabelle, las siestas que se ha echado, los programas que han visto juntas en la tele, los animados juegos a que han jugado, cada nuevo ruidito que ha hecho. Eric no se cansa de escucharla.

Han pospuesto el viaje a Afganistán. Lo cierto es que Pari ya no siente la necesidad urgente de buscar respuestas y raíces, gracias a la presencia de Eric en su vida, que la reconforta y le aporta estabilidad. Y gracias también a Isabelle, que ha venido a consolidar el suelo que pisa, por más que siga surcado de baches y zonas oscuras, tantos como secretos *maman* se negó a revelarle, tantos como preguntas dejó sin contestar. Siguen estando ahí, pero Pari ya no anhela conocer las respuestas como antes.

Y la vieja sensación que siempre la ha acompañado, de que su vida está marcada por la ausencia de algo o alguien vital, ha ido desvaneciéndose. Aún la nota de tarde en tarde, a veces con una intensidad que la desconcierta, pero con menos frecuencia que en el pasado. Pari nunca se ha sentido tan colmada, ni tan felizmente anclada al mundo.

En 1981, cuando Isabelle tiene tres años, Pari, a la sazón embarazada de Alain, tiene que viajar a Múnich para asistir a un congreso. Va a presentar un trabajo del que es coautora sobre la aplicación de las formas modulares más allá de la teoría de los números, más concretamente en el campo de la topología y la física teórica. La presentación goza de buena acogida, y al finalizar la jornada Pari y unos pocos colegas se reúnen en un ruidoso bar para tomar cerveza y comer *pretzels* y salchichas. Regresa al hotel antes de la medianoche y se mete en la cama sin cambiarse ni lavarse la cara. El teléfono la despierta a las dos y media de la madrugada. Es Eric, desde París.

—Es Isabelle —dice—. Tiene fiebre, y de repente se le han hinchado las encías y se le han puesto rojas. Sangran profusamente al menor roce. Apenas le puedo ver los dientes. Pari, no sé qué hacer. He leído en alguna parte que puede ser...

Pari quiere que se calle. Quiere decirle que cierre la boca, que no soporta oírlo, pero es demasiado tarde. Oye las palabras «leucemia infantil», o quizá haya dicho «linfoma», para el caso lo mismo da. Se sienta en el borde de la cama y allí se queda, petrificada, con la sangre latiéndole en las sienes, empapada en sudor. Está furiosa con Eric por haber sembrado una idea tan pavorosa en su mente, a las tantas de la madrugada, cuando está a setecientos kilómetros de distancia y no puede hacer nada. Está furiosa consigo misma por su propia estupidez. ¿Cómo se le ocurrió exponerse de ese modo, voluntariamente, a toda una vida de desvelos y angustias? Fue una locura. Pura demencia. Es absurdo creer que, pese a todos los augurios, un mundo sobre el que no ejerces el menor control se abstendrá de arrebatarte lo único que no soportarías perder. Creer que el mundo no te destruirá es una insensatez, una fe ciega sin ningún fundamento. «No tengo valor para esto.» Y llega a decirlo con un hilo de voz: «No tengo valor para esto.» En ese momento no se le ocurre nada más temerario o irracional que la decisión de tener un hijo.

Y una parte de sí misma —«Que Dios me ampare», piensa, «que Dios me perdone»—, una parte de sí misma está furiosa con Isabelle por hacerle algo así, por hacerla sufrir de ese modo.

—Eric. Eric. *Écoute-moi.* Volveré a llamarte. Ahora tengo que colgar.

Vuelca el contenido de su bolso sobre la cama y busca la libretita granate con los números de teléfono. Hace una llamada a Lyon. Collette se ha ido a vivir allí con Didier, su marido, y ha abierto una pequeña agencia de viajes. Didier está estudiando para médico, y es él quien se pone al teléfono.

—Recuerdas que estudio Psiquiatría, ¿verdad, Pari? —le advierte.

—Lo sé, lo sé. Pero he pensado que...

Didier le hace algunas preguntas. ¿Ha perdido peso la niña? ¿Sudoración nocturna, hematomas sin justificación aparente, fatiga, fiebre crónica?

Al finalizar el interrogatorio, concluye que Eric debería llevarla al médico por la mañana, pero que, si mal no recuerda de sus estudios de medicina general, podría tratarse de gingivoestomatitis aguda.

Pari aferra el auricular con tanta fuerza que le duele la muñeca.

—Por favor, Didier —dice, esforzándose por no perder la paciencia.

—Oh, lo siento. Lo que quiero decir es que parecen los primeros síntomas de un herpes labial, una calentura.

—Una calentura.

Y entonces él añade las palabras más maravillosas que Pari ha oído en su vida:

—Creo que se pondrá bien.

Pari sólo ha coincidido con Didier en dos ocasiones, una antes y otra después de su boda con Collette, pero en ese instante lo quiere con toda su alma. Así se lo dice, llorando al teléfono, le dice varias veces que lo quiere, mientras él se ríe y le desea buenas noches. Luego llama a Eric, que al día siguiente llevará a Isabelle a ver al doctor Perrin. Después, con un zumbido en los oídos, se tumba en la cama y contempla la luz de las farolas que se cuela por los postigos de madera verde mate. Se acuerda de cuando la ingresaron en el hospital por una neumonía, tenía entonces ocho años, y de cómo *maman* se negó a marcharse a casa, cómo insistió en dormir en una silla junto a su cama, y siente una nueva, inesperada y tardía afinidad con su madre. La ha echado de menos muchas veces a lo largo de los últimos años. En su boda, por supuesto, y también cuando nació Isabelle y en incontables momentos aislados, pero nunca tanto como esa terrible y maravillosa noche, en esa habitación de hotel de Múnich.

Al día siguiente, de vuelta en París, le dice a Eric que no deberían tener más hijos después de Alain. Hacerlo sólo serviría para aumentar sus probabilidades de acabar con el corazón hecho añicos.

En 1985, cuando Isabelle tiene siete años, Alain cuatro y el pequeño Thierry dos, Pari acepta una invitación para dar clases en una importante universidad de París. Durante un tiempo, se ve sometida a las consabidas rencillas y mezquindades del mundo académico, lo que no es de extrañar, puesto que, a sus treinta y seis años, es la profesora más joven del departamento y una de las dos únicas mujeres que forman parte del mismo. Pari capea el temporal de un modo muy distinto a como imagina que lo hubiese hecho *maman*. Rehúye los enfrentamientos directos, no presenta ninguna queja, no regala los oídos ni da coba a nadie. Siempre habrá el escéptico de turno, pero para cuando cae el muro de Berlín, también los obstáculos de su vida académica se han desmoronado y, poco a poco, ha sabido ganarse a la mayoría de los compañeros gracias a su sensatez y su desarmante don de gentes. Hace amistades en su departamento y también en otros, acude a los actos organizados por la universidad, participa en las campañas de recaudación de fondos, de tarde en tarde se va a tomar una copa con los colegas o asiste a alguna que otra fiesta. Eric la acompaña en esas veladas. Su insistencia en ponerse siempre la misma corbata de lana y la misma chaqueta de pana con coderas se ha convertido en una especie de broma privada entre ambos. Eric se pasea por la sala atestada de gente, probando los *hors d'oeuvres* y tomando sorbos de vino con aire de jovial perplejidad, y en más de una ocasión Pari ha tenido que acudir a rescatarlo antes de que opine sobre las 3-variedades o las aproximaciones diofánticas ante un grupo de matemáticos.

Antes o después, en esas fiestas alguien acaba preguntándole a Pari qué opina sobre el desarrollo de los acontecimientos en Afganistán. Cierta noche, un catedrático invitado que atiende al nombre de Chatelard y lleva alguna copa de más le pregunta qué cree que pasará en Afganistán tras la marcha de los soviéticos.

—¿Hallará su pueblo la paz, *madame professeur*?

—No sabría contestarle —responde Pari—. En realidad, lo único que tengo de afgana es el apellido.

—*Non mais, quand même* —insiste el profesor—, aun así, se habrá formado usted alguna opinión al respecto.

Pari sonríe, intentando mantener a raya la sensación de no estar a la altura de las circunstancias que siempre le produce esa clase de preguntas.

—Sólo por lo que he leído en *Le Monde*. Al igual que usted.

—Pero se crió usted allí, *non*?

—Vine cuando era muy pequeña. ¿Ha visto a mi marido? Es el de la chaqueta con coderas.

Lo que dice es cierto. Pari sigue las noticias, se informa del desarrollo de la guerra por los diarios, sabe que Occidente facilita armas a los muyahidines, pero Afganistán se ha ido desdibujando en su mente. Tiene con qué mantenerse ocupada en su casa, que ahora es una hermosa vivienda de cuatro habitaciones en

Guyancourt, a unos veinte kilómetros del centro de París. La casa se alza sobre una pequeña colina, cerca de un parque con senderos y estanques. Además de dar clases, Eric ha empezado a trabajar como dramaturgo. Una de sus obras, una desenfadada farsa política, se llevará a escena en otoño, en un pequeño teatro parisino, cerca del ayuntamiento, y ya le han encargado que escriba otra.

Isabelle se ha convertido en una adolescente tímida, pero inteligente y considerada. Escribe un diario y lee una novela a la semana. Le gusta Sinéad O'Connor. Tiene dedos largos, hermosos, y está aprendiendo a tocar el violonchelo. En unas semanas, interpretará la *Chanson triste* de Chaikovski en un recital. Al principio se resistía a tocar el violonchelo, y Pari se había apuntado a un par de clases con ella como muestra de solidaridad, lo que había resultado innecesario e inasumible a la vez. Innecesario porque Isabelle no había tardado en encariñarse con el instrumento, e inasumible porque tocar el violonchelo le agravaba el dolor articular. Desde hace un año, Pari se despierta por las mañanas con una rigidez en las manos y muñecas que no cede hasta que pasa media hora, a veces una hora entera. Eric había desistido de presionarla para que fuera al médico, pero ahora insiste.

—Sólo tienes cuarenta y tres años, Pari —dice—. Esto no es normal.

Pari ha pedido hora con el especialista.

Alain, su segundo hijo, es un pilluelo encantador. Está obsesionado con las artes marciales. Nació prematuro y sigue siendo pequeño para un niño de diez años, pero lo que le falta en estatura lo compensa con creces a fuerza de voluntad y agallas. Sus adversarios siempre se dejan engañar por su complexión menuda y sus piernecillas delgadas. Lo subestiman. Por la noche, en la cama, Pari y Eric han comentado a menudo el asombro que les produce su enorme tesón y su imparable energía. Pari no sufre por Isabelle ni por Alain.

Es Thierry el que la preocupa. Thierry, que quizá a un nivel oscuro, primordial, intuye que su llegada al mundo no fue buscada, esperada ni deseada. Thierry es propenso a los silencios hirientes y las miradas esquinadas, a escurrir el bulto siempre que su madre le pide algo. La desafía sin más motivo, cree Pari, que el hecho mismo de desafiarla. Hay días en que un nubarrón parece cernirse sobre él. Pari lo sabe. Casi puede verlo. Se arremolina y crece, hasta que al final estalla en forma de monumental pataleta con profusión de lágrimas y aspavientos, que asusta a Pari y deja a Eric parpadeando de incredulidad, con un amargo rictus en los labios. Pari presiente que la inquietud por Thierry, al igual que el dolor articular, la acompañará de por vida.

Pari se pregunta qué clase de abuela hubiese sido *maman*, sobre todo con Thierry. Intuye que habría sabido ayudarla con él. Tal vez hubiese visto algo de sí misma en el menor de sus nietos, aunque no fuera sangre de su propia sangre, por supuesto, Pari está segura de eso desde hace algún tiempo. Los niños han oído hablar de *maman*. Isabelle se muestra particularmente curiosa al respecto. Ha leído muchos de sus poemas. Ojalá la hubiese conocido, dice. Cree que fue una mujer fascinante.

—Seguro que habríamos sido buenas amigas, ella y yo. ¿No crees? Habríamos leído los mismos libros. Yo habría tocado el violonchelo para ella.

—Le habría encantado —dice Pari—. De eso estoy segura.

No les ha contado a sus hijos lo del suicidio. Puede que algún día se enteren, es probable que así sea. Pero no por ella. Se niega a sembrar en su mente la idea de que un padre es capaz de abandonar a sus hijos, de decirles «No tengo bastante contigo». Pari siempre ha tenido bastante con Eric y los niños. Y siempre será así.

En el verano de 1994, Pari, Eric y los niños van a Mallorca. Es Collette quien les organiza las vacaciones a través de su agencia de viajes, ahora un próspero negocio. Collette y Didier se reúnen con ellos en la isla, y pasan dos semanas juntos en una casa a pie de playa. Collette y Didier no tienen hijos, no a causa de ningún impedimento fisiológico, sino sencillamente porque no quieren. Para Pari, las vacaciones llegan en un buen momento. Tiene el reuma bajo control. Toma una dosis semanal de metotrexato, que tolera bien. Por suerte, últimamente no ha tenido que recurrir a los esteroides ni sufrir el insomnio que provocan.

—Por no hablar del sobrepeso —le cuenta a Collette—. ¡Y más sabiendo que tendría que meterme en un bañador al llegar a España! —añade entre risas—. Ah, la vanidad...

Pasan los días visitando la isla, recorriendo la escarpada costa noroeste por la Serra de Tramuntana, deteniéndose a pasear entre olivos y pinares. Comen *porcella* y un delicioso plato de lubina, y un guiso de berenjena y calabacín conocido como *tumbet*. Thierry se niega a probarlo, y en cada nuevo restaurante Pari tiene que pedirle al cocinero que le prepare un plato de espagueti con salsa de tomate a secas, sin carne ni queso. Una noche, a petición de Isabelle, que ha descubierto la ópera recientemente, asisten a una producción de la *Tosca*, de Giacomo Puccini. Para sobrevivir a tan dura prueba, Collette y Pari se pasan disimuladamente una petaca de vodka barato. Mediado el segundo acto, están borrachas como cubas y no pueden evitar que se les escape la risa, como dos colegialas, ante los gestos histriónicos del actor que interpreta a Scarpia.

Un día, Pari, Collette, Isabelle y Thierry preparan un picnic y se van a la playa. Didier, Alain y Eric han salido por la mañana para hacer una excursión a la bahía de Sóller. De camino a la playa, entran en una tienda para comprarle a Isabelle un traje de baño del que se ha encaprichado. Al entrar en el establecimiento, Pari mira de reojo su propio reflejo en el cristal del escaparate. Por lo general, sobre todo desde hace algún tiempo, cuando se planta delante de un espejo se desencadena un proceso mental automático que la prepara para saludar a la versión avejentada de sí misma. Se lo pone más fácil, amortigua el golpe. Pero en esta ocasión se ha pillado desprevenida, vulnerable a la realidad no distorsionada por el autoengaño. Ve a una mujer de mediana edad ataviada con un anodino blusón y un pareo que no acaba de ocultar los pliegues de piel flácida que le cuelgan por encima de las rótulas. El sol le resalta las canas, y pese a la raya en los ojos y al pintalabios, que endurece el contorno de la boca, su rostro ha pasado a engrosar la lista de objetos en los que no se detienen las miradas, como ocurriría con un letrero o un buzón. El momento es fugaz, apenas dura lo bastante para que se le altere el pulso, pero lo suficiente para que su ser ilusorio se enfrente a la mujer real que le devuelve la mirada desde el escaparate. Resulta un poco demoledor. En esto consiste hacerse mayor, piensa, mientras sigue a Isabelle al interior de la tienda, en esos fogonazos despiadados y aleatorios que te pillan con la guardia baja.

Más tarde, cuando vuelven de la playa a la casa de alquiler, descubren que los hombres se les han adelantado.

—Papá se está haciendo mayor —sentencia Alain.

A su espalda, Eric, que remueve una jarra de sangría, pone los ojos en blanco y se encoge de hombros con una sonrisa.

—Ya me veía llevándote a cuestas, papá.

—Dame un añito. Volveremos el año que viene y te echaré una carrera alrededor de la isla, *mon pote.*

Pero nunca vuelven a Mallorca. Una semana después de su regreso a París, Eric sufre un ataque al corazón. Sucede mientras está trabajando, dándole indicaciones a un tramoyista. Sobrevive, pero tendrá dos infartos más a lo largo de los siguientes tres años, el último de los cuales resultará fatal. Y así, a la edad de cuarenta y ocho años, Pari se queda viuda, tal como le sucedió a *maman.*

Un día, a principios de la primavera de 2010, Pari recibe una llamada de larga distancia. No se trata de algo inesperado. De hecho, lleva toda la mañana preparándose para ese momento. Se ha asegurado de tener el piso para ella sola, aunque haya tenido que pedirle a Isabelle que se marchara antes de lo habitual. Su marido, Albert, y ella viven justo por encima de Île Saint-Denis, a sólo unas manzanas del apartamento de Pari. Isabelle va a verla por las mañanas, día sí, día no, a lo largo de la semana, después de dejar a los niños en la escuela. Le lleva una baguette, algo de fruta fresca. Pari aún no se ha visto confinada a la silla de ruedas, pero es algo para lo que va mentalizándose. Aunque la enfermedad la ha obligado a jubilarse anticipadamente el año anterior, sigue siendo muy capaz de ir al mercado por su cuenta, de dar un paseo diario. Son las manos, esas manos feas y sarmentosas, lo que más le falla, esas manos que en los peores días parecen tener esquirlas de cristal cascabeleando en torno a las articulaciones. Pari se pone guantes siempre que sale, para mantener las manos calientes, pero sobre todo para no tener que enseñar los nudillos huesudos, los dedos combados por lo que su médico llama «deformidad en cuello de cisne», el meñique izquierdo siempre flexionado.

«Ah, la vanidad...», le dice a Collette.

Esa mañana, Isabelle le ha traído unos higos, varias pastillas de jabón, pasta de dientes y un tupper repleto de crema de castañas. Albert está pensando en sugerirla como nuevo entrante a los propietarios del restaurante en el que trabaja como segundo jefe de cocina. Mientras vacía las bolsas, Isabelle le habla del encargo que acaba de conseguir. Últimamente se dedica a componer partituras musicales para programas televisivos y anuncios, y espera poder hacerlo para el cine en un futuro cercano. Dice que empezará a componer la música de una miniserie que se está rodando en Madrid.

—¿Y vas a ir? —le pregunta Pari—, ¿a Madrid?

—*Non*. No tienen presupuesto. No pueden pagarme los gastos de desplazamiento.

—Qué lástima. Podrías haberte alojado en casa de Alain.

—¿Te lo imaginas, *maman*? Pobre Alain. Apenas tiene sitio para estirar las piernas.

Alain es asesor financiero. Vive en un diminuto piso de Madrid con su mujer, que se llama Ana, y sus cuatro hijos. Suele enviarle fotos y breves vídeos de los niños a Pari por correo electrónico.

Pari le pregunta a Isabelle si tiene noticias de Thierry, a lo que ésta responde que no. Thierry está en África, en la zona oriental del Chad, donde trabaja en un campo de refugiados de Darfur. Pari lo sabe porque Thierry mantiene contacto esporádico con Isabelle. Es la única con la que habla, y es a través de ella como se entera a grandes rasgos de lo que sucede en la vida del menor de sus hijos, como por ejemplo que ha pasado algún tiempo en Vietnam o que estuvo brevemente casado con una vietnamita cuando tenía veinte años.

Isabelle pone agua al fuego y saca dos tazas del armario.

—Esta mañana no, Isabelle. De hecho, debo pedirte que te marches.

Isabelle la mira con expresión dolida, y Pari se reprocha por no haber tenido más tacto. Su primogénita siempre ha sido muy sensible.

—Lo que quiero decir es que estoy esperando una llamada y necesito un poco de intimidad.

—¿Una llamada, de quién?

—Te lo contaré más tarde.

Isabelle se cruza de brazos y sonríe.

—¿Te has echado un amante, *maman*?

—Un amante. ¿Acaso estás ciega? ¿Cuánto hace que no me miras?

—Pero si estás como una rosa.

—Tienes que irte. Te lo explicaré más tarde, te lo prometo.

—*D'accord, d'accord.* —Isabelle se cuelga el bolso al hombro, coge el abrigo y las llaves—. Pero que sepas que me tienes intrigada.

El hombre que llama a las nueve treinta de la mañana se llama Markos Varvaris. Se puso en contacto con Pari a través de su cuenta de Facebook y le envió el siguiente mensaje, escrito en inglés: «¿Es usted la hija de la poetisa Nila Wahdati? Si es así, me gustaría mucho hablar con usted acerca de algo que creo será de su interés.» Pari buscó su nombre en la red y descubrió que era un cirujano plástico que trabajaba para una organización sin ánimo de lucro en Kabul. Ahora, por teléfono, Varvaris la saluda en farsi y sigue hablando en dicha lengua hasta que Pari se ve obligada a interrumpirlo.

—Monsieur Varvaris, lo siento, pero ¿podríamos hablar en inglés?

—Ah, por supuesto. Le pido perdón. Daba por sentado que... Aunque, claro está, es lógico, se marchó usted siendo muy joven, ¿verdad?

—Sí, así es.

—Yo he aprendido el farsi aquí. Mal que bien, me las arreglo para comunicarme. Vivo en Kabul desde 2002, poco después de que se marcharan los talibanes. Tiempos esperanzadores, aquellos, sí, todo el mundo volcado en la reconstrucción, la democracia y demás. Ahora todo ha cambiado, naturalmente, estamos a las puertas de unas elecciones generales, pero todo ha cambiado. Me temo que sí.

Pari escucha pacientemente mientras Markos Varvaris encadena largos circunloquios para comentar el reto que suponen las elecciones en Afganistán, que en su opinión ganará Karzai, las inquietantes incursiones de los talibanes en el norte, la creciente influencia islamista en los medios de comunicación, sin olvidar alguna que otra alusión a la superpoblación de Kabul y al precio de la vivienda, hasta que por fin regresa al principio y dice:

—Vivo en esta casa desde hace varios años. Tengo entendido que usted también vivió en ella.

—¿Cómo dice?

—Esta casa perteneció a sus padres. O eso me han dicho, en todo caso.

—Perdón, pero ¿quién se lo ha dicho?

—Su actual propietario. Se llama Nabi. Mejor dicho, se llamaba Nabi. Murió recientemente, por desgracia. ¿Se acuerda usted de él?

El nombre evoca en la memoria de Pari el rostro de un hombre joven, apuesto, con patillas y una mata de pelo negro y abundante, peinado hacia atrás.

—Sí. De nombre, más que nada. Era el cocinero, y también el chófer.

—Desempeñaba ambas funciones, sí. Vivió aquí, en esta casa, desde 1947. Sesenta y tres años. Resulta casi increíble, ¿verdad? Pero, como le decía, ya no está entre nosotros. Murió el mes pasado. Lo tenía en gran estima. Como todos.

—Entiendo.

—Nabi me entregó una nota —prosigue Markos Varvaris— que sólo debía leer tras su muerte. Cuando falleció, pedí a un compañero afgano que me la tradujera al inglés. En realidad es más una carta que una nota, una carta excepcional, debo añadir. En ella, Nabi revela algunas cosas. Por eso me permití buscarla, señora, porque algunas de esas cosas le conciernen de forma directa, y también porque en ella Nabi me pide explícitamente que la localice y se la entregue. Nos ha costado un poco, pero al final hemos podido localizarla, gracias a la red —remata Markos Varvaris con una breve risita.

Una parte de Pari quiere colgar. La intuición le dice que, sea cual sea la revelación que ese anciano, esa persona de su pasado más remoto, ha garabateado sobre un papel en la otra punta del mundo, sólo puede ser verdad. Hace mucho tiempo que sabe que *maman* le mintió acerca de su infancia. Pero, por más que esa mentira hubiese hecho temblar el suelo bajo sus pies, lo que Pari ha sembrado desde entonces en ese mismo suelo es ahora tan verdadero, sólido e inquebrantable como un roble gigante. Eric, sus hijos, sus nietos, su carrera, Collette. Así que, ¿de qué sirve, después de todo este tiempo? ¿De qué sirve? Quizá lo mejor sea colgar.

Pero no lo hace. Con el pulso acelerado, las palmas de las manos sudorosas, pregunta:

—¿Qué... qué dice en esa nota... en esa carta?

—Bueno, para empezar, sostiene que es su tío.

—¿Mi tío?

—El hermano de su madrastra, para ser exactos. Pero hay más. Dice muchas otras cosas.

—Monsieur Varvaris, ¿la tiene usted consigo? La nota, quiero decir. La carta, o su traducción. ¿La lleva usted encima?

—Sí, así es.

—¿Sería tan amable de leérmela?

—¿Quiere decir ahora mismo?

—Si dispone usted de tiempo. Puedo llamarle yo, para hacerme cargo del coste.

—No, no es necesario. Pero ¿está segura?

—*Oui* —afirma Pari—. Estoy segura, monsieur Varvaris.

Markos Varvaris accede a su petición. Lee la carta de cabo a rabo, lo que le lleva un buen rato. Cuando termina, Pari le da las gracias y le dice que pronto se pondrá en contacto con él.

Después de colgar, se prepara una taza de café y se asoma a la ventana, desde la que se extiende ante sus ojos un paisaje familiar: la angosta calle adoquinada, la farmacia de más arriba, el puesto de *falafels* de la esquina, la *brasserie* regentada por una familia vasca.

Le tiemblan las manos. Le ocurre algo desconcertante. Algo realmente asombroso que, en su mente, se traduce en la imagen de un hacha golpeando el suelo y haciendo que de pronto empiece a manar petróleo, negro y untuoso, a borbotones. Eso es lo que le sucede, que los recuerdos sacudidos emergen de las profundidades. Mira por la ventana, en dirección a la *brasserie*, pero lo que ve no es el camarero flacucho bajo el toldo, con su delantal negro anudado a la cintura, tendiendo un mantel sobre una mesa, sino un pequeño carretón rojo con una rueda que chirría, avanzando a trompicones bajo un cielo de nubes que se despliegan como alas, deslizándose sobre las crestas de las montañas y los barrancos resecos, ciñendo el contorno ondulante de las colinas de tono ocre que se desvanecen en la distancia. Ve huertos cuajados de árboles frutales cuyo follaje se mece en la brisa, hileras de viñas que se extienden entre casitas de cubierta plana. Ve tendederos y mujeres agachadas junto a un arroyo, y las cuerdas de las que cuelga un columpio que chirría bajo un árbol centenario, y un gran perro que huye de las trastadas de los niños de la aldea, y un hombre de nariz aguileña que cava una zanja con la camisa sudorosa pegada a la espalda, y una mujer con velo inclinada sobre el fuego.

Pero también ve algo más —y ese algo la atrae por encima de todo—, algo que se sitúa al filo de su campo visual, que apenas alcanza a vislumbrar, una sombra esquiva. Una silueta. Suave y dura a la vez. La suavidad de una mano que sostiene la suya. La dureza de unas rodillas en las que una vez posó la mejilla. Busca su rostro pero se le escapa, se desvanece cada vez que se vuelve en su dirección. Pari siente que un abismo se abre en su interior. Ha habido en su vida, a lo largo de toda su vida, una gran ausencia. De algún modo, siempre lo ha sabido.

—Hermano —dice sin percatarse de que está hablando. Y llorando.

Un verso en farsi, el estribillo de una canción, acude de pronto a sus labios.

Era un hada pequeñita y triste,
y una noche el viento se la llevó.

Hay otro verso, quizá anterior, está segura, pero también se le escapa.

Pari se sienta. Se ve obligada a hacerlo. No cree que las piernas puedan sostenerla. Espera a que se haga el café, piensa que cuando esté listo se tomará una taza, y luego tal vez fumará un cigarrillo, y después irá a la sala de estar y llamará a Collette a Lyon, y le preguntará a su vieja amiga si puede organizarle un viaje a Kabul.

Pero por ahora Pari sólo se sienta. Cierra los ojos mientras la cafetera empieza a borbotear, y tras sus párpados cerrados descubre colinas de suave contorno, un cielo azul que parece alzarse hasta el infinito, el sol poniéndose detrás de un molino de viento, y siempre, siempre, el perfil brumoso de las montañas que se persiguen sobre el horizonte hasta perderse de vista.

7

Verano de 2009

—Tu padre es un gran hombre.

Adel levanta los ojos. Quien se había inclinado para susurrarle estas palabras al oído era Malalai, la maestra, una rolliza mujer de mediana edad. Llevaba sobre los hombros un chal violeta con cuentas bordadas y le sonreía con los ojos cerrados.

—Y tú eres un muchacho afortunado.

—Lo sé —contestó él, también en susurros.

«Bien», repuso ella, articulando la palabra en silencio.

Estaban al pie de los escalones de entrada de la nueva escuela para niñas de la aldea, una construcción rectangular, pintada de verde claro, con cubierta plana y amplios ventanales, mientras el padre de Adel, su *baba yan*, pronunciaba una breve oración seguida de un encendido discurso. Ante él, al sol abrasador del mediodía, se había congregado un gran número de niños, adultos y ancianos con los ojos entornados, un centenar de vecinos, aproximadamente, de la pequeña aldea de Shadbagh-e-Nau, «Nueva Shadbagh».

—Afganistán es la madre de todos nosotros —proclamó el padre de Adel, alzando un grueso índice al cielo. Su anillo de ágata refulgió al sol—. Pero es una madre enferma, y lleva mucho tiempo sufriendo. Es cierto que una madre necesita a sus hijos para recuperarse, sí, pero también necesita a sus hijas, ¡tanto o más que a aquéllos!

Sus palabras arrancaron una sonora salva de aplausos, vivas y gritos de aprobación. Adel escrutó los rostros de la multitud. Parecían embelesados mirando a su padre, a *baba yan*, que con sus hirsutas cejas negras y su poblada barba se erguía como una montaña por encima de ellos, tan alto y fornido que parecía cubrir la puerta de la escuela que tenía a su espalda.

Su padre retomó la palabra, y la mirada de Adel se cruzó con la de Kabir, uno de los dos guardaespaldas de *baba yan*, que permanecía impasible al lado de éste, kalashnikov en mano. Adel vio la multitud reflejada en sus gafas de sol de aviador. Kabir era corto de estatura, delgado, casi frágil, y siempre llevaba trajes de colores llamativos —lavanda, turquesa, naranja—, pero *baba yan* decía que era un halcón, y que subestimar a Kabir era un error que se pagaba caro.

—Y por eso os digo, jóvenes hijas de Afganistán —concluyó *baba yan*, abriendo los largos y robustos brazos en un amplio gesto de bienvenida—, que tenéis un deber solemne. El deber de aprender, de aplicaros, de sobresalir en los estudios, de llenar de orgullo no sólo a vuestros padres, sino también a la madre que todos compartimos. Su futuro está en vuestras manos, no en las mías. Os pido que no penséis en esta escuela como un regalo que os hago yo. Es tan sólo un edificio que alberga el verdadero regalo, que no es otro que vosotras. ¡Vosotras sois el regalo, jóvenes hermanas, un regalo que no es sólo para mí o para la comunidad de Shadbagh-e-Nau, sino, por encima de todo, para Afganistán! Que Dios os bendiga.

Hubo una nueva salva de aplausos. Varias personas gritaron «¡Que Dios te bendiga, comandante *sahib*!». *Baba yan* alzó el puño en el aire, sonriendo abiertamente, y Adel se sintió tan orgulloso de su padre que casi se le saltaron las lágrimas.

La maestra, Malalai, le dio unas tijeras a *baba yan*. Alguien había tendido una cinta roja a la entrada de la escuela. La multitud se había ido acercando poco a poco para ver mejor la ceremonia, pero Kabir les ordenó por señas que retrocedieran y empujó a un par de hombres de un manotazo en el pecho. Aquí y allá, varias manos sobresalieron entre aquel mar de gente empuñando teléfonos móviles para inmortalizar en vídeo el momento en que se cortaba la cinta. *Baba yan* cogió las tijeras, hizo una pausa, se volvió hacia Adel y dijo:

—Ten, hijo. Haz tú los honores.

Y le ofreció las tijeras.

—¿Yo? —preguntó el chico, sin salir de su asombro.

—Adelante —lo animó *baba yan*, guiñándole un ojo.

Adel cortó la cinta. Hubo un largo aplauso. Adel oyó los disparos de varias cámaras fotográficas, las voces que gritaban «Alá-u-akbar!».

Entonces *baba yan* se apostó junto a la puerta mientras las alumnas se colocaban en fila india y entraban en la escuela de una en una. Eran muchachas de entre ocho y quince años, todas tocadas con pañuelos blancos y ataviadas con los uniformes de fina raya blanca y gris que *baba yan* les había regalado. Adel las observó mientras cada una de ellas se presentaba tímidamente al entrar. *Baba yan* les sonreía con gesto afectuoso, les daba palmaditas en la cabeza y les dedicaba alguna palabra de ánimo.

—Te deseo suerte, *bibi* Mariam. Estudia mucho, *bibi* Homaira. Haz que nos sintamos orgullosos de ti, *bibi* Ilham.

Más tarde, junto al todoterreno negro, Adel permaneció cerca de su padre, que había empezado a sudar a causa del calor, y vio cómo estrechaba la mano a los lugareños. *Baba yan* acariciaba una cuenta de su rosario con la mano libre mientras los escuchaba con paciencia, inclinándose un poco hacia delante con el cejo fruncido, asintiendo, atento a cada persona, hombre o mujer, que se le acercaba para dar las gracias, ofrecer sus oraciones, presentar sus respetos. Muchos de ellos aprovechaban la ocasión para pedirle algún favor. Una madre cuyo hijo enfermo debía acudir a un cirujano en Kabul, un hombre que solicitaba un préstamo para emprender un negocio de reparación de calzado, un mecánico que necesitaba un nuevo juego de herramientas.

—Comandante *sahib*, si fuera usted tan amable...

—No tengo a nadie más a quien recurrir, comandante *sahib*.

Adel nunca había oído a nadie excepto los familiares directos dirigirse a *baba yan* de otro modo que no fuera «comandante *sahib*», por más que los rusos se hubiesen retirado hacía mucho y *baba yan* llevara por lo menos una década sin disparar un arma.

En casa, las fotos enmarcadas de sus tiempos de yihadista llenaban las paredes del salón. Adel tenía grabada en la mente cada una de aquellas imágenes: su padre apoyado contra el guardabarros de un viejo y polvoriento todoterreno, agachado en la torreta de un carro de combate calcinado, con una cartuchera cruzada sobre el pecho, posando orgulloso con sus hombres junto a un helicóptero que habían derribado. En otra salía rezando con chaleco y bandolera, con la frente apoyada en el suelo del desierto. En aquellos tiempos estaba mucho más delgado, y en aquellas fotos nunca había más telón de fondo que montañas y arena.

Los rusos habían herido a *baba jan* dos veces en combate. Éste le había enseñado sus cicatrices, una justo por debajo de la caja torácica, en el costado izquierdo, que según decía le había costado el bazo, y otra a escasos milímetros del ombligo. Pero se consideraba un hombre afortunado, dadas las circunstancias. Tenía amigos que habían perdido brazos, piernas, ojos, amigos con el rostro quemado. Lo habían hecho por su patria, afirmaba *baba yan*, y también por Dios. En eso consistía la yihad, decía. En el sacrificio. Sacrificabas las extremidades, la vista, incluso la vida, y lo hacías de buen grado. La yihad también te otorgaba ciertos derechos y privilegios, decía, porque Dios se encarga de que los más sacrificados reciban su justa recompensa.

«En esta vida y en la otra», recalcaba *baba yan*, señalando con el grueso índice, primero hacia abajo, luego hacia arriba.

Al ver aquellas fotos, Adel deseaba haber estado allí para luchar en la yihad junto a su padre y vivir aquellos tiempos aventureros. Le gustaba imaginarse a sí mismo y a *baba yan* disparando juntos a los helicópteros rusos, volando carros de combate, esquivando las balas, viviendo en las montañas y durmiendo en cuevas. Padre e hijo, héroes de guerra.

Había también una gran fotografía enmarcada en la que *baba yan* aparecía sonriente al lado del presidente Karzai en Arg, el palacio presidencial de Kabul. Ésta era más reciente, tomada en el transcurso de una breve ceremonia en la que *baba yan* había sido premiado por su labor humanitaria en Shadbagh-e-Nau. Se había ganado el galardón con creces. La nueva escuela para niñas era tan sólo su último proyecto. Adel sabía que en el pasado era habitual que las mujeres de la aldea murieran dando a luz, pero eso había dejado de ocurrir porque su padre había abierto una gran clínica en la que trabajaban dos médicos y tres comadronas cuyos sueldos pagaba de su propio bolsillo. En ella, todos los habitantes de la aldea recibían atención médica gratuita, y ningún niño de Shadbagh-e-Nau se quedaba sin vacunas. Además, *baba yan* había enviado a varias cuadrillas en busca de manantiales por todas las poblaciones y les había ordenado excavar pozos. Fue él quien hizo finalmente posible el suministro regular de corriente eléctrica a Shadbagh-e-Nau. Por lo menos una docena de negocios habían empezado gracias a sus préstamos, que, según le había revelado Kabir, rara vez eran devueltos.

Lo que Adel le había dicho a su maestra era cierto. Sabía lo afortunado que era por tener como padre a semejante hombre.

Justo cuando la ronda de apretones de manos llegaba a su fin, Adel vio a un hombre enjuto y menudo acercándose a su padre. Lucía gafas redondas de montura fina, barba corta de pelo entrecano, y tenía unos dientecillos ennegrecidos como puntas de cerilla quemadas. Lo seguía un chico más o menos de la edad de Adel; los dedos gordos de los pies le asomaban por las zapatillas a través de sendos agujeros. Su pelo era una maraña apelmazada y llevaba unos vaqueros acartonados de mugre, que además le iban cortos. En cambio, la camiseta le llegaba casi hasta las rodillas.

Kabir se plantó entre el anciano y *baba yan*.

—Ya te he dicho que no es buen momento —dijo.

—Sólo quiero hablar un segundo con el comandante —repuso el hombre.

Baba yan cogió a Adel del brazo y lo guió con delicadeza hasta el asiento trasero del todoterreno.

—Vámonos, hijo. Tu madre te está esperando.

Baba yan se acomodó al lado de Adel y cerró la puerta.

Dentro, mientras la ventanilla de cristal ahumado se cerraba, Adel vio que Kabir le decía al anciano algo que no alcanzó a escuchar. Luego el guardaespaldas rodeó el todoterreno por delante, se sentó al volante y dejó el kalashnikov en el asiento contiguo antes de arrancar.

—¿Qué quería? —preguntó Adel.

—Nada importante —contestó Kabir.

Enfilaron la carretera. Algunos chicos que habían asistido a la inauguración corretearon tras el vehículo hasta que éste ganó velocidad y los dejó atrás. Kabir los llevó por la vía principal, atestada de gente, que seccionaba en dos la aldea de Shadbagh-e-Nau, haciendo sonar el claxon una y otra vez mientras maniobraba con dificultad entre la muchedumbre. Todos se apartaban a su paso, y algunos saludaban con la mano. Adel vio las aceras repletas de gente a ambos lados de la calle, y su mirada se posó fugazmente en una sucesión de estampas familiares: las reses colgadas de ganchos en las carnicerías, los herreros que hacían girar las ruedas de madera o bombeaban aire con el fuelle, los mercaderes que ahuyentaban a manotazos las moscas que se posaban en sus uvas y cerezas, un barbero apostado en la acera, en su silla de mimbre, afilando la navaja. Dejaron atrás tiendas de té, puestos de kebab, un taller de coches y una mezquita, hasta que Kabir viró hacia la gran plaza pública de la aldea, en cuyo centro se alzaban una fuente azul y la estatua de casi tres metros de altura, realizada en piedra negra, de un gallardo muyahidín tocado con turbante que portaba un lanzagranadas al hombro. *Baba yan* se la había encargado personalmente a un escultor de Kabul.

Al norte de la arteria principal se encontraba la zona residencial de la población, unas pocas manzanas compuestas en su mayoría por estrechas calles sin asfaltar y casuchas de cubierta plana pintadas de blanco, amarillo o azul. Algunas tenían antenas parabólicas en el tejado. De las ventanas colgaban banderas de Afganistán. *Baba yan* le había explicado a Adel que la mayoría de viviendas y comercios de Shadbagh-e-Nau se habían levantado a lo largo de los últimos quince años, y que él había intervenido de uno u otro modo en la construcción de muchos de esos edificios. Buena parte de sus habitantes lo consideraban el fundador de Shadbagh-e-Nau, y Adel sabía que los ancianos del pueblo habían propuesto bautizar la aldea en su honor, pero su padre se había negado.

Desde allí, la carretera principal se extendía hacia el norte a lo largo de tres kilómetros hasta Shadbagh-e-Kohna, la antigua

Shadbagh. Adel nunca había visto la aldea tal como había sido décadas atrás, pues cuando *baba yan* lo había trasladado allí desde Kabul junto con su madre no quedaba apenas rastro de ella. Todas las casas habían desaparecido. La única reliquia del pasado era un viejo y ruinoso molino de viento. En Shadbagh-e-Kohna, Kabir torció a la izquierda desde la carretera y enfiló un amplio camino sin asfaltar. Medio kilómetro más allá se alzaban los gruesos muros de casi cuatro metros de altura de la residencia donde vivían Adel y sus padres, el único edificio que quedaba en pie en Shadbagh-e-Kohna, sin contar el molino de viento. Mientras el todoterreno avanzaba a trompicones por el camino de tierra, Adel avistó los muros blancos, coronados en todo su perímetro por una espiral de alambre de espino.

Un vigilante uniformado que montaba guardia día y noche en el exterior de la residencia los recibió con un saludo militar y abrió la verja. Kabir la franqueó al volante del todoterreno y tomó el sendero de grava que subía hacia la casa cercada de muros.

Era un edificio de tres plantas, rosa fucsia y verde turquesa, con imponentes columnas, aleros rematados en punta y vidrios espejados que centelleaban al sol. Tenía balaustradas, una galería porticada con mosaicos irisados y amplios balcones con sinuosas barandillas de hierro forjado. Disponían de nueve dormitorios y siete cuartos de baño, y a veces, cuando Adel y *baba yan* jugaban al escondite, aquél deambulaba durante una hora o más hasta dar con su padre. Todas las encimeras de los cuartos de baño y la cocina estaban hechas de granito y mármol verde. Últimamente, para regocijo de Adel, *baba yan* hablaba de construir una piscina en el sótano.

Kabir detuvo el todoterreno en el paseo circular, frente al majestuoso portón de la casa, y apagó el motor.

—¿Nos concedes un minuto? —dijo *baba yan*.

Kabir asintió en silencio y se apeó del coche. Adel lo vio subir los escalones de mármol hasta la entrada y llamar al timbre. Fue Azmaray, el otro guardaespaldas, un tipo bajo, fornido y huraño, quien salió a abrir. Los dos hombres intercambiaron unas palabras y luego se quedaron en los escalones, fumando un pitillo.

—¿De verdad tienes que irte? —preguntó Adel.

Su padre iba a partir hacia el sur al día siguiente, para supervisar las plantaciones de Helmand y reunirse con los trabajadores de la fábrica de algodón que había mandado construir allí. Estaría fuera dos semanas, un intervalo de tiempo que a Adel se le antojaba eterno.

Baba yan se volvió hacia él. Ocupaba más de la mitad del asiento, y a su lado el muchacho parecía diminuto.

—Ojalá no tuviera que hacerlo, hijo.

Adel asintió.

—Hoy me he sentido orgulloso de ti, de ser tu hijo.

Baba yan descansó el peso de su gran mano en la rodilla del chico.

—Gracias, Adel. Me alegro de que así sea. Pero si te llevo conmigo es para que aprendas, para que entiendas que es importante que los más afortunados, la gente como nosotros, sepamos estar a la altura de nuestras responsabilidades.

—Ya, pero me gustaría que no tuvieras que pasar tanto tiempo fuera de casa.

—A mí también me gustaría, hijo. A mí también. Pero no me voy hasta mañana. Esta noche estaré en casa.

Adel asintió, bajando los ojos hasta las manos.

—Escucha —empezó su padre con dulzura—. La gente de esta aldea me necesita, necesita mi ayuda para tener un techo bajo el que vivir, un trabajo con el que ganarse el pan. Kabul tiene sus propios problemas, no puede acudir en su auxilio. Si no lo hago yo, nadie lo hará. Y entonces toda esa gente sufriría.

—Lo sé —murmuró Adel.

Baba yan le apretó la rodilla con suavidad.

—Echas de menos Kabul, lo sé, y a tus amigos. Ha sido un cambio difícil para tu madre y para ti. Y también sé que siempre estoy de viaje o reunido y que toda esa gente me absorbe buena parte del tiempo, pero... Mírame, hijo.

Adel levantó los ojos hasta encontrar los de *baba yan*, que lo miraban con afecto, enmarcados por las hirsutas cejas.

—Nada en el mundo me importa más que tú, Adel. Eres mi hijo. Renunciaría a todo esto por ti sin pensármelo dos veces. Daría la vida por ti, hijo.

Adel asintió con los ojos humedecidos. A veces, cuando *baba yan* hablaba de ese modo, sentía que se le formaba un nudo en la garganta que se iba estrechando hasta dejarlo casi sin aliento.

—¿Lo entiendes?

—Sí, *baba yan*.

—¿Me crees?

—Sí.

—Bien. Entonces dale un beso a tu padre.

Adel echó los brazos al cuello de *baba yan*, y él lo abrazó con fuerza, sin prisa. Adel recordó que, de pequeño, cuando entraba en la habitación de su padre a media noche y le tocaba el hombro, todavía temblando a causa de alguna pesadilla, éste apartaba las mantas y lo dejaba colarse en su cama, y luego lo estrechaba entre sus brazos y le besaba la coronilla hasta que Adel dejaba de temblar y volvía a dormirse.

—A lo mejor te traigo algún regalito de Helmand —dijo *baba yan*.

—No hace falta —repuso Adel con voz apagada.

Ya tenía más juguetes de los que podía desear, y no había regalo en el mundo que pudiera compensar la ausencia de su padre.

Unas horas después, en mitad de la escalera, Adel observaba a hurtadillas la escena que tenía lugar abajo. Habían llamado al timbre y Kabir había abierto la puerta. Ahora estaba apoyado contra la jamba con los brazos cruzados, impidiendo el paso del visitante. Adel advirtió que era el anciano de antes, en la escuela, el de las gafas y los dientes como cerillas quemadas. El chico de las zapatillas agujereadas también estaba allí, a su lado.

—¿Adónde ha ido? —preguntó el hombre.

—A atender unos negocios —repuso Kabir—, en el sur.

—Creía que se iba mañana.

Kabir se encogió de hombros.

—¿Cuánto tiempo pasará fuera?

—Dos meses, quizá tres. Quién sabe.

—No es eso lo que he oído decir.

—Estás poniendo a prueba mi paciencia, viejo —repuso Kabir descruzando los brazos.

—Lo esperaré.

—No, aquí no.

—Ahí fuera, en la carretera, quiero decir.

Kabir cambió el peso de un pie al otro, impaciente.

—Como quieras. Pero el comandante es un hombre muy ocupado. Es imposible saber cuándo estará de vuelta.

El viejo asintió con la cabeza y se alejó, seguido por el niño.

Kabir cerró la puerta.

Adel apartó la cortina de la ventana del salón y observó al anciano y el niño recorrer el sendero sin asfaltar que conectaba el recinto con la carretera.

—Le has mentido —le dijo a Kabir.

—En parte me pagan para eso. Para proteger a tu padre de los buitres.

—Pero ¿qué quería? ¿Un empleo?

—Algo así.

Kabir fue hasta el sofá y se quitó los zapatos. Alzó la vista hacia el niño y le guiñó un ojo. A Adel le caía bien aquel guardaespaldas, mucho mejor que Azmaray, que era antipático y casi nunca le dirigía la palabra. Kabir jugaba a las cartas con él y lo invitaba a ver películas, pues era un gran aficionado al cine. Tenía una colección de DVD comprados en el mercado negro, y veía diez o doce cada semana, no le importaba si eran iraníes, francesas, americanas o, por supuesto, de Bollywood. Y a veces, si su madre no estaba en la habitación y Adel prometía no contárselo a su padre, Kabir vaciaba el cargador de su kalashnikov y le dejaba empuñarlo, como un muyahidín. En ese momento el arma estaba apoyada contra la pared junto a la puerta de entrada.

Kabir se tendió en el sofá y apoyó los pies en el brazo. Se puso a hojear un periódico.

—Parecían inofensivos —dijo Adel soltando la cortina, y se volvió hacia el guardaespaldas, cuya frente veía asomar del periódico.

—Vaya, quizá debería haberlos invitado a un té —murmuró Kabir—, y servirles un poco de pastel.

—No te burles.

—Todos parecen inofensivos.

—¿Va a ayudarlos *baba yan*?

—Probablemente —repuso Kabir con un suspiro—. Tu padre es como un río para su pueblo. —Bajó el periódico y sonrió—. ¿De dónde es esa frase? Venga, Adel. La vimos el mes pasado.

Adel se encogió de hombros. Empezó a subir la escalera.

—¡Lawrence! —exclamó Kabir desde el sofá—. *Lawrence de Arabia*. Anthony Quinn. —Y justo cuando el chico llegaba al último peldaño, añadió—: Son buitres, Adel. No te dejes engañar. A tu padre lo desplumarían si pudieran.

Una mañana, un par de días después de que *baba yan* se hubiese marchado a Helmand, Adel subió al dormitorio de sus padres, donde retumbaba una música machacona. Entró y encontró a su madre, Aria, en shorts y camiseta delante del gigantesco televisor de pantalla plana, imitando los movimientos de un trío de sudorosas mujeres rubias que saltaban, se ponían en cuclillas, daban patadas y puñetazos al aire. Ella lo vio por el gran espejo del tocador.

—¿Te apuntas? —preguntó jadeante por encima de la música estruendosa.

—Prefiero sentarme —respondió él.

Se dejó caer en la alfombra y observó a su madre moverse de aquí para allá por la habitación saltando como una rana.

La madre de Adel tenía manos y pies delicados, nariz pequeña y respingona y un bonito rostro, como los que salían en las películas de Bollywood de Kabir. Era esbelta, ágil y joven; sólo tenía catorce años cuando se casó con *baba yan*. Adel tenía otra madre mayor que ella y tres hermanastros mayores, pero *baba yan* los había instalado en el este, en Jalalabad, y Adel sólo los veía una vez al mes, cuando *baba yan* lo llevaba de visita. A diferencia de su madre y su madrastra, que se tenían antipatía, Adel se entendía bien con sus hermanastros. Cuando iba a Jalalabad, lo llevaban a los parques, a los bazares, al cine y a torneos de *buzkashi.* Jugaban con él a *Resident Evil* y mataban juntos a los zombis en *Call of Duty*, y siempre lo incluían en su equipo en los partidos de fútbol del barrio. A Adel le habría encantado que vivieran cerca.

Observó a su madre tenderse boca arriba y subir y bajar las piernas rectas con una pelota de plástico azul entre los tobillos.

La verdad era que, en Shadbagh, Adel se moría de aburrimiento. No había hecho un solo amigo en los dos años que llevaban viviendo allí. No podía ir al pueblo en bicicleta; solo no, desde luego, con la oleada de secuestros que había por toda la zona, aunque sí hacía alguna escapada breve, pero sin alejarse del perímetro del recinto. No tenía compañeros de clase porque *baba yan* no lo dejaba asistir a la escuela del pueblo —por motivos de seguridad, según él—, de modo que todas las mañanas acudía un profesor particular a la casa a darle clases. Adel pasaba la mayor parte del tiempo leyendo o jugando solo a la pelota, o viendo películas con Kabir, casi siempre las mismas, una y otra vez. Recorría con apatía los pasillos amplios y de techos altos y los grandes salones vacíos de su enorme casa, o se sentaba a mirar por la ventana de su habitación en el piso de arriba. Vivía en una mansión, pero en un mundo en miniatura. Había días que se aburría tanto que se subía por las paredes.

Sabía que su madre se sentía terriblemente sola. Aria trataba de seguir rutinas para llenar sus días: ejercicio por las mañanas, una ducha y luego el desayuno; después lectura y jardinería, y por las tardes, culebrones indios en la televisión. Cuando *baba yan* estaba fuera, cosa que ocurría a menudo, su madre andaba por la casa con un chándal gris y zapatillas de deporte, sin maquillar y con el pelo recogido en un moño. Rara vez abría siquiera el joyero donde guardaba los anillos, collares y pendientes que *baba yan* le traía de Dubái. A veces pasaba horas y horas hablando con su familia de Kabul. Sólo cuando su hermana y sus padres acudían unos días de visita, cada dos o tres meses, Adel veía animada a su madre. Se ponía un vestido largo y estampado, se calzaba zapatos de tacón, se maquillaba. Le brillaban los ojos y se la oía reír por toda la casa. Adel vislumbraba entonces a la persona que quizá había sido antes.

Cuando *baba yan* no estaba, Adel y su madre trataban de consolarse mutuamente. Intentaban completar rompecabezas, jugaban al golf y al tenis en la Wii de Adel. Pero el pasatiempo favorito del niño con su madre era construir casas con palillos. Ella esbozaba un plano en tres dimensiones de la casa en una hoja de papel, con su galería y su tejado a dos aguas, las escaleras y las paredes divisorias de las distintas habitaciones. Primero construían los cimientos, y después las escaleras y paredes interiores; se entretenían durante horas, aplicando pegamento a los palillos y poniendo a secar las diferentes secciones. Su madre le contó que cuando era joven, antes de casarse con su padre, soñaba con ser arquitecta.

Fue una de esas veces, mientras construían un rascacielos, cuando Aria le contó a Adel la historia de cómo se habían casado ella y *baba yan*.

—De hecho, se suponía que iba a casarse con mi hermana mayor, ¿sabes?

—¿Con la tía Nargis?

—Sí. Fue en Kabul. La vio un día en la calle y con eso le bastó. Tenía que casarse con ella. Al día siguiente se plantó en nuestra casa, con cinco de sus hombres. Prácticamente se invitaron a entrar, y todos llevaban botas.

Negó con la cabeza y rió, como si *baba yan* hubiese hecho algo gracioso, pero su risa no fue la misma de cuando algo le hacía verdadera gracia.

—Tendrías que haber visto las caras de tus abuelos.

Baba yan, sus hombres y los padres de Aria se sentaron en la sala. Ella estaba en la cocina preparando té mientras ellos hablaban. Había un problema, le contó a Adel, porque su hermana ya estaba comprometida con un primo que vivía en Ámsterdam y estudiaba Ingeniería. Los padres dijeron que cómo iban a romper el compromiso.

—Y entonces entro yo, con té y pastas dulces en una bandeja. Les lleno las tazas y dejo las pastas sobre la mesa. Y tu padre me mira, y cuando me doy la vuelta para irme, dice: «Es posible que tenga razón, señor. Romper un compromiso no está bien. Pero si me dice que esta hija suya también está prometida, no tendré más remedio que pensar que no le caigo bien.» Y se echó a reír. Fue así como nos casamos.

Levantó el tubo de pegamento.

—¿Él te gustaba? —preguntó el niño.

Su madre se encogió levemente de hombros.

—La verdad, me daba más miedo que otra cosa.

—Pero ahora te gusta, ¿no? Lo amas.

—Pues claro que sí. Vaya pregunta.

—No lamentas haberte casado con él, ¿verdad?

Ella dejó el pegamento y tardó unos segundos en contestar.

—Mira qué vida llevamos, Adel —dijo despacio—. Mira lo que tienes alrededor. ¿Qué hay que lamentar? —Sonrió y le tiró suavemente de la oreja—. Además, de otro modo no te habría tenido a ti.

Ahora, la madre de Adel apagó el televisor y se quedó sentada en el suelo, tratando de recobrar el aliento y enjugándose el cuello con una toalla.

—¿Qué tal si haces algo por tu cuenta esta mañana? —dijo—. Cuando acabe voy a darme una ducha y comer algo, y estaba pensando en llamar a tus abuelos. Llevo un par de días sin hablar con ellos. —Y empezó con los estiramientos de espalda.

Adel soltó un suspiro y se puso en pie.

En su habitación, un piso más abajo y en un ala distinta de la casa, cogió la pelota de fútbol y se puso una camiseta de Zidane que *baba yan* le había regalado unos meses atrás, por su duodécimo cumpleaños. Bajó la escalera y encontró a Kabir durmiendo la siesta con un periódico desplegado sobre el pecho. Cogió una lata de zumo de manzana de la nevera y salió.

Recorrió el sendero de grava hasta la entrada principal del recinto. La garita de vigilancia, donde solía haber un guardia armado, estaba desierta. Adel se sabía los horarios de las rondas de los guardias. Abrió con cautela la verja, salió y la cerró. Casi de inmediato, tuvo la sensación de que respiraba mejor a ese lado de la verja. En ciertos días el recinto se parecía demasiado a una prisión.

Anduvo a la amplia sombra del muro hacia la parte trasera, alejándose de la carretera. Ahí detrás estaban los huertos de árboles frutales de *baba yan*, que lo llenaban de orgullo. Varias hectáreas de largas hileras paralelas de perales y manzanos, albaricoqueros, cerezos, higueras y nísperos. Cuando Adel daba largos paseos con su padre por esos huertos, *baba yan* solía subirlo a hombros para que arrancara un par de manzanas maduras. Entre el recinto y los huertos había un claro, casi desierto a excepción de un cobertizo donde los jardineros guardaban sus herramientas. Allí estaba también el tocón del que había sido, como se podía ver, un árbol antiquísimo y gigantesco. *Baba yan* había contado una vez sus anillos con Adel y concluido que, probablemente, aquel árbol había visto pasar el ejército de Gengis Kan. Negando con la cabeza con tristeza, había añadido que quien lo hubiese talado no era más que un necio.

Hacía un día caluroso, con el sol refulgiendo en un cielo tan impecablemente azul como los que Adel dibujaba con lápices de colores de pequeño. Dejó la lata de zumo en el tocón y se puso a mantener la pelota en el aire a base de leves toques con el empeine. Su marca personal era sesenta y ocho veces sin que la pelota cayese al suelo. Había conseguido ese récord en primavera, y ya estaban a mediados de verano y aún trataba de mejorarlo. Iba por veintiocho cuando se dio cuenta de que alguien lo observaba. Era el niño, el que iba con aquel anciano que había intentado acercarse a *baba yan* en la ceremonia de inauguración de la escuela. Estaba en cuclillas a la sombra del cobertizo.

—¿Qué haces aquí? —preguntó Adel, tratando de parecer tan fiero como Kabir cuando hablaba con extraños.

—Buscaba un poco de sombra —contestó el niño—. No te chives.

—No deberías estar aquí.

—Tú tampoco.

—¿Cómo?

El niño soltó una risita.

—No importa. —Estiró los brazos y se incorporó.

Adel trató de ver si tenía los bolsillos llenos. Quizá había ido a robar fruta. El niño se le acercó y levantó la pelota con el pie, le dio un par de rápidos toques y se la pasó a Adel de tacón. Adel la cogió y se la puso bajo el brazo.

—Donde vuestro gorila nos ha hecho esperar, en la carretera, no hay sombra. Y tampoco hay una jodida nube en el cielo.

Adel sintió el impulso de salir en defensa de Kabir.

—No es ningún gorila.

—Pues se ha asegurado de que viéramos bien su kalashnikov, te lo digo yo. —Miró a Adel con una sonrisa indolente. Escupió en el suelo a sus pies—. Bueno, ya veo que eres un admirador del rey del cabezazo.

Adel tardó unos instantes en comprender de quién hablaba.

—No puedes juzgarlo por un solo error —dijo—. Era el mejor. Como mediocampista era un mago.

—Los he visto mejores.

—No me digas, ¿como quién?

—Maradona, por ejemplo.

—¿Maradona? —repitió Adel escandalizado. Había discutido antes sobre ese tema, con uno de sus hermanastros en Jalalabad—. ¡Maradona era un tramposo! La mano de Dios, ¿te acuerdas?

—Todo el mundo hace trampa y todo el mundo miente.

El chico bostezó y se alejó unos pasos. Era igual de alto que Adel, quizá una pizca más, y debían de tener la misma edad. Pero andaba como si fuera mayor, sin prisa y dándose aires, como si ya lo hubiese visto todo y nada lo sorprendiera.

—Me llamo Adel.

—Y yo Gholam.

Volvió y se dieron un apretón de manos. Gholam lo hizo con firmeza, con una palma seca y callosa.

—¿Cuántos años tienes?

Gholam se encogió de hombros.

—Yo diría que trece. Aunque a estas alturas podría tener catorce.

—¿Ni siquiera sabes cuándo cumples años?

Gholam sonrió de oreja a oreja.

—Seguro que tú sí. Apuesto a que llevas la cuenta de los días que faltan y todo.

—No, qué va —repuso Adel a la defensiva—. Me refiero a que no llevo la cuenta.

—Tengo que irme. Mi padre está esperando ahí solo.

—Creía que era tu abuelo.

—Pues te equivocabas.

—¿Jugamos a chutar a portería? —propuso Adel.

—¿Quieres decir una tanda de penaltis?

—Sí, cinco cada uno. Gana el que marque más.

Gholam volvió a escupir, miró de reojo hacia la carretera y de nuevo a Adel. Éste se fijó en que tenía una barbilla demasiado pequeña, un diente de más montado sobre los otros y uno roto y cariado. Una cicatriz corta y estrecha le partía la ceja izquierda. Y no olía muy bien. Pero, aparte los viajes mensuales a Jalalabad, Adel llevaba casi dos años sin mantener una conversación, y mucho menos jugar, con un niño de su edad. Supuso que se llevaría una decepción, pero Gholam se encogió de hombros y repuso:

—A la mierda, ¿por qué no? Pero pido chutar primero.

Como portería utilizaron dos piedras colocadas a ocho pasos una de otra. Gholam lanzó sus cinco penaltis. Marcó uno, envió fuera dos y Adel paró los dos restantes. Y aún era peor portero que chutador. Adel marcó cuatro penaltis engañándolo para que se lanzara en la dirección contraria, y el disparo que falló se fue desviado.

—Qué cabrón —resolló Gholam doblado por la cintura, con las palmas en las rodillas.

—¿Quieres la revancha? —Adel intentaba no regodearse, pero le costaba. Estaba contentísimo.

Gholam aceptó, y el resultado fue aún más desigual. Volvió a marcar un solo tanto, y en esta ocasión Adel le metió los cinco.

—Se acabó, estoy hecho polvo —se rindió el niño, levantando las manos.

Fue hasta el tocón y se sentó en él con un gemido de cansancio. Adel sujetó la pelota contra el pecho y se sentó a su lado.

—Supongo que esto no ayuda mucho —añadió Gholam sacando un paquete de tabaco del bolsillo de los vaqueros.

Sólo le quedaba un pitillo. Lo encendió con una cerilla y le dio una buena calada; luego se lo ofreció a Adel. Éste tuvo la tentación de aceptarlo, aunque fuera por impresionar a Gholam, pero al final rehusó, temiendo que Kabir o su madre lo pescaran apestando a tabaco.

—Qué prudente —comentó Gholam echando la cabeza hacia atrás.

Hablaron un rato sobre fútbol y, para sorpresa de Adel, resultó que Gholam sabía bastante del tema. Intercambiaron historias sobre sus partidos y goles favoritos. Cada uno ofreció su propia lista de los cinco mejores jugadores; prácticamente coincidían, excepto en que Gholam incluía a Ronaldo el brasileño y Adel a Ronaldo el portugués. Naturalmente, acabaron hablando de la final del Mundial de 2006 y el doloroso recuerdo, para Adel, del incidente del cabezazo. Gholam explicó que había visto el partido entero entre la multitud que se agolpaba ante una tienda de televisores no muy lejos del campamento.

—¿El campamento?

—El sitio donde me crié, en Pakistán.

Le contó a Adel que era la primera vez que pisaba Afganistán. Había pasado toda su vida en Pakistán, en el campamento de refugiados de Jalozai, donde había nacido. Jalozai era como una ciudad, un enorme laberinto de tiendas y chozas de adobe y chamizos a base de plástico y planchas de aluminio, con una maraña de estrechas callejas alfombradas de porquería y excrementos. Era una ciudad en el vientre de una ciudad mayor incluso. Él y sus hermanos se habían criado en el campamento; él era el mayor, le sacaba tres años al siguiente. Había vivido en una casucha de adobe con sus hermanos, su madre, su padre, que se llamaba Iqbal, y su abuela paterna, Parwana. Él y sus hermanos habían aprendido a andar y hablar en aquel campamento. Había ido a la escuela allí. Había jugado con palos y ruedas de bicicleta oxidadas en las sucias callejas, correteando con otros niños refugiados hasta que se ponía el sol y su abuela lo llamaba de vuelta a casa.

—Aquello me gustaba —dijo—. Tenía amigos y conocía a todo el mundo. Y nos iba bien. Tengo un tío en Estados Unidos, el hermanastro de mi padre. Tío Abdulá. Nunca lo he visto, pero nos mandaba dinero todos los meses. Y eso ayudaba; ayudaba un montón.

—¿Por qué te fuiste?

244

—Por obligación. Los pakistaníes cerraron el campamento. Dijeron que el sitio de los afganos estaba en Afganistán. Y entonces dejó de llegar el dinero de mi tío. Así que mi padre dijo que volveríamos a casa para empezar de cero, ahora que los talibanes habían huido al lado pakistaní de la frontera. Dijo que en Pakistán éramos huéspedes que nos habíamos quedado demasiado tiempo y ya no éramos bienvenidos. Yo me deprimí un montón. Este sitio —añadió con un ademán— es una tierra extranjera para mí. Y los niños del campamento, los que habían estado en Afganistán, nunca dijeron nada bueno sobre este país.

Adel tuvo ganas de decirle que lo entendía muy bien. Quiso decirle cuánto echaba de menos Kabul, a sus amigos y a sus hermanastros de Jalalabad. Pero temió que pudiera burlarse de él, de modo que se limitó a comentar:

—Bueno, esto es bastante aburrido, desde luego.

Gholam rió.

—No creo que se refirieran a eso.

Adel tuvo la vaga impresión de que lo habían regañado.

Gholam dio una calada y exhaló una ristra de anillos. Los observaron alejarse flotando y desintegrarse.

—Mi padre nos dijo a mis hermanos y a mí: «Ya veréis, muchachos, cuando respiréis el aire de Shadbagh y probéis el agua.» Él nació y se crió aquí. «Nunca habéis probado un agua tan fresca y dulce como ésa.» Siempre estaba hablándonos de Shadbagh, que cuando él vivía aquí supongo que no era más que una pequeña aldea. Nos decía que hay una clase de vid que sólo crece en Shadbagh, en ningún otro lugar del mundo. Cualquiera hubiese dicho que estaba describiendo el paraíso.

Adel le preguntó dónde vivía ahora. Gholam arrojó la colilla lejos y miró al cielo con los ojos entornados.

—¿Sabes ese campo que hay junto al molino?

—Sí. —Adel esperó, pero el chico no dijo nada más—. ¿Vives en un campo?

—Por el momento. En una tienda de campaña.

—¿No tenéis familia aquí?

—No. O se murieron o se marcharon. Bueno, mi padre sí que tiene un tío, en Kabul. O lo tenía. Quién sabe si sigue vivo.

Era el hermano de mi abuela, trabajaba para una familia rica de allí. Pero me parece que Nabi y mi abuela llevan décadas sin hablarse, cincuenta años o más, creo. Es como si no se conocieran. Supongo que, si de verdad tuviese que hacerlo, mi padre acudiría a él. Pero quiere intentar salir adelante solo. Aquí. Éste es su hogar.

Se quedaron un rato callados, sentados en el tocón y observando estremecerse las hojas de los frutales bajo las bocanadas de viento cálido. Adel pensó en Gholam y su familia pasando las noches en una tienda de campaña, con escorpiones y serpientes acechando alrededor.

No supo muy bien por qué acabó contándole la razón de que sus padres y él se hubieran trasladado a ese lugar desde Kabul. O más bien, no supo decidir entre los varios motivos para contárselo. Quizá lo hizo para que Gholam no se llevase la impresión de que, como vivía en una casa grande, no tenía ninguna preocupación en la vida. O por aventajarlo, como si estuvieran en un patio de colegio. Quizá quería su compasión, o incluso reducir el abismo que los separaba. No lo sabía. Quizá fue por todas esas razones. Y tampoco sabía por qué le parecía importante caerle bien a Gholam; sólo comprendía vagamente que había una razón más complicada que el mero hecho de sentirse solo y desear un amigo.

—Vinimos a Shadbagh porque alguien trató de matarnos en Kabul —soltó—. Un tipo en moto paró un día ante nuestra casa y la acribilló a balazos. No lo atraparon. Afortunadamente nadie salió herido.

No sabía qué reacción esperaba, pero sí lo sorprendió que Gholam no tuviese ninguna. Seguía alzando la vista con los ojos entornados.

—Sí, ya lo sabía.

—¿Lo sabías?

—Tu padre se mete el dedo en la nariz y la gente se entera.

Adel lo observó arrugar el paquete de tabaco vacío y metérselo en el bolsillo de los vaqueros.

—Y está claro que tu padre tiene enemigos —añadió Gholam, y soltó un suspiro.

Adel lo sabía. *Baba yan* le había explicado que varios hombres que lucharon junto a él contra los soviéticos en los años ochenta se habían vuelto poderosos y corruptos. Decía que habían perdido el norte. Y como él no estaba dispuesto a tomar parte en sus planes criminales, trataban de desautorizarlo, de manchar su nombre difundiendo rumores falsos e injuriosos contra él. Por eso *baba yan* siempre intentaba proteger a Adel: no permitía que hubiera periódicos en la casa, ni que Adel viera las noticias en la televisión o navegara por internet.

Gholam se inclinó más hacia él.

—Y tengo entendido que está hecho todo un granjero —comentó.

Adel se encogió de hombros.

—Ya lo ves. Solamente tiene unas cuantas hectáreas de frutales. Bueno, y también los campos de algodón en Helmand, para la fábrica.

Gholam lo miró a los ojos y esbozó una lenta sonrisa, dejando a la vista el diente cariado.

—Conque algodón. Qué inocente. No sé qué decirte.

Adel no entendió de qué hablaba. Se levantó e hizo botar la pelota.

—Pues di que quieres otra revancha.

—Quiero otra revancha.

—Vamos allá.

—Vale, pero esta vez te apuesto a que no marcas ni uno.

Ahora fue Adel quien sonrió.

—Qué te apuestas.

—Está clarísimo: la camiseta de Zidane.

—¿Y si gano yo? O cuando gane, más bien.

—Yo que tú no me preocuparía de algo tan improbable —repuso Gholam.

Fue una encerrona en toda regla. Gholam se lanzó a derecha e izquierda y paró todos los penaltis de Adel. Éste se quitó la camiseta, sintiéndose estúpido por dejarse engañar de aquella manera y por perder la que era probablemente su posesión más preciada. Le tendió la camiseta a Gholam. Se sintió al borde de las lágrimas y luchó por contenerlas, alarmado.

Gholam tuvo al menos el detalle de no ponérsela en su presencia. Cuando ya se iba, le dijo sonriente por encima del hombro:

—No es verdad que tu padre vaya a estar fuera tres meses, ¿no?

—Mañana quiero jugar otra vez para recuperarla —respondió Adel—. Me refiero a la camiseta.

—Lo pensaré.

Gholam se alejó hacia la carretera. A medio camino se detuvo, sacó la arrugada cajetilla de tabaco del bolsillo y la arrojó por encima del muro de la casa de Adel.

Durante la semana siguiente, Adel salió todos los días del recinto con la pelota bajo el brazo. Las dos primeras veces consiguió calcular sus escapadas para no coincidir con el guardia armado que hacía la ronda del perímetro. Pero el guardia lo pilló a la tercera y se negó a dejarlo salir. Adel entró otra vez en la casa y volvió con un iPod y un reloj. A partir de entonces, el guardia le permitió entrar y salir siempre y cuando no fuera más allá de los huertos de frutales. En cuanto a su madre y Kabir, apenas reparaban en sus ausencias de un par de horas. Era una de las ventajas de vivir en una casa tan grande.

Adel jugaba solo en la parte de atrás del recinto, junto al claro del viejo tocón, confiando en que apareciera Gholam. Lanzaba asiduas miradas al sendero sin asfaltar que llevaba a la carretera mientras daba toquecitos a la pelota, se sentaba en el tocón a contemplar un caza cruzando raudo el cielo o arrojaba piedrecitas con indolencia. Al cabo de un rato, cogía la pelota y volvía arrastrando los pies al recinto.

Un día apareció por fin Gholam, cargado con una bolsa.

—¿Dónde estabas?

—Trabajando.

Y le contó que durante unos días los habían contratado, a él y su padre, para hacer ladrillos. El trabajo de Gholam consistía en preparar la argamasa. Llevaba cubos de agua de aquí para allá y arrastraba sacos de cemento y arena que pesaban más que él. Le explicó cómo mezclaba el mortero en la carretilla, ligándolo con agua con la ayuda de una azada, removiéndolo y añadiendo agua y arena hasta que adquiría una consistencia lisa y sin grumos. Entonces empujaba la carretilla hasta los albañiles, la descargaba y luego volvía sobre sus pasos para preparar otra tanda. Extendió las palmas para que Adel viera las ampollas.

—Toma ya —soltó Adel, sabiendo que decía una tontería, pero no se le ocurrió otro comentario.

Lo más parecido a trabajar que había hecho en toda su vida había sido ayudar al jardinero a plantar unos arbolillos en el jardín de su casa en Kabul, una tarde de hacía tres años.

—Te he traído una sorpresa —dijo Gholam.

Hurgó en la bolsa y le lanzó la camiseta de Zidane.

—No lo entiendo —repuso un sorprendido Adel, aunque sintió a la vez una prudente alegría.

—El otro día en la ciudad vi a un niño que la llevaba puesta —dijo Gholam, indicándole con un ademán que le diera la pelota.

Cuando Adel se la pasó, la mantuvo en el aire con toquecitos del empeine mientras hablaba.

—Increíble, ¿no? Pues voy y le digo: «Eh, esa camiseta que llevas es de un amigo mío», y el tío me mira raro. Para no enrollarme mucho, digamos que lo resolvimos en un callejón. ¡Y al acabar me estaba suplicando que me quedara con la camiseta! —Atrapó la pelota en el aire, escupió y sonrió de oreja a oreja—. Vale, también es posible que se la hubiese vendido un par de días antes.

—Pero eso no está bien. Si se la vendiste, era suya.

—¿Qué pasa, ya no la quieres? ¿Con lo que me costó recuperarla? La pelea no fue desigual del todo, ¿sabes? Consiguió darme un par de guantazos decentes.

—Aun así... —musitó Adel.

—Además, te engañé para quitártela, y me sentía un poco mal. Ahora ya has recuperado tu camiseta, y yo... —Se señaló los pies, y Adel vio que llevaba unas zapatillas de deporte nuevas, azules y blancas.

—¿Está bien el otro chico?

—Sobrevivirá. Bueno, ¿vamos a quedarnos aquí discutiendo o vamos a jugar?

—¿Está tu padre contigo?

—Hoy no. Está en los juzgados, en Kabul. Venga, vamos.

Jugaron un rato a pasarse la pelota. Luego dieron un paseo; Adel no cumplió la promesa que le había hecho al guardia y llevó a Gholam a los huertos. Cogieron nísperos de los árboles y se tomaron unas latas frías de Fanta que Adel se había llevado de la cocina sin que nadie lo viera.

En adelante, se encontraban allí casi a diario. Jugaban a la pelota, se perseguían entre las hileras de árboles frutales. Charlaban sobre deportes y películas, y cuando no tenían nada que decirse, sencillamente se sentaban a contemplar la población de Shadbagh-e-Nau, las suaves colinas en la distancia y, más allá, la brumosa cadena de montañas.

Adel se despertaba ahora cada día deseando ver a Gholam recorrer a hurtadillas el sendero, oír su voz fuerte y confiada. Se distraía durante las clases de la mañana; se desconcentraba pensando a qué jugarían, qué historias se contarían. Le preocupaba perder a Gholam. Le preocupaba que su padre, Iqbal, encontrara trabajo fijo en la ciudad, o un sitio donde vivir, y Gholam se marchara a otro lugar, a otra parte del país. Adel había tratado de prepararse para esa posibilidad, de endurecerse para la inevitable despedida.

Un día, cuando estábamos sentados en el tocón del árbol, Gholam quiso saber:

—¿Has estado alguna vez con una chica?

—¿Quieres decir si...?

—Sí, eso.

Adel sintió calor en las orejas. Contempló brevemente la posibilidad de mentir, pero supo que Gholam le vería el plumero.

—¿Tú sí? —musitó.

Gholam encendió un pitillo y le ofreció uno. Esta vez, tras mirar por encima del hombro para asegurarse de que el guardia no asomara en la esquina o que Kabir no hubiese decidido salir, Adel lo aceptó. Dio una calada y prorrumpió al instante en un prolongado acceso de tos. Gholam esbozó una sonrisita y le dio unas palmadas en la espalda.

—Bueno, ¿sí o no? —insistió al cabo Adel, respirando con dificultad y los ojos llorosos.

—Cuando estábamos en el campamento —respondió Gholam con tono de confidencia—, un chico mayor que yo me llevó a un burdel de Peshawar.

Y le contó la historia. Una habitación pequeña y sucia, de cortinas naranja y paredes desconchadas, una desnuda bombilla colgada del techo, una rata escurridiza. El traqueteo de los *rickshaws* y el rumor de los coches en la calle. Una muchacha sentada en el colchón, acabándose un plato de *biryani*, mirándolo inexpresiva mientras masticaba. Incluso a aquella luz mortecina, Gholam advirtió que tenía un bonito rostro y que era apenas mayor que él. Rebañó los últimos granos de arroz con un pedazo de *naan*, apartó el plato y se limpió los dedos en los pantalones al tiempo que se los bajaba.

Adel escuchaba cautivado, fascinado. Nunca había tenido un amigo como Gholam; sabía más del mundo incluso que sus hermanastros, que le llevaban unos años. Y en cuanto a los amigos que había tenido antes, en Kabul, eran todos hijos de tecnócratas, funcionarios y ministros. Sus vidas eran variaciones de la del propio Adel. En cambio, la existencia de Gholam estaba llena de problemas, de imprevistos y privaciones, pero también de aventuras; una vida diametralmente opuesta a la de Adel aunque se desarrollara a un tiro de piedra de la suya. Cuando escuchaba las historias de Gholam, su propia vida le resultaba aún más aburrida.

—¿Y qué? ¿Lo hiciste o no? —quiso saber—. ¿Se la...? Ya sabes... ¿se la metiste?

—Si te parece nos tomamos una taza de *chai* y hablamos de la poesía de Rumi. ¿Tú qué crees?

Adel se ruborizó.

—¿Cómo fue?

Pero Gholam ya había cambiado de tema. Sus conversaciones solían ser así. Gholam se lanzaba con entusiasmo a contar una historia, y cuando tenía a Adel enganchado, perdía el interés y pasaba a otra cosa, dejándolo en ascuas. Y ahora, en lugar de acabar con el relato que había empezado, comentó:

—Mi abuela dice que su marido, mi abuelo Sabur, le contó una historia sobre este árbol. Fue mucho antes de que lo cortara, claro. Fue cuando los dos eran pequeños. Le contó que, si tenías un deseo, debías arrodillarte delante del árbol y decírselo en susurros, y si el árbol estaba dispuesto a concedértelo, arrojaba exactamente diez hojas sobre tu cabeza.

—Nunca había oído esa historia —repuso Adel.

—Pues claro que no la habías oído.

Adel cayó entonces en la cuenta de lo que había dicho Gholam.

—Un momento: ¿tu abuelo cortó nuestro árbol?

Gholam volvió la mirada hacia él.

—¿Vuestro? Este árbol no es vuestro.

Adel parpadeó.

—¿Qué quieres decir?

Gholam pareció taladrarlo con la mirada. Por primera vez, Adel no captó un ápice de la vivacidad habitual de su amigo, ni de su sonrisita burlona o traviesa. Su cara había adoptado una expresión seria y sorprendentemente adulta.

—Este árbol era de mi familia. Esta tierra era de mi familia. Ha sido nuestra durante generaciones. Tu padre construyó su mansión en nuestra tierra cuando estábamos en Pakistán, durante la guerra. —Señaló los frutales—. ¿Ves esos huertos? Pues ahí tenía la gente sus casas. Pero tu padre las mandó derribar con una excavadora. Y lo mismo hizo con la casa donde nació y se crió mi padre.

Adel volvió a parpadear.

—Se adueñó de nuestra tierra y construyó esa... —con una mueca de desdén, indicó el recinto con el pulgar—, esa cosa.

Con el estómago un poco revuelto y el corazón palpitante, Adel dijo:

—Creía que éramos amigos. ¿Por qué dices esas mentiras tan horribles?

—¿Te acuerdas de cuando te engañé para quitarte la camiseta? —replicó Gholam con las mejillas arreboladas—. Casi te echaste a llorar. No lo niegues, te vi. Y fue por una camiseta. ¡Una camiseta! Imagina cómo se sintió mi familia, tras el largo viaje desde Pakistán, cuando bajaron del autobús y se encontraron esa cosa en su tierra. Y luego vino ese gorila vuestro del traje morado y nos echó del sitio que nos pertenece.

—¡Mi padre no es un ladrón! —exclamó Adel—. Pregunta a cualquiera en Shadbagh-e-Nau, pregúntales qué ha hecho él por este pueblo.

Pensó en cómo recibía *baba yan* a la gente en la mezquita, sentado en el suelo con una taza de té ante sí y el rosario en la mano. Una solemne fila de gente iba desde su cojín hasta la puerta de entrada: hombres con las manos embarradas, mujeres desdentadas, jóvenes viudas con niños; todos necesitados, todos esperando turno para pedirle un favor, un empleo, un pequeño préstamo para reparar un tejado o una acequia o comprar leche en polvo. Y su padre asentía y los escuchaba con paciencia infinita, como si cada persona en la cola le importase tanto como un miembro de su familia.

—No me digas. Entonces explícame cómo puede ser que mi padre tenga la escritura de propiedad —repuso Gholam—. Se la dio al juez cuando fue al juzgado.

—Estoy seguro de que si tu padre habla con *baba*...

—Tu *baba* se niega a hablar con él. No piensa reconocer lo que ha hecho. Cuando nos ve, pasa de largo con su coche como si fuéramos perros vagabundos.

—No sois perros —contestó Adel, esforzándose para que no le temblara la voz—. Sois buitres. Ya me lo dijo Kabir. Debería haberme dado cuenta.

Gholam se levantó, se alejó un par de pasos y se detuvo.

—Pues ahora ya lo sabes —dijo—. No tengo nada contra ti. No eres más que un crío ignorante. Pero la próxima vez que tu *baba* se vaya a Helmand, pídele que te lleve a esa fábrica suya. Así verás qué cultiva allí. Te daré una pista: no es algodón.

Aquella noche, antes de cenar, Adel se dio un baño de agua caliente con espuma. Del piso de abajo le llegaba el sonido de la televisión; Kabir estaba viendo una vieja película de piratas. La ira que había sentido toda la tarde estaba remitiendo, y empezaba a pensar que había sido demasiado duro con Gholam. *Baba yan* le había dicho en cierta ocasión que los pobres a veces hablaban mal de los ricos, no importaba cuánto hiciese uno por ellos. Lo hacían sobre todo porque estaban descontentos con sus propias vidas. No podía evitarse; incluso era algo natural. «Y no debemos culparlos, Adel», añadió.

Adel no era tan ingenuo como para ignorar que el mundo era un lugar básicamente injusto; sólo tenía que mirar por la ventana de su habitación. Pero imaginaba que, a la gente como Gholam, reconocer que el mundo era así no les servía de consuelo. Quizá la gente como Gholam necesitaba un culpable, un objetivo de carne y hueso, alguien a quien poder acusar de ser el causante de sus desgracias, alguien a quien condenar y culpar, a quien tener rabia. Y quizá *baba yan* tenía razón y la respuesta adecuada era comprenderlos, evitar juzgarlos e incluso responderles con generosidad. Observando las burbujas de jabón que estallaban en la superficie del agua, Adel pensó que su padre construía escuelas y clínicas cuando le constaba que en el pueblo había gente que difundía cotilleos maliciosos sobre él.

Mientras se estaba secando, su madre asomó la cabeza por la puerta del baño.

—¿Bajas a cenar?

—No tengo hambre.

—Vaya.

La madre entró y cogió una toalla del estante.

—Ven, siéntate. Deja que te seque el pelo.

—Sé hacerlo solo.

Ella se le acercó por detrás, estudiándolo a través del espejo.

—¿Va todo bien, Adel?

Él se encogió de hombros. La madre le puso entonces una mano en el hombro, como si esperase que Adel frotara la mejilla contra ella, pero no lo hizo.

—Mamá, ¿has visto alguna vez la fábrica de *baba yan*?

Notó que su madre se quedaba inmóvil.

—Claro que sí, y tú también.

—No me refiero a fotografías. ¿La has visto de cerca? ¿Has estado allí?

—¿Cómo iba a ir? —repuso su madre ladeando la cabeza en el espejo—. Helmand es un sitio peligroso. Tu padre nunca me pondría en peligro, y a ti tampoco.

Adel asintió con la cabeza.

Del piso de abajo llegaba el estruendo de los cañonazos y los gritos de guerra de los piratas.

Al cabo de tres días, Gholam volvió a aparecer. Se acercó con paso enérgico a Adel y se detuvo.

—Me alegro de que hayas venido —dijo Adel—. Tengo una cosa para ti.

Cogió del tocón el abrigo que había llevado consigo todos los días desde que discutieron. Era de piel marrón chocolate, con suave forro de lana de borreguito y una capucha que podía quitarse mediante una cremallera. Se lo tendió a Gholam.

—Sólo me lo he puesto un par de veces. Me va un poco grande, debería quedarte bien.

Gholam ni se movió.

—Ayer cogimos un autobús hasta Kabul para ir al juzgado —se limitó a decir—. Adivina qué nos dijo el juez. Tenía malas noticias para nosotros. Hubo un pequeño incendio y la escritura de propiedad de mi padre ardió en él. Ya no está, no existe.

Adel bajó lentamente la mano que sujetaba el abrigo.

—Y cuando nos decía que no podía hacer nada sin los papeles, ¿a que no sabes qué llevaba en la muñeca? Pues un reloj de oro nuevecito que mi padre no le vio la otra vez.

Adel parpadeó.

Gholam bajó la vista hasta el abrigo. Su mirada fue penetrante, hiriente, con toda la intención de provocar vergüenza. Y lo consiguió. Adel se encogió, y el abrigo que sostenía dejó de ser una ofrenda de paz para convertirse en un soborno.

Gholam se dio la vuelta y echó a andar de vuelta a la carretera con paso enérgico.

· · ·

La velada del día de su regreso, *baba yan* celebró una fiesta en la casa. Adel estaba sentado junto a su padre en la cabecera del enorme mantel que se había desplegado en el suelo para la cena. A veces, *baba yan* prefería sentarse en el suelo y comer con las manos, en especial cuando lo hacía con amigos de la época de la yihad. «Me recuerda a mis tiempos de cavernícola», bromeaba. Las mujeres cenaban en la mesa del comedor, con cubiertos, presididas por la madre de Adel. A éste le llegaba el eco de su cháchara a través de las paredes de mármol. Una de ellas, una mujer de anchas caderas y largo cabello teñido de rojo, se había comprometido con un amigo de *baba yan*. Antes de la cena, le había enseñado a la madre de Adel fotografías en su cámara digital de la tienda para novias que habían visitado en Dubái.

Después de cenar, cuando tomaban el té, *baba yan* contó la historia de cómo su unidad había tendido una emboscada a una columna soviética para impedirle el acceso a un valle en el norte. Todos escucharon con atención.

—Cuando los tuvimos a tiro —contó *baba yan* mientras le acariciaba el pelo a Adel con gesto ausente—, abrimos fuego. Le dimos al vehículo que abría la marcha, y luego a varios jeeps. Pensé que retrocederían, o que tratarían de abrirse camino. Pero lo que hicieron los muy cabrones fue detenerse, apearse y abrir fuego contra nosotros. Increíble, ¿verdad?

Un murmullo recorrió la habitación. Muchos negaban con la cabeza. Adel sabía que al menos la mitad de los hombres presentes eran antiguos muyahidines.

—Los superábamos en número, quizá los triplicábamos, pero ellos tenían armas pesadas, ¡y al cabo de poco eran ellos quienes nos atacaban! Disparaban contra nuestras posiciones en los huertos. No tardamos en dispersarnos para ponernos a salvo. Yo huía junto a otro tipo, un tal Mohammad no sé qué. Corríamos codo con codo a través de un campo de vides, no de las que se sujetan con espalderas y alambre, sino de las que se dejan crecer en el suelo. Las balas silbaban por todas partes y nos esforzábamos por salvar el pellejo, hasta que de pronto tropezamos y caímos los dos. Tardé un segundo en volver a estar en pie, pero el tal Mohammad ya no estaba a mi lado. Miré alrededor y grité: ¡Levanta el culo de una vez, pedazo de burro!

Baba yan hizo una pausa para darle más dramatismo a la cosa. Se llevó un puño a los labios para contener la risa.

—Y entonces el tipo se levantó de entre unas vides y echó a correr como alma que lleva el diablo, y no vais a creerlo, pero ¡el muy chiflado iba cargado con racimos de uva! ¡Un montón bajo cada brazo!

Todos estallaron en carcajadas, incluso Adel. Su padre le frotó la espalda y lo atrajo hacia sí. Alguien empezó a contar otra historia y *baba yan* cogió el cigarrillo que tenía junto al plato. Pero no llegó a encenderlo, porque de pronto un cristal se hizo añicos en algún lugar de la casa.

Se oyó gritar a las mujeres en el comedor. Algo metálico, un tenedor o un cuchillo, golpeó ruidosamente contra el mármol. Los hombres se pusieron en pie. Azmaray y Kabir irrumpieron en la habitación empuñando las pistolas.

—Ha sido en la entrada —informó Kabir, y al punto volvió a romperse un cristal.

—Espere aquí, comandante *sahib*. Iremos a echar un vistazo —intervino Azmaray.

—Y un cuerno —gruñó *baba yan* abriéndose paso—. No pienso quedarme encogido de miedo bajo mi propio techo.

Echó a andar hacia el vestíbulo seguido por Azmaray, Kabir Adel y los invitados. Por el camino, Adel vio a Kabir coger el atizador de hierro que utilizaban en invierno para avivar el fuego en la estufa. Y también vio a su madre corriendo hacia ellos pálida y cariacontecida. Cuando llegaron al vestíbulo, una piedra entró por la ventana y se estrelló contra el suelo entre añicos de cristal. La mujer pelirroja, la futura novia, se puso a dar alaridos. Fuera, alguien gritaba.

—¿Cómo demonios han burlado al guardia? —preguntó alguien detrás de Adel.

—¡Comandante *sahib*, no! —exclamó Kabir, pero el padre de Adel ya había abierto la puerta principal.

Fuera empezaba a oscurecer, pero estaban en verano y el cielo aún tenía un resplandor amarillo pálido. En la distancia, Adel vio luces aquí y allá; la gente de Shadbagh-e-Nau se disponía a cenar con sus familias. Las montañas en el horizonte se habían sumido en sombras, y la noche no tardaría en invadir todos los recovecos. Pero el manto de oscuridad no era aún suficiente para ocultar al anciano que vio Adel, al pie de la escalinata de entrada, con una piedra en cada mano.

—Llévatelo arriba —le dijo *baba yan* por encima del hombro a Aria—. ¡Ahora mismo!

La madre de Adel le rodeó los hombros y lo hizo subir las escaleras y recorrer el pasillo hasta el dormitorio principal que compartía con *baba yan*. Cerró la puerta con llave, corrió las cortinas y encendió el televisor. Condujo a Adel hasta la cama y se sentó a su lado. En la pantalla, dos árabes vestidos con *kurtas* y gorritos de punto arreglaban un enorme camión.

—¿Qué va a hacerle *baba* a ese hombre? —quiso saber Adel. No podía parar de temblar—. Mamá, ¿qué va a hacerle?

Alzó la vista hacia su madre y vio que una sombra le nublaba fugazmente el rostro, y de pronto supo con absoluta certeza que no iba a poder creer lo que ella iba a decirle.

—Va a hablar con él —respondió con voz temblorosa—. Va a razonar con quien sea que esté ahí fuera. Eso hace tu padre. Razona con la gente.

Adel, cabizbajo, empezó a sollozar.

—¿Qué va a hacer, mamá? ¿Qué va a hacerle a ese hombre?

Ella le repitió lo mismo una y otra vez, que no pasaría nada, que todo iría bien, que no iban a hacerle daño a nadie. Pero cuanto más lo decía, más lloraba Adel, hasta que acabó tan agotado que cayó dormido en el regazo de su madre.

«Ex comandante sale ileso de un atentado criminal.»

Adel leyó el artículo en el estudio de su padre, en el ordenador. Según el periódico, el ataque había sido «sanguinario» y el asaltante era un antiguo refugiado a quien se le sospechaban «vínculos con los talibanes». A medio artículo se citaba a su padre diciendo que había temido por la seguridad de su familia. «En especial por la de mi inocente hijito», fueron sus palabras. El artículo no revelaba el nombre del asaltante ni información sobre lo que le había ocurrido.

Adel apagó el ordenador. Se suponía que no debía utilizarlo, y además tenía prohibido entrar en el estudio de su padre. Un mes antes no se habría atrevido a hacer ninguna de las dos cosas. Volvió arrastrando los pies a su habitación, se tendió en la cama e hizo rebotar una y otra vez una vieja pelota de tenis contra la pared. *Toc, toc, toc.* Al poco rato, su madre asomó la cabeza y le pidió que parara, pero, aunque insistió, Adel no paró. Ella se quedó allí un momento y luego se fue.

Toc, toc, toc.

En apariencia, nada había cambiado. Un recuento por escrito de las actividades diarias de Adel habría revelado una vuelta a su ritmo habitual. Se levantaba a la hora de siempre, se lavaba, desayunaba con sus padres, recibía las clases de su profesor particular. Después comía y se pasaba la tarde tumbado viendo películas con Kabir, o entreteniéndose con videojuegos.

Pero todo era distinto. Quizá Gholam había entreabierto una puerta para él, pero era *baba yan* quien lo había empujado a cruzarla. En la mente del niño habían empezado a moverse engranajes antes inactivos. Le daba la sensación de haber adquirido, de la noche a la mañana, un sexto sentido que le permitía percibir cosas que antes no veía, cosas que llevaba años teniendo en las narices. Advertía, por ejemplo, que su madre tenía secretos. Cuando la miraba, prácticamente los veía reflejados en su cara. Veía los esfuerzos que hacía por ocultarle a él todo lo que sabía, todo lo que guardaba en su interior a buen recaudo, como ellos dos en aquella gran casa. Por primera vez, Adel veía la casa de su padre como una monstruosidad, una afrenta, un monumento a la injusticia, tal como, en privado, la veían los demás. En las ansias de la gente por complacer a su padre veía la intimidación y el temor sobre los que se sostenían el respeto y la deferencia. Pensaba que, de saberlo, Gholam se sentiría orgulloso de él. Por primera vez, Adel era plenamente consciente de las verdaderas fuerzas que habían gobernado siempre su vida.

Y también era consciente de los principios en conflicto que una persona alberga en su interior. Y no sólo su padre, su madre, o Kabir; también él mismo.

Ese último descubrimiento fue, en cierto sentido, el más sorprendente. La revelación de lo hecho por su padre —primero en nombre de la yihad y después de lo que él llamaba la justa recompensa del sacrificio— había tenido en él un impacto tremendo. Al menos durante unos días. Desde la noche de las pedradas en las ventanas, le dolía el estómago cada vez que su padre entraba en la habitación. Si lo encontraba hablando exaltado por el móvil o lo oía canturrear en la bañera, sentía un escalofrío y la garganta se le secaba. Si su padre le daba un beso de buenas noches, su reacción instintiva era rehuirlo. Tenía pesadillas. Soñaba que alguien recibía una paliza entre los árboles frutales de los huertos, el destello de un atizador de hierro subiendo y bajando, golpeando un cuerpo. Despertaba de esos sueños con un alarido atascado en el pecho. Lo sorprendían accesos de llanto en los momentos más inoportunos.

Y sin embargo...

Estaba ocurriendo algo más. Aquella nueva conciencia no se desvaneció y lentamente encontró compañía. Ahora era consciente de algo más, de otra parte de su ser que no desplazaba a la de antes sino que reclamaba espacio a su lado. Se sentía despertar a otra parte de sí, más problemática. La parte que, con el tiempo, aceptaría gradualmente, casi imperceptiblemente, esa nueva identidad que ahora le producía el mismo picor que un jersey de lana mojado. Adel veía que probablemente acabaría por aceptar las cosas, como había hecho su madre. Al principio se había enfadado con ella, pero ahora estaba más dispuesto a perdonarla. Quizá había aceptado porque le tenía miedo a su marido. O a cambio de la vida de lujo que llevaba. O, como Adel sospechaba, sobre todo por la misma razón por la que lo haría él: porque debía hacerlo. ¿Qué otra opción tenía? Adel no podía huir de su vida, no más que Gholam de la suya. La gente aprendía a vivir con las cosas más inimaginables. Y eso mismo haría él. Su vida era así. Su padre era así y su madre era así. Y él era así, aunque acabase de descubrirlo.

Adel sabía que no podría volver a querer a su padre como antes, cuando dormía acurrucado entre sus fuertes brazos, feliz. Eso era inconcebible ahora. Pero aprendería a quererlo de nuevo, aunque fuera de un modo distinto, más confuso y complicado. Casi tenía la sensación de haber dado un salto gigantesco desde la infancia. No tardaría en aterrizar convertido en un adulto. Y cuando lo hiciera no habría vuelta atrás, porque ser adulto se parecía a lo que su padre había dicho una vez sobre ser un héroe de guerra. Una vez llegabas a serlo, lo eras hasta la muerte.

Tendido en la cama por las noches, Adel pensaba que un día, quizá el siguiente, o el otro, o la próxima semana, saldría de la casa y se encaminaría al campo junto al molino, donde le había dicho Gholam que estaba acampada su familia. Seguramente lo encontraría desierto. Se detendría a un lado de la carretera e imaginaría a Gholam, su madre, sus hermanos y su abuela; a toda la familia en una fila desastrada, arrastrando polvorientos hatillos con sus escasas posesiones, avanzando penosamente por los arcenes de carreteras, atravesando campos en busca de algún sitio donde acampar. Gholam era ahora el cabeza de familia. Tendría que trabajar. Pasaría su juventud limpiando canales, cavando acequias, haciendo ladrillos y cosechando en campos. Se convertiría gradualmente en uno de esos hombres encorvados y de rostro curtido que Adel veía siempre tras un arado.

Adel pensó que se quedaría un rato allí, en el campo, contemplando las colinas y montañas que se alzaban más allá de la nueva Shadbagh. Y pensó que entonces sacaría del bolsillo lo que había encontrado un día mientras paseaba por los huertos de frutales: la mitad izquierda de unas gafas partidas por el puente, con la lente astillada como una telaraña y la patilla salpicada de sangre seca. Arrojaría el trozo de gafa en una zanja. Y cuando se diera la vuelta para emprender el camino de regreso a casa, pensó que principalmente sentiría alivio.

8

Otoño de 2010

Por la noche, cuando llego a casa de la clínica, encuentro un mensaje de Thalia en el contestador de mi habitación. Lo escucho mientras me quito los zapatos y me siento al escritorio. Me cuenta que tiene un resfriado, que sin duda le ha contagiado mamá, y luego me pregunta cómo estoy, cómo me va el trabajo en Kabul. Al final, justo antes de colgar, añade: «Odie anda quejándose todo el día de que no la llamas. Pero a ti no va a decírtelo, claro. De modo que lo hago yo. Markos, por el amor de Dios, llama a tu madre, idiota.»

Sonrío.

Thalia.

Tengo una fotografía suya sobre el escritorio, la que le saqué hace mucho tiempo en la playa de Tinos, sentada en una roca de espaldas a la cámara. Aunque la he enmarcado, si uno se fija bien, todavía se ve una zona marrón oscuro en la esquina inferior derecha, cortesía de una chica italiana chiflada que trató de prenderle fuego hace muchos años.

Enciendo el portátil para teclear las notas postoperatorias del día anterior. Mi habitación está arriba —uno de los tres dormitorios en la primera planta de esta casa en la que he vivido desde mi llegada a Kabul en 2002— y el escritorio se halla ante la ventana que da al jardín de abajo. Tengo vistas de los nísperos que plantamos hace unos años mi antiguo casero, Nabi, y yo. También veo la antigua vivienda de Nabi junto al muro trasero, ahora repintada. Cuando él falleció, se la ofrecí a un joven holandés que echa una mano a institutos de secundaria en asuntos informáticos. Y a la derecha está el Chevrolet de los años cuarenta de Suleimán Wahdati, que lleva décadas sin moverse, con un manto de óxido como musgo en una roca, y cubierto ahora por la fina película de la sorprendentemente temprana nevada de ayer, la primera del año. A la muerte de Nabi, consideré hacer que se lo llevaran a uno de los vertederos de Kabul, pero me faltó valor. Me pareció una parte demasiado esencial del pasado de la casa, de su historia.

Acabo con las notas y consulto el reloj. Ya son las nueve y media. Las ocho en Grecia.

«Llama a tu madre, idiota.»

Si voy a llamarla esta noche, no puedo postergarlo más. Recuerdo que Thalia me comentó en un e-mail que mamá se acostaba cada vez más pronto. Inspiro profundamente y me armo de valor. Levanto el auricular y marco el número.

Conocí a Thalia en el verano de 1967, cuando yo tenía doce años. Ella y su madre, Madaline, vinieron a Tinos a visitarnos. Mi madre, Odelia, dijo que hacía años, quince para ser exactos, que su amiga Madaline y ella no se veían. Madaline había dejado la isla a los diecisiete para irse a Atenas y convertirse, durante un tiempo al menos, en una actriz de modesta fama.

—No me sorprendió enterarme de que se dedicaba a actuar —me contó mamá—, con lo guapa que era. Todo el mundo se quedaba siempre prendado de Madaline. Lo verás por ti mismo cuando la conozcas.

Le pregunté por qué nunca la había mencionado.

—¿No lo he hecho? ¿Estás seguro?

—Sí, lo estoy.

—Pues habría jurado que sí. —Y añadió—: Tienes que ser considerado con su hija Thalia, tuvo un accidente. La mordió un perro. Tiene una cicatriz.

No quiso decir más, y la conocía lo suficiente para no insistir. Pero aquella revelación me intrigó, mucho más que el pasado de

264

Madaline en el cine y los escenarios, y la sospecha de que la cicatriz tenía que ser significativa y visible para que la niña mereciera consideración especial avivó mi curiosidad. Con morboso interés, ardí en deseos de ver aquella cicatriz.

—Madaline y yo nos conocimos en misa, de pequeñas —explicó mamá.

Desde el principio fueron amigas inseparables. En clase se cogían de la mano bajo el pupitre, o en el patio, en la iglesia o cuando paseaban por los campos de cebada. Juraron que serían siempre como hermanas. Se prometieron que vivirían cerca, que incluso después de haberse casado serían vecinas, y que si el marido de una insistía en mudarse a otro sitio, pedirían el divorcio. Recuerdo que mamá esbozó una sonrisa burlona al contármelo, como para distanciarse de aquella euforia y aquellas tonterías de juventud, aquellas promesas precipitadas y ansiosas. Pero capté un matiz de pena en su expresión, una sombra de una desilusión que su considerable orgullo no le permitía admitir.

Madaline estaba casada con un hombre rico bastante mayor que ella, un tal Andreas Gianakos, que años atrás había producido su segunda película, que resultó ser la última. Ahora él estaba en el negocio de la construcción y tenía una importante empresa en Atenas. Madaline y el señor Gianakos se habían peleado hacía poco. Mamá no me facilitó toda esa información; lo supe gracias a la lectura clandestina, precipitada y parcial de la carta que Madaline le mandó a mamá para hacerle saber que tenía previsto visitarnos. «No sabes lo harta que estoy de Andreas y sus amigos derechistas y toda su música marcial. Mantengo la boca cerrada todo el tiempo. No digo ni mu cuando ponen por las nubes a esos gorilas militares que han convertido nuestra democracia en una farsa. Si expreso una sola palabra de desacuerdo, estoy segura de que me tacharán de anarcocomunista, y entonces ni la influencia de Andreas me salvará del calabozo. Quizá ni siquiera se molestaría en utilizarla, me refiero a su influencia. A veces me parece que ésa es precisamente su intención, provocarme hasta que yo misma me ponga en evidencia. Ay, mi querida Odie, cuánto te echo de menos, cómo añoro tu compañía...»

El día que estaba prevista la llegada de nuestras invitadas, mamá se levantó temprano para ordenar un poco. Vivíamos en una pequeña casa en la ladera de una colina. Como muchas casas en Tinos, era de piedra encalada y techo plano con azulejos rojos en forma de rombo. El pequeño dormitorio del piso de arriba que mamá y yo compartíamos no tenía puerta, pues se accedía a él directamente desde la angosta escalera, pero sí una ventana que daba a una estrecha terraza con barandilla de hierro forjado desde la que se veían los tejados de otras casas, los olivos, las cabras, las tortuosas callejas y, por supuesto, el mar Egeo, azul y tranquilo por las mañanas y salpicado de blanco en las tardes de verano, cuando soplaban los vientos *meltemi* del norte.

Cuando hubo acabado con la limpieza, mamá se puso su único atuendo supuestamente elegante, el que llevaba cada 15 de agosto, el día de la Dormición, en la iglesia Panagía Evangelistria, cuando los peregrinos acudían a Tinos de todas partes del Mediterráneo para rezar ante el famoso icono. Hay una fotografía de mi madre con ese atuendo: el vestido largo y soso, de un tono dorado oscuro y cuello redondo, el jersey blanco encogido, las medias y los zapatos negros de tacón. Mamá parece la típica viuda severa de rostro adusto, cejas pobladas y nariz respingona, muy rígida y con actitud hoscamente piadosa, como si también fuese una peregrina. Yo también salgo en la foto, muy tieso junto a mi madre, llegándole a la cadera. Llevo pantalón corto, camisa blanca y calcetines largos también blancos. Se ve, por mi cara de pocos amigos, que me han dicho que permanezca bien derecho, que no sonría, y se nota que me han lavado la cara a conciencia y peinado el pelo con agua, contra mi voluntad y con mucho revuelo. Se advierte una corriente de resentimiento entre nosotros. Se nota en lo rígidos que estamos los dos, con los cuerpos apenas en contacto.

O quizá los demás no lo capten, pero yo sí, cada vez que veo esa fotografía; la última fue hace dos años. No puedo evitar advertir el recelo, la impaciencia, el esfuerzo. No puedo evitar ver a dos personas juntas por pura obligación genética, condenadas ya a provocar el desconcierto y la decepción de la otra, destinadas a desafiarse mutuamente.

Desde la ventana del dormitorio, vi a mamá salir hacia el puerto de Tinos, donde atracaba el ferry. Con una bufanda al cuello, caminaba como si embistiera el día azul y soleado. Era una mujer menuda, de huesos pequeños y cuerpo de niña, pero si la veías venir, más te valía apartarte de su camino. La recuerdo llevándome al colegio todas las mañanas; ahora está jubilada, pero era maestra. Cuando caminábamos, nunca me cogía de la mano. Las otras madres sí llevaban a sus hijos de la mano, pero ella no. Decía que tenía que tratarme como a cualquier otro alumno. Ella iba delante, ciñéndose el cuello del jersey, y yo trataba de seguirle el paso con la fiambrera en la mano, a veces corriendo para alcanzarla. En la clase, siempre me sentaba al fondo. Recuerdo a mi madre en la pizarra, y cómo podía dejar clavado a un alumno que se portase mal con una sola mirada furibunda, como una piedra lanzada con una honda con puntería quirúrgica. Era capaz de dejarte seco con una simple expresión sombría o un súbito silencio.

Mamá creía en la lealtad por encima de todo, aunque fuera a costa de la abnegación. Especialmente a costa de la abnegación. También creía que lo mejor era decir siempre la verdad, sin tapujos ni aspavientos, y cuanto más desagradable fuera esa verdad, antes tenías que confesarla. No tenía paciencia para la debilidad de carácter. Era, y es, una mujer que no sabe de disculpas, una mujer sumamente voluntariosa, alguien con quien no convenía pelearse, aunque la verdad es que nunca he entendido, ni siquiera ahora, si ese temperamento suyo era un don divino o si lo adoptó por pura necesidad, teniendo en cuenta que su marido murió apenas un año después de que se casaran y tuvo que criarme sola.

Volví a quedarme dormido cuando mamá se fue. Desperté sobresaltado al oír una resonante voz de mujer. Me incorporé en la cama y ahí estaba, toda pintalabios y polvos, perfume y curvas esbeltas, un anuncio de compañía aérea que me sonreía a través del fino velo de un casquete. Se había plantado en el centro de la habitación, con su vestido minifalda verde neón y una maleta de piel a sus pies, con su cabello caoba y sus largas piernas. Me sonreía con expresión radiante y hablaba con alegría y aplomo.

—¡De modo que tú eres el pequeño Markos! ¡Odie no me dijo que fueras tan guapo! Ah, y veo algo suyo en ti, en los ojos... Sí, creo que tenéis los mismos ojos, seguro que os lo han dicho ya. Qué ganas tenía de conocerte. Tu madre y yo éramos como... ah, pero seguro que Odie te lo ha contado, así que ya imaginarás lo emocionada que me siento al veros a los dos, al conocerte, Markos. ¡Markos Varvaris! Bueno, yo soy Madaline Gianakos, y debo decir que estoy encantada.

Se quitó un guante de satén que le llegaba hasta el codo, de esos que yo sólo había visto llevar a damas elegantes en las revistas cuando salían de fiesta, fumaban en la escalinata de la ópera o bajaban con ayuda de un caballero de una limusina negra, con el rostro iluminado por los flashes. Tuvo que tironear de cada dedo hasta conseguir quitárselo, y entonces se dobló levemente por la cintura y me tendió la mano.

—Encantada —dijo. Su mano suave estaba fría, a pesar del guante—. Y ésta es mi hija, Thalia. Cariño, saluda a Markos Varvaris.

La niña estaba en el umbral de la habitación, junto a mi madre, y me miraba con rostro inexpresivo; era desgarbada y paliducha, de cabello lacio. Aparte de eso, no recuerdo ningún detalle más. No sé decir de qué color era el vestido que llevaba aquel día, si es que llevaba vestido, ni qué clase de zapatos, ni si se había puesto calcetines, reloj, collar, anillo o pendientes. No sé decirlo porque, si uno estuviera en un restaurante y de pronto alguien se desnudara, se subiera de un salto a la mesa y empezara a hacer malabarismos con las cucharas de postre, no sólo se quedaría mirándolo, sino que sólo sería capaz de ver eso. La máscara que cubría la mitad inferior del rostro de aquella niña era así: eliminaba la posibilidad de mirar cualquier otra cosa.

—Thalia, saluda, cariño. No seas maleducada.

Me pareció advertir una leve inclinación de la cabeza.

—Hola —respondí con la lengua como papel de lija.

Hubo una onda expansiva en el aire. Una corriente. Me sentí asaltado por algo que era emoción y temor, algo que brotaba y se enroscaba en mi interior. La miraba fijamente, consciente de ello, pero no podía parar, no podía apartar la mirada de aquella máscara de tejido azul celeste, de las dos cintas paralelas que la ceñían a la nuca, del estrecho corte horizontal sobre la boca. Supe en aquel instante que no soportaría ver qué ocultaba la máscara. Y también que me moría de ganas de verlo. Mi vida no podría seguir su curso natural, su ritmo, hasta que viera por mí mismo qué era tan terrible, tan espantoso, para que fuera necesario protegernos a mí y a los demás de ello.

No me pasó por la cabeza la otra posibilidad, la de que la máscara estuviera destinada a proteger a Thalia de nosotros; al menos no se me ocurrió en aquel vertiginoso primer encuentro.

Madre e hija se quedaron arriba deshaciendo las maletas mientras mamá rebozaba filetes de lenguado en la cocina para la cena. Me pidió que preparara una taza de *elliniko* para Madaline, y eso hice; y también que se la subiera, y eso hice, en una bandeja y con un platito de *pastelli*.

Han pasado varias décadas, y todavía me recorre una oleada de vergüenza, como un líquido caliente y pegajoso, cuando me acuerdo de lo que ocurrió entonces. Ahora soy capaz de ver la escena como si fuera una fotografía, congelada. Madaline fuma ante la ventana, contemplando el mar con unas gafas de sol, de pie con una mano en la cadera y los tobillos cruzados. Su casquete está sobre el tocador. Sobre éste hay un espejo en el que se ve a Thalia, sentada en la cama de espaldas a mí. Está inclinada haciendo algo, quizá desabrochándose los zapatos, y advierto que se ha quitado la máscara. Está a su lado sobre la cama. Un escalofrío me recorre la espalda y de pronto me tiemblan las manos, y eso hace que la taza de porcelana tintinee en el platillo, y a su vez que Madaline se vuelva hacia mí y Thalia alce la mirada. La veo reflejada en el espejo.

La bandeja se me escurre entre las manos. La porcelana se hace añicos, el café se derrama y la bandeja cae con estrépito escaleras abajo. Y de pronto se ha desatado el caos: yo, a gatas en el suelo, vomito sobre los fragmentos de porcelana, Madaline repite «Vaya por Dios» y mamá se precipita escaleras arriba exclamando «¿Qué ha pasado? ¿Qué has hecho, Markos?».

«La mordió un perro —me había dicho mamá como advertencia—. Tiene una cicatriz.» El perro no había mordido la cara de Thalia; se la había comido. Y es posible que hubiese palabras para describir lo que vi reflejado en el espejo aquel día, pero «cicatriz» no era una de ellas.

Recuerdo que mamá me agarró de los hombros, me incorporó y me dio la vuelta en redondo, diciendo «Pero ¿a ti qué te pasa?». Y recuerdo que alzó la vista y miró más allá de mi cabeza. Se quedó helada. Se quedó sin habla. Palideció. Sus manos resbalaron de mis hombros. Y entonces fui testigo de algo absolutamente extraordinario, algo que habría creído tan imposible como que el rey Constantino apareciese ante nuestra puerta vestido de payaso: una única lágrima formándose en la comisura del ojo derecho de mi madre.

—Bueno, y ¿cómo era? —quiere saber mamá.

—¿Quién?

—¿Cómo quién? La francesa. La sobrina de tu casero, la profesora de París.

Me cambio el auricular a la otra oreja. Me sorprende que se acuerde. Toda la vida me ha parecido que las palabras que le digo se desvanecen en el espacio sin que las oiga, como si hubiera estática entre nosotros, un problema de conexión. A veces, cuando la llamo desde Kabul como ahora, tengo la sensación de que ha dejado silenciosamente el auricular y se ha ido, de que le hablo a un vacío en otro continente, pese a que siento su presencia en la línea y la oigo respirar a mi oído. Otras veces le estoy contando algo que he visto en la clínica, por ejemplo, un niño ensangrentado en brazos de su padre y con metralla en las mejillas y una oreja arrancada de cuajo, una víctima más de jugar en la calle equivocada a la hora equivocada del día equivocado, y entonces de repente oigo un sonoro golpetazo y la voz de mamá súbitamente distante y amortiguada, el eco de unas pisadas y el ruido de algo que se arrastra por el suelo. Así que me interrumpo y espero a que vuelva, y cuando lo hace, siempre casi sin aliento, me explica cosas como: «Le he dicho que estaba bien de pie, se lo he dicho claramente; le he dicho: "Thalia, quiero estar de pie ante la ventana y contemplar el agua mientras hablo con Markos", pero ella me ha respondido: "Vas a cansarte, Odie, tienes que sentarte", y antes de que me dé cuenta, está arrastrando la butaca, esa grandota de piel que compró el año pasado, la está arrastrando hasta la ventana. Madre mía, qué fuerte es esta chica. Tú no has visto la butaca, claro.» Entonces suelta un suspiro de fingida exasperación y me pide que continúe con mi historia, pero ya no tengo ganas de hacerlo. El efecto general es que me siento regañado, y es más, que me lo merezco; hace que me sienta culpable de palabras que no he pronunciado, de ofensas de las que no me ha acusado. Y aunque prosiga con mi historia, incluso a mí mismo me parece banal, sin punto de comparación con la escena de mamá y Thalia con la butaca.

—¿Cómo se llamaba? —dice ahora mamá—. Pari no sé qué, ¿verdad?

Le he hablado de Nabi, a quien consideraba un buen amigo, sólo en líneas generales. Sabe que en su testamento le dejó la casa de Kabul a su sobrina, Pari, que se crió en Francia. Pero no le he hablado de Nila Wahdati, de su huida a París tras el infarto cerebral de su marido, de las décadas que Nabi pasó cuidando de Suleimán. En esa historia hay demasiados paralelismos que pueden resultar contraproducentes. Sería como leer en voz alta tu propia condena.

—Pari, sí. Era simpática —digo—. Y cariñosa. Sobre todo para tratarse de una profesora de universidad.

—¿Qué era, química? No me acuerdo bien.

—Matemática —contesto, cerrando la tapa del portátil.

Ha empezado a caer otra nevada ligera, copos diminutos que flotan en la oscuridad y chocan contra mi ventana.

Le hablo sobre la visita de Pari Wahdati a finales de este verano. Una mujer encantadora, desde luego. Dulce, delgada, el cabello gris recogido en un moño, un cuello largo con venas azules bien visibles a ambos lados, una cálida sonrisa de dientes separados. Se la veía un poco frágil y aparentaba más edad de la que tenía. Víctima de una artritis reumatoide severa. En especial en las manos, muy nudosas; aún podía utilizarlas, pero el día en que dejaría de hacerlo estaba cada vez más cerca, y ella lo sabía.

Me recordó a mamá, que también su día se acercaba inexorablemente.

Pari Wahdati se quedó una semana conmigo en la casa de Kabul. A su llegada de París la acompañé en un recorrido guiado por la casa. La había visto por última vez en 1955, y pareció sorprenderse por la viveza con que recordaba la distribución general; por ejemplo, se acordaba de los dos peldaños entre la sala de estar y el comedor, donde solía sentarse a leer a media mañana bajo un rayo de sol. La impresionó que la casa fuera mucho más pequeña que en sus recuerdos. Cuando la conduje al piso de arriba, supo cuál había sido su habitación, aunque ahora la ocupa un colega alemán que trabaja para el Programa Mundial de Alimentos. Contuvo el aliento al ver el pequeño armario en un rincón de la habitación, una de las pocas reliquias supervivientes de su infancia; yo lo recordaba de la nota que me dejó Nabi antes de su muerte. Se agachó para pasar las yemas de los dedos por la desconchada pintura amarilla y las jirafas y monos desvaídos de las puertas. Cuando volvió a mirarme, advertí que habían aflorado lágrimas a sus ojos, y entonces me preguntó, tímidamente y con tono de disculpa, si sería posible que se lo mandara a París. Me ofreció pagar por otro que lo sustituyera. Era lo único que quería de la casa. Le dije que sería un placer.

Al final, aparte del armario, que le envié unos días después de su marcha, Pari Wahadati volvió a Francia sin otra cosa que los cuadernos de bocetos de Suleimán Wahdati, la carta de Nabi y unos cuantos poemas de su madre, Nila, que Nabi había conservado. Sólo me pidió otra cosa durante su estancia, y fue que le consiguiera un transporte para llevarla a Shadbagh, pues quería visitar su aldea natal, donde confiaba en encontrar a su hermanastro Iqbal.

—Supongo que pondrá en venta la casa —comenta mamá—, ahora que es suya.

—Me dijo que podía quedarme todo el tiempo que quisiera —contesto.

—¿Sin pagar alquiler?

—Ajá.

Casi puedo verla apretar los labios con escepticismo. Es una isleña y sospecha de todos los que no lo son, sus actos de aparente buena voluntad le inspiran recelo. De niño, ésa era una de las razones de que supiese que algún día me marcharía de Tinos, cuando tuviese la oportunidad. Oír hablar a la gente de esa manera me sacaba de quicio.

—¿Cómo te va con el palomar? —pregunto para cambiar de tema.

—Tuve que abandonarlo. Me agotaba.

Hace seis meses, en Atenas, un neurólogo diagnosticó la enfermedad de mamá; yo había insistido en que se visitara con uno después de que Thalia me contara que tenía tics y temblores y que se le caían las cosas todo el rato. Fue Thalia quien la llevó. Desde entonces, mamá ha estado desquiciada. Lo sé por los correos electrónicos que me manda Thalia. Andaba pintando la casa, arreglando escapes de agua, convenciendo a Thalia de que la ayudara a hacer un armario nuevo para el piso de arriba, y hasta cambiando las tejas rotas del tejado, aunque Thalia ha puesto fin a todo eso, gracias a Dios. Luego vino el palomar. Imagino a mamá arremangada, martillo en mano y la espalda empapada en sudor, poniendo clavos y lijando tablas de madera. Tratando de ganarles la carrera a sus propias neuronas en declive. Sacándoles hasta la última gota de jugo mientras pueda.

—¿Cuándo vienes a casa? —quiere saber.

—Dentro de poco. —Ésa fue mi respuesta el año pasado, cuando me hizo la misma pregunta. Ya han pasado dos años desde mi última visita a Tinos.

Hay un breve silencio.

—No esperes demasiado. Quiero verte antes de que me pongan el pulmón de acero. —Ríe.

Es una antigua costumbre suya, encarar la mala suerte con bromas y payasadas, ese desdén hacia cualquier muestra de autocompasión, por pequeña que sea. Tiene el efecto paradójico —y calculado, como bien sé— de disminuir y aumentar a un tiempo la desgracia en cuestión.

—Ven por Navidad, si puedes —dice—. Antes del cuatro de enero, en cualquier caso. Thalia dice que ese día va a haber un eclipse solar en Grecia. Lo ha leído en internet. Podríamos verlo juntos.

—Lo intentaré, mamá.

Era como despertarte un día y descubrir que un animal salvaje se te ha metido en casa. Ningún lugar me parecía seguro. Estaba en todas partes, merodeando, acechando, siempre llevándose un pañuelo a la mejilla para enjugar la saliva que le manaba sin cesar de la boca. Las reducidas dimensiones de nuestra casa me hacían imposible escapar de su presencia. Por encima de todo me horrorizaba la hora de comer, cuando me veía obligado a contemplar el espectáculo de Thalia levantándose el extremo inferior de la máscara para llevarse la cuchara a la boca. Se me revolvía el estómago de verla, de oírla. Comía con mucho escándalo, sin poder evitar que trozos de comida medio masticados se le escaparan de la boca y aterrizaran con un sonido blando y húmedo en el plato, la mesa o incluso el suelo. No tenía más remedio que beber todos los líquidos, incluso la sopa, con una cañita, de las que su madre siempre guardaba un buen puñado en el bolso. Sorbía el caldo con profusión de ruidos, pese a lo cual siempre acababa manchándole la máscara y escapándosele por la comisura de la boca hacia el cuello. La primera vez pedí permiso para levantarme de la mesa, lo que me valió una mirada fulminante de mamá, así que me propuse mantener los ojos apartados de Thalia y hacer oídos sordos, pero no era fácil. Entraba en la cocina y allí estaba ella, muy quieta mientras Madaline le esparcía pomada en la mejilla para prevenir rozaduras. Empecé a llevar la cuenta de los días que faltaban para que pasaran las cuatro semanas que, según mamá, Madaline y Thalia se quedarían con nosotros.

Deseaba que Madaline hubiese venido sola. Con ella no tenía ningún problema. Nos sentábamos los cuatro en el pequeño patio cuadrado al que daba la puerta principal y Madaline tomaba café y fumaba un cigarrillo tras otro bajo el olivo, cuya sombra perfilaba las aristas de su rostro, tocada con un casquete de paja dorado que debería quedarle ridículo, y que sin duda lo hubiese quedado en cualquier otro mortal; mamá, sin ir más lejos. Pero

Madaline era una de esas personas que rezuman elegancia sin proponérselo, como si fuera un rasgo genético, como la habilidad de enrollar la lengua longitudinalmente. Con Madaline la conversación jamás decaía; desgranaba anécdotas como quien respira. Una mañana nos habló de sus viajes, a Ankara, por ejemplo, donde había recorrido la orilla del Enguri Su y tomado té verde con un chorrito de *raki*, o la ocasión en que el señor Gianakos y ella habían visitado Kenia y paseado a lomos de un elefante entre acacias espinosas, y hasta se habían sentado a comer gachas de maíz y arroz de coco con los aldeanos.

Las historias de Madaline me despertaron una antigua inquietud, un impulso que siempre había tenido de lanzarme a recorrer mundo, de llevar una vida intrépida. Comparada con la suya, mi existencia en Tinos resultaba abrumadoramente anodina. Veía mi propio futuro como un interminable y desolado páramo, por lo que pasé la mayor parte de mi niñez en la isla luchando por mantenerme a flote, sintiéndome como un doble de mí mismo, una suerte de apoderado, como si mi verdadero ser habitara en otro lugar, a la espera de reunirse algún día con su otro yo, más difuso, menos sólido. Me sentía abandonado. Un exiliado en mi propio hogar.

Madaline dijo que en Ankara había ido a un lugar llamado parque Kugulu, donde había visto a los cisnes deslizándose sobre la superficie resplandeciente del agua.

—Ya empiezo a desbarrar —dijo entre risas.

—No, de eso nada —replicó mamá.

—Es un viejo hábito. Hablo por los codos, siempre lo he hecho. ¿Recuerdas cuántos disgustos nos llevamos por mi culpa, por estar de cháchara en clase? Tú nunca te portabas mal, Odie. Eras tan responsable y estudiosa...

—Tus anécdotas son interesantes. Llevas una vida interesante.

Madaline puso los ojos en blanco.

—Bueno, ya conoces la maldición china.

—¿Y a ti, te gustó África? —le preguntó mamá a Thalia.

Ésta se llevó el pañuelo a la mejilla y no contestó. Yo me alegré de que no lo hiciera. Hablaba de un modo muy extraño, una peculiar mezcla de ceceo y gargarismo que poseía una cualidad líquida.

—Verás, a Thalia no le gusta viajar —contestó Madaline en su lugar, aplastando el cigarrillo. Lo dijo como si fuera una verdad irrefutable. No hacía falta mirar a Thalia en busca de una señal de asentimiento o discrepancia—. Sencillamente no es lo suyo.

—Tampoco lo mío —repuso mamá, volviéndose de nuevo hacia Thalia—. Me gusta estar en casa. Supongo que nunca he tenido una razón de peso para salir de Tinos.

—Ni yo para quedarme —replicó Madaline—. Aparte de ti, claro está. —Tocó la muñeca de mamá—. ¿Sabes cuál era mi gran temor cuando me fui? ¿Mi mayor preocupación? Pues cómo seguir adelante sin Odie. Te lo juro. Me aterraba la idea.

—Por lo visto, te las has arreglado muy bien —repuso mamá despacio, apartando con esfuerzo los ojos de Thalia.

—Tú no lo entiendes —señaló Madaline, y me di cuenta de que se refería a mí, porque me miraba directamente—. Si no fuera por tu madre, no sé qué habría sido de mí. Ella me salvó.

—Ahora sí que estás desbarrando —dijo mamá.

Thalia miró hacia arriba, entornando los ojos. En el cielo, un avión señalaba su trayectoria en silencio con una larga y única estela blanca.

—Fue de mi padre de quien Odie me salvó —añadió Madaline. No estaba seguro de que siguiera hablándome a mí—. Era uno de esos hombres que ya nacen malvados. Tenía ojos saltones, el cuello corto y grueso con un oscuro lunar en la nuca. Y puños. Dos puños como piedras. Llegaba a casa y no tenía ni que mover un dedo; me bastaba con el sonido de sus botas en el pasillo, el tintineo de las llaves, su voz tarareando alguna melodía. Cuando se enfadaba, resoplaba por la nariz y cerraba los ojos con fuerza, como enfrascado en sus pensamientos, y luego se frotaba la cara y decía «Vamos a ver, niña, vamos a ver», y yo sabía que iba a estallar la tormenta, que iba a estallar y nada podría impedirlo. Nadie podría ayudarme. A veces, sólo de verlo frotándose la cara o bufando por encima del bigote, se me emborronaba la visión.

»Desde entonces he conocido a unos cuantos hombres como él, mal que me pese. Y lo que he aprendido de ellos es que, en cuanto hurgas un poco, compruebas que todos son iguales, a grandes rasgos. Unos más refinados que otros, por descontado, y los hay que poseen algún encanto o que incluso lo derrochan, lo que puede llamar a engaño. Pero en el fondo no son más que niños desdichados que se debaten en su propia ira. Se sienten víctimas de una injusticia. Creen que nadie valora sus méritos, que nadie los ha querido lo bastante. Por supuesto, esperan que tú sí los quieras. Desean que los abracen, que los mezan, que los reconforten, pero concederles todo eso es un error. No pueden aceptarlo. No pueden aceptar aquello que más necesitan. Terminan odiándote por ello. Y nunca se acaba, porque no pueden odiarte lo suficiente, nunca se acaba, el sufrimiento, las disculpas, las promesas siempre rotas, la desdicha que todo lo impregna. Mi primer marido era así.

Yo no salía de mi asombro. Nadie se había expresado jamás con tal sinceridad en mi presencia, y mucho menos mamá. No conocía a nadie que expusiera sus miserias de ese modo, sin asomo de pudor. La franqueza de Madaline me produjo una mezcla de vergüenza ajena y admiración.

Cuando mencionó a su primer marido, me percaté de que, por primera vez desde que la conocía, una sombra se había posado sobre su rostro, el fugaz indicio de algo oscuro y doloroso, una herida abierta que no concordaba con la risa vital, las bromas y el holgado vestido color calabaza con estampado floral. Recuerdo haber pensado qué buena actriz debía de ser, para disimular la pena y el desengaño bajo semejante barniz de alegría. Como si de una máscara se tratara, pensé, íntimamente complacido con tan lúcida asociación.

Más tarde, a medida que me fui haciendo mayor, dejé de tenerlo tan claro. Al recordar la escena, creía percibir cierta afectación en la pausa que Madaline había hecho al mencionar a su primer marido, en cómo había bajado los ojos, en su voz entrecortada, el leve temblor de los labios, igual que creía percibirla en su imparable energía, sus ocurrencias, su desbordante y arrolladora simpatía, la sutileza con que envolvía incluso los desaires, atenuados por un tranquilizador guiño y una carcajada. Quizá se tratara en ambos casos de una afectación premeditada, o quizá no lo fuera en ninguno de los dos. Llegó un momento en que me sentía incapaz de distinguir lo que era real de lo que era actuación, lo que al menos me hacía pensar en ella como una actriz infinitamente más interesante.

—¿Cuántas veces vine corriendo a tu casa, Odie? —dijo Madaline. De nuevo la sonrisa, la risa torrencial—. Pobres, tus padres. Pero esta casa era mi refugio. Mi santuario. Es verdad. Una pequeña isla dentro de otra.

—Siempre has sido bienvenida —apuntó mamá.

—Fue tu madre la que puso fin a las palizas, Markos. ¿Te lo ha contado alguna vez?

Contesté que no.

—No puedo decir que me sorprenda. Así es Odelia Varvaris.

Mamá doblaba el volante del delantal y volvía a alisarlo sobre el regazo con gesto absorto.

—Una noche llegué aquí con la lengua sangrando, un mechón de pelo arrancado de cuajo, el oído todavía zumbándome a causa de un golpe. Esa vez me había zurrado de lo lindo. ¡Me dejó hecha un cisco! Un verdadero cisco... —A juzgar por su tono, Madaline bien podría haber estado hablando de una comida espléndida o una buena novela—. Tu madre no me pregunta nada porque lo sabe, cómo no va a saberlo. Se queda mirándome un buen rato, mientras yo sigo allí plantada, temblando, y luego dice, lo recuerdo como si fuera ayer: «Bueno, hasta aquí hemos llegado.» Y añade «Vamos a hacerle una visita a tu padre, Maddie», y yo empiezo a suplicarle que no lo haga. Temía que nos matara a las dos, pero ya sabes cómo se pone tu madre a veces.

Dije que sí, lo sabía, y mamá me miró de soslayo.

—Se negaba a escucharme. Tendrías que haber visto su mirada. Seguro que sabes a qué me refiero. Y entonces se echó a la calle, pero no sin antes coger la escopeta de caza de tu abuelo. Y todo el rato, de camino a mi casa, yo intento detenerla, convencerla de que no me había hecho tanto daño. Pero no me escuchaba. Llegamos a mi casa y allí está mi padre, en la puerta, y entonces Odie empuña la escopeta, le planta la boca del cañón en la barbilla y le suelta: «Como vuelvas a hacerlo, vendré y te meteré una bala en la cara.»

»Mi padre parpadea y se queda mudo. No logra articular palabra. Y ahora viene lo mejor, Markos. Miro hacia abajo y veo un pequeño cerco, un charco de... bueno, supongo que ya te lo imaginas, un pequeño cerco que se va expandiendo en el suelo, entre sus pies descalzos.

Madaline se apartó el pelo de la cara y dijo, al tiempo que volvía a encender el mechero:

—Y ésta, querido, es una historia verídica.

No hacía falta que lo dijera. Sabía que lo era. Reconocí en ella la inquebrantable determinación de mamá, su lealtad pura y simple, sin fisuras. El impulso, la necesidad de combatir las injusticias, de alzarse en defensa de los oprimidos. Y sabía que era cierto por el rezongo que emitió sin despegar los labios al escuchar el último apunte de Madaline. No lo aprobaba. Seguramente le parecía de mal gusto, y no sólo por motivos obvios. En su opinión, hasta quienes habían sido unos miserables en vida merecían un mínimo respeto después de muertos. Y más tratándose de familia.

Mamá se removió en la silla y dijo:

—Y si no te gusta viajar, Thalia, ¿qué te gusta?

Todas las miradas convergieron en la joven. Madaline llevaba mucho rato hablando, y recuerdo haber pensado, en el patio moteado por el sol que se colaba entre el follaje, que era tal su capacidad para llamar la atención, para atraerlo todo hacia su centro como un torbellino, que la presencia de Thalia había pasado completamente inadvertida. También sopesé la posibilidad de que hubiesen adoptado esa dinámica por pura necesidad, el numerito de la hija retraída que se veía eclipsada por una madre egocéntrica y sedienta de protagonismo. De que el narcisismo de Madaline respondiera quizá a un acto de bondad, a un instinto de protección maternal.

Thalia farfulló algo.

—¿Perdona? —dijo mamá.

—Levanta la voz, cariño —sugirió Madaline.

Thalia se aclaró la garganta con un sonido ronco, gutural.

—La ciencia.

Por primera vez, me fijé en el color de sus ojos, verdes como un prado virgen, en la intensa tonalidad de su pelo oscuro, y me percaté de que había heredado el cutis inmaculado de su madre. Me pregunté si habría sido mona alguna vez, o incluso guapa como Madaline.

—Háblales del reloj de sol, cariño —propuso Madaline.

Thalia se encogió de hombros.

—Thalia construyó un reloj de sol —explicó Madaline—. En el patio trasero. El verano pasado. Sin que nadie la ayudara. Ni Andreas, ni mucho menos yo —añadió con una carcajada.

—¿Ecuatorial u horizontal? —preguntó mamá.

Advertí un destello de sorpresa en los ojos de Thalia. Un momentáneo desconcierto. Como cuando alguien pasea por una ajetreada calle de una ciudad extranjera y capta de pronto algún retazo de conversación en su propia lengua.

—Horizontal —contestó con su extraña voz líquida.

—¿Qué usaste como estilo?

Los ojos de Thalia se posaron en mamá.

—Corté una postal.

Aquélla fue la primera vez que intuí lo bien que podrían llevarse las dos.

—De pequeña, se dedicaba a desmontarlo todo —explicó Madaline—. Le gustaban los juguetes mecánicos, cosas que tuvieran engranajes internos. Pero no para jugar con ellos, ¿verdad que no, cariño? No, lo que hacía era destrozarlos, todos aquellos juguetes carísimos, los abría en cuanto se los regalábamos. Yo me ponía hecha una furia, pero Andreas, justo es reconocerlo, me decía que la dejara, que lo que hacía era propio de una mente curiosa.

—Si te apetece, podríamos construir uno juntas —sugirió mamá—. Un reloj de sol, quiero decir.

—Ya sé cómo hacerlo.

—Esos modales, cariño —le reconvino Madaline, extendiendo y luego doblando una pierna, como si hiciera estiramientos antes de ensayar un número de baile—. La tía Odie sólo intenta ser amable.

—Quizá otra cosa, entonces —insistió mamá—. Podemos construir algo distinto.

—¡Ah, por cierto! —exclamó Madaline con un grito ahogado, exhalando el humo del cigarrillo precipitadamente—. No puedo creer que aún no te lo haya dicho, Odie. Tengo que darte una noticia. A ver si lo adivinas.

Mamá se encogió de hombros.

—¡Voy a retomar mi carrera de actriz! ¡En el cine! Me han ofrecido un papel protagonista en una superproducción. ¿Te lo puedes creer?

—Felicidades —respondió mamá sin mostrar demasiado entusiasmo.

—Me he traído el guión. Dejaré que lo leas, Odie, pero temo que no te guste. ¿Crees que hago mal? Me hundiría por completo, no me importa que lo sepas. Nunca lo superaría. Empezamos a rodar en otoño.

A la mañana siguiente, después del desayuno, mamá me dijo en un aparte:

—A ver, ¿qué te pasa? ¿Qué mosca te ha picado?

Le dije que no sabía de qué me hablaba.

—Deja ya de hacerte el tonto. No te pega —replicó.

Tenía una forma de mirarme, entornando los ojos y ladeando la cabeza de un modo apenas perceptible, que aún hoy me desarma.

—No puedo hacerlo, mamá. No me obligues a hacerlo.

—¿Y por qué no, si puede saberse?

Las palabras brotaron de mis labios antes de que pudiera evitarlo:

—Porque es un monstruo.

La boca de mamá se hizo pequeña. Me miró no con ira, sino con profundo desaliento, como si la hubiese dejado sin gota de sangre. Había algo irrevocable en su mirada. Resignación. Como un escultor que al fin deja caer el mazo y el cincel, desistiendo de tallar un bloque de piedra recalcitrante que nunca adquirirá la forma imaginada.

—Es una persona a la que le ha pasado algo terrible. Repite lo que has dicho. Me gustaría oírte. Dilo y verás lo que te pasa.

Un poco más tarde allí estábamos, Thalia y yo, enfilando un camino adoquinado y flanqueado por muros de piedra. Yo tomaba la precaución de ir unos pasos por delante de ella, para que los transeúntes —o, no lo quisiera Dios, algún compañero de la escuela— no dieran por sentado que íbamos juntos, aunque lo harían de todos modos, claro está. Saltaba a la vista. Esperaba que la distancia que nos separaba diera al menos a entender que la acompañaba obligado y a regañadientes. Para mi alivio, ella no se esforzó en darme alcance. Nos cruzamos con granjeros de piel curtida y expresión fatigada que volvían del mercado. Los burros avanzaban a paso cansino, y sus cascos traqueteaban en el camino de tierra bajo el peso de las alforjas de mimbre, cargadas con las mercancías que sus amos no habían podido vender. Yo conocía a la mayoría de ellos, pero avanzaba con la cabeza gacha y evitaba mirarlos a la cara.

Llevé a Thalia hasta la playa. Elegí una cala rocosa a la que iba a veces, a sabiendas de que no estaría tan concurrida como algunas de las otras playas, la de Agios Romanos, por ejemplo. Me recogí los pantalones, salté de escollo en escollo y me detuve en uno cercano al rompiente, allí donde las olas azotaban las rocas y se replegaban. Me quité los zapatos y hundí los pies en un pequeño charco que se había formado entre los escollos. Un cangrejo ermitaño se escabulló a toda prisa. Vislumbré a Thalia hacia mi derecha, acomodándose en lo alto de una roca cercana.

Nos quedamos allí un buen rato, sin decir palabra, viendo cómo el oleaje embestía las rocas. Una ráfaga de aire frío me azotó las orejas y me roció el rostro de agua salada. Un pelícano planeaba con las alas extendidas sobre el mar azul turquesa. Había dos mujeres, una al lado de la otra, con el agua hasta las rodillas y las faldas recogidas. Hacia poniente se veía la isla, el blanco que dominaba las casas y los molinos de viento, el verde de los campos de cebada, el marrón apagado de las montañas escarpadas en las que todos los años rebrotaban los manantiales. Mi padre había muerto en una de esas montañas. Trabajaba en una cantera de mármol verde, y un día, cuando yo llevaba seis meses en el vientre de mamá, resbaló de lo alto de un precipicio y cayó desde unos treinta metros. Mamá me dijo que había olvidado sujetar el arnés de seguridad.

—Deberías dejarlo —me dijo Thalia.

Yo me entretenía arrojando guijarros a un viejo cubo de estaño galvanizado y su voz me sobresaltó. Erré el tiro.

—¿A ti qué más te da?

—Me refiero a hacerte la víctima. Si por mí fuera, yo tampoco estaría aquí.

El viento le hacía ondear el pelo y se sujetaba la máscara sobre el rostro. Me pregunté si viviría a diario con ese temor, de que una ráfaga de viento se la arrancara de cuajo y tuviera que salir corriendo tras ella, expuesta a las miradas. No dije nada. Lancé otro guijarro y volví a fallar.

—Eres un imbécil —me espetó.

Al cabo de un rato se levantó y yo fingí quedarme. Luego, volviéndome a medias, vi que se alejaba de la orilla, de vuelta a la carretera, así que me puse los zapatos y la seguí hasta casa.

Cuando llegamos, mamá estaba picando *okras* en la cocina con Madaline sentada cerca, haciéndose la manicura y fumando un cigarrillo cuya ceniza iba depositando en un platito. Me estremecí, poco menos que horrorizado, al ver que el platito en cuestión pertenecía a la vajilla de porcelana que mamá había heredado de su abuela. Aquella vajilla era el único objeto de cierto valor que poseía mi madre, y apenas la sacaba de su estante, el más alto, casi tocando el techo.

Madaline se soplaba las uñas entre calada y calada mientras hablaba de Pattakos, Papadopoulos y Makarezos, los tres coroneles que habían orquestado un golpe militar —el golpe de los coroneles, como se conocía entonces— unos meses atrás en Atenas. Iba diciendo que conocía a un dramaturgo, «un encanto de hombre» en sus palabras, al que habían metido en la cárcel acusado de subversivo y comunista.

—¡Lo que es absurdo, por supuesto! Sencillamente absurdo. ¿Sabes qué les hacen a los presos, los de la ESA, para conseguir que hablen? —Había bajado el tono, como si pudiera haber policías militares agazapados en la casa—. Les meten una manguera por detrás y abren el grifo a toda potencia. Es cierto, Odie. Te lo juro. O empapan harapos en las cosas más asquerosas que puedas imaginar, desechos humanos, ya me entiendes, y se los meten en la boca.

—Es horrible —repuso mamá inexpresivamente.

Me pregunté si estaría empezando a cansarse de Madaline. El torrente de ampulosas opiniones políticas, la crónica de las fiestas a las que había acudido con su esposo, los poetas e intelectuales y músicos con los que había brindado, copa de champán en mano, la lista de viajes insensatos e innecesarios que había hecho al extranjero. Sus peroratas sobre la amenaza nuclear, la sobrepoblación y la contaminación. Mamá le seguía la corriente, escuchaba aquellas parrafadas con un gesto entre irónico y desconcertado, pero yo sabía que para sus adentros la juzgaba con dureza. Seguramente creía que Madaline sólo buscaba exhibirse. Seguramente sentía vergüenza ajena.

Eso es lo que empaña, lo que contamina la bondad de mamá, así como sus rescates y actos de valentía: el endeudamiento que los acompaña y ensombrece. Las contrapartidas, las obligaciones que impone a los demás. Su forma de usar esos actos como moneda de cambio para obtener lealtad y aprobación. Ahora entiendo por qué se marchó Madaline, tantos años atrás. La misma cuerda que te salva de la inundación puede convertirse en la soga que te ciñe el cuello. Al final, todo el mundo acaba defraudando a mamá, empezando por mí. Nadie puede saldar su deuda con ella, no como ella espera que se haga. Su premio de consolación es la triste satisfacción de sentirse superior, libre de dictar sentencia desde el pedestal de la ventaja estratégica, puesto que siempre es ella la que ha dado más de lo que ha recibido.

Es algo que me apena, por cuanto revela las propias carencias de mamá, la angustia, el temor a la soledad, el pánico a sentirse apartada, abandonada. ¿Y qué no dirá de mí, el hecho de poseer esta información sobre mi madre, de saber exactamente lo que necesita y sin embargo habérselo negado de forma sistemática y deliberada, asegurándome de poner entre ambos un océano, un continente, a ser posible las dos cosas, desde hace casi tres décadas?

—Los de la junta no tienen el menor sentido de la ironía —iba diciendo Madaline—. Aplastar al pueblo de ese modo, ¡nada menos que en Grecia, la cuna de la democracia! ¡Ah, aquí estáis! ¿Qué tal ha ido? ¿Qué habéis estado tramando?

—Hemos jugado en la playa —contestó Thalia.

—¿Y ha sido divertido? ¿Os lo habéis pasado bien?

—Nos lo hemos pasado en grande —repuso ella.

Mamá posaba su mirada escéptica alternadamente en Thalia y en mí, pero Madaline sonreía encantada y aplaudía en silencio.

—¡Estupendo! Ahora que ya no tengo que preocuparme por que os llevéis bien, Odie y yo podemos pasar algún rato juntas. ¿Qué me dices, Odie? ¡Aún tenemos mucho de lo que ponernos al día!

Mamá sonrió con gesto animoso y cogió un repollo.

A partir de entonces, Thalia y yo tuvimos que apañarnos solos. Se suponía que debíamos explorar la isla, jugar en la playa, divertirnos como se espera que lo hagan los niños. Mamá nos preparaba un bocadillo a cada uno y salíamos juntos después de desayunar.

A menudo, en cuanto nos perdían de vista, seguíamos caminos distintos. Ya en la playa, yo me daba un chapuzón, o me tumbaba en una roca con el torso al aire, mientras Thalia se dedicaba a recoger conchas marinas o intentaba jugar a cabrillas, aunque era imposible con tantas olas. Recorríamos los senderos, los caminos de tierra que serpenteaban entre los viñedos y los campos de cebada, sumido cada cual en sus pensamientos, pendiente cada cual de su propia sombra. Deambulábamos, más que otra cosa. Por entonces no había nada parecido a una industria turística en Tinos. Era una isla dedicada a la agricultura cuyos habitantes vivían de sus vacas y cabras, de los olivares y campos de trigo. Vencidos por el aburrimiento, acabábamos almorzando en cualquier rincón, sin despegar los labios, a la sombra de un árbol o molino de viento, contemplando entre bocados los barrancos, los matorrales, las montañas, el mar.

Un día me alejé en dirección al pueblo. Vivíamos en la costa sudoeste de la isla, y la capital, Tinos, quedaba sólo unos kilómetros más al sur. Allí había un abigarrado bazar, propiedad de un viudo con gesto huraño llamado señor Roussos. En el escaparate de su tienda era posible encontrar cualquier cosa, desde una máquina de escribir de los años cuarenta hasta un par de recias botas de cuero o un gorila de latón, así como veletas, un viejo macetero, cirios gigantes, crucifijos y, por supuesto, copias del icono de la Panagía Evangelistria que se conservaba en la iglesia local. El señor Roussos era aficionado a la fotografía y tenía un improvisado cuarto oscuro en la trastienda. Todos los años en agosto, cuando los peregrinos llegaban a Tinos para visitar el icono, les vendía carretes de película y se encargaba de revelar sus fotos.

Cerca de un mes antes yo había visto una cámara en el escaparate, sobre su desgastada funda de cuero rojizo. Me dejaba caer por allí cada pocos días sólo para contemplarla y me imaginaba en la India, con la funda de cuero colgada al hombro, sacando fotos de los arrozales y las plantaciones de té que había visto en la *National Geographic*. Aspiraba a cubrir la ruta inca. A lomos de un camello, a pie o en una vieja y polvorienta camioneta, me enfrentaría al calor hasta llegar al pie de la Gran Esfinge y las pirámides, que también captaría con mi cámara, y luego vería mis instantáneas publicadas en revistas de terso papel satinado. Eso fue lo que me llevó hasta el escaparate del señor Roussos aquella mañana, aunque la tienda no abriría en todo el día, y allí me planté, con la frente pegada al cristal, entregado a mis ensoñaciones.

—¿De qué tipo es?

Me aparté un poco y vi el reflejo de Thalia en el escaparate. Se secó la mejilla izquierda con el pañuelo.

—La cámara, digo.

Me encogí de hombros.

—Parece una Argus C3 —comentó.

—¿Y tú cómo lo sabes?

—Porque es la treinta y cinco milímetros más vendida del mundo desde hace tres décadas —replicó con cierto retintín—. Aunque nunca lo dirías por su aspecto. Mira que es fea... Parece un ladrillo. ¿Así que quieres ser fotógrafo?... Ya sabes, cuando seas mayor. Eso dice tu madre.

—¿Te lo ha dicho ella? —Me di la vuelta.

—¿Sí o no?

Me encogí de hombros. Me daba vergüenza que mamá hubiese hablado del tema con Thalia. Me preguntaba cómo lo habría dicho. Sabía sacar de su arsenal de palabras un modo aparentemente sesudo de burlarse de todo aquello que le parecía frívolo o grandilocuente. Era capaz de ridiculizar las aspiraciones de cualquiera ante sus propias narices. «Markos quiere ver mundo y captarlo todo con su objetivo.»

Thalia se sentó en la acera y se estiró la falda por encima de las rodillas. Hacía calor y el sol mordía la piel como si tuviera dientes. No se veía un alma, a excepción de una pareja de ancianos que avanzaba calle arriba con dificultad. El hombre, Demis no sé qué más, llevaba una gorra gris y una chaqueta de tweed marrón que parecía demasiado gruesa para esa época del año. En su rostro había un gesto de eterna estupefacción, como ocurre a veces con los ancianos, como si fueran incapaces de sobreponerse a la monstruosa sorpresa que es la vejez. No fue hasta años después, ya en la facultad de Medicina, cuando sospeché que aquel hombre tenía Parkinson. Los ancianos nos saludaron al pasar, y yo les devolví el saludo. Me percaté de que se fijaban en Thalia, de que aflojaban el paso brevemente y luego seguían adelante.

—¿Tienes cámara? —preguntó ella.

—No.

—¿Alguna vez has sacado una foto?

—No.

—Y quieres ser fotógrafo.

—¿Tan raro te parece?

—Un poco.

—Y si dijera que quiero ser policía, ¿también te parecería extraño? ¿Sólo porque nunca he esposado a nadie?

Supe, por cómo se le suavizó la mirada, que si pudiera estaría sonriendo.

—Eres bastante listo para ser un idiota —repuso—. Te daré un consejo: ni se te ocurra mencionar la cámara delante de mi madre, o te la comprará. Se desvive por complacer. —Se secó la mejilla con el pañuelo—. Pero dudo que Odelia lo aprobara. Supongo que eso ya lo sabes.

Me sentí impresionado, y también un poco incómodo, por lo mucho que Thalia parecía haber captado en tan poco tiempo. Quizá fuera por la máscara, pensé, que le otorgaba la ventaja de ver sin ser vista, la libertad de observar a placer, de estudiar y escudriñar.

—Seguramente te obligaría a devolverla.

Solté un suspiro. Tenía razón. Mamá nunca aceptaría una reparación tan fácil, y menos habiendo dinero de por medio.

Thalia se levantó y se sacudió el polvo del trasero.

—Dime una cosa: ¿tienes una caja en casa?

Madaline tomaba una copa de vino en la cocina con mamá mientras Thalia y yo estábamos arriba, pintando una caja de zapatos con rotuladores negros. La caja pertenecía a Madaline y contenía un par de flamantes zapatos de tacón verde lima, todavía envueltos en papel de seda.

—¿Dónde demonios pensaba ponérselos? —pregunté.

Oía a Madaline abajo, hablando de un curso de arte dramático cuyo profesor le había pedido, a modo de ejercicio, que se metiera en la piel de un lagarto inmóvil sobre una piedra. En cuanto lo dijo, resonó una carcajada de regocijo, la suya.

Cuando terminamos de darle la segunda capa, Thalia dijo que deberíamos darle otra más, para asegurarnos de no haber dejado ningún resquicio sin pintar. El negro debía ser homogéneo y cubrir la caja por completo.

—Una cámara no es más que eso —dijo—, una caja negra con un agujero para dejar pasar la luz y algo que la absorba. Dame la aguja.

Le tendí una de las agujas de costura de mamá. Me mostraba escéptico, por no decir incrédulo, respecto a las posibilidades de aquella cámara casera. Dudaba incluso que sirviera para algo. ¿Qué se podía esperar de una caja de zapatos y una aguja?

Pero Thalia había abrazado el proyecto con tal fe y seguridad en sí misma que me sentí obligado a no desechar la posibilidad de que funcionara contra todo pronóstico. Me hizo pensar que ella sabía cosas que yo ignoraba.

—He hecho unos cálculos —dijo, al tiempo que perforaba cuidadosamente la caja—. Sin una lente, no podemos hacer el agujero en la cara más pequeña de la caja, porque es demasiado larga. Pero de ancho nos viene perfecta. La clave está en hacer un orificio de la medida adecuada. He calculado medio milímetro aproximado... Ya está. Ahora necesitamos un obturador.

En el piso de abajo, la voz de Madaline se había convertido en un susurro apremiante. No alcanzaba a oír lo que decía, pero me percaté de que hablaba más despacio que antes, esmerándose en la vocalización de cada palabra, y la imaginé inclinada hacia delante, con los codos en las rodillas, sosteniendo la mirada de mamá sin pestañear. A lo largo de los años he tenido ocasión de familiarizarme de un modo íntimo con ese tono. Cuando alguien habla así, lo más probable es que esté reconociendo, confesando o revelando alguna calamidad. Es el sello distintivo de los militares que se encargan de notificar las bajas a los familiares, de los abogados que desgranan ante su cliente las bondades de un acuerdo extrajudicial, de los maridos infieles, de los policías a las tres de la madrugada. ¿Cuántas veces lo habré empleado yo mismo aquí, en los hospitales de Kabul? ¿Cuántas veces he conducido a familias enteras hasta una habitación tranquila, les he pedido que tomen asiento y he sacado una silla para mí mismo, pensando que daría cualquier cosa por no mantener aquella conversación, haciendo acopio de valor para darles la noticia en ese mismo tono?

—Está hablando de Andreas —reveló Thalia sin inmutarse—. Apuesto a que sí. Tuvieron una gran pelea. Pásame la cinta y esas tijeras de ahí.

—¿Cómo es él? Además de rico, quiero decir.

—¿Quién, Andreas? Es un buen tipo. Viaja mucho. Cuando está en casa, siempre tenemos invitados. Gente importante, ministros, generales, ya sabes. Se sirven copas frente a la chimenea y se pasan toda la noche hablando, sobre todo de negocios y política. Yo los oigo desde mi habitación. Se supone que debo quedarme arriba cuando Andreas tiene compañía. No me dejan bajar. Pero me compra cosas. Paga a un profesor particular para que venga a darme clases a casa. Y me trata bastante bien.

Con cinta adhesiva fijó sobre el agujerito un trozo rectangular de cartón también pintado de negro.

Abajo reinaba ahora el silencio. Imaginé la escena. Madaline llorando sin emitir sonido alguno, jugueteando con un pañuelo como si fuera un trozo de plastilina, el gesto ausente. Mamá sin servir de mucha ayuda, contemplándola con frialdad y un rictus sombrío, como si algo agrio se le estuviera derritiendo bajo la lengua. Mamá no soporta que nadie llore en su presencia. Apenas puede mirar los ojos hinchados, los rostros suplicantes, desencajados. Considera el llanto una señal de debilidad, una estridente forma de llamar la atención que se niega a tolerar. Es incapaz de consolar a nadie. Ya de niño, me di cuenta de que no era su fuerte. Las penas hay que llevarlas por dentro, eso opina, y no hacer alarde de ellas. En cierta ocasión, cuando era pequeño, le pregunté si había llorado al morir mi padre.

—En el funeral, me refiero, en el funeral.

—No, no lo hice.

—¿Porque no estabas triste?

—Porque no era asunto de nadie si lo estaba o no.

—¿Llorarías si me muriera yo, mamá?

—Esperemos no tener que averiguarlo —había contestado.

Thalia cogió la caja de papel fotográfico y dijo:

—Trae la linterna.

Nos metimos en el armario ropero de mamá, tomando la precaución de cerrar la puerta y tapar las rendijas con toallas para impedir que la luz se colara. Una vez a oscuras, Thalia me pidió que encendiera la linterna, envuelta en varias capas de celofán rojo. Lo único que alcanzaba a ver de ella en aquel tenue resplandor rojizo eran sus esbeltos dedos mientras cortaba una hoja de papel fotográfico y la pegaba con cinta adhesiva a la cara interna de la caja, opuesta a la del agujero. Habíamos comprado el papel la víspera, en el bazar del señor Roussos. Al acercarnos al mostrador, éste había mirado a Thalia por encima de las gafas y había dicho «No vendréis a atracarme, ¿verdad?». Ella le había apuntado con el índice y había levantado el pulgar como si fuera el percutor.

Thalia cerró la tapa de la caja de zapatos y cubrió el orificio con el obturador. En la oscuridad, dijo:

—Mañana harás la primera foto de tu carrera.

No habría sabido decir si se burlaba de mí o no.

Nos decantamos por la playa. Dejamos la caja de zapatos sobre una roca lisa y la sujetamos con una cuerda; Thalia dijo que no podíamos permitirnos el menor movimiento cuando abriéramos el obturador. Luego se puso a mi lado y miró por encima de la caja como si lo hiciera a través de un visor.

—Es una toma perfecta —dijo.

—Casi. Necesitamos un sujeto.

Me miró, comprendió lo que insinuaba y contestó:

—Ni hablar. No pienso hacerlo.

Nos enzarzamos en un tira y afloja hasta que finalmente aceptó, a condición de que no se le viera la cara. Se quitó los zapatos, se encaramó a unos escollos cercanos y caminó sobre las rocas como un funámbulo, con los brazos extendidos a modo de vara. Entonces se sentó en un escollo, mirando hacia occidente, en dirección a Siros y Kitnos. Se sacudió la melena para que el pelo le cubriera las cintas que sujetaban la máscara por detrás. Me miró por encima del hombro.

—¡Acuérdate de contar hasta ciento veinte! —me advirtió a voz en grito.

Luego se volvió de nuevo hacia el mar.

Yo me agaché y miré por encima de la caja, hacia la espalda de Thalia, la constelación de rocas a su alrededor, los jirones de algas enmarañadas entre éstas, como serpientes muertas, el pequeño remolcador que cabeceaba a lo lejos, el oleaje que embestía la accidentada orilla para luego batirse en retirada. Levanté el obturador de cartón y empecé a contar.

«Uno. Dos. Tres. Cuatro. Cinco...»

Estamos tumbados en la cama. En la pantalla del televisor, un par de acordeonistas se retan, pero Gianna los ha enmudecido. El sol de mediodía entra a tijeretazos por las persianas y dibuja rayas sobre los restos de la pizza Margarita que hemos pedido para almorzar del menú del servicio de habitaciones. Nos la ha servido un hombre alto, enjuto, con el pelo impecablemente alisado y peinado hacia atrás, de chaqueta blanca y corbata negra. Sobre el carrito descansaba una copa de champán con una rosa roja. El hombre ha levantado la campana semiesférica que cubría la fuente con un amplio y teatral ademán, como un mago que acabara de sacar un conejo de la chistera.

Esparcidas en torno a nosotros, entre las sábanas revueltas, están las fotos que le he enseñado a Gianna, instantáneas de mis viajes a lo largo del último año y medio. Belfast, Montevideo, Tánger, Marsella, Lima, Teherán. Le enseño las fotos de la comuna a la que me uní brevemente en Copenhague, donde conviví con un grupo de beatniks daneses, con sus camisetas hechas jirones y sus gorros de lana, que habían fundado una comunidad autogestionada en una antigua base militar.

—¿Dónde estás tú? —pregunta Gianna—. No sales en las fotos.

—Me gusta más estar al otro lado del objetivo —digo.

Es cierto. He tomado cientos de fotos, pero no aparezco en ninguna. Siempre pido doble copia cuando llevo los carretes a revelar. Una me la quedo yo, la otra se la envío a Thalia por correo.

Gianna me pregunta cómo me costeo los viajes y le explico que gracias al dinero de una herencia, lo que no es del todo falso, aunque la herencia no es mía, sino de Thalia. A diferencia de Madaline, que por motivos obvios ni siquiera constaba en el testamento, Thalia sí heredó el dinero de Andreas y me regaló la mitad de la herencia. Se supone que iba a emplearla para pagar mis estudios universitarios.

«Ocho. Nueve. Diez...»

Gianna se apoya en los codos y se estira por encima de mí en la cama, rozándome la piel con sus pechos pequeños, para alcanzar el paquete de tabaco. Enciende un cigarrillo. La había conocido la víspera, en la piazza di Spagna. Estaba sentado en los escalones de piedra que unen la plaza con la iglesia construida sobre la colina. Ella se acercó y me dijo algo en italiano. Se parecía a muchas de las chicas guapas y aparentemente ociosas que había visto paseándose en torno a las iglesias y plazas de Roma. Fumaban, hablaban en voz alta y se reían mucho. Negué con la cabeza y dije «lo siento» en inglés. Ella sonrió, musitó un «ah...» y luego añadió en un inglés macarrónico: «¿Fuego? Cigarrillo.» Volví a negar con la cabeza y le contesté, en un inglés no menos macarrónico, que no fumaba. Ella me dedicó una amplia sonrisa. Tenía una mirada alegre, vivaracha. El sol del mediodía dibujaba un halo en torno al óvalo de su rostro.

Me quedé traspuesto y me desperté con los golpecitos que me daba Gianna en el costado.

—*La tua ragazza?* —pregunta. Ha encontrado la foto de Thalia en la playa, la que le había sacado años atrás con nuestra cámara casera—. ¿Tu novia?

—No —contesto.

—¿Tu hermana?

—No.

—*La tua cugina?* ¿Tu prima, sí?

Niego en silencio.

Observa la foto de nuevo, dando rápidas caladas al cigarrillo.

—¡No! —dice con brusquedad, airada, para mi sorpresa—. *Questa è la tua ragazza!* Tu novia. Ya lo creo que sí, ¡eres un mentiroso! —Y entonces, ante mi mirada atónita, enciende el mechero y prende fuego a la foto.

«Catorce. Quince. Dieciséis. Diecisiete...»

Estamos a medio camino de la parada del autobús cuando me doy cuenta de que he perdido la foto. Les digo que tengo que volver atrás. No me queda otra. Tengo que volver. Alfonso, un *huaso* de complexión nervuda y carácter hermético que nos acompaña como guía informal por tierras chilenas, mira a Gary con gesto inquisitivo. Gary es estadounidense. Es el macho alfa del trío. Tiene el pelo rubio pajizo y marcas de acné en las mejillas. No hay más que verle la cara para saber que ha vivido en condiciones extremas. Ahora mismo está de un humor de perros, agravado por el hambre, la privación de alcohol y el desagradable sarpullido que le ha salido en la pantorrilla por haberse rozado con una rama de litre la víspera. Los había conocido a ambos en un concurrido bar de Santiago donde, tras la sexta ronda de *piscolas*, Alfonso había sugerido que nos fuéramos de excursión a la cascada del Salto de Apoquindo, donde su padre solía llevarlo de pequeño. Habíamos emprendido la caminata al día siguiente y pasado la noche acampados en las inmediaciones del salto de agua. Habíamos fumado porros mientras el agua nos atronaba los oídos, bajo un cielo inmenso cuajado de estrellas. Ahora deshacíamos a duras penas lo andado hasta San Carlos de Apoquindo para coger el autobús de vuelta.

Gary aparta la ancha ala del sombrero y se enjuga la frente con un pañuelo.

—Son tres horas más de camino, Markos —apunta.

—Tres horas, ¿comprendes? —insiste Alfonso, en español.

—Lo sé.

—¿Y aun así vas a volver?

—Sí.

—¿Por una foto? —inquiere Alfonso.

Asiento en silencio. No se lo explico porque no lo entenderían. Ni yo mismo estoy seguro de entenderlo.

—Sabes que te perderás —me advierte Gary.

—Seguramente.

—Entonces te deseo suerte, amigo —responde, tendiéndome la mano.

—Es un griego loco —sentencia Alfonso.

Me río. No es la primera vez que me llaman griego loco. Nos estrechamos la mano. Gary se ciñe las correas de la mochila y ambos reanudan la marcha por el camino que serpentea entre los pliegues de la montaña. Gary dice adiós con la mano sin mirar atrás justo antes de tomar una curva cerrada. Yo vuelvo por donde hemos venido. Hacerlo me lleva no tres sino cuatro horas, porque, tal como había predicho Gary, me pierdo. Para cuando llego al campamento, estoy agotado. Busco la foto por todas partes, en vano. Hurgo a patadas debajo de los arbustos, entre las piedras, con una creciente sensación de pánico. Y de pronto, justo cuando me dispongo a resignarme y aceptar lo impensable, vislumbro un destello blanco entre la maleza, sobre una suave pendiente. Encuentro la foto atrapada en la maraña de una zarza. La libero y le sacudo el polvo con los ojos arrasados en lágrimas, tal es mi alivio.

«Veintitrés. Veinticuatro. Veinticinco...»

En Caracas duermo bajo un puente. En Bruselas me hospedo en un albergue juvenil. A veces decido tirar la casa por la ventana y paso la noche en un buen hotel, me doy largas duchas calientes, me afeito, me siento a comer en albornoz. Veo la tele en color. Las ciudades, las carreteras, los campos, la gente a la que conozco por el camino, todo ello empieza a desdibujarse. Me digo que estoy buscando algo, pero tengo la sensación creciente de vagar sin rumbo, a la espera de que me ocurra algo, algo que lo cambiará todo, algo que vendría a ser la culminación de toda una vida.

«Treinta y cuatro. Treinta y cinco. Treinta y seis...»

Mi cuarto día en la India. Avanzo a trompicones por un camino de tierra, entre reses extraviadas, mientras el mundo entero se tambalea bajo mis pies. Llevo todo el día vomitando. Tengo la piel amarilla como un sari, y la sensación de que unas manos invisibles me la arrancan a tiras. Cuando ya no puedo dar un paso más, me dejo caer al borde del camino. Al otro lado, un anciano remueve algo en una gran olla metálica. Junto a él descansa la jaula de un loro azul y rojo. Un vendedor ambulante pasa por delante de mí empujando una carretilla repleta de botellas vacías verdosas. Eso es lo último que recuerdo.

«Cuarenta y uno. Cuarenta y dos...»

Me despierto en una estancia de grandes dimensiones. Se respira un aire viciado a causa del calor y de algo parecido al olor del melón putrefacto. Estoy tendido en una cama individual con armazón de acero y un somier duro, sin resortes, del que sólo me separa un colchón no más grueso que un libro de bolsillo. La habitación se halla repleta de camas como la mía. Veo brazos descarnados colgando a los lados, piernas oscuras y delgadas como palillos que asoman bajo sábanas sucias, bocas abiertas y desdentadas. Ventiladores de techo inmóviles. Paredes manchadas de moho. A mi lado hay una ventana por la que entra un aire tórrido y bochornoso, y la luz del sol que me hiere los ojos. El enfermero, un fornido musulmán de gesto ceñudo que atiende al nombre de Gul, dice que quizá me muera de hepatitis.

«Cincuenta y cinco. Cincuenta y seis. Cincuenta y siete...»

Pido mi mochila.

—¿Qué mochila? —responde Gul con indiferencia.

Todas mis cosas han desaparecido. La ropa, el dinero, la cámara.

—Eso de ahí es lo único que dejó el ladrón —dice Gul en su inglés embrollado, señalando el alféizar.

Es la foto. La cojo. Thalia, su pelo ondeando en la brisa, las olas rompiendo y espumeando en torno, sus pies desnudos sobre la roca, el inmenso Egeo ante sí. Se me forma un nudo en la garganta. No quiero morir allí, entre extraños, tan lejos de ella. Encajo la foto en el resquicio que hay entre el cristal y el marco de la ventana.

«Sesenta y seis. Sesenta y siete. Sesenta y ocho...»

El chico de la cama de al lado tiene el rostro de un anciano: demacrado, consumido, desahuciado. Un tumor del tamaño de una pelota abulta su vientre. Siempre que un enfermero lo toca ahí, cierra los ojos con fuerza y abre la boca en un gemido mudo, desesperado. Uno de los enfermeros intenta darle unos comprimidos, pero el chico vuelve la cabeza a uno y otro lado, y de su garganta brota un sonido áspero, como de madera raspada. Finalmente, el enfermero le abre la boca a la fuerza y lo obliga a tragar los comprimidos. Cuando éste se marcha, el chico vuelve la cabeza despacio hacia mí. Nuestras miradas se cruzan, salvando el espacio que separa su cama de la mía. Una pequeña lágrima brota de uno de sus ojos y resbala por la mejilla.

«Setenta y cinco. Setenta y seis. Setenta y siete...»

El sufrimiento, la desesperación de este sitio, es como una ola que se derrama desde cada una de las camas, se estrella contra las paredes mohosas y vuelve a precipitarse sobre ti. Puedes ahogarte en ella. Paso mucho tiempo durmiendo. Cuando estoy despierto me pica todo. Tomo las pastillas que me dan, y que me hacen dormir de nuevo. O bien contemplo el ajetreo de la calle, la luz del sol que se desliza sobre los entoldados de los bazares y las teterías de los callejones. Veo a los niños jugando a las canicas en aceras que se deshacen en alcantarillas embarradas, a las ancianas sentadas en los portales, a los vendedores ambulantes ataviados con *dhotis*, en cuclillas en sus esteras, rallando coco o pregonando sus guirnaldas de caléndulas. Alguien suelta un alarido ensordecedor desde el otro extremo de la habitación. Me dejo vencer por el sueño.

«Ochenta y tres. Ochenta y cuatro. Ochenta y cinco...»

Averiguo que el chico se llama Manaar, un nombre que significa «luz guiadora». Su madre era una prostituta, su padre un ladrón. Vivía con sus tíos, que le pegaban. Nadie sabe exactamente qué lo está matando, pero sí que se muere. Nadie lo visita, y cuando al fin se muera, dentro de una semana, un mes, dos a lo sumo, nadie vendrá a reclamar su cadáver. Nadie llorará su muerte. Nadie lo recordará. Morirá tal como vivió, abandonado a su suerte. Mientras duerme, me sorprendo mirándolo, contemplando sus sienes hundidas, la cabeza demasiado grande para los hombros, la cicatriz oscura del labio inferior, allí donde, según me informó Gul, el chulo de su madre tenía la costumbre de apagar el cigarrillo. Intento hablarle, primero en inglés y luego en mi rudimentario urdu, pero el chico se limita a parpadear con gesto cansado. A veces junto las manos y dibujo sombras de animales en la pared para arrancarle una sonrisa.

«Ochenta y siete. Ochenta y ocho. Ochenta y nueve...»

Un día, Manaar señala algo al otro lado de la ventana. Levanto la cabeza siguiendo su dedo pero no veo nada excepto un jirón de cielo azul entre las nubes, los niños que juegan calle abajo con el agua que mana a borbotones de una bomba, un autobús que pasa arrojando una vaharada de humo. Entonces me doy cuenta de que señala la foto de Thalia. La saco de la ventana y se la tiendo. Se la acerca al rostro, cogiéndola por la esquina quemada, y se queda mirándola largo rato. Me pregunto si será el mar lo que tanto lo atrae. Me pregunto si habrá probado alguna vez el agua salada, o si habrá experimentado el vértigo de ver cómo las olas retroceden a sus pies. A lo mejor, aunque no pueda distinguir su rostro, intuye cierta afinidad con Thalia, alguien que sabe qué es el dolor. Manaar hace amago de devolverme la foto, pero niego con la cabeza. «Quédatela», le digo. Una sombra de recelo cruza su rostro. Sonrío. Y no puedo estar seguro, pero juraría que me devuelve la sonrisa.

«Noventa y dos. Noventa y tres. Noventa y cuatro...»

Supero la hepatitis. Por extraño que parezca, no sabría decir si Gul se siente complacido o decepcionado por haberse equivocado conmigo. Pero sí sé que lo he sorprendido al preguntarle si puedo quedarme a trabajar como voluntario. Ladea la cabeza, frunce el cejo. Al final me veo obligado a hablar con una de las enfermeras jefe.

«Noventa y siete. Noventa y ocho. Noventa y nueve...»

Las duchas huelen a orina y azufre. Todas las mañanas cargo a Manaar hasta allí, sosteniendo en brazos su cuerpo desnudo, tomando la precaución de no zarandearlo. Había visto a uno de los voluntarios llevándolo colgado al hombro, como si fuera un saco de arroz. Lo deposito con suavidad en el banco y dejo que recupere el aliento. Lavo su cuerpo menudo y frágil con agua tibia. Manaar siempre espera en silencio, con paciencia, las manos apoyadas en las rodillas, la cabeza gacha. Es como un anciano temeroso y huesudo. Paso la esponja enjabonada por su caja torácica, los nudos de la columna vertebral, los omóplatos que sobresalen como aletas de tiburón. Lo llevo de vuelta a la cama, le doy las pastillas. Los masajes en los pies y las pantorrillas lo tranquilizan, así que se los doy, sin prisa. Cuando se duerme, siempre lo hace con la foto de Thalia bajo la almohada.

«Ciento uno. Ciento dos...»

Salgo a dar largos paseos sin rumbo por la ciudad, sólo para escapar del hospital, del aliento colectivo de los enfermos y los moribundos. A la luz de atardeceres polvorientos, recorro calles flanqueadas por paredes cubiertas de grafitis, dejo atrás tenderetes de plancha de zinc arracimados, me cruzo con niñas que cargan en la cabeza cestas llenas de estiércol y mujeres tiznadas de hollín que hierven harapos en inmensas cubas de aluminio. Pienso en Manaar mientras deambulo por un dédalo de callejones angostos, Manaar que espera la muerte en esa habitación llena de seres rotos como él. Pienso en Thalia, sentada en aquella roca, mirando el mar. Noto que algo tira de mí desde lo más profundo de mi ser, que me arrastra como la resaca del oleaje. Quiero entregarme, dejarme arrastrar por ese sentimiento. Quiero soltar amarras, salir de mí mismo, dejarlo todo atrás, tal como la serpiente se desprende de su piel.

No digo que Manaar lo cambiara todo. No fue así. Sigo dando tumbos por el mundo durante un año más, hasta que al fin me veo sentado a la mesa esquinera de una biblioteca de Atenas, ante un impreso de matriculación de la facultad de Medicina. Entre Manaar y ese impreso median las dos semanas que pasé en Damasco, de las que apenas guardo más recuerdo que los rostros sonrientes de dos mujeres con ojos perfilados con una gruesa raya negra y un diente de oro cada una. O los tres meses en El Cairo, en el sótano de un destartalado bloque de pisos cuyo casero, adicto al hachís, había sido dentista en otra vida. Gasto el dinero de Thalia cogiendo autobuses en Islandia, siguiendo a una banda punk en Múnich. En 1977 me lesiono un codo en una manifestación antinuclear en Bilbao.

Pero en los momentos de tranquilidad, en esos largos trayectos en la parte de atrás de un autobús o la plataforma de un camión, mi mente siempre regresa a Manaar. Pensar en él, en la agonía de sus últimos días y en mi propia impotencia ante su sufrimiento, hace que cuanto he hecho hasta ahora, cuanto aspiro a hacer, se me antoje tan insustancial como las pequeñas promesas que uno se hace a sí mismo justo antes de dormirse y que al despertar ha olvidado por completo.

«Ciento diecinueve. Ciento veinte.»

Dejo caer el obturador.

Una noche, hacia el final del verano, me enteré de que Madaline se marcharía a Atenas y dejaría a Thalia con nosotros, por lo menos durante unos días.

—Sólo serán unas semanas —dijo.

Estábamos cenando los cuatro, una crema de alubias blancas que mamá y Madaline habían preparado juntas. Miré fugazmente a Thalia, sentada al otro lado de la mesa, para comprobar si era el único sorprendido por la noticia. Así era, al parecer. Thalia siguió llevándose cucharadas a la boca con toda tranquilidad, apenas levantando la máscara con cada una. Para entonces, su forma de hablar y comer ya no me molestaban, o por lo menos no más que ver comer a una anciana con la dentadura postiza mal ajustada, como habría de ocurrir años más tarde con mamá.

Madaline dijo que recogería a Thalia en cuanto terminara de rodar la película, que según comentó debería estar lista antes de Navidad.

—Mejor todavía: os llevaré a todos a Atenas —anunció en su habitual tono dicharachero—. ¡Y asistiremos juntos al estreno! ¿No crees que sería maravilloso, Markos? Nosotros cuatro, de punta en blanco, entrando en el cine con la cabeza bien alta, triunfantes...

Le dije que sí, por más que me costara imaginar a mamá con vestido de fiesta, o entrando triunfante en ningún sitio.

Madaline nos aseguró que todo saldría bien, que Thalia podría reanudar sus estudios en cuanto empezara el curso escolar, al cabo de un par de semanas, con mamá, claro está, allí en casa. Dijo que nos mandaría postales y cartas y fotos del plató. Dijo más cosas, pero apenas la escuché. Sentía un alivio tan grande que rayaba en el vértigo. Había temido el final del verano. Era como un nudo en la garganta que se iba estrechando cada vez más día a día, mientras me preparaba para la inminente despedida. Ahora me despertaba todas las mañanas impaciente por ver a Thalia en el desayuno, por oír el extraño sonido de su voz. Sin apenas probar bocado, salíamos a trepar a los árboles, a perseguirnos por los campos de cebada, abriéndonos paso entre las mieses y soltando gritos de guerra mientras las lagartijas se dispersaban a nuestros pies. Escondíamos tesoros de mentira en cuevas, buscábamos los rincones de la isla en los que el eco resonaba más fuerte y claro. Sacábamos fotos de los molinos de viento y los palomares con nuestra cámara casera y luego se las llevábamos al señor Roussos, que las revelaba. Hasta nos dejaba entrar en su cuarto oscuro y nos hablaba de las distintas soluciones reveladoras, los fijadores, los baños de paro.

La noche que Madaline anunció su partida, mamá y ella compartieron en la cocina una botella de vino, que Madaline consumió en su mayor parte, mientras Thalia y yo estábamos arriba, echando una partida de *tavli*. Le había tocado empezar y ya había colocado la mitad de las fichas en su lado del tablero.

—Tiene un amante —anunció Thalia al tiempo que lanzaba el dado.

—¿Quién? —pregunté con brusquedad.

—Quién, dice. ¿Tú qué crees?

En el transcurso del verano, había aprendido a interpretar las expresiones de Thalia a través de sus ojos, y ahora me miraba como si estuviera parado en medio de la playa preguntando dónde estaba el agua. Intenté sobreponerme lo mejor que pude.

—Ya sé quién —repuse con las mejillas ardiendo—. Me refiero a quién es su... ya sabes. —Era un chico de doce años. Palabras como «amante» no formaban parte de mi vocabulario.

—¿No lo adivinas? El director.

—Iba a decírtelo.

—Elias. Es un caso. Lleva el pelo todo engominado como en los años veinte. Y un bigotito fino. Debe de pensar que le da un aire libertino. Es ridículo. Se cree un gran artista, por supuesto. Y mi madre también lo cree. Deberías verla cuando está con él, tan tímida y sumisa, como si tuviera que besar el suelo que pisa y colmarlo de atenciones porque es un genio. No entiendo cómo no se da cuenta.

—¿Va a casarse con él la tía Madaline?

Thalia se encogió de hombros.

—Mi madre tiene un gusto pésimo para los hombres. Pésimo. —Cogió el dado y pareció reflexionar sobre sus palabras—. Excepto en el caso de Andreas, supongo. Él es bueno. Bastante bueno. Pero acabará dejándolo, claro. Siempre se enamora de los cabrones.

—Como tu padre, quieres decir.

Thalia frunció ligeramente el cejo.

—Mi padre era un completo extraño al que conoció de camino a Ámsterdam, en una estación de tren durante una tormenta. Pasaron una tarde juntos. No tengo ni idea de quién es. Y ella tampoco.

—Recuerdo que dijo algo acerca de su primer marido. Que le daba a la botella. Di por sentado que era tu padre.

—No, ése era Dorian —repuso—. Otra perla. —Colocó otra ficha en sus casillas del tablero—. Le pegaba. Podía pasar de mostrarse simpático y agradable a montar en cólera en un abrir y cerrar de ojos. Era como el tiempo. ¿Sabes cuando cambia de repente? Pues él era igual. Se pasaba la mayor parte del día bebiendo, tirado en casa sin hacer nada de provecho. El alcohol lo volvía muy despistado. Dejaba el grifo abierto, por ejemplo, y provocaba una inundación. Recuerdo que una vez olvidó apagar el fuego y casi se quema toda la casa.

Thalia levantó una pequeña torre con una pila de fichas. Durante un rato se dedicó a enderezarla en silencio.

—Lo único que Dorian quería en esta vida era a *Apollo*. Todos los chicos del barrio le tenían miedo, a *Apollo*, me refiero. Y eso que casi ninguno lo había visto, sólo lo habían oído ladrar. Pero con eso tenían bastante. Normalmente Dorian lo dejaba al fondo del patio, encadenado. Le daba de comer grandes trozos de cordero.

Thalia no me contó nada más, pese a lo cual imaginé la escena sin dificultad. Dorian inconsciente, el perro olvidado, vagando suelto por el patio. Una puerta mosquitera abierta.

—¿Cuántos años tenías? —pregunté con un hilo de voz.

—Cinco.

Entonces le hice la pregunta que me rondaba desde que había empezado el verano.

—¿Y no hay nada que... quiero decir, no pueden...?

Ella apartó la mirada.

—Por favor, no preguntes —repuso en tono grave, con lo que intuí un profundo dolor—. Me aburre hablar de eso.

—Lo siento —dije.

—Te lo contaré algún día.

Y lo hizo, más adelante. La operación chapucera, la terrible infección postoperatoria que derivó en septicemia, hizo que sus riñones dejaran de funcionar, causó fallo hepático y devoró el segundo injerto de tejido, obligando a los cirujanos a retirar no sólo la piel injertada, sino buena parte de lo que le quedaba de mejilla izquierda y también de mandíbula. Las complicaciones la mantuvieron en el hospital casi tres meses. Estuvo a punto de morir. Debería haber muerto. Después de aquello, no consintió que volvieran a tocarla.

—Thalia —le dije—, también siento lo que pasó el día que te conocí.

Ella levantó los ojos, que habían recuperado su habitual brillo travieso.

—Haces bien en sentirlo. Pero ya lo sabía, antes incluso de que vomitaras por todo el suelo.

—¿Qué sabías?

—Que eras un idiota.

Madaline se marchó dos días antes de que empezaran las clases. Llevaba un ajustado vestido de tirantes amarillo pastel que ceñía su esbelta figura, gafas de sol con montura de carey y un pañuelo de seda blanco anudado para que no se le alborotara el pelo. Iba vestida como si le preocupara que alguna parte de sí misma pudiera desgajarse, como si intentara mantenerse entera en el sentido más literal de la palabra. En el puerto de Tinos, nos abrazó a todos. A Thalia la que más, pegando los labios a su coronilla en un largo y sostenido beso, sin quitarse las gafas de sol.

—Abrázame —la oí susurrar.

Thalia hizo lo que pedía su madre con ademán rígido.

Cuando el transbordador zarpó con una sacudida y un ronco bocinazo, dejando atrás una estela de agua revuelta, pensé que Madaline se colocaría en la popa para decirnos adiós y lanzarnos besos. Pero se dirigió rápidamente hacia la proa y tomó asiento sin mirar atrás.

Cuando llegamos a casa, mamá nos pidió que nos sentáramos. Se plantó delante y dijo:

—Thalia, quiero que sepas que no tienes por qué seguir usando esa cosa en esta casa. No lo hagas por mí. Ni por él. Hazlo sólo si a ti te apetece. No tengo nada más que decir al respecto.

Fue entonces cuando comprendí, con súbita claridad, lo que mamá ya sabía. Que era Madaline la que necesitaba la máscara, era ella la que sentía vergüenza.

Durante mucho rato, Thalia no movió un solo músculo, no dijo una sola palabra. Luego, despacio, alzó las manos y desanudó las cintas que le sujetaban la máscara sobre la nuca. Se la quitó. La miré a la cara y sentí el involuntario impulso de retroceder, igual que haría ante un súbito estrépito. Pero no lo hice. No aparté la mirada. Y me propuse no pestañear.

Mamá anunció que yo también seguiría mis estudios desde casa hasta que Madaline regresara, para que Thalia no tuviera que quedarse sola. Nos daba clase por la tarde, después de cenar, y nos ponía deberes que hacíamos por la mañana, mientras ella estaba en la escuela. El plan parecía factible, al menos en teoría.

Pero no tardamos en comprobar que estudiar en casa, sobre todo cuando mamá no estaba, era tarea casi imposible. Había corrido la voz de que Thalia tenía el rostro desfigurado, y la gente no paraba de llamar a la puerta, espoleada por la curiosidad. Cualquiera diría que de pronto se habían agotado la harina, los ajos, incluso la sal, en toda la isla, y que nuestra casa era el único lugar para abastecerse de todo ello. Apenas se esforzaban en disimular su propósito. En cuanto abría la puerta, escudriñaban el espacio a mi espalda, alargaban el cuello, se ponían de puntillas. La mayoría de aquellas personas ni siquiera eran vecinos nuestros. Recorrían kilómetros por una taza de azúcar. Yo nunca los invitaba a pasar, huelga decirlo. Me brindaba cierta satisfacción cerrarles la puerta en las narices. Pero también me hacía sentir descorazonado, abatido, consciente de que si me quedaba allí, mi existencia se vería tocada de un modo irreversible por aquella gente. Al final, también yo acabaría convirtiéndome en uno de ellos.

Los chicos eran peores, mucho más atrevidos. Todos los días sorprendía a alguno merodeando por fuera de la casa, o trepando al muro. Estábamos estudiando y de pronto Thalia me daba un toquecito en el hombro con el lápiz y señalaba con la barbilla, y al volver la cabeza veía un rostro, a veces varios, asomados a la ventana. Las cosas llegaron a tal punto que nos vimos obligados a refugiarnos arriba y correr las cortinas. Un día, al abrir la puerta, vi a un chico de la escuela, Petros, y tres de sus amigos. Me ofreció un puñado de monedas a cambio de que le dejara echar un vistazo. Le dije que no, que dónde se creía que estaba, ¿en un circo?

Al final, tuve que contárselo a mamá. En cuanto lo hice, un intenso rubor tiñó su rostro y apretó la mandíbula.

Al día siguiente, encontramos nuestros libros y dos sánd-wiches sobre la mesa. Thalia lo entendió antes que yo, y se ple-gó como una hoja seca. Sus protestas empezaron cuando llegó el momento de marcharnos.

—No, tía Odie.

—Dame la mano.

—No, por favor.

—Venga, dámela.

—No quiero ir.

—Vamos a llegar tarde.

—No me obligues a ir, tía Odie.

Mamá asió las manos de Thalia, la hizo incorporarse, acercó el rostro al suyo y la miró fijamente, de un modo que yo conocía bien. No había nada en el mundo que pudiera detenerla.

—Thalia —dijo, arreglándoselas para sonar dulce y firme a la vez—, no me avergüenzo de ti.

Salimos a la calle, los tres, mamá con los labios fruncidos, abriéndose paso con férrea resolución, como si avanzara contra un viento huracanado, con pasitos rápidos y cortos. La imaginé caminando del mismo modo hacia la casa del padre de Madali-ne, tiempo atrás, escopeta en ristre.

La gente nos miraba con los ojos como platos, asombrada al vernos pasar por los sinuosos senderos. Muchos se detenían a observar sin asomo de pudor. Algunos hasta señalaban con el dedo. Yo intentaba no mirarlos. Eran un borrón de rostros de-sencajados y bocas abiertas en la periferia de mi campo de visión.

En el patio de la escuela, los niños se apartaron para abrir-nos paso. Oí a una niña chillar. Mamá avanzó entre ellos con arrolladora determinación, casi arrastrando a Thalia tras de sí, abriéndose paso a empujones hasta un rincón donde había un banco. Se subió a él, ayudó a Thalia a subir a su lado y luego hizo sonar el silbato tres veces. Se hizo el silencio en el patio.

—¡Os presento a Thalia Gianakos! —anunció mamá a voz en grito—. De hoy en adelante... —Hizo una pausa—. Quienquiera que esté llorando que cierre el pico ahora mismo o le daré verdaderos motivos para llorar. Bien, de hoy en adelante, Thalia estudiará en esta escuela. Espero de todos vosotros que la tratéis con respeto y consideración. Si me entero de que alguien se burla de ella, buscaré al responsable y haré que se arrepienta. Sabéis que lo haré. No tengo nada más que decir al respecto.

Se bajó del banco y, asiendo la mano de Thalia, se dirigió a clase.

A partir de ese día, Thalia no volvió a ponerse la máscara, ni en público ni en casa.

Ese año, un par de semanas antes de la Navidad, llegó una carta de Madaline. El rodaje se estaba demorando más de lo previsto. El director de fotografía —ella había escrito «D. F.» y Thalia hubo de explicarnos el significado de las siglas— se había caído de un andamio en el plató y se había roto el brazo en tres puntos. Y además, las condiciones climatológicas habían complicado el rodaje en exteriores.

«Así que ahora mismo va todo a cámara lenta, como dicen por aquí, lo que no sería malo del todo, ya que así tenemos tiempo para pulir algunos fallos del guión, si no fuera porque me impedirá volver a veros tan pronto como quisiera. No os imagináis cuánto lo siento, queridos. Os echo mucho de menos a todos, especialmente a ti, Thalia, amor mío. No me queda más remedio que contar los días que faltan hasta finales de la primavera, cuando el rodaje haya concluido y podamos estar juntos de nuevo. Os llevo a los tres en el corazón cada minuto de cada día que pasa.»

—No va a volver —concluyó Thalia, tajante, devolviéndole la carta a mamá.

—¡Claro que va a volver! —repuse, sin salir de mi asombro.

Me volví hacia mamá, a la espera de que dijera algo, de que por lo menos articulara alguna palabra de ánimo. Pero mamá dobló la carta, la dejó sobre la mesa y se fue a poner agua al fuego para hacer café sin decir esta boca es mía, y recuerdo haber pensado que era una falta de consideración por su parte abstenerse de consolar a Thalia, por más que creyera que Madaline no iba a volver. Pero yo no sabía, todavía no, que ellas ya se entendían la una a la otra, tal vez mejor de lo que yo las entendía a ninguna de las dos. Mamá respetaba demasiado a Thalia para tratarla con paños calientes. No la insultaría con falsas esperanzas.

La primavera llegó en toda su verde y exuberante gloria, y se marchó. De Madaline nos llegó una postal y lo que parecía una carta escrita a vuelapluma en la que nos informaba de nuevos contratiempos en el rodaje, esta vez relacionados con la financiación de la película, cuyos mecenas amenazaban con descolgarse del proyecto a causa de las sucesivas demoras. En esa carta, a diferencia de la primera, Madaline no ponía fecha a su regreso.

Una tarde cálida, a principios del verano —corría 1968—, Thalia y yo fuimos a la playa con una chica llamada Dori. Para entonces, Thalia llevaba un año viviendo con nosotros en Tinos y su rostro desfigurado ya no daba pie a murmuraciones ni era el blanco de todas las miradas. Seguía suscitando curiosidad, y siempre lo haría, pero hasta eso iba menguando. Ahora tenía sus propias amigas, incluida Dori, que ya no se asustaban de su aspecto, con las que almorzaba, cotilleaba, jugaba al salir de clase o estudiaba. Se había convertido, contra todo pronóstico, en una chica casi normal y corriente, y tuve que reconocer mi admiración por la forma en que los isleños la habían aceptado como una más.

Esa tarde teníamos pensado darnos un chapuzón, pero el agua aún estaba demasiado fría y acabamos tumbados en las rocas, dormitando. Cuando Thalia y yo llegamos a casa, encontramos a mamá en la cocina, pelando zanahorias. Había una carta intacta sobre la mesa.

—Es de tu padrastro —anunció mamá.

Thalia cogió la carta y se fue arriba. Tardó un buen rato en volver a bajar. Dejó caer el papel sobre la mesa, se sentó, cogió un cuchillo y una zanahoria.

—Quiere que vuelva a casa.

—Entiendo —dijo mamá. Me pareció percibir un levísimo temblor en su voz.

—Bueno, no exactamente a casa. Dice que se ha puesto en contacto con un internado en Inglaterra. Podría matricularme de cara al otoño. Dice que se encargaría de costearlo.

—¿Y qué pasa con tía Madaline? —pregunté.

—Se ha marchado. Con Elias. Se han fugado.

—¿Y qué hay de la película?

Mamá y Thalia cruzaron una mirada y luego volvieron los ojos hacia mí al mismo tiempo. Entonces comprendí lo que ambas habían sabido desde el principio.

Una mañana de 2002, más de treinta años después, sobre las fechas en que me dispongo a mudarme de Atenas a Kabul, me topo en el diario con la necrológica de Madaline. Al parecer se apellidaba Kouris en el momento de su muerte, pero reconozco en ese rostro anciano una sonrisa familiar, la mirada vivaracha y más de un vestigio de su belleza juvenil. La sucinta nota a pie de foto dice que había hecho una breve carrera como actriz en su juventud, antes de fundar su propia compañía teatral a principios de los años ochenta. Dicha compañía había cosechado las alabanzas de la crítica por varias producciones, entre las que destacaban *Largo viaje hacia la noche*, de Eugene O'Neill, que permaneció varias temporadas en cartel a mediados de los noventa, *La gaviota*, de Chéjov, y *Compromisos*, de Dimitrios Bogris. La nota señala asimismo que Madaline era famosa en la comunidad artística ateniense por su ingenio, sus obras benéficas, su elegancia natural, sus magníficas fiestas y su decidida apuesta por las nuevas voces de la dramaturgia. La necrológica dice que murió tras una larga lucha contra el enfisema pulmonar, pero no precisa si deja marido o hijos. Mi perplejidad va en aumento al descubrir que vivió en Atenas más de dos décadas, apenas a seis manzanas de mi propio domicilio de Kolonaki.

Aparto el diario. No sin sorpresa, siento una punzada de irritación hacia esta mujer, ahora muerta, a la que no veo desde hace más de tres décadas. Un sentimiento de rechazo ante la revelación de lo que la vida le tenía reservado. Siempre había supuesto que llevaría una existencia convulsa, a merced de sus propios caprichos, que sobrellevaría años duros de mala suerte, de tropezones, caídas, lamentos y desesperación, de amoríos desatinados. Siempre había imaginado que se buscaría su propia ruina, que probablemente se daría a la bebida hasta sucumbir a la clase de muerte que la gente suele llamar trágica. Una parte de mí hasta estaba dispuesta a creer que lo había sabido desde el principio, que había dejado a Thalia con nosotros para ahorrarle ese mal trago, para evitar infligir a su hija las calamidades a las que se sabía abocada. Pero ahora veo a Madaline tal como mamá debió de verla siempre. Madaline, la fría estratega que se sienta cual cartógrafo a trazar con toda serenidad el mapa de su propio futuro, tomando la precaución de dejar fuera de sus fronteras a esa hija que representaba un lastre para ella. Y había triunfado por todo lo alto, por lo menos según la necrológica y su escueto resumen de una existencia comedida y cabal, una vida rica en reconocimientos, logros, distinción.

Soy incapaz de aceptarlo. Su éxito, que se saliera con la suya. Es indignante. ¿Dónde había quedado el peaje, el castigo merecido?

Y sin embargo, mientras doblo el diario, noto el escozor de una duda incipiente. El vago presentimiento de que he juzgado a Madaline con excesiva dureza, de que en el fondo no éramos tan distintos, ella y yo. ¿Acaso no ansiábamos ambos huir, reinventarnos, forjarnos una nueva identidad? ¿No habíamos acabado soltando amarras, cortando las cuerdas que nos anclaban al pasado? En cuanto lo pienso, me río ante la sola idea, me digo que no nos parecemos en absoluto, por más que intuya que mi ira bien podría ser la máscara bajo la que se oculta la envidia que me produce saber que ella salió bastante mejor parada de todo ello que yo.

Tiro el diario. Si Thalia se entera, no será por mí.

Mamá barrió las peladuras de zanahoria con el cuchillo y las recogió en un cuenco. No soportaba tirar comida. Las usaría para preparar un tarro de mermelada.

—Bueno, tienes una gran decisión que tomar, Thalia —dijo.

Cuál no sería mi sorpresa cuando Thalia se volvió hacia mí y preguntó:

—¿Tú qué harías, Markos?

—Ah, te diré lo que haría él —terció mamá.

—Me marcharía —contesté a Thalia pero mirando a mamá, dándome el gusto de hacerme pasar por el hijo díscolo que veía en mí.

Además era cierto, claro. No podía creer que Thalia dudara siquiera. Yo habría aceptado con los ojos cerrados. Estudiar en una escuela privada. En Londres, nada menos.

—Deberías pensártelo —comentó mamá.

—Ya lo he hecho —repuso Thalia, vacilante. Y con un nuevo titubeo, mientras levantaba la vista para mirar a mamá a los ojos, añadió—: Pero no depende de mí.

Mamá dejó el cuchillo en la mesa. Oí una leve bocanada de aire. ¿Acaso lo había estado reteniendo, de puro temor, de angustia? Si era así, su rostro impertérrito no delató la menor señal de alivio.

—La respuesta es sí. Por supuesto.

Thalia alargó la mano por encima de la mesa y tocó la muñeca de mamá.

—Gracias, tía Odie.

—Lo diré una sola vez —intervine—. Creo que cometes un error. Que ambas cometéis un error.

Ambas se volvieron hacia mí.

—¿Quieres que me marche, Markos? —preguntó Thalia.

—Sí —contesté—. Te echaría mucho de menos, y lo sabes. Pero no puedes renunciar a estudiar en una escuela privada. Luego podrías ir a la universidad. Podrías ser científica, investigadora, inventora, profesora universitaria. ¿No es eso lo que quieres? Eres la persona más inteligente que conozco. Puedes llegar a ser lo que te propongas.

—No, Markos. No puedo. —Lo dijo en un tono tajante y definitivo que no admitía réplica.

Tenía razón, por supuesto.

Muchos años más tarde, cuando empecé las prácticas de cirugía estética, comprendí algo que se me había escapado aquel

310

día en la cocina, cuando intenté convencer a Thalia de que cambiara Tinos por un internado londinense. Comprendí que el mundo no ve el interior de las personas, y que poco importan las esperanzas, penas y sueños que albergamos bajo una máscara de piel y hueso. Es así de sencillo, cruel y absurdo. Mis pacientes lo sabían. Veían cuanto eran, serían o podían aspirar a ser, supeditado a la simetría de su estructura ósea, al espacio entre los ojos, la longitud del mentón, la proyección de la nariz, la idoneidad del ángulo nasofrontal.

La belleza es un inmenso e inmerecido regalo que se reparte al azar, sin ton ni son.

Y así, elegí mi especialidad para resarcir a personas como Thalia, para rectificar con cada corte de bisturí una injusticia arbitraria, para rebelarme modestamente contra un orden universal que se me antojaba vergonzoso, en el que una mordedura de perro podía arrebatarle el futuro a una niña, convertirla en una paria, en objeto de desdén.

Por lo menos eso me dije a mí mismo. Supongo que tenía otros motivos para elegir la cirugía estética. El dinero, sin ir más lejos, el prestigio, la consideración social. Dar por sentado que la elegí única y exclusivamente por Thalia sería simplificar demasiado las cosas, por grata que resulte la idea, buscar un orden y un equilibrio excesivos. Si algo he aprendido en Kabul es que el comportamiento humano es caótico, imprevisible y ajeno a la conveniencia de las simetrías. Pero me brinda cierto consuelo la idea de un patrón, de un esbozo de mi vida que va cobrando forma, como una fotografía en un cuarto oscuro, una historia que se va desvelando poco a poco y viene a confirmar todo lo bueno que siempre he deseado ver en mí mismo. Ese relato me sostiene.

Pasé la mitad de mis prácticas en Atenas estirando párpados, recortando papadas, corrigiendo narices mal concebidas y borrando arrugas. Pasé la otra mitad haciendo lo que de veras quería, que era viajar por todo el mundo, desde América Central hasta el África subsahariana, pasando por el Sudeste Asiático y Oriente Próximo, y trabajar con niños, operando labios leporinos y paladares hendidos, extirpando tumores faciales, reparando heridas en el rostro. Mi trabajo en Atenas no era tan gratificante, ni mucho menos, pero me proporcionaba un buen sueldo y el privilegio de poder ausentarme durante semanas o meses para dedicarme a mi labor como cooperante.

Luego, a principios de 2002, me llamó al despacho una conocida, una enfermera bosnia llamada Amra Ademovic. Nos habíamos conocido en un congreso celebrado en Londres pocos años antes, y habíamos tenido una grata aventura de fin de semana que habíamos decidido de mutuo acuerdo no llevar más allá, aunque seguíamos en contacto y nos veíamos de vez en cuando en algún acto social. Me contó que estaba trabajando para una organización sin ánimo de lucro en Kabul, y que buscaban a un cirujano plástico para operar a los niños afganos, corregir labios leporinos, reparar daños causados por la metralla y las balas, esa clase de cosas. No me lo pensé dos veces. Llegué a finales de la primavera de 2002 con la intención de quedarme tres meses. Nunca regresé.

Thalia viene a recogerme al puerto. Luce una bufanda de lana verde y un grueso abrigo rosa sobre una rebeca y unos vaqueros. Lleva el pelo largo, suelto sobre los hombros y peinado con raya en medio. Es ese rasgo, el del pelo canoso, y no su rostro mutilado, lo que me sobresalta y desconcierta cuando la veo. No es que me sorprenda; le habían salido las primeras canas a los treinta y pocos, y a finales de la década siguiente ya tenía el pelo completamente blanco. Sé que yo también he cambiado —el vientre que se empeña en sobresalir, las no menos tenaces entradas de las sienes—, pero la decadencia del propio cuerpo es algo progresivo, casi tan imperceptible como implacable. Ver a Thalia con el pelo blanco me asalta siempre como la prueba de su constante, inevitable paso a la vejez, y por extensión, del mío.

—Vas a tener frío —dice, ciñéndose la bufanda en torno al cuello.

Estamos en enero, a media mañana, y el cielo se ve gris y encapotado. Una brisa destemplada agita con un murmullo las hojas marchitas de los árboles.

—Si quieres saber qué es el frío, vente a Kabul —respondo, al tiempo que cojo mi maleta.

—Tú verás, doctor. ¿Vamos en autobús o a pie? Tú eliges.

—Vayamos caminando.

Nos dirigimos al norte. Cruzamos la aldea de Tinos. Dejamos atrás los veleros y yates fondeados en la dársena. Los quioscos que venden postales y camisetas. La gente que toma café con parsimonia en mesitas redondas, por fuera de los bares, mientras echa una partida de ajedrez o lee el diario. Los camareros que preparan las mesas para el almuerzo. Dentro de una o dos horas, empezará a flotar en el aire el olor a pescado asado.

Thalia se lanza a hablar animadamente sobre una nueva urbanización de casas encaladas que están levantando al sur de la isla, con vistas a Míkonos y al Egeo, destinada sobre todo a los turistas o los acaudalados veraneantes que desde los noventa visitan Tinos cada año. Dice que las casas dispondrán de piscina y gimnasio.

Lleva años escribiéndome mensajes de correo electrónico en los que me informa de todos los cambios que han ido alterando la fisonomía de la isla. Los hoteles a pie de playa con antenas parabólicas y acceso a internet rudimentario, las discotecas, bares y tabernas, los restaurantes y comercios al servicio del turismo, los taxis, autobuses, las hordas, las extranjeras que toman el sol en topless. Los campesinos ya no se desplazan en burro sino en camioneta, por lo menos los que se quedaron. La mayoría partió tiempo atrás, aunque algunos están regresando para pasar aquí sus años de jubilación.

—Nada de todo esto le hace demasiada gracia a Odie —comenta Thalia, refiriéndose a los cambios.

También me ha escrito sobre eso, el recelo de los isleños hacia los recién llegados y las transformaciones que traen consigo.

—A ti no parece importarte —comento.

—De nada sirve luchar contra lo inevitable —señala. Y añade—: Odie suele decir que no le extraña mi actitud, porque no he nacido aquí. —Thalia remata la frase con una sonora y campechana carcajada—. Después de cuarenta y cuatro años viviendo en Tinos, creía que me había ganado el título de autóctona, pero ya ves.

Thalia también ha cambiado. Aun con el abrigo puesto, noto que se le han ensanchado las caderas, que está más rolliza, aunque no por ello se ha reblandecido; sus carnes son recias. Además, desprende un aire de cordial desafío, lo noto en el tono socarrón con que comenta algunas cosas de las que hago y que, sospecho, se le antojan patochadas. El brillo que ilumina su mirada, esta nueva risa vigorosa, las mejillas rozagantes, todo ello me da la sensación de hallarme ante la esposa de un granjero. Una mujer con los pies en la tierra, cuya enérgica simpatía no acaba de ocultar un poso de dureza y una autoridad que sería imprudente cuestionar.

—¿Cómo va el negocio? —pregunto—. ¿Sigues trabajando?

—Hago alguna que otra chapuza. Ya sabes cómo están las cosas.

Ambos movemos la cabeza en un gesto de desaliento. Desde Kabul, había seguido las noticias de los sucesivos planes de austeridad. Había visto en la CNN a jóvenes griegos enmascarados arrojando piedras a la policía frente al Parlamento, y a los antidisturbios disparándoles gas lacrimógeno y blandiendo sus porras.

Thalia no posee un negocio en el sentido estricto de la palabra. Antes de la era digital, se dedicaba sobre todo a las reparaciones domésticas. Iba allí donde la llamaban y soldaba el transistor averiado de una tele, o sustituía el condensador de señal de un viejo aparato de radio. Le pedían que reparara termostatos de nevera, que sellara la fuga de una cañería. Sus clientes le pagaban lo que buenamente podían, y si no podían pagarle, ella hacía la reparación de todos modos. «En realidad no necesito el dinero —me decía—. Lo hago por diversión. Aún disfruto como una niña abriendo cosas y averiguando cómo funcionan por dentro.» Hoy en día, Thalia es como una empresa unipersonal de informática. Todo lo que sabe lo ha aprendido por sus propios medios. Cobra tarifas simbólicas por localizar y corregir los fallos de los PC, cambiar la configuración IP, arreglar los programas que se cuelgan o se ralentizan, así como los fallos de actualización y arranque. Más de una vez la he llamado desde Kabul, al borde de la desesperación, porque se me había colgado mi IBM.

Cuando llegamos a casa de mi madre, nos quedamos fuera un momento, en el patio, junto al viejo olivo. Veo el resultado de la reciente actividad febril de mamá: las paredes recién pintadas, el palomar a medio acabar, un martillo y una caja de clavos abierta sobre un tablón de madera.

—¿Cómo está? —pregunto.

—Tan quisquillosa como siempre. Por eso mandé instalar esa cosa. —Señala la antena parabólica del tejado—. Vemos culebrones extranjeros. Los árabes son los mejores, o los peores, según se mire. Intentamos descifrar el argumento. Así consigo que no se ensañe conmigo. —Más que entrar, Thalia se precipita hacia dentro—. Bienvenido a casa. Te prepararé algo de comer.

Se me hace raro estar de nuevo en esta casa. Veo unos pocos objetos que no me resultan familiares, como el sillón de cuero gris de la sala y una mesita de mimbre blanca junto a la tele. Pero todo lo demás sigue prácticamente donde solía. La mesa de la cocina, ahora cubierta por un hule con estampado de berenjenas y peras; las sillas de bambú de respaldo recto; la vieja lámpara de aceite con su funda de mimbre y la chimenea de borde festoneado tiznada por el humo; la foto en la que salgo con mamá —yo con una camisa blanca, ella con su vestido bueno—, aún colgada encima de la repisa de la chimenea del salón; la vajilla de porcelana de la abuela, en la última balda, como siempre.

Sin embargo, en cuanto suelto la maleta, tengo la sensación de que hay un vacío enorme en medio de todo. Las décadas de vida que mi madre ha pasado aquí con Thalia son para mí inmensos espacios en blanco. He estado ausente. Ausente de todas las comidas que Thalia y mamá han compartido en torno a esta mesa, de las discusiones, los momentos de aburrimiento, las risas, las enfermedades, el largo rosario de sencillos rituales que conforman toda una vida. Entro en la casa de mi infancia y me siento un poco perdido, como si leyera el final de una novela empezada y abandonada tiempo atrás.

—¿Te apetecen unos huevos? —ofrece Thalia, al tiempo que se pone un delantal estampado.

Vierte aceite en una sartén y se mueve en la cocina con la soltura de quien está en su casa.

—Claro. ¿Dónde está mamá?

—Durmiendo. Ha pasado mala noche.

—Iré a echarle un vistazo.

Thalia saca un batidor del cajón.

—Como la despiertes, doctor, te las verás conmigo.

Subo de puntillas la escalera que conduce al dormitorio. La habitación está a oscuras. Un único, largo y delgado haz de luz se cuela entre las cortinas cerradas y hiende la cama de mamá. Se respira un aire viciado, enfermizo. No es exactamente un olor, sino más bien una presencia física. Todos los médicos lo reconocen. La enfermedad impregna una habitación como si de vapor se tratara. Me detengo un momento en el umbral y dejo que los ojos se acostumbren a la penumbra, rota por un rectángulo de luz colorida y cambiante que descansa sobre el tocador, en lo que deduzco es el lado de la cama que ocupa Thalia, el mismo que ocupaba yo. La luz procede de uno de esos marcos fotográficos digitales. Una extensión de arrozales y casas de madera con tejados grises se desvanece para dar paso a un concurrido bazar con cabras desolladas que cuelgan de ganchos de carnicero, y luego se ve a un hombre de piel oscura agachado a la orilla de un río de aguas turbias, cepillándose los dientes con el dedo.

Cojo una silla y me siento a la cabecera de mamá. Ahora que mis ojos se han acostumbrado a la oscuridad, la miro y no puedo evitar que se me encoja el corazón. Me sobresalta lo mucho que ha menguado mi madre. El pijama de estampado floral cuelga en torno a sus hombros estrechos, por encima de su pecho aplanado. No me gusta verla durmiendo así, con la boca abierta y las comisuras hacia abajo, como si tuviera una pesadilla. No me gusta comprobar que la dentadura se le ha movido mientras duerme. Un leve aleteo agita sus párpados. Me quedo allí un rato. Me pregunto qué esperaba encontrar, y oigo el tictac del reloj de pared, el tintineo metálico de la espumadera en la sartén allá abajo. Hago inventario de los detalles banales de la vida de mamá que llenan la habitación. El televisor de pantalla plana acoplado a la pared, el ordenador en un rincón, el sudoku inacabado sobre la mesilla de noche, la página señalada con las gafas de lectura, el mando de la tele, la ampolla de colirio, un tubo de crema de cortisona, otro de adhesivo dental, un frasquito de comprimidos, y en el suelo un par de zapatillas afelpadas color perla. En otro tiempo, jamás se las habría puesto. Junto a éstas, hay una bolsa abierta de pañales braga. No puedo relacionar estas cosas con mi madre. Las rechazo. Se me antojan las pertenencias de un desconocido. Alguien indolente, inofensivo, alguien con quien es imposible enfadarse.

Al otro lado de la cama, la imagen del marco digital vuelve a cambiar. Observo unas cuantas de aquellas instantáneas. Y de pronto caigo. Reconozco esas fotos. Las hice yo. Son de cuando me dedicaba a... ¿cómo decirlo? A ver mundo, supongo. Thalia. Había conservado las copias, durante todos estos años. El afecto me embarga, dulce como la miel. Ella ha sido mi verdadera hermana, mi verdadero Manaar, todo este tiempo.

La oigo llamándome desde abajo.

Me levanto sin hacer ruido. Me dispongo a salir cuando algo atrapa mi atención. Algo enmarcado y colgado en la pared, por debajo del reloj. No acierto a distinguirlo en la oscuridad. Abro el móvil y echo un vistazo a la luz de su resplandor plateado. Es un artículo de Associated Press sobre la organización sin ánimo de lucro con la que colaboro en Kabul. Recuerdo esa entrevista. El periodista era un tipo agradable, un estadounidense de ascendencia coreana aquejado de un leve tartamudeo. Habíamos compartido un plato de *qabuli*, arroz integral con carne de cordero y uvas pasas, típico de Afganistán. En el centro del artículo hay una fotografía de grupo en la que salgo con algunos niños y Nabi al fondo, con ademán rígido, las manos a la espalda y el aire entre aprensivo, tímido y circunspecto con que los afganos suelen posar para las fotos. Amra también está allí, con Roshi, su hija adoptada. Todos los niños sonríen a la cámara.

—Markos.

Cierro la solapa del móvil y bajo al piso inferior.

Thalia me sirve un vaso de leche y un humeante plato de huevos revueltos sobre un lecho de tomates.

—Tranquilo, ya le he echado azúcar a la leche.

—Te has acordado.

Thalia toma asiento sin quitarse el delantal. Apoya los codos en la mesa y me observa comer, secándose la mejilla izquierda de vez en cuando con un pañuelo. Recuerdo todas las ocasiones en que intenté convencerla para que me dejara operarla. Le dije que las técnicas quirúrgicas han avanzado mucho desde los años sesenta, y que estaba seguro de poder, si no reparar del todo su desfiguramiento, al menos sí lograr una mejoría significativa. Siempre se negó en redondo, para mi inmensa perplejidad. «Así soy yo», me dijo. Una respuesta insulsa, insatisfactoria, pensé entonces. ¿Qué significaba, siquiera? No lo entendí. Me cruzaron la mente pensamientos poco caritativos, de presidiarios condenados a cadena perpetua que temían salir de la cárcel, aterrados ante la sola idea de que les concedieran la libertad condicional y tuvieran que enfrentarse al cambio, a una nueva vida más allá de las alambradas y las torres de vigilancia.

La oferta que le hice entonces sigue en pie. Sé que no la aceptará, pero ahora entiendo por qué. Tenía razón. Así es ella, en efecto. No puedo aspirar a ponerme en su lugar y comprender lo que debió suponer para ella ver ese rostro reflejado en el espejo día tras día, evaluar su espantosa desfiguración y reunir la voluntad necesaria para aceptarla. La inmensa energía que debió de costarle, el esfuerzo, la paciencia. Una aceptación que habría ido tomando forma poco a poco, a lo largo de los años, como la pared rocosa de un acantilado, esculpida por el embate de las olas. El perro tardó minutos en darle su rostro, y a ella le llevó toda una vida forjarse una nueva identidad en torno a ese mismo rostro. No me dejaría deshacerlo todo a golpe de bisturí. Sería como abrir una nueva herida sobre la antigua.

Ataco los huevos porque sé que eso la complacerá, aunque en realidad no tengo apetito.

—Qué buenos están, Thalia.

—¿Listo para el gran espectáculo?

—¿A qué te refieres?

Alarga el brazo hacia atrás y abre un cajón de la encimera. Saca unas gafas de sol con lentes rectangulares. Tardo unos instantes en caer, pero de pronto me acuerdo. El eclipse.

—Ah, claro.

—Al principio creía que nos limitaríamos a verlo por un agujerito —comenta—. Pero luego Odie me contó que ibas a venir y pensé: bueno, hagámoslo a lo grande.

Hablamos un poco sobre el eclipse solar que supuestamente tendrá lugar al día siguiente. Thalia dice que empezará por la mañana y se habrá completado hacia el mediodía. Ha estado consultando los partes meteorológicos y ha comprobado con alivio que no se espera nubosidad sobre la isla. Me pregunta si quiero más huevos, le digo que sí, y entonces me habla de un nuevo cibercafé que han abierto donde estaba la casa de empeños del señor Roussos.

—He visto las fotos —comento—. Arriba. Y el artículo.

Thalia recoge mis migas de pan de la mesa con la palma de la mano y las arroja al fregadero sin volverse a mirar siquiera.

—Bah, eso fue fácil. Bueno, me refiero a escanearlas y cargarlas en el ordenador. Lo difícil fue organizarlas por países. Tuve que ponerme a averiguar de dónde era cada una, porque nunca mandas ninguna nota, sólo las fotos, y ella había dejado muy claro que las quería separadas por países. Tenía que ser así. Insistió en ello.

—¿Quién?

Thalia suelta un suspiro.

—Quién, dice. Pues Odie. ¿Quién si no?

—¿Fue idea suya?

—Sí, igual que lo del artículo. Fue ella quien lo encontró en la red.

—¿Mamá me buscó en la red? —pregunto.

—No tendría que haberle enseñado a navegar. Ahora no hay quien la pare. —Thalia se ríe entre dientes—. Todos los días comprueba si hay algo nuevo sobre ti. Es cierto. Te has buscado una acosadora cibernética, Markos Varvaris.

Mamá baja a primera hora de la tarde. Lleva puesto un albornoz azul oscuro y las zapatillas afelpadas que ya he empezado a detestar. Da la impresión de haberse peinado. Me alivia ver que parece moverse con normalidad mientras baja los escalones y me recibe con los brazos abiertos, sonriendo con gesto soñoliento.

Nos sentamos a la mesa a tomar un café.

—¿Dónde está Thalia? —pregunta, soplando su taza.

—Ha salido a comprar un par de cosillas para mañana. ¿Eso de ahí es tuyo? —pregunto, señalando un bastón apoyado contra la pared, detrás del sillón nuevo. No lo había visto al llegar.

—Ah, apenas lo uso. Sólo los días malos. Y para salir a dar largos paseos. Más que nada para estar tranquila —añade, restándole importancia, y así me entero de que depende bastante más del bastón de lo que quiere darme a entender—. Eres tú quien me preocupa. Las noticias que llegan de ese país horrible. Thalia no quiere que las escuche. Dice que me ponen muy nerviosa.

—No negaré que hay incidentes aislados, pero por lo general la gente va a lo suyo y no se mete en líos. Además, tomo mis precauciones, mamá. —Por supuesto, me abstengo de comentarle que han tiroteado la casa de huéspedes al otro lado de la calle, ni la reciente oleada de ataques a los cooperantes extranjeros, ni que cuando digo que tomo mis precauciones me refiero a que me he acostumbrado a llevar encima una 9 mm siempre que voy en coche por la ciudad, cosa que para empezar no debería hacer.

Mamá bebe un sorbo de café y se estremece levemente. No intenta sonsacarme. No estoy seguro de que eso sea buena señal. No sabría decir si ha perdido el hilo y se ha quedado ensimismada, como suelen hacer los ancianos, o si se trata de una estrategia para no acorralarme, evitando así que le mienta o le revele cosas que sólo la disgustarían.

—Te echamos de menos en Navidad —dice.

—Me fue imposible escaparme, mamá.

Asiente.

—Ahora estás aquí. Eso es lo que cuenta.

Tomo un sorbo de café. Cuando era pequeño, mamá y yo desayunábamos sentados a esta mesa todas las mañanas, en silencio, de un modo casi solemne, antes de salir juntos hacia la escuela. Qué poco nos hablábamos.

—¿Sabes, mamá?, yo también me preocupo por ti.

—Pues no tienes por qué. Sé cuidar de mí misma.

Un destello de su viejo orgullo desafiante, como una tenue luz que parpadea en la niebla.

—Sí, pero ¿hasta cuándo?

—Hasta que no pueda hacerlo.

—¿Y cuando eso ocurra? ¿Qué pasará entonces?

No trato de desafiarla. Se lo pregunto porque ignoro la respuesta. Ignoro cuál será mi propio papel, o si tendré siquiera un papel que desempeñar.

Me mira a los ojos, impertérrita. Luego vierte otra cucharadita de azúcar en su café, que remueve despacio.

—Es curioso, Markos, pero la gente por lo general tiene una idea muy equivocada de sí misma. Creen que viven en función de lo que desean, cuando en el fondo lo que los guía es aquello que temen. Aquello que no desean.

—No te sigo, mamá.

—Bueno, mírate a ti, por ejemplo. El hecho de que te marcharas de aquí. La clase de vida que te has buscado. Tenías miedo de verte atrapado en esta isla. Conmigo. Tenías miedo de que te retuviera. O mira a Thalia. Se quedó porque no quería seguir siendo el blanco de todas las miradas.

La observo mientras saborea el café y le añade otra cucharadita de azúcar. Recuerdo lo insignificante que me sentía de pequeño cuando intentaba llevarle la contraria. Hablaba de un modo que no dejaba lugar para la réplica; me avasallaba con la verdad, enunciada desde el primer momento de un modo llano y sin rodeos. Me derrotaba antes incluso de que pudiera abrir la boca. Siempre me parecía injusto.

—¿Y qué hay de ti, mamá? —le pregunto—. ¿Qué es lo que temes, lo que no deseas?

—Ser una carga.

—No lo serás.

—De eso puedes estar seguro, Markos.

La inquietud me invade al oír esta réplica críptica. Me cruza la mente la carta que Nabi me dio en Kabul, su confesión póstuma. El pacto que Suleimán Wahdati había hecho con él. No puedo sino preguntarme si mamá ha sellado un pacto similar con Thalia, si la ha elegido a ella para rescatarla cuando llegue el momento. Sé que Thalia podría hacerlo. Ahora es fuerte. Ella la salvaría.

Mamá escruta mi rostro.

—Tú tienes tu vida, tu trabajo, Markos —dice en un tono menos severo, corrigiendo el rumbo de la conversación, como si hubiese percibido mi inquietud. La dentadura postiza, los pañales, las zapatillas afelpadas, todo ello me ha llevado a subestimarla. Aún tiene todas las de ganar. Siempre las tendrá—. No quiero ser un lastre para ti.

Por fin una mentira, esto último que dice, aunque es una mentira piadosa. No sería yo el que se vería lastrado. Ambos lo sabemos. Yo estoy ausente, a miles de kilómetros de aquí. La carga de trabajo desagradable, pesado, recaería sobre Thalia. Pero mamá me incluye a mí también, me concede algo que no me he ganado, ni intentado ganar siquiera.

—No lo serías —replico débilmente.

Sonríe.

—Hablando de tu trabajo, supongo que sabes que no lo aprobaba precisamente, cuando decidiste marcharte a ese país.

—Algo sospechaba, sí.

—No entendí por qué te ibas. Por qué renunciabas a todo, el dinero, la consulta, la casa en Atenas, todo aquello por lo que habías trabajado, para esconderte en ese polvorín.

—Tenía mis razones.

—Lo sé. —Se lleva la taza a los labios y vuelve a bajarla sin haber bebido—. Esto no se me da nada bien —añade despacio, casi con timidez—, pero lo que trato de decirte es que me has salido bueno. Has hecho que me sienta orgullosa de ti, Markos.

Me miro las manos. Sus palabras calan muy hondo. Me ha pillado desprevenido. No estaba preparado para oír esto, ni para el brillo que relucía en su mirada cuando lo ha dicho. No sé qué se supone que debo contestar.

—Gracias, mamá —acierto a balbucir.

No puedo decir nada más, y nos quedamos un rato en silencio. Casi se palpa la incomodidad en el aire, así como la súbita conciencia compartida de todo el tiempo perdido, las oportunidades derrochadas.

—Hace tiempo que quiero preguntarte algo —dice mamá.

—¿El qué?

—James Parkinson. George Huntington. Robert Graves. John Down. Y ahora mi amigo Lou Gehrig. ¿Cómo se las han arreglado los hombres para acaparar hasta los nombres de las enfermedades?

Parpadeo, desconcertado. Mi madre me imita y luego se echa a reír y yo también, aunque por dentro me desmorone.

A la mañana siguiente nos tumbamos fuera, en unas hamacas. Mamá lleva una gruesa bufanda y una parka gris, y se ha tapado las piernas con una manta de forro polar para protegerlas del riguroso frío. Tomamos café y mordisqueamos trocitos del dulce de membrillo con canela que Thalia ha comprado para la ocasión. Llevamos puestas nuestras gafas especiales para observar el eclipse y miramos al cielo. Al sol le falta un pequeño bocado en el cuadrante norte, lo que hace que se parezca un poco al logotipo del portátil de Apple que Thalia abre de vez en cuando para anotar sus observaciones en un foro de internet. Los vecinos de la calle se han acomodado en las aceras y las azoteas para contemplar el espectáculo. Algunos se han ido con toda la familia hasta la otra punta de la isla, donde la Sociedad Astronómica Helénica ha instalado telescopios.

—¿A qué hora se supone que es el eclipse total? —pregunto.

—Sobre las diez y media —contesta Thalia. Se levanta las gafas y consulta el reloj—. Dentro de una hora, más o menos.

Se frota las manos de entusiasmo, escribe algo en el ordenador.

Las observo a las dos, a mamá con sus gafas de sol, las manos surcadas de venas azules cruzadas sobre el pecho, a Thalia aporreando el teclado sin piedad, con mechones de pelo blanco asomándole por debajo de la gorra de lana.

«Me has salido bueno.»

La noche anterior, acostado en el sofá, había pensado en las palabras de mamá y mis pensamientos me habían llevado hasta

Madaline. De niño, solía ponerme nervioso por todas las cosas que mamá no hacía, a diferencia de las otras madres. Cogerme de la mano para ir por la calle. Darme un beso de buenas noches, sentarme en su regazo, leerme cuentos antes de dormir. Todo eso es verdad. Pero a lo largo de todos estos años no he sabido ver una verdad más grande aún, que ha pasado inadvertida, sin el menor reconocimiento, enterrada bajo una pila de agravios: mi madre jamás me abandonaría. Ésa era su gran dádiva, la incuestionable certeza de que nunca me haría lo que Madaline le había hecho a Thalia. Era mi madre y no me abandonaría nunca. Yo lo había aceptado sin más, lo había dado por sentado. Nunca se lo había agradecido, tal como no daba gracias al sol por brillar sobre mi cabeza.

—¡Mirad! —exclama Thalia.

De pronto, pequeñas hoces de luz resplandeciente se han materializado por doquier, en el suelo, en las paredes, en nuestras ropas. Es el sol con forma de medialuna, que refulge entre las hojas del olivo. Descubro una cabrilleando en la superficie de mi café. Otra juguetea con los cordones de mis zapatos.

—Enséñame las manos, Odie —pide Thalia—, deprisa.

Mamá abre las manos y vuelve las palmas hacia arriba. Thalia saca del bolsillo un vidrio cuadrado y lo sostiene por encima de las manos de mamá. De pronto, un sinfín de pequeños arcoíris bailotean sobre la piel apergaminada de las manos, y ella reprime un grito.

—¡Fíjate, Markos! —dice mamá, sonriendo sin reservas, exultante como una colegiala. Nunca la había visto sonreír de un modo tan puro, tan cándido.

Nos quedamos los tres contemplando los pequeños, trémulos arcoíris en las manos de mi madre, y siento una tristeza, y también un viejo dolor, que me atenazan la garganta como dos garras.

«Me has salido bueno... Has hecho que me sienta orgullosa de ti, Markos.»

Tengo cuarenta y cinco años. Llevo toda la vida esperando oír esas palabras. ¿Será demasiado tarde para todo esto, para nosotros? ¿Habremos desaprovechado demasiadas oportunidades, durante demasiado tiempo, mamá y yo? Una parte de mí cree que es mejor seguir como hasta ahora, comportarnos como si no supiéramos lo poco que nos hemos entendido siempre. Es menos doloroso de ese modo. Quizá sea mejor que esta ofrenda tardía. Este frágil, tembloroso atisbo de cómo podían haber sido las cosas entre nosotros. Lo único que nos traerá es pesar, y me pregunto de qué sirve. No va a devolvernos nada. Lo que hemos perdido es irrecuperable.

Sin embargo, cuando mi madre dice «¿Verdad que es precioso, Markos?», yo le contesto «Sí que lo es, mamá, es precioso», y mientras algo en mi interior empieza a resquebrajarse, a abrirse de par en par, alargo la mano y tomo la suya en la mía.

9

Invierno de 2010

Cuando era niña, mi padre y yo teníamos un ritual nocturno. Después de rezar mis veintiún *bismalá*, él me metía en la cama, me arropaba, se sentaba a mi lado y me quitaba los malos sueños de la cabeza pellizcándolos entre el índice y el pulgar. Sus dedos iban de mi frente a mis sienes, para luego buscar con paciencia detrás de las orejas y en la nuca, y con cada pesadilla que me arrancaba chasqueaba los labios, haciendo el ruido de una botella al descorcharse. Metía los malos sueños, uno por uno, en un saco invisible en su regazo y ataba su cordel con fuerza. Entonces hurgaba en el aire en busca de sueños felices con que reemplazar los que había quitado. Yo lo observaba ladear un poco la cabeza, con el cejo fruncido y los ojos moviéndose de aquí para allá como si tratara de oír una música distante, y contenía el aliento, esperando el instante en que esbozaría una sonrisa, canturrearía «Ah, aquí hay uno» y ahuecaría las manos para dejar que el sueño le aterrizara en las palmas como un pétalo que caía caracoleando de un árbol. Y entonces, muy suavemente, pues mi padre decía que todas las cosas buenas de la vida son frágiles y se quiebran con facilidad, alzaba las manos y me frotaba la frente con las palmas para meterme la felicidad en la cabeza.

—¿Qué voy a soñar esta noche, *baba*? —quería saber yo.

—Ah, esta noche... Verás, esta noche es especial —contestaba siempre antes de contármelo.

Inventaba una historia sobre la marcha. En uno de los sueños que me dio, me convertía en la pintora más famosa del mundo. En otro, era la reina de una isla encantada y tenía un trono volador. Incluso me regaló uno sobre mi postre favorito, la gelatina. Blandía mi varita mágica y tenía el poder de convertir cualquier cosa en gelatina: un autobús del colegio, el Empire State, el océano Pacífico entero; más de una vez salvé al planeta de su destrucción agitando mi varita ante un meteorito a punto de estrellarse. Mi padre, que casi nunca hablaba del suyo, decía que había heredado de él su talento para contar historias. De niño, a veces su padre lo hacía sentarse —si estaba de humor, lo que no pasaba a menudo— y le contaba historias plagadas de *yinns*, hadas y *divs*.

Algunas noches, *baba* y yo intercambiábamos papeles. Él cerraba los ojos y yo le deslizaba las manos por la cara, empezando por la frente y bajando por las rasposas mejillas sin afeitar hasta los ásperos pelos del bigote.

—A ver, ¿qué voy a soñar esta noche? —susurraba, cogiéndome las manos.

Y sonreía, porque ya sabía qué sueño iba a darle yo. Era siempre el mismo: el sueño en que aparecían él y su hermanita tendidos bajo un manzano en flor a punto de dormir la siesta. Con el sol calentándoles las mejillas y derramando su luz en las hojas, la hierba y las flores.

Era hija única y muchas veces me sentía sola; después de tenerme, mis padres, que se habían conocido en Pakistán cuando ambos rondaban los cuarenta, habían decidido no tentar al destino por segunda vez. Recuerdo que miraba con envidia a los niños del barrio y de la escuela; me refiero a los que tenían hermanos pequeños. A veces me dejaba perpleja cómo algunos de ellos se trataban unos a otros, ajenos a la suerte que tenían. Se comportaban como perros callejeros. Se daban pellizcos, golpes, empujones; se hacían todas las trastadas imaginables, y burlándose, además. No se dirigían la palabra. Yo, que me había pasado media infancia deseando un hermanito, no conseguía entenderlo. Lo que de verdad habría querido tener era una hermana gemela, alguien que hubiese llorado y dormido a mi lado en la cuna, que hubiese mamado conmigo del pecho de mi madre. Alguien que me quisiera de forma incondicional y absoluta, y en cuyo rostro me viera siempre reflejada.

Y así, la hermanita de *baba*, Pari, era mi compañera secreta, invisible para todos menos para mí. Era mi hermana, la que siempre había deseado que mis padres me dieran. La veía en el espejo del baño cuando nos lavábamos los dientes codo con codo por las mañanas. Nos vestíamos juntas. Me seguía al colegio y se sentaba a mi lado en la clase; cuando yo miraba al frente, a la pizarra, con el rabillo del ojo veía su cabello y la blancura de su perfil. A la hora del recreo la llevaba conmigo al patio, y sentía su presencia detrás de mí cuando me deslizaba por el tobogán o me encaramaba a las barras. Después de la escuela, si me sentaba a la mesa de la cocina a dibujar, ella hacía garabatos pacientemente a mi lado, o miraba por la ventana hasta que yo acabara, y entonces corríamos fuera a saltar a la comba, con nuestras sombras gemelas dando brincos sobre el cemento.

Nadie sabía que jugaba con Pari. Ni siquiera mi padre. Ella era mi secreto.

A veces, cuando no había nadie cerca, comíamos uvas y charlábamos sobre qué juguetes y dibujos animados nos gustaban, qué niños del colegio no, qué maestros nos parecían mezquinos, qué cereales estaban más ricos. Las dos teníamos el mismo color favorito (el amarillo), el mismo helado favorito (de cereza), la misma serie de televisión preferida (*Alf*), y de mayores ambas queríamos ser artistas. Claro, imaginaba que éramos exactas porque éramos gemelas. A veces llegaba a verla, a verla de verdad, justo en el límite de mi campo visual. Siempre que intentaba dibujarla, le ponía unos ojos verde claro y un poco desiguales como los míos, el mismo cabello oscuro y rizado, las mismas cejas largas y rectas que casi se juntaban. Si alguien preguntaba, decía que era mi autorretrato.

La historia de cómo mi padre había perdido a su hermana era tan familiar para mí como las que mi madre me había contado sobre el Profeta; estas últimas tuve que volver a aprenderlas cuando mis padres me apuntaron a las sesiones dominicales en una mezquita en Hayward. Aun así, pese a lo bien que la conocía, todas las noches pedía que me volviesen a contar la historia de

Pari, atraída por su campo gravitatorio. Quizá el simple motivo era que llevábamos el mismo nombre. Quizá ésa era la razón de que sintiera un vínculo entre ambas, un vínculo tenue y envuelto en misterio, y sin embargo real. Pero había algo más. La sentía dentro de mí, como si lo que le había ocurrido hubiese dejado también una huella en mi alma. Sentía que estábamos unidas en algún orden invisible, de un modo que yo no acababa de entender, vinculadas por algo más que nuestros nombres, por algo más que los lazos familiares, como si fuéramos dos piezas de un rompecabezas.

Tenía la certeza de que, si escuchaba su historia con la suficiente atención, me revelaría algo sobre mí.

—¿Crees que tu padre se sintió triste por tener que venderla?

—Hay gente que sabe ocultar muy bien su tristeza, Pari. Él era así. Cuando lo mirabas, no sabías qué sentía. Era un hombre duro. Pero creo que sí, que en el fondo estaba triste.

—¿Y tú? ¿Estás triste?

Mi padre sonreía y decía:

—¿Por qué voy a estarlo, si te tengo a ti?

Pero incluso a esa edad yo advertía su tristeza. Era como una marca de nacimiento en su rostro.

Siempre que hablábamos de eso, en mi mente se repetía la misma escena. Soñaba que ahorraba cuanto podía, sin gastarme un solo dólar en caramelos o pegatinas, y cuando mi hucha, que no era un cerdito sino una sirena sentada en una roca, estaba llena, la rompía, cogía todo el dinero y me marchaba en busca de la hermanita de mi padre, estuviera donde estuviese, y cuando la encontraba, la compraba otra vez y me la llevaba a casa, con *baba*. Hacía feliz a mi padre. Era lo que más deseaba en el mundo, ser yo quien borrara su tristeza.

—¿Y qué voy a soñar esta noche? —preguntaba *baba*.

—Ya lo sabes.

Volvía a sonreír.

—Sí, ya lo sé.

—¿*Baba*?

—Mmm.

—¿Era una buena hermana?

—Era perfecta.

Entonces me daba un beso en la mejilla y me arropaba bien. En la puerta, justo antes de apagar la luz, se detenía un momento.

—Era perfecta —repetía, y añadía—: Igual que tú.

Yo esperaba siempre a que hubiese cerrado la puerta para levantarme, coger otra almohada y ponerla al lado de la mía. Y todas las noches me dormía sintiendo latir dos corazones en mi pecho.

Miro la hora en el acceso a la autopista, en Old Oakland Road. Ya son las doce y media. Tardaré al menos cuarenta minutos en llegar al aeropuerto de San Francisco, contando con que no haya atascos u obras en la 101. Lo bueno es que se trata de un vuelo internacional, de modo que ella aún tendrá que pasar la aduana; eso me concederá un poco de tiempo. Me desplazo al carril de la izquierda y acelero para poner el Lexus a más de ciento veinte.

Me viene a la cabeza una conversación que tuve con *baba* hará cosa de un mes, y que fue un pequeño milagro. Fue una pasajera burbuja de normalidad, como una diminuta bolsa de aire en el frío y oscuro lecho del océano. Yo llegaba tarde a llevarle el almuerzo, y *baba* volvió la cabeza hacia mí desde su silla abatible y comentó, con suave tono de crítica, que estaba genéticamente programada para ser impuntual.

—Como tu madre, que Dios la tenga en su gloria. —Y, como si quisiera tranquilizarme, añadió—: También es verdad que todo el mundo ha de tener algún defecto.

—¿Así que éste es el defecto que me tenía reservado Dios? —pregunté, dejándole el plato de arroz y judías en el regazo—. ¿Ser una tardona?

—Y debería añadir que lo hizo con muy pocas ganas. —Tendió las manos para coger las mías—. Porque estuvo cerca, muy cerca, de hacerte perfecta.

—Bueno, pues si quieres, te confiaré encantada unos cuantos defectos más.

—Tienes algunos escondidos, ¿eh?

—Los tengo a montones. Te los revelaré cuando seas un viejo desamparado.

—Ya soy un viejo desamparado.

—Vaya, conque quieres que te compadezca.

Toqueteo la radio, cambiando de una emisora en la que parlotean a una de country, luego una de jazz, y de nuevo a otra en la que hablan. La apago. Estoy impaciente, nerviosa. Cojo el móvil del asiento del pasajero. Llamo a casa y dejo el móvil abierto en el regazo.

—¿Sí?

—*Salaam, baba.* Soy yo.

—¿Pari?

—Sí, *baba.* ¿Qué tal Héctor y tú, va todo bien?

—Sí. Es un joven estupendo. Ha preparado unos huevos, y nos los hemos comido con tostadas. ¿Dónde estás?

—Estoy conduciendo.

—¿Vas al restaurante? Hoy no te toca trabajar, ¿no?

—No; voy de camino al aeropuerto, *baba.* He de recoger a alguien.

—Vale, le pediré a tu madre que prepare algo de comer. Puede traerse algo del restaurante.

—Muy bien, *baba.*

Para mi alivio, no vuelve a mencionarla. Pero hay días en que no para de hacerlo. «¿Por qué no me dices dónde está, Pari? ¿La están operando? ¡No me mientas! ¿Por qué todo el mundo me dice mentiras? ¿Se ha ido? ¿Está en Afganistán? ¡Entonces yo también voy! Me voy a Kabul, no puedes impedírmelo.» Esas escenas vienen y van, con *baba* caminando de aquí para allá, angustiado, y yo contándole una mentira tras otra, y luego tratando de distraerlo con su colección de catálogos de bricolaje o con algo en la televisión. Unas veces funciona, pero otras se muestra inmune a mis trucos. Se preocupa tanto que acaba llorando, histérico. Se da palmadas en la cabeza y se mece en la silla, sollozando y con las piernas temblorosas, y entonces tengo que darle una pastilla de Ativan. Espero a que se le nublen los ojos, y luego me dejo caer en el sofá, exhausta y sin aliento, también al borde de las lágrimas. Miro hacia la puerta principal y al espacio abierto más allá, y anhelo cruzarlo y seguir caminando, sin parar, y entonces *baba* gime en sueños y doy un respingo, sintiéndome culpable.

—*Baba*, ¿puedo hablar con Héctor?

Oigo cómo cambia de manos el auricular. Me llega el sonido de fondo de las quejas del público de un concurso televisivo, y luego aplausos.

—Qué tal, chica.

Héctor Juárez vive enfrente. Somos vecinos desde hace muchos años, y ya hace varios que somos amigos. Viene a casa un par de veces a la semana, y los dos tomamos comida rápida y vemos telebasura hasta bien entrada la noche, casi siempre *reality shows*. Masticamos pizza fría y negamos con la cabeza con morbosa fascinación ante las payasadas y los berrinches en la pantalla. Héctor era marine y estuvo destinado en el sur de Afganistán. Hace un par de años resultó gravemente herido en un ataque con un AEI, un artefacto explosivo improvisado. Cuando por fin volvió a casa del hospital de veteranos, todos los vecinos hicieron acto de presencia. Sus padres habían colgado en el jardín un letrero donde se leía «Bienvenido a casa, Héctor», con globos y montones de flores. Cuando el coche en el que llegaba se detuvo ante la casa, todo el mundo irrumpió en aplausos. Varias vecinas habían preparado pasteles. La gente le dio las gracias por servir al país. Le dijeron: «Ahora tienes que ser fuerte, y que Dios te bendiga.» El padre de Héctor, César, vino a casa unos días después, y él y yo instalamos una rampa para sillas de ruedas igual que la que había instalado en su casa, por donde se accedía hasta la puerta principal con su bandera americana colgando encima. Recuerdo que cuando los dos trabajábamos en la rampa sentí la necesidad de disculparme por lo que le había ocurrido a Héctor en la patria de mi padre.

—Hola, Héctor, llamo para saber qué tal va todo.

—Por aquí todo bien. Hemos comido, y luego hemos visto *El precio justo*. Ahora nos estamos relajando un poco con *La ruleta de la suerte*, y luego nos toca *Todo queda en casa*.

—Uf. Vaya, lo siento.

—Nada, *mija*. Lo estamos pasando bien. ¿Verdad que sí, Abe?

—Pues gracias por prepararle huevos.

Héctor baja la voz.

—Han sido tortitas. ¿Y sabes qué? Le han encantado. Se ha comido cuatro.

—Te debo una.

—Eh, me encanta tu nuevo cuadro, chica. Ya sabes, el del niño con el sombrero raro. Abe me lo ha enseñado, y bien orgulloso que está. Caramba, le he dicho yo, ¡cómo no vas a estar orgulloso!

Sonrío mientras cambio de carril para dejar que me adelante un coche que se ha pegado detrás de mí.

—A lo mejor ahora ya sé qué regalarte por Navidad.

—Recuérdame otra vez por qué no podemos casarnos tú y yo —bromea Héctor. Oigo a *baba* protestando al fondo y la carcajada de Héctor, que se aparta del auricular—. Lo digo en broma, Abe. Ten paciencia conmigo, que soy un tullido. —Y añade dirigiéndose a mí—: Tu padre acaba de enseñarme el pastún que lleva dentro.

Le recuerdo que le dé las pastillas de mediodía y cuelgo.

Es como ver la fotografía de un locutor de la radio: nunca es como lo habías imaginado al oír su voz en el coche. Para empezar, es una mujer mayor. O tirando a mayor. Ya lo sabía, por supuesto. Había hecho cálculos y estimado que tendrá más de sesenta. Pero me cuesta conciliar a esta mujer delgada de cabello cano con la niñita que he imaginado siempre, una cría de tres años de cabello oscuro y rizado y largas cejas que casi se tocan, como las mías. Y es más alta de lo que esperaba; lo advierto aunque esté sentada en un banco cerca del puesto de bocadillos, mirando alrededor con timidez, como si se hubiese perdido. Tiene hombros estrechos, complexión delicada y rostro agradable, el cabello peinado hacia atrás y sujeto con una diadema de ganchillo. Lleva unos pendientes de jade, vaqueros gastados, un jersey largo tipo túnica de color salmón, y un pañuelo amarillo rodeándole el cuello con naturalidad y elegancia europeas. En su último correo electrónico me mencionó que llevaría ese pañuelo, para que la reconociera.

Aún no me ha visto, así que la observo unos instantes entre los viajeros que empujan carritos de equipaje por la terminal y los conductores de taxis privados que sostienen letreros con los nombres de sus clientes. Con el corazón desbocado, me digo: «Es ella, realmente es ella.» Entonces nuestras miradas se encuentran y en un instante veo que me ha reconocido. Me hace un ademán.

Nos encontramos delante del banco. Sonríe, y a mí me tiemblan las rodillas. Tiene la misma sonrisa que papá, excepto por la pequeña separación entre los incisivos: un poco torcida hacia la izquierda, tan amplia que le inunda la cara y casi le cierra los ojos; y ladea sólo un ápice la cabeza, igual que él. Se levanta y me fijo en sus manos, en los dedos nudosos y doblados hacia fuera por la primera articulación y en los bultos como garbanzos en las muñecas. Se me encoge el estómago, porque parece muy doloroso.

Nos abrazamos y me besa en las mejillas. Tiene la piel suave como el fieltro. Cuando nos separamos, me pone las manos en los hombros y me aparta un poco para observar mi cara como quien admira una pintura. Tiene los ojos húmedos, radiantes de felicidad.

—Siento llegar tarde.

—No pasa nada —contesta—. ¡Por fin estoy aquí contigo! —Su acento francés es aún más marcado que por teléfono.

—Yo también me alegro de conocerte. ¿Qué tal el vuelo?

—Me he tomado una pastilla para dormir. De lo contrario habría pasado todo el rato despierta, porque me siento demasiado emocionada y feliz.

Me mira fijamente, sonriendo, como si temiera que se rompa el hechizo si aparta la mirada, hasta que la megafonía aconseja a los pasajeros que informen de cualquier equipaje sin aparente vigilancia, y su rostro se relaja un poco.

—¿Sabe algo Abdulá sobre mi llegada?

—Le he dicho que traería una invitada —contesto.

Después, en el coche, la miro a hurtadillas. Se me hace muy extraño tener a Pari Wahdati sentada en mi coche, a mi lado; parece algo extrañamente ilusorio. A ratos la veo con perfecta claridad, con su pañuelo amarillo al cuello, los rizos delicados en el nacimiento del pelo, el lunar color café bajo la oreja izquierda; pero de pronto sus facciones parecen envueltas en una especie de bruma, como si la viera a través de unas gafas empañadas. Siento una oleada de vértigo.

—¿Estás bien? —pregunta, mirándome mientras se pone el cinturón.

—Temo que vayas a desaparecer.

—¿Cómo dices?

—Es sólo que... no acabo de creer que estés aquí —explico con una risita nerviosa—, que existas de verdad.

Asiente con la cabeza, sonriendo.

—Ah, también es extraño para mí, muy extraño. ¿Sabes? Nunca había conocido a alguien que se llamara como yo.

—Yo tampoco. —Arranco el motor—. Bueno, háblame de tus hijos.

Mientras salgo del aparcamiento me cuenta cosas sobre ellos, llamándolos por su nombre como si yo los conociera de toda la vida, como si sus hijos y yo hubiésemos crecido juntos, como si hubiésemos ido de picnic, de colonias, de vacaciones de verano en familia a la costa, donde hubiéramos hecho collares de conchas y nos hubiéramos enterrado unos a otros en la arena de la playa.

Ojalá lo hubiésemos hecho.

Me cuenta que su hijo Alain —«tu primo», añade— y su mujer Ana han tenido su quinto hijo, una niña, y se han mudado a Valencia, donde han comprado una casa.

—¡*Finalement* dejan ese espantoso apartamento en Madrid!

A su primogénita, Isabelle, que escribe música para la televisión, acaban de encargarle que componga su primera banda sonora para una película importante. Y el marido de Isabelle, Albert, es ahora el primer chef de un restaurante parisino muy reputado.

—Tú tenías un restaurante, ¿no? —comenta—. Creo que me lo decías en tu e-mail.

—Bueno, era de mis padres. Papá siempre soñó con tener un restaurante. Yo los ayudaba a gestionarlo. Pero tuve que venderlo hace unos años, cuando mi madre murió y *baba* acabó... incapacitado.

—Vaya, lo siento.

—No hay nada que sentir. No se me da muy bien trabajar en un restaurante.

—Yo diría que no. Tú eres una artista.

Le había comentado de pasada que soñaba con asistir algún día a la escuela de arte; era la primera vez que hablábamos y ella me preguntó a qué me dedicaba.

—En realidad, lo que hago se llama volcar datos.

Escucha con atención mientras explico que trabajo para una firma que procesa datos para grandes empresas de la lista de *Fortune 500*.

—Relleno formularios para ellos. Folletos, recibos, circulares por correo electrónico, listas de clientes, esa clase de cosas. Lo básico es ser buena mecanógrafa. Y la tarifa es decente.

—Ya veo —contesta; piensa un poco y añade—: ¿Lo encuentras interesante, ese trabajo tuyo?

Estamos pasando ante Redwood City, en dirección sur. Me inclino hacia ella para señalar por su ventanilla.

—¿Ves ese edificio? ¿Ese alto con el letrero azul?

—Ajá.

—Ahí nací.

—*Ah bon?* —Vuelve la cabeza para seguir mirando cuando pasamos de largo—. Eres una chica con suerte.

—¿Por qué lo dices?

—Porque sabes de dónde vienes.

—Nunca le he dado muchas vueltas.

—No, claro. Pero es importante saberlo, conocer tus raíces. Saber dónde empezaste el camino como persona. Si no lo sabes, tu vida se vuelve un poco irreal. Es como un rompecabezas, *vous comprenez?* Como si te hubieras perdido el principio de la historia y ahora estuvieras en la mitad, tratando de entender qué pasa.

Supongo que es así como se siente *baba* últimamente. Su vida está llena de lagunas. Cada día es una historia desconcertante, un rompecabezas difícil de completar.

A lo largo de un par de kilómetros no decimos nada más.

—Antes preguntabas si encuentro interesante mi trabajo. Resulta que un día llegué a casa y hallé abierto el grifo de la cocina. Había cristales rotos en el suelo y un fogón encendido. Supe que ya no podía dejarlo solo. Y como no podía permitirme un cuidador a tiempo completo, me busqué un trabajo que pudiera hacer en casa. Que fuera interesante no era una prioridad.

—Y la escuela de arte puede esperar.

—Por fuerza.

Ojalá no haga ningún comentario sobre lo afortunado que es *baba* por tener una hija como yo, y en efecto, ella se limita a asentir con la cabeza mientras ve pasar los letreros de la autopista; siento alivio y gratitud. Hay gente, afganos sobre todo, que siempre andan diciendo que *baba* es un hombre con suerte, que vaya hija tiene. Hablan de mí con admiración. Me convierten en una santa, en la hija heroica que renunció a una fastuosa vida de comodidades y privilegios para quedarse en casa y cuidar de su padre. «Y primero hizo lo mismo con la madre —comentan con un tono que rebosa compasión—. Tantos años cuidándola, y vaya si no fue tremendo. Y ahora el padre. Nunca fue lo que se dice una preciosidad, pero tenía un pretendiente, un americano, el tipo de los paneles solares. Podría haberse casado con él, pero no lo hizo por sus padres. Cuántas cosas ha sacrificado por ellos. Todo el mundo debería tener una hija así.» Me felicitan por mi bondad y se maravillan de mi valentía, como se hace ante quienes se sobreponen a una deformidad física o a un defecto del habla.

Pero no me reconozco en esa versión edulcorada. Para empezar, hay mañanas en que me molesta ver a *baba* sentado en el borde de la cama, mirándome con sus ojos legañosos, esperando impaciente a que le ponga los calcetines en sus pies moteados y resecos; gruñe mi nombre y hace una mueca infantil, arrugando la nariz, que lo hace parecer un roedor asustado. Me desagrada que ponga esa cara. No me gusta que sea como es. Lo culpo por haber reducido los límites de mi existencia, por estar consumiendo los mejores años de mi vida. Hay días en los que sólo deseo librarme de él, de su mal genio y de que me necesite tanto. No soy ninguna santa.

Salgo de la autopista en la calle Trece. Varios kilómetros después, entro en el sendero de nuestra casa en Beaver Creek, y apago el motor.

338

A través de la ventanilla del coche, Pari contempla nuestra casa de una sola planta, la puerta del garaje con su pintura desconchada, los marcos color oliva de las ventanas, la vulgar pareja de leones de piedra que montan guardia a ambos lados de la puerta, y que no me he atrevido a quitar porque a *baba* le encantan, aunque dudo que se diera cuenta. Vivimos en esta casa desde 1989, cuando yo tenía siete años, primero de alquiler, hasta que *baba* se la compró al dueño en el 93. Mamá murió en esta casa, una soleada mañana de Nochebuena, en una cama de hospital que yo le había instalado en la habitación de invitados, donde pasó sus tres últimos meses. Me pidió que la trasladara a esa habitación por la vista. Decía que la animaba mucho. Tendida en la cama, con las piernas hinchadas y grisáceas, se pasaba el día mirando por la ventana el callejón sin salida, el jardín delantero bordeado por arces japoneses que ella misma había plantado años atrás, el parterre con forma de estrella, el césped dividido por un sendero de guijarros, las estribaciones de las montañas a lo lejos con el intenso tono dorado que tienen a mediodía cuando el sol les da de lleno.

—Estoy muy nerviosa —dice Pari en voz baja.

—Es normal. Han pasado cincuenta y ocho años.

Se mira las manos, entrelazadas en el regazo.

—Casi no me acuerdo de él. Y lo que recuerdo no es su cara, ni su voz. Sólo que en mi vida siempre ha faltado algo; algo bueno, algo... Ay, no lo sé. Sólo eso.

Asiento con la cabeza. Prefiero no decirle hasta qué punto la comprendo. Deseo preguntarle si había sospechado alguna vez mi existencia, pero me contengo.

Ella retuerce el pañuelo.

—¿Crees que se acuerda de mí?

—Si quieres que te sea sincera...

Sus ojos escudriñan mi rostro.

—Sí, claro.

—Pues quizá sería mejor que no se acordara.

El doctor Bashiri, el médico de toda la vida de mis padres, que va a jubilarse este año, me dijo que *baba* necesita orden y rutina. Las mínimas sorpresas. Que todo sea previsible.

Abro mi puerta.

—¿Te importa esperar un momento en el coche? Despediré a mi amigo, y entonces podrás ver a *baba*.

Se lleva una mano a los ojos, y no me quedo para ver si se echa a llorar.

Cuando tenía once años, las clases de sexto curso de mi escuela tenían prevista una excursión al acuario de la bahía de Monterrey, y pasaríamos la noche allí. Toda aquella semana, hasta el viernes en cuestión, no se habló de otra cosa en mi clase, en la biblioteca y en el patio durante el recreo: de lo bien que lo pasaríamos una vez que el acuario hubiese cerrado y pudiéramos correr en pijama entre las grandes peceras, entre peces martillo, rayas, dragones marinos y calamares. Nuestra profesora, la señora Gillespie, nos contó que habría puestos de comida en diferentes puntos del acuario y que los alumnos podríamos elegir entre sándwiches de mantequilla de cacahuete y mermelada o macarrones con queso. «De postre habrá bizcocho de chocolate o helado de vainilla», añadió. Por la noche, los niños se meterían en los sacos de dormir a escuchar las historias que les contarían los profesores, y se dormirían con los caballitos de mar, las sardinas y los tiburones tigre deslizándose entre altas frondas de algas ondulantes. El jueves, la expectación era tanta que el aire estaba cargado de electricidad. Hasta los alborotadores habituales se portaban de maravilla y no hacían trastadas, no fueran a quedarse sin excursión al acuario.

Para mí, todo aquello se pareció un poco a ver una película emocionante sin audio. Me sentía ajena a toda la alegría, al ambiente de celebración, como me pasaba cada diciembre cuando mis compañeros de clase se iban a casa para encontrarse con arbolitos de Navidad, calcetines en la chimenea y pirámides de regalos. Le dije a la señora Gillespie que yo no iría. No pareció sorprendida. Cuando preguntó el motivo, le dije que la excursión caía el mismo día que una celebración musulmana. No sé si me creyó.

La noche de la excursión, me quedé en casa con mis padres y vimos *Se ha escrito un crimen*. Traté de concentrarme en la serie y no pensar en la excursión, pero me distraía todo el rato. Imaginaba a mis compañeros en pijama, empuñando linternas, con la frente contra el cristal de gigantescas peceras de lubinas y anguilas. Sentí una opresión en el pecho y cambié de postura en el sofá. Repantigado en el otro sofá, *baba* se metió un cacahuete en la boca y soltó una risita ante algo que decía Angela Lansbury. A su lado, sorprendí a mamá mirándome, pensativa y cariacontecida, pero cuando nuestras miradas se encontraron, se le iluminó el rostro y esbozó una sonrisa furtiva, sólo para mí, y tuve que esforzarme para corresponderle. Aquella noche soñé que estaba en la playa, con el agua hasta la cintura, una miríada de tonos verde y azul, jade, zafiro, esmeralda y turquesa se mecía suavemente contra mis caderas. A mis pies se deslizaban legiones de peces, como si el mar fuese mi acuario particular. Me acariciaban los dedos y me hacían cosquillas en las pantorrillas, un millar de destellos que pasaban raudos contra la arena blanca.

Aquel domingo, *baba* me tenía reservada una sorpresa. Cerró el restaurante todo el día, algo que casi nunca hacía, y me llevó en coche hasta el acuario de Monterrey. Pasó todo el camino parloteando con excitación sobre lo mucho que íbamos a divertirnos, sobre las ganas que tenía de ver los tiburones. ¿Qué podríamos comer? Al oírlo hablar, me acordé de cuando era pequeña y me llevaba a la granja para niños de Kelley Park, una de esas en que te dejan tocar los animales, y a los jardines japoneses de al lado a ver los peces *koi*; de cómo me enseñaba los nombres de los peces y yo me aferraba a su mano y pensaba que nunca en mi vida iba a necesitar a nadie más.

En el acuario, recorrí animosamente toda la exposición y me esforcé en responder a las preguntas de *baba* sobre las diferentes clases de peces. Pero había demasiada luz y demasiado ruido, y la gente se agolpaba ante las mejores peceras. No se parecía en nada a la noche de la excursión del colegio que había imaginado. Se me hizo muy cuesta arriba. Acabé agotada de tanto fingir que lo estaba pasando bien. Empezó a dolerme el estómago, y al cabo de una hora de ir de aquí para allá tuvimos que marcharnos. En el camino de vuelta, *baba* no paraba de dirigirme miradas ofendidas, como a punto de decirme algo. Sus ojos parecían taladrarme. Fingí dormir.

Al año siguiente, en el instituto, las chicas de mi edad llevaban sombra de ojos y brillo de labios. Iban a conciertos de los Boyz II Men y a bailes escolares, y salían en grupo para ir a las atracciones de Great America, donde chillaban como locas en las vertiginosas bajadas y los bucles de El Demonio, la montaña rusa. Mis compañeras se presentaban a pruebas para jugar al baloncesto o hacer de animadoras. La chica que se sentaba detrás de mí en la clase de español iba a entrar en el equipo de natación, y un día, cuando sonó el timbre y nos pusimos a despejar los pupitres, comentó que debería probar a entrar yo también. Ella no lo entendía. A mis padres los habría avergonzado que apareciera en traje de baño delante de la gente. Y yo tampoco deseaba hacerlo. Mi cuerpo me hacía sentir muy cohibida. Estaba delgada de cintura para arriba, pero de ahí para abajo me ensanchaba desproporcionadamente, como si la gravedad hubiese acumulado todo mi peso en la mitad inferior. Parecía hecha por un niño con uno de esos juegos de encajar partes de cuerpos para que casen entre sí, o más bien para que no casen y así todo el mundo se ría un rato. Mi madre decía que tenía huesos grandes, y que su propia madre tenía un cuerpo parecido. Al final dejó de decirlo; supongo que acabó por entender que a una chica de mi edad no le hacía gracia que la llamaran grandullona.

Intenté convencer a *baba* de que me dejara apuntarme al equipo de voleibol, pero él me atrajo hacia sí y me sostuvo la cabeza entre las manos. ¿Quién me acompañaría a los entrenamientos? ¿Quién me llevaría a los partidos? Ojalá pudiéramos permitirnos ese lujo, Pari, como los padres de tus amigas, pero tu madre y yo tenemos que ganarnos la vida. Me niego a volver a depender de las ayudas sociales. Sé que lo entiendes, cariño. Seguro que sí.

Por mucho que tuviera que ganarse la vida, *baba* sí encontraba tiempo para llevarme a clases de farsi, en Campbell. Todas las tardes de los martes, después de la escuela, me sentaba allí y, como un pez obligado a nadar contracorriente, trataba de guiar el bolígrafo en contra de los deseos de mi mano, de derecha a izquierda. Le rogué a *baba* que pusiera fin a las clases de farsi, pero no quiso. Dijo que con el tiempo apreciaría ese regalo que me hacía. Que si la cultura es una casa, la lengua es la llave de la puerta principal, lo que te permite acceder a todas las habitaciones. Sin ella, dijo, acabas desorientado, te conviertes en alguien sin un hogar, sin una identidad legítima.

Y luego venían los domingos, cuando me ponía un pañuelo blanco de algodón y *baba* me dejaba en la mezquita de Hayward, donde impartían clases sobre el Corán. Éramos diez o doce chicas afganas, y la habitación donde estudiábamos era diminuta, no tenía aire acondicionado y olía a ropa sucia. Las ventanas eran estrechas y estaban casi contra el techo, como en las celdas de las cárceles en las películas. La mujer que nos daba clase era la esposa de un tendero de Fremont. Lo que más me gustaba era que nos contara historias sobre la vida del Profeta, que me parecía interesante: su infancia en el desierto, cómo se le había aparecido el arcángel Gabriel en una cueva para ordenarle que recitara versos, que quienes se encontraban con él se quedaran impresionados por su rostro amable y luminoso. Pero la profesora se pasaba casi todo el tiempo repasando una larga lista de cosas que, como virtuosas jóvenes musulmanas, debíamos evitar, no fuera a corrompernos la cultura occidental: en primer lugar, como cabía esperar, los chicos, pero también figuraban la música rap, el beicon, el salchichón, Madonna, el alcohol, *Melrose Place*, bailar, los shorts, nadar en público, animar en los encuentros deportivos, las hamburguesas que no fueran *halal*, y un montón de cosas más. Sentada allí en el suelo, sudando y con los pies dormidos, me moría de ganas de quitarme el pañuelo de la cabeza, pero no se podía hacer eso en una mezquita, por supuesto. Alzaba la mirada hacia las ventanas, pero sólo se veían estrechas franjas de cielo. Ansiaba que llegase el momento de salir de la mezquita y recibir el aire fresco en la cara; siempre sentía liberarse algo en mi pecho, el alivio de un incómodo nudo al deshacerse.

Pero, en aquel entonces, la única vía de escape era aflojar las riendas de mi imaginación. De vez en cuando me encontraba pensando en Jeremy Warwick, de la clase de matemáticas. Jeremy tenía unos lacónicos ojos azules y un peinado afro de chico blanco. Era reservado y meditabundo. Tocaba la guitarra en un grupo que ensayaba en un garaje, y en el espectáculo anual de talentos del colegio había interpretado una estridente versión de *House of the Rising Sun*. En clase, yo me sentaba cuatro filas por detrás de él y un poco a la izquierda. A veces imaginaba que nos besábamos y que me sujetaba la nuca con la mano, y su cara estaba tan cerca de la mía que eclipsaba el mundo entero. Me inundaba una curiosa sensación, como si una pluma caliente me revoloteara en el vientre, en brazos y piernas. Aquello nunca podría ocurrir, por supuesto. Lo nuestro, lo de Jeremy y yo, era imposible. Si tenía la más remota sospecha de mi existencia, nunca dio la más mínima pista. Y menos mal, la verdad. De ese modo yo podía simular que la única razón por la que no podíamos estar juntos era que yo no le gustaba.

Durante el verano trabajaba en el restaurante de mis padres. De pequeña me encantaba limpiar las mesas, ayudar a poner platos y cubiertos, doblar servilletas de papel, poner una gerbera roja en un jarroncito en el centro de cada mesa. Fingía ser indispensable para el negocio familiar, que el restaurante se iría a pique si yo no estaba presente para asegurarme de que los saleros y pimenteros estuviesen llenos.

Para cuando iba al instituto, las jornadas en el Abe's Kebab House se habían vuelto largas y calurosas. Las cosas que había en el restaurante habían perdido el encanto de cuando era niña. La vieja nevera expositora con su zumbido constante, los manteles de hule, los vasos de plástico manchado, los horribles nombres de los platos en las cartas plastificadas (Kebab Caravana, Pilaf Paso de Khyber, Pollo Ruta de la Seda), el cartel penosamente enmarcado de la niña afgana de la *National Geographic*, aquella de los ojazos. Como si hubieran decretado que hasta el último restaurante afgano tuviese esos ojos mirándote desde una pared. Junto a él, *baba* había colgado una pintura al óleo de los grandes minaretes en Herat que yo había hecho en séptimo curso. Recordaba la punzada de orgullo y la sensación de glamour que me invadió cuando la colgó por primera vez, y yo veía a los clientes comerse sus kebabs de cordero bajo mi obra de arte.

A la hora de comer, mientras mi madre y yo íbamos de aquí para allá como pelotas de ping pong, entre el humo perfumado de especias de la cocina y las mesas donde servíamos a oficinistas, policías y empleados públicos, *baba* se ocupaba de la caja. Con la camisa blanca manchada de grasa, el vello cano que le sobresalía del cuello abierto, los gruesos y peludos antebrazos, *baba* sonreía de oreja a oreja y saludaba alegremente a cada cliente que entraba. «¡Hola, señor! ¡Hola, señora! Bienvenidos al Abe's Kebab House. Yo soy Abe. ¿Les tomo nota?» Yo sentía vergüenza ajena viendo cómo no se daba cuenta de que parecía el típico personaje secundario bobalicón de Oriente Medio de una telecomedia barata. Y luego venía el numerito, con cada plato que yo servía, de *baba* haciendo sonar la vieja campana de cobre. Estaba sujeta a la pared detrás de la caja, y supongo que lo de tocarla había empezado medio en broma. Ahora, cada vez que se servía una mesa se oía el tañido de la campana. Los clientes habituales se habían acostumbrado y ya casi ni lo oían, y los nuevos solían atribuirlo al excéntrico encanto del local, aunque había quejas de vez en cuando.

—Ya nunca quieres hacer sonar la campana —me dijo *baba* una noche.

Fue al final del segundo trimestre de mi último curso en el instituto. Estábamos en el coche delante del restaurante, después de haber cerrado, esperando a mi madre, que se había dejado dentro sus pastillas contra la acidez y había vuelto a buscarlas. La expresión de *baba* era sombría. Llevaba todo el día de mal humor. En el centro comercial caía una fina llovizna. Era tarde y estaba desierto, salvo por un par de coches en el autoservicio del Kentucky Fried Chicken y una camioneta con dos tipos fumando aparcada ante la tintorería.

—Era más divertido cuando se suponía que no debía hacerlo —contesté.

—Imagino que eso pasa con todo —respondió con un suspiro.

Recordé que de pequeña me encantaba que *baba* me cogiera por las axilas y me levantara para tocar la campana. Cuando volvía a dejarme en el suelo, estaba radiante de orgullo y felicidad.

Baba puso la calefacción del coche y cruzó los brazos.

—Baltimore queda muy lejos.

—Siempre puedes coger un avión y visitarme —contesté alegremente.

—Conque siempre puedo coger un avión, ¿eh? —repitió con cierto desdén—. Me gano la vida haciendo kebabs, Pari.

—Entonces vendré yo a verte.

Me dirigió una mirada sombría. Su melancolía era como la oscuridad que oprimía las ventanillas del coche.

Yo llevaba un mes mirando todos los días en el buzón y mi corazón se henchía de esperanza cada vez que la furgoneta de correos se detenía junto al bordillo. Entraba en casa con las cartas y cerraba los ojos, pensando que quizá había llegado el momento. Abría los ojos y trashojaba cupones de descuento, facturas y promociones. Y entonces, el martes de la semana anterior, había rasgado un sobre y encontrado las palabras que estaba esperando: «Nos complace informarle...»

Me levanté de un brinco. Grité. Sí, solté un chillido de desgarradora alegría que me llenó los ojos de lágrimas. Casi al instante apareció una imagen en mis pensamientos: velada de inauguración en una galería de arte, y yo con un atuendo sencillo, negro y elegante, rodeada por mecenas y críticos con el cejo fruncido, sonriendo y contestando a sus preguntas mientras grupitos de admiradores contemplan mis cuadros y camareros con guantes blancos deambulan sirviendo vino y ofreciendo taquitos de salmón con eneldo o puntas de espárragos envueltas en hojaldre. Experimenté una oleada de euforia, de esas que te dan ganas de abrazar a cualquier extraño y bailar con él unos pasos de vals.

—Es tu madre quien me preocupa —dijo *baba*.

—La llamaré cada noche, te lo prometo. Sabes que lo haré.

Baba asintió con la cabeza. Una repentina ráfaga de viento agitó las hojas de los arces junto a la entrada.

—¿Has pensado en lo que hablamos? —quiso saber.

—¿Te refieres a lo de empezar en un centro universitario aquí?

—Sólo durante un año, quizá dos. Para darle tiempo a que se acostumbre a la idea. Y luego podrías volver a solicitar el ingreso en ese otro sitio.

Me estremecí de rabia.

—*Baba*, esta gente ha evaluado mis resultados y mi expediente académico. Han revisado el porfolio que les envié y lo han considerado lo suficientemente bueno no sólo para aceptarme, sino para ofrecerme una beca. Es una de las mejores escuelas de bellas artes del país. No se le puede decir que no a un sitio como ése. Una oportunidad así no se presenta dos veces.

—En eso tienes razón —contestó él poniéndose derecho en el asiento. Se sopló en las manos para calentárselas—. Lo comprendo, claro que sí. Y estoy contento por ti, por supuesto.

Su lucha interna se le reflejaba en la cara. Y el miedo también. No era sólo miedo por lo que pudiese ocurrirme a casi cinco mil kilómetros de casa. También tenía miedo de perderme, de que mi ausencia lo hiciese infeliz y le destrozara el vulnerable corazón, como un doberman que se ensañara con un gatito.

De pronto pensé en su hermana. Para entonces hacía mucho que mi conexión con Pari, cuya presencia llevaba antaño en lo más hondo como un latido, se había debilitado. Rara vez pensaba en ella. Con el fugaz paso de los años se me había quedado pequeña, como mi pijama favorito y los peluches a los que antes me aferraba. Pero en ese momento volví a pensar en ella y en los lazos que nos unían. Si lo que le habían hecho a ella fue como una ola que había roto lejos de la orilla, lo que me rodeaba ahora los tobillos y se alejaba de mis pies era la resaca de esa misma ola.

Baba se aclaró la garganta y, con ojos húmedos de emoción, miró a través de la ventanilla el cielo oscuro y la luna medio oculta por las nubes.

—Todo me traerá recuerdos de ti.

El tono tierno y casi asustado de esas palabras me hizo comprender que mi padre era una persona herida, que su amor por mí era tan auténtico, tan vasto y permanente como el cielo, y que siempre pesaría sobre mis hombros. Era la clase de amor que, tarde o temprano, te acorrala y te obliga a tomar una decisión: la de liberarte o la de quedarte y soportar su rigor, aunque te oprima hasta el punto de reducirte a alguien más pequeño de como eres en realidad.

Tendí una mano desde la penumbra del asiento de atrás para tocarle la cara. Él apoyó la mejilla contra mi palma.

—¿Qué andará haciendo tu madre tanto rato? —murmuró.

—Ya está cerrando.

Me sentía agotada. Observé a mi madre correr hasta el coche. La llovizna se había convertido en un aguacero.

Un mes después, cuando faltaban dos semanas para mi supuesto vuelo a la Costa Este para visitar el campus, mi madre fue a ver al doctor Bashiri para decirle que los antiácidos no le habían aliviado el dolor de estómago. La mandó a hacerse una ecografía. Le encontraron un tumor del tamaño de una nuez en el ovario izquierdo.

—¿*Baba*?

Está en la butaca reclinable, hundido e inmóvil. Un chal de lana a cuadros le cubre las piernas. Se ha puesto el pantalón de chándal, la chaqueta de punto marrón que le regalé el año pasado y una camisa de franela abotonada hasta arriba. Insiste en llevar así las camisas, con el cuello abrochado, lo que le proporciona un aspecto frágil e infantil, como si se resignara a la vejez. Hoy tiene la cara un poco hinchada y unos mechones grises le caen sobre la frente. Está viendo *Quién quiere ser millonario* con expresión sombría y perpleja. Cuando lo llamo, su mirada sigue fija unos instantes en la pantalla y luego la alza con cara de pocos amigos. Le está saliendo un orzuelo en el párpado izquierdo. Le hace falta un afeitado.

—*Baba*, ¿puedo bajar el volumen de la tele un momento?

—Estoy viéndola.

—Ya lo sé, pero tienes visita.

Ayer ya le hablé de Pari Wahdati, y esta mañana otra vez. Pero no le pregunto si se acuerda. Aprendí muy pronto a no hacer eso, a no ponerlo entre la espada y la pared, porque lo hace avergonzarse y ponerse a la defensiva, y a veces hasta lo vuelve grosero.

Cojo el mando a distancia y apago el volumen, preparándome para un berrinche. La primera vez que tuvo uno creí que era una farsa, un numerito. Para mi alivio, *baba* no protesta; se limita a soltar un largo suspiro por la nariz.

Le hago un ademán a Pari, que espera en el pasillo ante la sala de estar. Se acerca despacio a nosotros y coloco una silla frente a *baba*. Está hecha un manojo de nervios y emoción. Se sienta muy tiesa, pálida y con las rodillas muy juntas, las manos enlazadas en el regazo y una sonrisa tan tensa que tiene los labios casi blancos. Su mirada está clavada en *baba*, como si sólo dispusiera de unos instantes y tratara de memorizar su rostro.

—*Baba*, ésta es la amiga de la que te hablé.

Él mira a la mujer canosa que tiene delante. Últimamente mira a la gente de una forma inquietante, sin revelar nada aunque los mire a los ojos. Se lo ve ausente, desconectado, como si pretendiera mirar a otro sitio y sus ojos se hubiesen tropezado con un desconocido.

Pari se aclara la garganta. Aun así le tiembla la voz.

—Hola, Abdulá. Me llamo Pari. No sabes cuánto me alegra verte.

Él asiente despacio. La confusión y la incertidumbre que le recorren el rostro son casi visibles, como oleadas de espasmos musculares. Su mirada va de mi cara a la de Pari. Abre la boca y esboza una sonrisita tensa, como hace cuando cree que le gastan una broma.

—Tienes un acento raro —dice por fin.

—Vive en Francia, *baba* —explico—. Y tienes que hablar en inglés. No entiende el farsi.

Asiente con la cabeza.

—¿O sea que vives en Londres? —le pregunta a Pari en farsi.

—*Baba*.

—¿Qué? —Se vuelve con brusquedad hacia mí. Entonces se da cuenta y suelta una risita culpable antes de repetir la pregunta en inglés—: ¿Vives en Londres?

—En París —contesta Pari sin apartar los ojos de él—. Vivo en un apartamento en París.

—Siempre quise llevar a mi mujer a París. Sultana, así se llamaba. Que Dios la tenga en su gloria. Siempre andaba diciendo: Abdulá, llévame a París. ¿Cuándo vas a llevarme a París?

La verdad es que a mi madre no le gustaba mucho viajar. No le veía sentido a renunciar a las comodidades y la familiaridad de su hogar a cambio del suplicio de volar y arrastrar maletas. Las aventuras culinarias no eran lo suyo: su idea de comida exótica consistía en un pollo a la naranja del restaurante chino de Taylor Street. Me sorprende un poco que *baba* la recuerde unas veces con asombrosa precisión —señalando por ejemplo que salaba la comida dejando caer los granos de sal de la palma, o su costumbre de interrumpir a la gente por teléfono cuando nunca lo hacía en persona— y que otras veces pueda hacerlo en cambio con tan poca exactitud. Imagino que mi madre se está desdibujando para él, que su rostro se sume en las sombras y su recuerdo disminuye con cada día que pasa, como arena que se escapa de un puño cerrado. Se está volviendo una figura fantasmal, una cáscara vacía que *baba* se empeña en llenar con detalles ilusorios y rasgos de personalidad inventados, como si valiese más tener recuerdos falsos que no tener ninguno.

—Bueno, es una ciudad preciosa —dice Pari.

—A lo mejor aún podré llevarla. Pero en estos momentos tiene cáncer. Uno de esos femeninos, de... ¿cómo se llamaba?

—De ovario —intervengo.

Pari asiente con la cabeza; me mira un instante, y de nuevo a *baba*.

—Su mayor deseo es subir a la torre Eiffel. ¿La has visto? —pregunta *baba*.

—¿La torre Eiffel? —Pari Wahdati suelta una risita—. Claro que sí. Todos los días. En realidad, no puedo evitarlo.

—¿Has subido? ¿Hasta arriba de todo?

—Sí, he subido. Todo es precioso allí arriba, pero me dan miedo las alturas, así que no me siento muy cómoda. Pero si hace un buen día de sol, se ve a más de sesenta kilómetros. Claro que en París no hay muchos días de sol.

Baba gruñe por lo bajo. Pari, creyendo que la anima a seguir, continúa hablando de la torre, de cuántos años se tardó en construirla, de que no se pretendía que siguiese en París después de la Exposición Universal de 1889, pero ella no sabe leer en los ojos de *baba*. El rostro de mi padre se ha vuelto inexpresivo. Pari no comprende que lo ha perdido, que su pensamiento ha cambiado de rumbo como una hoja a merced del viento.

Pari se inclina un poco en el asiento.

—Abdulá —prosigue—, ¿sabías que tienen que repintar la torre cada siete años?

—¿Cómo has dicho que te llamabas? —dice *baba*.

—Pari.

—Mi hija se llama así.

—Sí, ya lo sé.

—Os llamáis igual. Las dos os llamáis igual. Qué cosas. —Tose, y con gesto ausente hurga con el dedo un arañazo en el brazo de la butaca.

—Abdulá, ¿puedo preguntarte una cosa?

Baba se encoge de hombros.

Pari me mira como pidiéndome permiso. Asiento levemente y ella se inclina más en la silla.

—¿Por qué decidiste llamar así a tu hija?

Baba mira hacia la ventana y sigue raspando el brazo de la butaca con la uña.

—¿Lo recuerdas, Abdulá? ¿Por qué le pusiste ese nombre?

Él niega con la cabeza. Se lleva una mano al cuello de la chaqueta de punto para cerrárselo. Empieza a musitar por lo bajo sin mover apenas los labios; siempre recurre a ese murmullo rítmico cuando lo acomete la ansiedad y no sabe qué responder, cuando todo es confusión, una marea repentina de pensamientos inconexos, y espera, desesperado, a que la bruma se disipe.

—Abdulá, ¿qué es eso? —pregunta Pari.

—Nada —masculla él.

—No; estabas canturreando una canción. ¿Cuál era?

Baba se vuelve hacia mí, perdido. No lo sabe.

—Es una cancioncita infantil —intervengo—. ¿Te acuerdas, *baba*? Me contaste que la aprendiste de niño, que te la enseñó tu madre.

—Ya.

—¿Puedes cantarla para mí? —pide Pari con cierta ansiedad; se le ha quebrado un poco la voz—. Por favor, Abdulá, ¿me la cantas?

Él agacha la cabeza y niega lentamente.

—Adelante, *baba* —lo animo con suavidad, y le apoyo una mano en el huesudo hombro—. No pasa nada.

Titubeante, con voz temblorosa y aguda, *baba* canturrea dos versos varias veces, sin alzar la mirada.

> *Encontré un hada pequeñita y triste*
> *bajo la sombra de un árbol de papel.*

—Siempre me decía que había dos versos más —le cuento a Pari—, pero que los había olvidado.

De pronto ella suelta una carcajada que es como un grito gutural, y se tapa la boca con una mano.

—*Ah, mon Dieu* —susurra.

Baja la mano y canturrea, en farsi:

> *Era un hada pequeñita y triste*
> *Y una noche el viento se la llevó.*

Baba arruga la frente. Por un instante fugaz, creo detectar un ápice de luz en sus ojos. Pero entonces se apaga, y la placidez vuelve a inundar su rostro. Niega con la cabeza.

—No, me parece que no es así.

—Ay, Abdulá —musita Pari.

Sonriendo y con lágrimas en los ojos, tiende las manos para coger las de *baba*. Planta un beso en el dorso de cada una y luego se las lleva a las mejillas. Él sonríe, y también se le humedecen los ojos. Pari me mira, parpadeando para contener las lágrimas de alegría, y por lo que veo cree haber roto las defensas, cree haber traído de vuelta a su hermano con su cancioncita mágica, como un genio en un cuento de hadas. Cree que ahora él la ve con claridad. Pero Pari no tardará en comprender que no es más que una reacción, que *baba* responde a la calidez de sus caricias y a su demostración de afecto. Sólo es instinto animal. Nada más. Lo sé con dolorosa certeza.

· · ·

Unos meses antes de que el doctor Bashiri me diera el teléfono de una residencia especializada, mi madre y yo fuimos a pasar un fin de semana en un hotel de las montañas de Santa Cruz. No le gustaban los viajes largos, pero sí que las dos hiciésemos pequeñas escapadas de vez en cuando; eso fue antes de que estuviera muy enferma. *Baba* se quedaba a cargo del restaurante, y mi madre y yo nos íbamos con el coche hasta Bodega Bay o Sausalito, o a San Francisco, donde siempre nos alojábamos en un hotel cerca de Union Square. Nos instalábamos en la habitación y pedíamos comida al servicio de habitaciones y veíamos películas. Luego nos íbamos al muelle —mamá no podía resistirse a las trampas para turistas— y tomábamos helados y veíamos asomar los leones marinos en las aguas bajo el paseo marítimo. Echábamos monedas a los guitarristas y mimos callejeros, a los tipos con disfraces caseros de robot. Siempre hacíamos una visita al Museo de Arte Moderno y, cogiéndola del brazo, le enseñaba las obras Rivera, Kahlo, Matisse, Pollock. A veces íbamos a una sesión de tarde en algún cine, que a mi madre le encantaba; veíamos dos o tres películas seguidas y salíamos de noche con un zumbido en los oídos, los ojos enrojecidos y los dedos oliendo a palomitas.

Con mamá todo era más fácil, siempre lo fue: menos complicado, menos espinoso que con *baba*. Podía bajar la guardia. No tenía que estar siempre pendiente de lo que decía para no herirla. Estar a solas con ella durante esas escapadas de fin de semana era como acurrucarme en una mullida nube y dejar todos los problemas allá abajo, a kilómetros de distancia, insignificantes.

Estábamos celebrando el final de otra tanda de quimio, que resultaría ser la última. El hotel, en un sitio apartado, era precioso. Tenía un balneario, una sala de *fitness*, una sala de juegos con una gran pantalla de televisión y una mesa de billar. Nos alojábamos en una cabaña independiente con porche de madera y teníamos vistas a la piscina, el restaurante y bosques enteros de secuoyas que se alzaban hasta las nubes. Los árboles estaban tan cerca que cuando una ardilla ascendía rauda por el tronco se distinguían los sutiles tonos de su pelaje. La primera mañana de nuestra estancia, mamá me despertó.

—Rápido, Pari, tienes que ver esto.

Había un ciervo mordisqueando los matorrales al otro lado de la ventana.

La llevé a dar una vuelta por los jardines empujando la silla de ruedas.

—Menudo espectáculo ofrezco —se lamentó.

Aparqué la silla junto a la fuente y me senté en un banco a su lado. El sol nos calentaba la cara y observamos los colibríes que iban de flor en flor. Cuando se quedó dormida, la empujé de vuelta a la cabaña.

El domingo por la tarde tomamos té y cruasanes en la terraza del restaurante, un local con techos estucados y estanterías en las paredes, un amuleto atrapasueños indio en una pared y una chimenea de piedra auténtica. En una terraza inferior, un hombre con cara de derviche y una chica de lacio cabello rubio jugaban un aletargado partido de ping pong.

—Hay que hacer algo con estas cejas —comentó mamá.

Llevaba un grueso abrigo encima de un jersey, y la boina de lana granate que había tejido ella misma un año y medio antes, cuando, como ella decía, había dado comienzo «todo el jaleo».

—Puedo pintártelas otra vez si quieres —propuse.

—Pues entonces que queden bien espectaculares.

—¿Como las de Elizabeth Taylor en *Cleopatra*?

Sonrió, casi sin fuerzas.

—Por qué no. —Tomó un sorbito de té. Sonreír acentuaba las nuevas arrugas en su rostro—. Cuando conocí a Abdulá, yo vendía ropa en un puesto callejero en Peshawar. Me dijo que tenía unas cejas preciosas.

La pareja del ping pong había parado de jugar. Ahora estaban apoyados contra la barandilla y fumaban contemplando el cielo, radiante y despejado a excepción de unas nubecillas deshilachadas. La chica tenía brazos largos y flacos.

—He visto en el periódico que hoy hay una feria de artesanía en Capitola —comenté—. Si te sientes con ánimos podemos ir a echar un vistazo. Hasta podríamos cenar allí.

—Pari...

—Dime.

—Quiero contarte algo.

—Vale.

—Abdulá tiene un hermano en Pakistán —dijo mi madre—. Un hermanastro.

Me volví en redondo.

—Se llama Iqbal. Tiene hijos varones, y nietos. Vive en un campo de refugiados cerca de Peshawar.

Dejé la taza y empecé a protestar, pero mamá me interrumpió.

—Te lo estoy contando ahora, ¿no? Eso es lo que importa. Tu padre tiene sus motivos. Seguro que podrás imaginártelos si lo piensas un poco. Lo importante es que tiene un hermanastro y ha estado mandándole dinero para ayudarlo.

Me contó que *baba* llevaba años enviándole a ese tal Iqbal —mi tiastro, me dije con un repentino nudo en la garganta— mil dólares cada tres meses; lo hacía a través de Western Union, transfiriendo el dinero a un banco en Peshawar.

—¿Por qué me lo cuentas ahora? —quise saber.

—Porque creo que tienes que saberlo, aunque él no piense lo mismo. Además, pronto tendrás que ocuparte de la contabilidad, y entonces lo habrías descubierto.

Me di la vuelta y vi un gato que, con la cola vertical y muy tiesa, se acercaba con sigilo a la pareja del ping pong. La chica tendió una mano para tocarlo y el animal se puso tenso, pero luego se acurrucó en la barandilla y dejó que le acariciara el lomo. La cabeza me daba vueltas. Tenía familia en Afganistán.

—Aún estarás aquí mucho tiempo llevando las cuentas, mamá —dije, intentando disimular el temblor en mi voz.

Siguió un denso silencio. Cuando volvió a hablar, lo hizo con tono más lento y comedido, como el que utilizaba cuando yo era pequeña y teníamos que ir a un funeral a la mezquita. Entonces se agachaba a mi lado para explicarme pacientemente que debía quitarme los zapatos en la entrada, permanecer callada durante las plegarias, no andar moviéndome o quejándome, y pasar primero por el lavabo para no tener que ir después.

—No, no estaré. Y no sigas pensando que sí. Ya es hora de que te prepares para ello.

Solté una bocanada de aire y sentí un nudo en la garganta. En algún lugar se puso en marcha una sierra mecánica y el crescendo de su chirrido contrastó con la quietud del bosque.

—Tu padre es como un niño. Le da pánico que lo abandonen. Sin ti estaría perdido, Pari, y nunca encontraría el camino de nuevo.

Me obligué a contemplar los árboles y observé cómo incidía el sol en las finas hojas y en la áspera corteza de los troncos. Me mordí la lengua con fuerza. Los ojos se me humedecieron y el sabor a cobre de la sangre me anegó la boca.

—Así que un hermano... —dije.

—Sí.

—Tengo muchas preguntas que hacerte.

—Házmelas esta noche, cuando no esté tan cansada. Te contaré todo lo que sé.

Asentí y apuré el té, ya frío. En una mesa cercana, una pareja de mediana edad intercambiaba páginas del periódico. La mujer, pelirroja y de cara agradable, nos observaba tranquilamente, paseando su mirada de mí al rostro macilento de mi madre, con su boina, las manos cubiertas de moretones, los ojos hundidos y la sonrisa cadavérica. Cuando nuestros ojos se encontraron, la mujer esbozó una leve sonrisa, como si compartiésemos un secreto, y supe que ella había pasado por algo similar.

—Bueno, mamá, ¿qué me dices de la feria? ¿Te animas?

Me miró fijamente. Sus ojos me parecieron demasiado grandes para su cara, así como la cabeza para sus hombros.

—No me vendría mal un sombrero nuevo —contestó.

Dejé la servilleta, me levanté y rodeé la mesa. Solté el freno de la silla y tiré para apartarla.

—Pari.

—¿Sí?

Echó la cabeza hacia atrás para mirarme. El sol se abrió paso entre los árboles y le moteó la cara.

—Dios te ha hecho fuerte y buena, no sé si lo sabes. Fuerte y buena.

No hay forma de explicar el funcionamiento de la mente. En este caso, por ejemplo. De los miles y miles de momentos que mi madre y yo compartimos en todos aquellos años, ése es el que brilla más, el que resuena con mayor fuerza en mi pensamiento: mi madre mirándome con la cara vuelta, con resplandecientes puntitos de luz en la piel, y diciéndome que Dios me había hecho fuerte y buena.

Cuando *baba* se queda dormido en la butaca reclinable, Pari le sube la cremallera de la chaqueta y lo tapa con el chal. Le coloca un mechón de pelo detrás de la oreja y luego, de pie, lo observa dormir. A mí también me gusta verlo dormir, porque entonces no se nota. Con los ojos cerrados, la inexpresividad desaparece, esa mirada ausente y apagada, y *baba* me resulta más familiar. Cuando duerme se lo ve más alerta, más presente, como si una parte de la persona que fue se hubiese colado de nuevo en su cuerpo. Me pregunto si Pari, viéndole la cara apoyada contra la almohada, es capaz de imaginar cómo era antes, cómo reía.

Dejamos la salita y entramos en la cocina. Saco un cazo del armario y lo lleno en el fregadero.

—Quiero enseñarte unas fotos —dice Pari, emocionada.

Sentada a la mesa, hojea un álbum que ha sacado antes de la maleta.

—Me temo que el café no estará a la altura del de París —comento, mientras vierto el agua del cazo en la cafetera.

—No te preocupes, no soy una sibarita del café. —Se ha quitado el pañuelo amarillo y se ha puesto unas gafas para escudriñar las fotografías.

Cuando la cafetera empieza a borbotear, me siento a su lado.

—*Ah oui. Voilà.* Aquí está. —Le da la vuelta al álbum y lo empuja hacia mí. Da toquecitos sobre una foto—. En este sitio nacimos tu padre y yo. Y nuestro hermano Iqbal también.

La primera vez que me llamó de París mencionó el nombre de Iqbal, quizá para convencerme de que era quien decía ser y no mentía. Dejé que lo hiciera, pero yo ya sabía que decía la verdad. Lo supe en cuanto descolgué el auricular, cuando pronunció el nombre de mi padre en mi oído y preguntó si vivía allí. «Sí, quién lo llama», quise saber, y ella contestó: «Soy su hermana.»

El corazón se me desbocó. Tanteé en busca de una silla para sentarme, y el silencio alrededor fue tan intenso que se habría oído el vuelo de una mosca. Me llevé una fuerte impresión, sí; fue uno de esos desenlaces dramáticos que rara vez ocurren en la vida real. Pero en otro plano —un plano más frágil y sin lógica alguna, un plano cuya esencia se resquebrajaría si lo plasmaba siquiera en palabras— su llamada no me sorprendió en absoluto. Como si llevara toda la vida esperando que, gracias a algún vertiginoso giro del destino, del azar o las circunstancias, o como se le quiera llamar, ella y yo nos encontráramos.

Me llevé el teléfono al jardín de atrás y me senté en una silla junto al huerto en que he seguido cultivando los pimientos morrones y las calabazas gigantes de mi madre. El sol me calentaba la nuca cuando encendí un cigarrillo con mano temblorosa.

—Ya sé quién eres —dije—. Lo he sabido toda mi vida.

Al otro lado de la línea se hizo el silencio, pero tuve la impresión de que ella estaba llorando y había apartado el auricular.

Hablamos durante casi una hora. Le dije que sabía qué le había ocurrido, que de pequeña le pedía a mi padre que me contara la historia una y otra vez. Pari me dijo que ella no sospechaba nada de esa historia, y que probablemente habría muerto sin conocerla de no ser por una carta que le había dejado su tiastro Nabi antes de morir en Kabul, una carta en la que le contaba con detalle cómo había sido su infancia, entre otras cosas. Había dejado la carta en manos de un tal Markos Varvaris, un cirujano que trabajaba en Kabul, quien había buscado a Pari hasta dar con ella en Francia. En verano, Pari había volado a Kabul, donde se encontró con Markos Varvaris, y él le organizó una visita a Shadbagh.

Cerca del final de la conversación, hizo acopio de valor para decir por fin:

—Bueno, me parece que estoy preparada. ¿Puedo hablar con él?

Fue entonces cuando tuve que decírselo.

Acerco el álbum y examino la fotografía que me indica Pari. Se trata de una mansión rodeada de blancos y relucientes muros coronados por alambradas, o más bien lo que alguien de pésimo gusto considera una mansión: tres plantas en rosa, verde, amarillo y blanco, con parapetos, torretas, aleros acabados en punta, mosaicos y cristal de espejo como de rascacielos. Un monumento a la cursilería, una lamentable chapuza.

—Dios mío —musito.

—*C'est affreux, non?* Espantosa. Los afganos llaman a estas casas palacios del narco. Ésta es de un criminal de guerra muy conocido.

—¿Y esto es cuanto queda de Shadbagh?

—De la antigua aldea, sí. Esto y muchas hectáreas de árboles... ¿cómo decís... *des vergers?*

—Huertos de frutales.

—Eso. —Pasa los dedos por la foto—. Ojalá supiera dónde estaba nuestra casa, respecto a este palacio del narco, quiero decir. Me encantaría saber el sitio preciso.

Me habla del nuevo Shadbagh —un pueblo en toda regla, con escuelas, una clínica, un barrio comercial y hasta un pequeño hotel—, erigido a unos tres kilómetros del emplazamiento de la antigua aldea. Fue el pueblo donde ella y su traductor buscaron a su hermanastro. Me había enterado de todo eso en el transcurso de aquella primera y larga conversación telefónica con Pari: de que en el pueblo nadie parecía conocer a Iqbal, hasta que Pari se topó con un anciano que sí lo conocía, un antiguo amigo de la infancia de Iqbal que los había visto a él y su familia acampados en un árido campo cerca del viejo molino. Iqbal le había contado a su amigo que, cuando estaba en Pakistán, su hermano mayor, que vivía en California, le mandaba dinero.

—Le pregunté si Iqbal le había dicho el nombre de su hermano —explicó Pari a través del teléfono—, y el anciano me dijo que sí, que se llamaba Abdulá, y *alors*, después de eso, el resto no fue difícil. Me refiero a encontraros a tu padre y a ti.

»Le pregunté al amigo dónde estaba ahora Iqbal. Le pregunté qué le había pasado y el hombre dijo que no lo sabía. Pero parecía muy nervioso y no me miraba a los ojos. Me preocupa, Pari, que a Iqbal le haya ocurrido algo malo.

Vuelve a hojear el álbum y me enseña fotografías de sus hijos, Alain, Isabelle y Thierry; de sus nietos en fiestas de cumpleaños, con trajes de baño y posando en el borde de una piscina. De su apartamento en París, con paredes azul pastel, estores blancos en las ventanas, estanterías de libros. De su abarrotado despacho en la universidad donde daba clases de matemáticas antes de que la artritis la obligara a retirarse.

Voy volviendo páginas mientras ella me proporciona los pies de foto: su vieja amiga Collette; Albert, el marido de Isabelle; Eric, el marido de la propia Pari, que era dramaturgo y murió de un ataque al corazón en 1997. Me detengo a observar una foto de ellos dos, increíblemente jóvenes, sentados en cojines naranja en alguna clase de restaurante, ella con una blusa blanca, él con una camiseta y el cabello largo y lacio recogido en una coleta.

—Ésa es de la noche que nos conocimos —explica Pari—. Fue una especie de cita a ciegas.

—Tenía cara de buena persona.

Pari asiente.

—Sí. Cuando nos casamos, pensé que dispondríamos de mucho tiempo juntos. Treinta años por lo menos, me dije, quizá cuarenta, o cincuenta si teníamos suerte. ¿Por qué no? —Mira fijamente la fotografía, ausente un instante, y luego sonríe—. Pero el tiempo es como el encanto: nunca tienes tanto como crees. —Aparta el álbum y toma un sorbo de café—. ¿Y tú? ¿Nunca te has casado?

Me encojo de hombros y paso otra página.

—Una vez estuve en un tris.

—¿Un tris?

—Quiere decir que estuve a punto. Pero nunca llegamos a la fase del anillo.

No es cierto. Fue doloroso y turbulento. Aún ahora siento una punzada en el esternón cuando me acuerdo.

Pari agacha la cabeza.

—Lo siento, soy una grosera.

—No, no pasa nada. Encontró a una mujer más guapa y... con menos responsabilidades, supongo. Y hablando de guapas, ¿ésta quién es?

Señalo a una mujer muy atractiva, de largo cabello oscuro y ojos enormes. Sostiene un cigarrillo con cara de aburrimiento, el codo apoyado en el costado y la cabeza ladeada con gesto indiferente, pero su mirada es penetrante, desafiante.

—Es *maman*. Mi madre, Nila Wahdati. O quien creía que era mi madre, ya me entiendes.

—Es guapísima —comento.

—Lo era. Se suicidó en 1974.

—Lo siento.

—*Non, non*. No pasa nada. —Roza la fotografía con el pulgar, con gesto ausente—. *Maman* era una mujer elegante y con talento. Le gustaba leer y estaba muy convencida de sus ideas, y siempre andaba contándoselas a la gente. Pero en su corazón abrigaba una profunda tristeza. Fue como si me diera una pala y dijera «Pari, llena todos los agujeros que hay dentro de mí», lo hizo toda la vida.

Asiento con la cabeza. Me parece que comprendo de qué habla.

—Pero yo no podía hacer eso. Y después no quise hacerlo. Fui desconsiderada, hice cosas imprudentes. —Se apoya en el respaldo de la silla, con los hombros hundidos, y deja las blancas manos en el regazo. Reflexiona unos segundos antes de añadir—: *J'aurais du être plus gentille*. Debería haberme portado mejor con ella. Si haces eso, nunca lo lamentas. De vieja nunca te dirás: Ah, ojalá no me hubiese portado bien con esa persona. Nunca se piensa una cosa así. —Se la ve muy afligida, parece una colegiala indefensa. Entonces añade con cansancio—: No habría sido tan difícil. Debería haberme portado mejor, como lo haces tú.

Suelta un profundo suspiro y cierra el álbum de fotos. Tras una pausa, añade alegremente:

—*Ah bon*. Bueno, ahora quiero pedirte una cosa.

—Tú dirás.

—¿Me enseñas tus cuadros?

Sonreímos.

Pari se queda un mes con nosotros. Por las mañanas desayunamos juntos en la cocina. Café solo y tostadas para Pari, yogur para mí, y huevos fritos con pan para *baba*; de un tiempo a esta parte le gustan. Me preocupaba que comer tantos huevos le subiera el colesterol, así que en la siguiente visita se lo comenté al doctor Bashiri. Sonrió y su respuesta fue: «Yo no me preocuparía por eso.» Eso me tranquilizó, al menos un rato; poco después, cuando le abrochaba el cinturón de seguridad a *baba*, se me ocurrió que posiblemente el doctor había querido decir «todo eso ha quedado atrás, ya no importa».

Después de desayunar yo me retiro a mi oficina, también conocida como mi dormitorio, y Pari le hace compañía a *baba* mientras trabajo. A petición de Pari, he puesto por escrito la agenda de *baba*, con los programas de televisión que le gusta ver, las horas en que le tocan las pastillas, qué tentempiés prefiere y cuándo suele pedirlos.

—Puedes venir aquí y preguntarme esas cosas —le dije.

—No quiero molestarte —contestó—. Y quiero saber esas cosas. Quiero conocerlo.

No le digo que jamás lo conocerá como le gustaría. De todos modos, le confío unos cuantos trucos del oficio. Por ejemplo, que cuando *baba* empieza a ponerse muy inquieto, muchas veces consigo calmarlo, aunque no siempre y por razones que aún se me escapan, poniéndole en las manos un ejemplar de venta por catálogo o un folleto de una liquidación de muebles. Me ocupo de que nunca falten ambas cosas.

—Cuando quieras que se eche un sueñecito, pon el canal del tiempo o el del golf. Y nunca lo dejes ver programas de cocina.

—¿Por qué no?

—Lo ponen muy nervioso, vete a saber por qué.

Después de comer, los tres salimos a dar un paseo. Como *baba* se cansa con facilidad y Pari tiene artritis, es un paseo corto. *Baba*, ataviado con una vieja gorra, la chaqueta de punto y mocasines con forro de lana, camina vacilante entre Pari y yo con expresión de ansiedad y recelo. A la vuelta de la esquina hay un colegio con un campo de fútbol bastante mal cuidado, y más allá una zona de juegos infantiles adonde lo llevo muchas veces. Siempre encontramos a un par de jóvenes madres, con sillitas de paseo junto a ellas y sus críos caminando con pasitos inseguros por la hierba, y de vez en cuando vemos a un par de adolescentes que han hecho novillos, columpiándose perezosamente y fumando. Esos chicos rara vez miran a *baba*, y si lo hacen es con fría indiferencia o incluso cierto desprecio, como si mi padre hubiese hecho mal en permitir la vejez y la decrepitud.

Un día, interrumpo la transcripción y voy a la cocina en busca de más café. Me los encuentro a los dos viendo una película; *baba* en la butaca reclinable, con los mocasines asomando bajo el chal, la cabeza inclinada hacia delante, la boca entreabierta y el entrecejo fruncido, aunque no sé si está confuso o concentrado; y Pari sentada a su lado con las manos en el regazo y los pies cruzados.

—¿Y ésa quién es? —pregunta *baba*.

—Latika.

—¿Quién?

—Latika, la niñita de las chabolas. La que no consigue subir al tren.

—A mí no me parece pequeña.

—Ya, es que han transcurrido muchos años —explica Pari—. Ahora ya es adulta.

Un día de la semana pasada, en el campo de juegos, estábamos los tres sentados en un banco y Pari dijo:

—Abdulá, ¿te acuerdas de que cuando eras pequeño tenías una hermanita?

Al punto, *baba* se echó a llorar. Pari apretó la cabeza de *baba* contra su pecho y repitió «lo siento, lo siento» presa del pánico y enjugándole las lágrimas con las manos, pero *baba* siguió sollozando tan violentamente que empezó a ahogarse.

—¿Y sabes quién es ése, Abdulá? —dice ahora Pari.

Baba suelta un gruñido.

—Es Jamal. El niño del programa concurso.

—Qué va —masculla *baba* con aspereza.

—¿No te lo parece?

—¡Está sirviendo el té!

—Ya, pero eso ha sido una escena del pasado. ¿Cómo lo llamáis? Una escena...

—Retrospectiva —murmuro contra la taza de café.

—El concurso está pasando ahora, Abdulá, y la escena en la que servía el té era de antes.

Baba parpadea sin comprender. En la pantalla, Jamal y Salim están sentados en lo alto de un bloque de pisos de Bombay, con los pies colgando.

Pari lo observa como si de un momento a otro fuera a revelarse algo en sus ojos.

—Déjame preguntarte una cosa, Abdulá —dice—. ¿Qué harías si ganaras un millón de dólares?

Baba hace una mueca, se revuelve un poco, y luego se reclina aún más en la butaca.

—Yo sí sé qué haría —continúa Pari.

Baba la mira inexpresivo.

—Si ganara un millón de dólares, me compraría una casa en esta calle. Así tú y yo podríamos ser vecinos, y todos los días vendría a ver la televisión contigo.

Baba sonríe de oreja a oreja.

Pero, apenas unos minutos después, cuando estoy de vuelta en mi habitación con los auriculares puestos y tecleando, oigo que algo se hace añicos y a *baba* gritando en farsi. Me quito los auriculares y corro a la cocina. Pari está acorralada contra la pared del microondas, protegiéndose, con las manos bajo la barbilla, y *baba*, con los ojos desorbitados, la pincha en el hombro con el bastón. Los fragmentos de un vaso roto brillan a sus pies.

—¡Sácala de aquí! —grita *baba* al verme—. ¡No quiero verla en mi casa!

—¡*Baba*!

Pari está muy pálida y le corren lágrimas por las mejillas.

—Deja el bastón, *baba*, por el amor de Dios. Y no des ni un paso o te cortarás los pies.

Forcejeo con él para quitarle el bastón y lo consigo, pero no me lo pone fácil.

—¡Quiero a esta mujer fuera de aquí! ¡Es una ladrona!

—¿Qué dice? —pregunta Pari con abatimiento.

—¡Me ha robado las pastillas!

—Ésas son las suyas, *baba*.

Le rodeo los hombros y lo hago salir de la cocina. Cuando pasamos por delante de Pari hace ademán de volverla a atacar y tengo que sujetarlo.

—Bueno, ya está bien, *baba*. Y esas pastillas son suyas, no tuyas. Las toma por las manos. —De camino a la butaca reclinable cojo un ejemplar de venta por catálogo.

—No me fío de esa mujer —dice *baba* dejándose caer en la butaca—. Tú no te das cuenta, pero yo sí. ¡Reconozco a un ladrón cuando lo veo! —Jadea cuando me arranca el catálogo de la mano y empieza a pasar bruscamente las páginas. Entonces lo deja con un golpetazo contra el regazo y me mira enarcando las cejas—. Y es una maldita mentirosa. ¿Sabes qué me ha dicho esa mujer? ¿Sabes qué? ¡Que es mi hermana! ¡Mi hermana! Espera a que se entere Sultana.

—Vale, *baba*. Se lo contaremos juntos.

—Menuda chiflada.

—Se lo contaremos a mamá y luego los tres nos reiremos y haremos salir de aquí a la chiflada. Pero ahora relájate. No pasa nada, vamos.

Pongo el canal del tiempo y me siento a su lado para acariciarle el hombro hasta que deja de temblar y respira más despacio. No han pasado ni cinco minutos cuando ya está dormido.

En la cocina, Pari está sentada en el suelo, apoyada contra el lavavajillas. Parece muy afectada. Se enjuga los ojos con una servilleta de papel.

—Lo siento mucho —dice—. He sido una imprudente.

—No pasa nada.

Saco la escoba y la pala de debajo del fregadero. Hay pastillitas rosa y naranja desparramadas por el suelo entre los cristales. Las recojo una por una y luego barro los fragmentos esparcidos sobre el linóleo.

—*Je suis une imbécile*. Tenía tantas ganas de decírselo... Creía que si le decía la verdad a lo mejor... No sé qué estaba pensando.

Tiro los trozos de cristal a la basura. Me arrodillo, aparto el cuello de la blusa de Pari y le examino el hombro, donde *baba* le ha dado con el bastón.

—Te va a salir un buen moretón, y lo digo con conocimiento de causa.

Me siento en el suelo a su lado. Pari abre la mano y le dejo caer las pastillas en la palma.

—¿Se pone así a menudo?

—Tiene sus días de mal café.

—Quizá deberías ir pensando en buscar ayuda profesional, ¿no?

Exhalo un suspiro, asintiendo. Últimamente he pensado muchas veces en una inevitable mañana en la que despertaré en una casa vacía, mientras *baba* yace hecho un ovillo en una cama extraña, mirando con recelo la bandeja de desayuno que le ha traído un desconocido. Lo imagino desplomado sobre una mesa en alguna sala de actividades, cabeceando.

—Sí, lo sé —contesto—, pero todavía no. Quiero cuidar de él todo el tiempo que pueda.

Pari sonríe y se suena la nariz.

—Te comprendo.

No estoy segura de que lo haga. No le cuento mi otro motivo. Apenas lo admito yo misma. Y no es otro que el miedo que me da ser libre, aunque a menudo deseo serlo. Tengo miedo de lo que pueda pasarme, de qué será de mí cuando *baba* no esté. He vivido toda mi vida como un pez de acuario, bien protegida en mi gigantesca pecera, tras una barrera tan impenetrable como transparente. He tenido la libertad de observar el reluciente mundo del otro lado, de imaginarme en él si quería. Pero siempre he estado reprimida, constreñida por los duros e inflexibles límites de la existencia que me ha construido *baba*, conscientemente al principio, cuando yo era joven, y con absoluta inocencia ahora que se deteriora día a día. Creo que me he acostumbrado a estar detrás del cristal, y me asusta pensar que, cuando se rompa, me veré arrojada al vasto territorio de lo desconocido aleteando indefensa, perdida y sin aliento, boqueando.

La verdad, que rara vez admito, es que siempre he necesitado el peso de *baba* en las espaldas.

¿Por qué si no sacrifiqué tan fácilmente mi sueño de la escuela de bellas artes, sin apenas oponer resistencia, cuando *baba* me pidió que no me fuera a Baltimore? ¿Por qué si no dejé a Neal, el hombre con quien estuve comprometida hace unos años? Era propietario de una pequeña empresa de instalación de paneles solares. Tenía un rostro cuadrado y con arrugas que me gustó nada más verlo en el Abe's Kebab House, cuando fui a tomarle nota y él levantó la vista de la carta y me sonrió. Era paciente y simpático y tenía buen carácter. Lo que le dije a Pari no es verdad. Neal no me dejó por una chica más guapa. Fui yo quien estropeó las cosas, quien hizo sabotaje. Incluso cuando me prometió convertirse al islam y aprender farsi, le encontré otros defectos, otras excusas. Al final fui presa del pánico y corrí de vuelta a los rincones y recovecos de mi vida en casa.

A mi lado, Pari empieza a levantarse. La observo alisarse el dobladillo del vestido y vuelvo a maravillarme del milagro de que esté aquí, a sólo unos centímetros de mí.

—Quiero enseñarte algo —digo.

Me levanto y voy a mi habitación. Una de las consecuencias de no marcharte nunca de casa es que nadie vacía tu antigua habitación o vende tus juguetes a los vecinos; nadie se deshace de la ropa que se te ha quedado pequeña. Sé muy bien que, para tener casi treinta años, conservo demasiadas reliquias de mi infancia, la mayoría metidas en un gran baúl a los pies de mi cama, cuya tapa levanto ahora. Dentro hay muñecas viejas, el poni rosa que venía con un cepillo para la crin, los libros ilustrados, todas las tarjetas de cumpleaños y San Valentín que les había hecho a mis padres en la escuela primaria, con judías y purpurina y estrellitas brillantes. La última vez que Neal y yo hablamos, cuando rompí con él, me dijo: «No puedo esperarte, Pari. No pienso quedarme esperando a que madures.»

Cierro la tapa y vuelvo a la sala de estar, donde Pari se ha instalado en el sofá frente a *baba*. Me siento a su lado.

—Toma. —Le tiendo un fajo de postales.

Coge las gafas de la mesita y quita la goma que sujeta las postales. Mira la primera con el cejo fruncido. Es una imagen de Las Vegas, del Caesar's Palace por la noche, todo brillos y luces. Le da la vuelta y la lee en voz alta.

21 de julio de 1992

Querida Pari:

Aquí hace un calor increíble. ¡A *baba* le ha salido una ampolla por apoyar la mano en el capó del coche de alquiler! Mamá ha tenido que ponerle pasta de dientes. En el Caesar's Palace hay soldados romanos con espadas, cascos y capas rojas. *Baba* intentaba todo el rato que mamá se hiciera una foto con ellos, pero no ha habido forma. Pero ¡yo sí me la he hecho! Te la enseñaré cuando vuelva a casa. Eso es todo de momento. Te echo de menos. Ojalá estuvieras aquí.

Pari

P. D.: Mientras te escribo me estoy comiendo un cucurucho alucinante.

Pari pasa a la siguiente postal. El castillo de los Hearst. Ahora, Pari la lee en voz baja. «¡Tenía su propio zoo! Qué chulada, ¿no? Canguros, cebras, antílopes, camellos bactrianos (¡son los de dos jorobas!).» Otra de Disneylandia, con Mickey con el sombrero de mago y blandiendo una varita. «¡Mamá gritó cuando el ahorcado cayó del techo! ¡Tendrías que haberla oído!» El lago Tahoe. La playa de La Jolla Cove. La carretera panorámica de Seventeen Mile Drive. Big Sur. El bosque de Muir. «Te echo de menos. Te habría encantado, seguro. Ojalá estuvieras aquí conmigo.»

Ojalá estuvieras aquí conmigo.

Pari se quita las gafas.

—¿Te escribías postales a ti misma?

Niego con la cabeza.

—Te las escribía a ti. —Me río—. Me da un poco de vergüenza.

Deja las postales sobre la mesita y se acerca a mí.

—Cuéntamelo.

Me miro las manos y hago girar el reloj en la muñeca.

—Imaginaba que éramos hermanas gemelas, tú y yo. Nadie podía verte, sólo yo. Te lo contaba todo. Todos mis secretos. Para mí eras real, y muy cercana. Gracias a ti me sentía menos sola. Como si fuéramos clones, o *doppelgängers*. ¿Conoces esa palabra?

Sus ojos sonríen.

—Sí.

—Solía imaginarnos como dos hojas que el viento arrastraba muy lejos una de otra, y sin embargo permanecíamos unidas por las profundas raíces del árbol del que habíamos caído.

—Para mí era al revés —explica Pari—. Dices que tú sentías una presencia, pero yo sólo sentía una ausencia. Un dolor vago, sin causa aparente. Como un paciente incapaz de explicarle al médico dónde le duele. Sólo sabe que algo le duele. —Me cubre la mano con la suya, y durante un rato guardamos silencio.

En la butaca, *baba* se mueve y suelta un gemido.

—Lo lamento tanto... —digo.

—¿Qué lamentas?

—Que os hayáis encontrado demasiado tarde.

—Pero nos hemos encontrado, ¿no? —responde ella con voz transida de emoción—. Y él es así ahora. No pasa nada. Me siento feliz. He recuperado una parte de mí que había perdido. —Me da un apretón en la mano—. Y te he encontrado a ti, Pari.

Sus palabras son como un reclamo para los anhelos de mi infancia. Recuerdo que si me sentía sola susurraba su nombre —nuestro nombre— y contenía el aliento, esperando un eco, convencida de que lo oiría algún día. Al oírla pronunciar mi nombre ahora, en este salón, tengo la sensación de que todos los años que nos separan se han plegado como un acordeón y que el tiempo se ha vuelto tan fino como una fotografía o una postal, de modo que la más luminosa reliquia de mi infancia está aquí a mi lado, cogiéndome la mano y llamándome por mi nombre. Nuestro nombre. Noto que algo encaja en su sitio con un chasquido. Un tajo abierto tiempo atrás que vuelve a cerrarse. Y siento una suave sacudida en el pecho, el latido amortiguado de otro corazón que arranca de nuevo junto al mío.

En la butaca, *baba* se incorpora sobre los codos. Se frota los ojos y nos mira.

—¿Qué estáis tramando, chicas?

Sonríe.

· · ·

Otra cancioncilla infantil, esta vez sobre el puente de Aviñón. Pari me la canturrea.

> *Sur le pont d'Avignon*
> *l'on y danse, l'on y danse,*
> *sur le pont d'Avignon*
> *l'on y danse tous en rond.*

—*Maman* me la enseñó cuando era pequeña —explica, y se ciñe más la bufanda para protegerse de una ráfaga de viento helado. Hace muchísimo frío pero el cielo está azul y brilla el sol. Sus rayos inciden sesgados en el gris metálico del Ródano y quiebran su superficie convirtiéndola en pequeños fragmentos de luz—. Todos los niños franceses conocen esta canción.

Estamos sentadas en un banco de madera de cara al agua. Mientras ella me traduce las palabras, contemplo maravillada la ciudad al otro lado del río. He descubierto hace muy poco mi propia historia, y me asombra encontrarme en un lugar que rezuma tanta, tan bien documentada y preservada. Es milagroso. En esta ciudad, todo lo es. Me admira la claridad del aire, el viento que surca el río y arroja sus aguas contra las pedregosas riberas, la luz abundante y suntuosa que parece llegar de todas partes. Desde el banco del parque, distingo las antiguas murallas que rodean el antiquísimo centro y su maraña de callejas tortuosas, la torre occidental de la catedral de Aviñón, con la estatua dorada de la Virgen María refulgiendo en la cúspide.

Pari me cuenta la historia del puente, la del joven pastor del siglo XII a quien, supuestamente, los ángeles le habían dado instrucciones de construir un puente en el río y que, como prueba de que decía la verdad, levantó una piedra gigantesca para arrojarla a las aguas. Me habla de los barqueros del Ródano, que subían al puente a venerar a su patrono san Nicolás, y de las crecidas que a lo largo de los siglos erosionaron los arcos hasta hacerlos desplomarse. Pari me cuenta todo eso con la misma enérgica inquietud de unas horas antes, cuando me ha llevado a recorrer el Palacio de los Papas: se quitaba los auriculares para señalarme un fresco o me daba leves codazos para que me fijara en un cuadro o vitral interesantes o en una bóveda de crucería.

En el exterior del palacio papal, iba hablando casi sin parar, soltándome una retahíla de santos, papas y cardenales, mientras paseábamos por la plaza de la catedral entre palomas, turistas, vendedores africanos de pulseras y relojes de imitación con vistosas túnicas, y un joven músico con gafas y sentado en un cajón de manzanas que tocaba *Bohemian Rhapsody* a la guitarra acústica. No la recuerdo tan locuaz en la visita que nos hizo, y me da la sensación de que es una táctica dilatoria, como si describiéramos círculos en torno a lo que quiere hacer —a lo que vamos a hacer—, y toda esta palabrería fuera también una especie de puente.

—Pero no tardarás en ver un puente de verdad —me dice—. Cuando llegue todo el mundo. Iremos todos al Pont du Gard. ¿Lo conoces? ¿No? *Oh la la. C'est vraiment merveilleux.* Es un acueducto que construyeron los romanos en el siglo primero, para llevar agua de Eure a Nimes. ¡Cincuenta kilómetros! Es una obra maestra de la ingeniería, Pari.

Llevo cuatro días en Francia, y dos en Aviñón. Pari y yo cogimos el TGV en un gélido y nublado París, y al bajar nos encontramos con un cielo despejado, un viento cálido y todo un coro de cigarras en cada árbol. Al llegar a la estación pasamos apuros para sacar mi equipaje del tren, y conseguí bajarme por los pelos, un instante antes de que las puertas se cerraran detrás de mí con un resoplido. Tomo nota mentalmente para contarle a *baba* que tres segundos más y habría acabado en Marsella.

—¿Cómo está? —me preguntó Pari en París, en el taxi del aeropuerto Charles de Gaulle a su apartamento.

—Va cuesta abajo —contesté.

Baba vive ahora en una residencia para ancianos. Cuando visité el centro por primera vez, la directora, una mujer llamada Penny, alta, delicada y con rizos pelirrojos, me enseñó las instalaciones, me dije que no estaba tan mal. Y lo dije en voz alta:

—Esto no está tan mal.

Todo estaba limpio, y los ventanales daban a un jardín donde, según Penny, celebraban una merienda todos los miércoles a las cuatro y media. El vestíbulo olía levemente a canela y pino. Los miembros del personal me parecieron atentos, pacientes y competentes; ahora los conozco a casi todos por su nombre. Había imaginado ancianas arrugadas y con pelillos en la barbilla babeando, hablando solas, pegadas a la pantalla del televisor. Pero la mayoría de los residentes que vi no eran muy viejos, y muchos ni siquiera estaban en silla de ruedas.

—Supongo que esperaba algo peor —añadí.

—¿De verdad? —repuso Penny con una risita simpática y profesional.

—Qué grosería acabo de decir, lo siento.

—No, en absoluto. Somos muy conscientes de la imagen que la mayoría de gente tiene de estos sitios. —Y entonces, con sobrio tono de cautela, miró por encima del hombro y añadió—: Por supuesto, éste es el pabellón de movilidad asistida. Por lo que me ha contado de su padre, no estoy segura de que encaje muy bien aquí. Supongo que el pabellón de la memoria sería más apropiado para él. Ya hemos llegado.

Utilizó una tarjeta magnética para entrar. Allí no olía a canela ni a pino. Se me encogieron las entrañas y mi primer instinto fue darme la vuelta y salir de allí. Penny me dio un leve apretón en el brazo. Su mirada irradiaba ternura. Me esforcé en soportar el resto del recorrido, atenazada por un tremendo sentimiento de culpa.

La víspera de mi viaje a Europa, fui a ver a *baba*. Crucé el vestíbulo en el pabellón de movilidad asistida y saludé con la mano a Carmen, la chica de Guatemala que contesta al teléfono. Pasé ante la sala social, abarrotada de ancianos que escuchaban a un cuarteto de cuerda formado por estudiantes de instituto con atuendo formal, ante la sala polivalente con sus ordenadores, bibliotecas y juegos de dominó, y por fin ante el tablón con su despliegue de consejos y anuncios. «¿Sabía que la soja le ayuda a reducir el colesterol?» «¡No olvide la hora de Rompecabezas y Reflexión este martes a las 11!»

Entré en la zona restringida. Al otro lado de esa puerta no celebran meriendas, ni hay bingo. Ahí nadie empieza la mañana haciendo tai chi. Fui a la habitación de *baba*, pero no estaba. Le habían hecho la cama, el televisor estaba apagado y sobre la mesita de noche había un vaso con dos dedos de agua. Sentí cierto alivio. Detesto verlo en la cama con una mano bajo la almohada y mirándome con esos ojos vacíos.

Lo encontré en la sala recreativa, hundido en una silla de ruedas ante el ventanal que da al jardín. Llevaba un pijama de franela y la gorra nueva. Le cubría el regazo lo que Penny llama «delantal para inquietos», que tiene cordeles para trenzar y botones para abrochar y desabrochar. Según Penny, ayuda a que los dedos se mantengan ágiles.

Le di un beso en la mejilla y acerqué una silla. Lo habían afeitado y peinado. La cara le olía a jabón.

—Bueno, mañana es el gran día —dije—. Me voy a Francia, a visitar a Pari. ¿Recuerdas que te lo conté?

Baba parpadeó. Ya antes del infarto cerebral había empezado a retraerse y se sumía en largos silencios durante los que parecía desconsolado. Pero, desde el derrame, su rostro se ha vuelto una máscara, la boca se ha congelado en una perpetua sonrisita educada y torcida que sus ojos nunca comparten. No ha dicho una sola palabra desde entonces. A veces sus labios se abren y emite un áspero sonido, algo parecido a «aaah», con una leve subida de tono al final para indicar sorpresa, como si mis palabras hubiesen provocado en él una revelación.

—Nos encontraremos en París y luego cogeremos el tren a Aviñón. Es una ciudad en el sur de Francia. En el siglo XIV vivían allí los papas. Haremos un poco de turismo. Pero lo mejor es que Pari les ha hablado a sus hijos de mi visita, y van a venir todos.

Baba seguía con su sonrisita, como hizo la semana anterior cuando Héctor vino de visita, como hizo cuando le enseñé el formulario de solicitud de ingreso para la Facultad de Bellas Artes y Humanidades de San Francisco.

—Tu sobrina Isabelle y su marido Albert tienen una casa en la Provenza, cerca de un sitio que se llama Les Baux. Lo he buscado en internet, *baba*. Es un pueblecito precioso. Está emplazado sobre roca caliza en los montes Alpilles. Se pueden visitar las ruinas de un castillo medieval y contemplar desde allí las llanuras y los huertos de frutales. Sacaré muchas fotos y te las enseñaré a la vuelta.

Cerca, una anciana en albornoz deslizaba de aquí para allá las piezas de un rompecabezas. En la mesa de al lado, otra mujer de sedoso cabello blanco trataba de disponer tenedores, cucharas y cuchillos de mantequilla en un cubertero. En la gran pantalla del televisor en el rincón, Ricky y Lucy se peleaban con las muñecas unidas por unas esposas.

—Aaaah —musitó *baba*.

—Tu sobrino Alain y su esposa Ana llegarán de España con sus cinco hijos. No sé los nombres de todos, pero pronto lo haré. Y también vendrá Thierry, tu otro sobrino e hijo de Pari. Ella está encantada porque lleva años sin verlo ni hablar con él. Thierry va a pedir un permiso en su trabajo en África para poder volar a Francia. Así que va a ser una gran reunión familiar.

Antes de irme volví a besarlo en la mejilla. Dejé la cara en contacto con la suya unos instantes, acordándome de cuando iba a buscarme al parvulario y luego íbamos los dos a Denny's a recoger a mamá del trabajo. Nos sentábamos en un reservado, esperando a que ella acabara la jornada, y yo me comía el helado que el jefe me ponía siempre y le enseñaba a *baba* los dibujos que había hecho ese día. Con cuánta paciencia examinaba cada uno de ellos, asintiendo con cara de concentración.

Baba siguió esbozando su sonrisita.

—Ah, casi se me olvida.

Me incliné para llevar a cabo nuestro ritual de despedida: mis dedos fueron de sus mejillas a la arrugada frente y las sienes, y luego recorrieron el cabello cano y ralo y las costras del cuero cabelludo hasta detrás de las orejas, arrancándole malos sueños de la cabeza. Abrí el saco invisible, dejé caer en él todas las pesadillas y anudé el cordel.

—Ya está.

Baba profirió un sonido gutural.

—Felices sueños, *baba*. Hasta dentro de dos semanas. —Entonces me di cuenta de que nunca habíamos pasado tanto tiempo separados.

374

Cuando me alejaba, tuve la sensación de que él me miraba, pero al volver la cabeza vi que tenía la cabeza gacha y jugueteaba con un botón del delantal para inquietos.

Pari está hablando de la casa de Isabelle y Albert. Me ha enseñado fotografías de ella. Es una preciosa granja provenzal restaurada, de piedra, situada en lo alto del macizo de Luberon, con árboles frutales, una galería en la entrada, baldosas de terracota y vigas vistas.

—En la foto que te enseñé no se aprecia, pero tiene una vista magnífica de las montañas de Vaucluse.

—¿Y cabremos todos? Me parece mucha gente para una granja.

—*Plus on est de fous, plus on rit.* Como decís vosotros, cuantos más seamos...

—...mejor lo pasaremos.

—*Ah voilà. C'est ça.*

—¿Y los niños? ¿Dónde van a...?

—¿Pari?

Me vuelvo hacia ella.

—Dime.

Suelta un profundo suspiro.

—Ya puedes dármelo.

Asiento y me agacho para hurgar en el bolso entre mis pies.

Supongo que debería haberlo encontrado meses antes, cuando trasladé a *baba* a la residencia, pero para meter toda su ropa sólo necesité la primera de las tres maletas que había en el armario del recibidor. Más tarde me armé por fin de valor y vacié el dormitorio de mis padres. Arranqué el viejo empapelado y pinté las paredes. Quité la cama de matrimonio y el tocador de mi madre con su antiguo espejo ovalado, saqué de los armarios los trajes de mi padre y los vestidos y blusas de mi madre guardados en fundas de plástico. Los dejé en un montón en el garaje para hacer un par de viajes a la tienda benéfica del barrio. Trasladé mi escritorio a la habitación de mis padres, que es ahora mi despacho, y que utilizaré para estudiar cuando empiecen las clases en otoño. También vacié el baúl a los pies de mi cama. Metí en una bolsa de basura mis viejos juguetes, los vestidos de niña, las sandalias y zapatillas de deporte que se me habían quedado pequeñas. Ya no soportaba ver todas aquellas tarjetas de cumpleaños y del día del Padre o de la Madre que había hecho para ellos. No podía dormir sabiendo que estaban ahí, a mis pies. Era demasiado doloroso.

Cuando vacié por fin el armario del recibidor, al sacar las dos maletas restantes, oí moverse algo en el interior de una de ellas. Descorrí la cremallera y me encontré con un paquete envuelto en grueso papel de embalar. Tenía un sobre sujeto con cinta adhesiva, en el que ponía en inglés «Para mi hermana Pari». Reconocí de inmediato la letra de *baba*, la misma de mis tiempos en el Abe's Kebab House, cuando me tocaba recoger los pedidos que él apuntaba junto a la caja.

Ahora le tiendo a Pari ese mismo paquete, todavía sin abrir.

Ella lo contempla en su regazo y acaricia las palabras garabateadas en el sobre. En la otra ribera del río empiezan a tañer las campanas. Sobre una roca que sobresale del agua, un pájaro picotea las entrañas de un pez muerto.

Pari hurga en el bolso.

—*J'ai oublié mes lunettes* —dice—. No he cogido las gafas.

—¿Te la leo yo?

Trata de arrancar el sobre del paquete, pero sus manos están hoy muy torpes, y al cabo de un pequeño forcejeo acaba tendiéndomelo. Despego el sobre y lo abro. Despliego la nota que contiene.

—Está escrita en farsi.

—Pero tú lo entiendes, ¿no? —dice Pari con cara de preocupación—. Puedes traducírmela.

—Sí —contesto, y siento una punzada de alegría y agradecimiento, aunque tardío, por todas las tardes de los martes que *baba* me había llevado a Campbell a clases de farsi.

Pienso en él, tan desmejorado y perdido, avanzando a trompicones por un desierto, dejando un rastro con todos los brillantes pedacitos que la vida le ha ido arrancando.

Sujeto la nota con fuerza para que no se la lleve el viento. Le leo a Pari las escasas frases garabateadas en ella.

—«Me dicen que debo adentrarme en unas aguas en las que no tardaré en ahogarme. Antes de que lo haga, te dejo esto en la orilla. Rezo para que lo encuentres, hermana, para que sepas qué llevaba en el corazón cuando me hundía.»

Doblo la nota, y después vuelvo a abrirla. Lleva una fecha: «Agosto de 2007.»

—Agosto de 2007 —digo—. Fue cuando le diagnosticaron la enfermedad. —Tres años antes de que yo tuviera siquiera noticias de Pari.

Pari asiente enjugándose las lágrimas con la palma. Pasa una pareja joven pedaleando en un tándem: la chica va delante, rubia, delgada y sonrosada; el chico lleva el pelo a lo rastafari y es de piel café con leche. A un par de metros de nosotras, sentada en la hierba, una adolescente con minifalda de cuero negro habla por el móvil mientras sujeta la correa de un diminuto terrier gris marengo.

Pari me tiende el paquete para que lo abra. Dentro hay una vieja lata de té. La tapa tiene la desvaída imagen de un indio con barba y larga túnica roja. Sostiene una humeante taza de té como si fuera una ofrenda. El vapor de la taza ya casi no se ve, y la mayor parte del rojo de la túnica se ha vuelto rosa. Levanto la tapa. La lata está llena de plumas, de todas las formas y colores. Las hay verdes, pequeñas y tupidas; rojizas, largas y de cañones negros; una de color melocotón, posiblemente de un ánade real, con reflejos morados; marrones con manchas oscuras en las barbas interiores, una verde de pavo real con un gran ojo en la punta.

—¿Sabes qué significan? —le pregunto a Pari.

Ella niega con la cabeza; le tiembla la barbilla. Me quita la caja de las manos para hurgar en su interior.

—No. Sólo sé que cuando Abdulá y yo nos separamos, cuando nos perdimos el uno al otro, a él le dolió mucho más que a mí. Yo tuve más suerte, porque me protegió mi corta edad. *J'ai pu oublier.* Al menos pude olvidar; él no. —Coge una pluma y se acaricia la muñeca, mirándola como quien espera que cobre vida y salga volando—. No sé qué significado tiene esta pluma, no conozco su historia. Pero sí sé que significa que él pensaba en mí. Todos estos años, él se acordaba de mí.

Le rodeo los hombros mientras llora quedamente. Contemplo el río, los árboles bañados de sol, el agua que fluye presurosa bajo el puente de Saint-Bénezet, el de la canción infantil. En realidad no es más que medio puente, pues sólo quedan cuatro de los arcos originales. Se interrumpe en el centro del río. Como si se hubiera tendido para reunirse con la otra mitad y se hubiera quedado corto.

Por la noche, en el hotel, permanezco despierta en la cama observando cómo se abigarran las nubes en torno a la gran luna llena que pende ante la ventana. Oigo el resonar de tacones en los adoquines. Risas y charla. Ciclomotores que pasan. Del restaurante de enfrente me llega el tintineo de las copas. Las lejanas notas de un piano surcan el aire hasta mi ventana y mis oídos.

Me doy la vuelta y observo a Pari dormir profundamente a mi lado. Se ve pálida a la luz de la luna. Veo a *baba* en su rostro, a un *baba* joven, esperanzado y feliz, como era antes, y sé que volveré a encontrarlo siempre que la mire a ella. Pari es sangre de mi sangre. Y no tardaré en conocer a sus hijos y a los hijos de sus hijos, y mi sangre circula también en las venas de todos ellos. No estoy sola. Una súbita felicidad me pilla completamente desprevenida. La siento cosquillear dentro de mí, y los ojos se me llenan de lágrimas de gratitud y esperanza.

Mientras contemplo dormir a Pari, pienso en el ritual nocturno que teníamos *baba* y yo, en aquel juego de arrancarnos las pesadillas para sustituirlas por sueños felices. Recuerdo el sueño que le daba yo a él. Con cautela, para no despertarla, apoyo suavemente la palma de una mano en su frente. Cierro los ojos.

Es por la tarde y brilla el sol. Vuelven a ser niños, hermano y hermana, tiernos, inocentes y robustos. Están tendidos en la hierba crecida, a la sombra de un manzano rebosante de flores. Notan la hierba cálida bajo la espalda y el sol motea sus rostros a través de las flores en movimiento. Descansan uno junto al otro, soñolientos y satisfechos, él con la cabeza apoyada en una gruesa raíz, ella en el abrigo doblado que él le ha puesto como almohada. Con los párpados entornados, ella observa un mirlo posado en una rama. Una corriente de aire fresco se cuela entre las hojas.

Ella se vuelve para mirarlo, su hermano mayor, su aliado en todo, pero el rostro de él está demasiado cerca y no puede verlo entero. Sólo la frente, la línea de la nariz, la curva de las pestañas. Pero no le importa. Le basta con tenerlo muy cerca, a su lado, su hermano, mientras el sueño se apodera de ella lentamente, la envuelve en una ola de calma absoluta. Cierra los ojos. Se deja llevar, sin preocupaciones, todo es luz y claridad, en perfecta armonía.

Agradecimientos

Un par de cuestiones logísticas antes de dar las gracias. La aldea de Shadbagh es ficticia, aunque es posible que exista alguna con ese nombre en algún lugar de Afganistán. De ser así, nunca he estado en ella. La cancioncilla infantil de Abdulá y Pari, en concreto la referencia a «un hada pequeñita y triste», está inspirada en un poema de una gran poetisa persa, la difunta Forough Farrojzad. Finalmente, el título original de este libro está inspirado en parte en el precioso poema de William Blake «Canto de la nodriza».

Me gustaría dar las gracias a Bob Barnett y Deneen Howell por ser tan maravillosos consejeros y defensores de este libro. Gracias a Helen Heller, David Grossman, Jody Hotchkiss. Gracias también a Chandler Crawford por su entusiasmo, su paciencia y sus consejos. Estoy muy agradecido a muchos amigos de Riverhead Books: Jynne Martin, Kate Stark, Sarah Stein, Leslie Schwartz, Craig D. Burke, Helen Yentus, y muchos más que no he nombrado pero a quienes estoy profundamente agradecido por contribuir a que este libro llegara a los lectores.

Querría darle las gracias a mi maravilloso corrector, Tony Davis, que siempre se implica muchísimo más de lo que se espera de él.

. . .

Le debo un agradecimiento especial a mi editora, Sarah Mc-Grath, una mujer de enorme talento, por su perspicacia y su clarividencia, por la delicadeza de sus consejos y por ayudarme a darle forma a este libro en más sentidos de los que puedo recordar. Nunca había disfrutado tanto del proceso de edición, Sarah.

Por último, gracias a Susan Petersen Kennedy y Geoffrey Kloske, por su confianza y su fe inquebrantable en mí y en lo que escribo.

Gracias y *tashakor* a todos mis amigos y a todos los miembros de mi familia por estar siempre en mi esquina del cuadrilátero y por aguantarme con paciencia, ánimo y generosidad. Como siempre, gracias a mi preciosa mujer, Roya, no sólo por haber leído y corregido muchas encarnaciones de este libro, sino por ocuparse sin la más mínima protesta de que el día a día siguiera su curso para que yo pudiese escribir. Sin ti, Roya, este libro habría dejado de existir en algún punto del primer párrafo de la página uno. Te quiero.